# Territorios de la ciencia ficción mexicana (1984-2012)

## PETER LANG

Bruxelles · Bern · Berlin · New York · Oxford · Wien

Margarita Remón Varela

# Territorios de la ciencia ficción mexicana (1984-2012)

## Por una poética y una política de lo insólito literario

*Hybris*: Literatura y Cultura Latinoamericanas
Vol. 5

Publicado con el apoyo financiero de:

– Institut des langues et cultures d'Europe, Amérique, Asie et Australie (ILCEA4, E.A. 7356)

– Pôle Sud-Est de l'Institut des Amériques (Ida)

– LASLAR (Lettres Arts du spectacle langues romanes- UR 4256, Université de Caen)



© P.I.E. PETER LANG s.a.
Éditions scientifiques internationales
Bruxelles, 2022
1 avenue Maurice, B-1050 Bruxelles, Belgique
www.peterlang.com ; brussels@peterlang.com

ISSN 2736-5298
ISBN 978-2-87574-652-8
ePDF 978-2-87574-653-5
ePUB 978-2-87574-654-2
DOI 10.3726/b20103
D/2022/5678/52

Information bibliographique publiée par « Die Deutsche Bibliothek »

« Die Deutsche Bibliothek » répertorie cette publication dans la « Deutsche National-bibliografie » ; les données bibliographiques détaillées sont disponibles sur le site <http://dnb.ddb.de>.

# Índice general

## Tercera parte. ¿Y si no fuera el fin del mundo sino el nacimiento de mundos plurales? Otras formas para la ciencia ficción mexicana

# Preámbulo

Este estudio versa sobre un corpus de cuentos y de microrrelatos de ciencia ficción mexicana publicados entre 1984 y 2012. La categoría genérica, la ciencia ficción, bajo la cual estos se presentan, conlleva muchas interrogantes: ¿cuál es el corazón epistemológico de ese género?, ¿cuáles son sus relaciones de continuidad o discontinuidad con otros géneros no miméticos?, ¿encontró terreno propicio en las letras mexicanas?, ¿qué incidencia tienen sus orígenes anglosajones sobre su acogida y valoración en México? Y, a fin de cuentas, ¿existe realmente la ciencia ficción mexicana?

Estas pocas palabras de preámbulo tienen como meta, no tanto establecer los hitos de una reflexión como proponer una primera visión de conjunto para facilitar la lectura. Las bases de esta reflexión, con su dimensión teórica y de historia de la literatura, se expondrán y desarrollarán en la primera parte de este estudio.

Este trabajo se ha realizado en el marco del hispanismo francés[1]. De allí que buena parte de las referencias teóricas (en sus versiones originales) estén en francés. Ante la dificultad de disponer de traducciones en español de estas obras, cuando las hay, hemos optado por traducir nosotros mismos los pasajes citados.

En la primera parte, se intenta esclarecer las relaciones entre el architexto[2] "ciencia ficción" y un corpus nacional aparentemente hipotético. Para ello, volveremos sobre el concepto "ciencia ficción" y sobre los aportes más importantes de los teóricos del género. Unas poéticas cerradas

---

[1]   La primera versión de este trabajo, en francés, fue realizada en el marco de la obtención de una "Habilitación para dirigir investigaciones" (*Habilitation à diriger des recherches*, HDR).

[2]   Este término se empleará según la clasificación de modalidades transtextuales establecidas por Gérard Genette. Para el crítico francés, la architextualidad es "la relación de inclusión que une cada texto con los diversos tipos de discurso bajo los cuales se situarían, es decir los géneros literarios y sus determinaciones (temáticas, modales, formales, otras […]". Gérard Genette, "Introduction à l'architexte", en Gérard Genette, (ed.). *Théorie des genres*, París, Éd. du Seuil, 1986, ("Collection Points Littérature", 181), p. 89–159, p. 157.

se oponen a poéticas abiertas, más acordes con la producción ciencia-ficcional mexicana. Los conceptos de hibridación y de paraliteratura obran en sinergia y encuentran en la reflexión filosófica un vehículo privilegiado, vector de sentido. En esta primera parte, también se aborda la historia del género en México. Los escritores que practican la ciencia ficción en México se han encontrado en una situación entre marginalización y búsqueda de legitimidad. Sus comentarios respecto a su estatuto de escritores de ciencia ficción, así como su reflexión sobre el género, proporcionan claves de lectura sumamente valiosas. La elección de los cuentos, la presentación de las antologías de las cuales han sido sacados y la cronología adoptada serán explicadas y justificadas en esta primera parte. También se expondrá la metodología y la terminología empleada.

Luego, el análisis del corpus se organiza en dos grandes partes. Una (la segunda parte de este trabajo) se centra en aquellos cuentos que hacen de la extrapolación o de la predicción su principal mecanismo narrativo: fin del mundo, sociedades poscataclismo, condición poshumana son distintas maneras en que la ciencia ficción mexicana (des)espera de su tiempo. Entre los restos de un mundo devastado, o a punto de serlo, (re)surge el mito, se reinventa la metamorfosis. Se inicia esa parte con consideraciones teóricas en torno al pensamiento apocalíptico contemporáneo. El pensamiento de filósofos como Günther Anders, u otros más contemporáneos como Jean-Luc Nancy o Jean-Pierre Dupuy y, en particular, Georges Didi-Huberman, nos servirá de cimiento para nuestro análisis.

En la tercera parte, se intenta mostrar los principales mecanismos por los cuales la ciencia ficción mexicana juega con los temas y procedimientos del género. De hecho, no se limita a lamentarse sobre su época. Sabe consolarse por la risa y la parodia. También lo hace concibiendo otros tiempos posibles. Los cuentos y microrrelatos de los que trata esta tercera parte se sitúan más bajo el modelo de la analogía que de la extrapolación, aunque el humorismo y la parodia desdibujen a veces la frontera entre las dos.

Sea bajo la forma extrapolativa o analógica, los textos de este corpus exploran temporalidades múltiples (distopía, utopía, ucronía), superponiéndolas a veces. Todas cuestionan su relación con el género ciencia-ficcional. Existe en numerosos casos una dimensión metatextual. Como consecuencia de ello, frecuentemente, el architexto "ciencia ficción" resulta desconstruido; a veces se trata de una presencia en negativo. Pero, a fin de cuentas, es él el que permite situar este corpus y sus autores en la corriente general de la literatura mexicana. El diálogo con su contexto también es una constante. Lo extraliterario alimenta lo literario; la historia se cuela en la anécdota, siendo a veces su motor, cuando no su meta. Todos estos cuentos y microrrelatos dirigen su mirada sobre México, su pasado, su presente y, por supuesto, su porvenir. Se presentan como cuestionamiento y como proyecto. En fin, son formas de un insólito político en torno a las cuales trataremos de establecer las bases de una poética.

# Primera parte

## La ciencia ficción mexicana: un architexto problemático, un corpus nacional hipotético

Combinaron religión, arte y ciencia, pues en verdad la ciencia no es más que la investigación de un milagro inexplicable, y el arte, la interpretación de ese milagro.[3]

¿Qué ha hecho este hombre de Illinois, me pregunto, al cerrar las páginas de su libro, para que episodios de la conquista de otro planeta me pueblen de terror y soledad?[4]

En *La pierre de touche (La science à l'épreuve...)*, capítulo "Le miroir, la cornue et la pierre de touche"[5] ("El espejo, la retorta y la piedra de toque"), el físico Jean-Marc Lévy-Leblond se pregunta qué le puede aportar la literatura a la ciencia. La pregunta se ha hecho frecuentemente a la inversa: ha sido la literatura la que, a lo largo de los siglos, le tomó prestada a la ciencia una miríada de imágenes. Para ilustrar la relación inversa, Lévy-Leblond recorre una serie de obras literarias y pone de realce los mecanismos por los que logran hablar de la ciencia. Lévy-Leblond usa metáforas que se refieren al funcionamiento de tres instrumentos: el espejo, la retorta y la piedra de toque. Así pues, evoca el espejo para mostrar la manera en que las obras literarias reflejan los rasgos del actor principal de la ciencia, o sea el científico, a veces loco, a veces brillante, a veces tonto... La retorta sirve para figurar aquellas ficciones que cuestionan o revelan el método científico, su epistemología. En fin, la piedra de

---

[3]  Ray Bradbury, *Crónicas marcianas*, trad. Francisco Abelenda, 2017, p. loc. 1503/4579.

[4]  Jorge Luis Borges, *Prólogos con un prólogo de prólogos*, Madrid, Alianza editorial, 1998, p. 38.

[5]  Jean-Marc Lévy-Leblond, *La pierre de touche: la science à l'épreuve...*, París, Gallimard, 1996.

toque revela la capacidad que tienen ciertas obras de ficción para expresar el conflicto inherente al papel de la ciencia en nuestras sociedades. Este conflicto estriba en la relación entre ciencia y religión, por un lado, y entre ciencia y política, por otro lado. Cuenta habida de la naturaleza de estas dos relaciones, las ficciones que muestran sus mecanismos revelan cuestiones fundamentales en cuanto a nuestra civilización y su porvenir.

La cita que encabeza esta primera parte la pronuncia un personaje de las *Crónicas marcianas* de Ray Bradbury. Alude al sistema de pensamiento de los marcianos; una civilización destruida por los terrícolas, evocada en tono melancólico. En la utopía marciana, tres ámbitos convivían y se completaban, tres discursos que se interrogaban sobre el sentido de la existencia. La religión y la ciencia se sitúan en dos frecuencias diferentes (lo sobrenatural y lo natural); el arte es su traducción o su transposición. La relación alquímica entre las tres formas de discurso y de representación es un proyecto.

Un proyecto utópico ya que, en el sistema de creencias de los humanos, las relaciones entre las tres áreas no son armoniosas, sino sometidas a múltiples tensiones. La tríada se ve completada por aquello que determina la acción humana en el seno de la *civis*: lo político. La cita de Bradbury, en su dimensión utópica, condensa el carácter de piedra de toque de la literatura respecto a la ciencia. Sin embargo, en los ejemplos literarios escogidos por Lévy-Leblond, la ciencia ficción es la gran ausente. Una ausencia reivindicada por el físico, que explica por qué en una nota a pie de página, casi al final del capítulo: "Quizá le extrañe al lector no ver mencionado a ningún autor de ciencia ficción. Se debe al hecho de que la ciencia ficción, literatura de género, las más veces solo tiene en común con la ciencia unos rasgos superficiales, de pura forma"[6]. La literatura puede algo por la ciencia, pero no la ciencia ficción, literatura "de género", o sea "popular", que, se supone, solo roza la ciencia. El científico Lévy-Leblond expulsa pues la ciencia ficción hacia una periferia, y ese rechazo se ve acentuado por su relegación a pie de página, en el seno de su reflexión. Un rechazo confirmado por una segunda mención, en otra nota, cuando afirma la capacidad de la ficción literaria para hacer más flexible y desarrollar la imaginación científica: "Quizá sea aquí donde la ciencia ficción *stricto sensu* puede desempeñar algún papel (y de hecho ya lo desempeña, sin duda alguna)"[7]. Resulta pues que algo puede por

---

[6]   *Ibidem*, p. 210.

[7]   *Ibidem*, p. 212.

la ciencia. Pero no cualquier ciencia ficción, porque parece que hay una verdadera ciencia ficción y otra que no lo es. Además, en el último capítulo de su obra, "Hypothèses fingo" (en el que vuelve sobre las relaciones entre ciencia y ficción), tras afirmar que sabe "poco lo que define la ciencia ficción como género literario"[8], Lévy-Leblond alude a una ciencia ficción "reconocida"[9] o "usual"[10], con lo cual sugiere que existen uno o varios territorios en los que está confinada una ciencia ficción carente de reconocimiento y/o inusual. O, sin ir más lejos, obras cuyos propios autores no reconocen su pertenencia a un género desprestigiado. Como las *Crónicas marcianas*, obra que Bradbury no quería considerar como ciencia ficción:

> Pero ¿a qué se debe que mis *Crónicas marcianas* sean consideradas frecuentemente como ciencia ficción? Esta definición les sienta mal. [...] Si fuera ciencia ficción cabal, rigurosa en el plano tecnológico, se estaría herrumbrando desde hace tiempo al borde del camino. Pero como se trata de una fábula independiente, hasta los físicos más curtidos del Instituto de tecnología de California aceptan respirar el aire que solté sobre Marte de manera fraudulenta.[11]

Si se le presta crédito a Bradbury, esta no pertenencia al género de la ciencia ficción es la garantía de la perennidad de las *Crónicas marcianas*. De lo contrario, se verían agregadas a una acumulación de chatarra obsoleta. Sin embargo, como advierte el mismo Bradbury, esta novela ha sido leída e interpretada (y lo sigue siendo) como ciencia ficción. Más allá de la desavenencia o de la confrontación habitual entre autor y crítica, la anécdota literaria muestra el carácter particular del conflicto texto/architexto en el seno de la ciencia ficción; un conflicto que estriba en la relación de exclusión, en el pensamiento occidental, entre los términos "ciencia" y "ficción".

Por lo tanto, lo que habría de ser el soporte privilegiado para abordar las relaciones entre ciencia y ficción, el género ciencia ficción, es un término que necesitaría previamente ser conjurado.

Hablar de los "territorios de la ciencia ficción mexicana" implica una etapa de desbrozo, o de conjuro, del término genérico, en la cual el uso

---

[8]  *Ibidem*, p. 219.

[9]  *Ibidem*, p. 221.

[10]  *Ibidem*, p. 225.

[11]  Ray Bradbury, *Chroniques martiennes*, Folio SF, 1950, *ebook*, p. loc. 73/4579.

                                                      

del plural (territorios) apenas empezará a explicarse. El caso es que parte de la ciencia ficción aparece como una categoría imprecisa y movediza. Por otra parte, su materialización en el área geográfica objeto de este estudio (América latina en general, México en particular) añade parámetros complejos que acentúan sobremanera lo impreciso y lo movedizo.

Si bien numerosos especialistas de la ciencia ficción coinciden en su filiación genérica respecto a ciertos relatos de la antigüedad (mitos, relatos de viajes...), ciertas fábulas filosóficas de los siglos XVII y XVIII (Cyrano de Bergerac, Voltaire...), pasando por textos del Renacimiento (como el emblemático *Utopía* de Tomás Moro), no pasa lo mismo con la delimitación de sus territorios respecto a los géneros que se suponen cercanos. Según Roger Bozzetto, la ciencia ficción es un género que ha sido "confundido frecuentemente con otros, que solo se le asemejan vagamente: la anticipación, la utopía, la ucronía e incluso, *horresco referens*, con el fantástico"[12]. Si tan vaga es la semejanza con esos géneros, sería de esperar que la ciencia ficción pudiera ser definida con contornos precisos. No es así y la frontera que la separa de los géneros mentados por Bozzetto es de lo más sutil. Para otros especialistas, esos géneros, que Bozzetto considera alejados de la ciencia ficción, son más bien subgéneros de esta.

En cuanto a su evolución histórica en el siglo XX, existe un consenso para definirla como un género esencialmente anglosajón, a pesar de aportes notables de la literatura francesa y, sobre todo, soviética. Un momento de cristalización tuvo lugar en 1926 en los Estados Unidos con la aparición de la revista *Amazing*, dirigida por Hugo Gernsback. Los textos que este publica en la revista, relatos ficcionales con tinte científico, de poca calidad literaria, los califica como *scientifiction*[13]. En 1929, inventa el término *science fiction*, el cual, tras numerosas vicisitudes, termina imponiéndose entre lectores, editores, incluso académicamente. Según Pablo Capanna, el mercado de la edición en los países anglófonos, donde los libros están catalogados bajo las etiquetas *fiction* o *non-fiction*, fue responsable de su expansión. Toda la evolución del género se hizo con esa etiqueta, que no satisfacía ni a los críticos ni a los autores, por ser demasiado restrictiva[14]. El término se impuso en español por imitación

---

[12]  Roger Bozzetto, "Écrits sur la Science-Fiction", [En línea : https://www.quarante-deux.org/archives/bozzetto/ecrits/definition/territoires.html]. Consultado el 4 de marzo 2020.

[13]  Roger Bozzetto, *La science-fiction*, París, Armand Colin, 2007, p. 27.

[14]  Pablo Capanna, *Ciencia ficción: utopía y mercado*, Buenos Aires, Cántaro, 2007, p. 39.

del francés. Un término bastardo, según Capanna, en el que la palabra *science* pasó de adjetivo a sustantivo[15].

En 1938, Joseph Campbell toma la dirección de la revista *Astouding Science Fiction*. Se hace hincapié en la calidad literaria y en la exigencia de una mayor verosimilitud científica[16]. Nombres como Isaac Asimov, Alfred E. Van Vogt, Ray Bradbury o Clifford Simak cobran importancia, no solo en el ámbito del género, sino de la literatura en general: es la edad de oro de la ciencia ficción. Después de la década de los 60, la denominación *science-fiction* se multiplicó en una miríada de términos: *speculative-fiction, politic-fiction, hard-science, cyberpunk, heroic-fantasy*… Una jungla terminológica en la que es muy difícil diferenciar lo que se refiere al género, al subgénero o a la temática.

---

[15]  *Ibidem.*
[16]  Francis Berthelot, *La métamorphose généralisée*, París, Nathan, 1993, p. 12.

# Definiciones, taxonomías, modelos, vocabulario: orientarse en la jungla conceptual

Cada especialista del género ha propuesto su propia definición, taxonomía o modelo. Sin eludir los problemas derivados de esas múltiples categorías ni retrasar demasiado la entrada en nuestro tema, presentaremos unas cuantas, de manera sintética. Trataremos de poner de realce la tensión entre dos maneras de entender la relación entre el architexto llamado ciencia ficción y un corpus nacional. Por una parte, en una serie de definiciones prescriptivas (Suvin, Capanna), el género se asimila a una matriz vista como positiva y prestigiosa, de modo que las producciones que no corresponden al modelo se ven rechazadas. Dicho de otra manera, el architexto resulta separado de los textos y viceversa. Por otra parte, están aquellos (empezando por los escritores mexicanos) que ven el género ciencia-ficcional como una forma abierta, en movimiento y por lo tanto fundamentalmente híbrida, porque pide prestados sus contenidos a la ciencia y a la filosofía; linda con otros géneros, como el fantástico o lo extraño. Estas maneras de enfocar la ciencia ficción llevan a interrogarse sobre las relaciones del género con los conceptos de paraliteratura y de hibridismo.

## Poéticas cerradas

Algunos teóricos han tratado de deslindar contornos precisos de la ciencia ficción, lo cual es un objetivo lógico de cualquier método científico. Sin embargo, ciertos estudios han desembocado en poéticas cerradas, que chocan con un corpus que les opone resistencia.

Darko Suvin nos ofrece un enfoque teórico sobre el género de la ciencia ficción particularmente denso, que ya es referencia obligada. Su reflexión sobre los mecanismos poéticos de un género frecuentemente tenido en menos por la crítica constituye una aportación de primera importancia. A lo largo de las páginas de su obra, su definición de la ciencia ficción se ensancha, a la vez que incurre en algunas contradicciones. La definición con la que empieza el libro dice sobre la ciencia ficción:

… un relato de ficción determinado por un procedimiento literario esencial: la presencia de un tiempo, de un lugar y/o de personajes que son 1) *radicalmente* o por lo menos *sorprendentemente* diferentes de los tiempos, lugares y personajes empíricos de la ficción "mimética" o realista 2) que sin embargo —en tanto difieren de otros géneros "fantásticos", pues carecen de validación empírica— son percibidos al mismo tiempo como *no imposibles* en el marco de las normas cognitivas (cosmológicas y antropológicas) de la época del autor. Lo cual significa que la ciencia ficción es —potencialmente— el lugar de una potente distanciación, validada por el prestigio y el *pathos* propios de los sistemas normativos de nuestro momento histórico.[17]

En esta primera definición, Suvin empieza situando la ciencia ficción en una esfera particular en el interior de otra más vasta que contiene literaturas no realistas a las que él llama, de manera amplia, "fantásticas". Sin embargo, algunos elementos particulares del universo ficcional del relato de ciencia ficción tienen que ser recibidos como plausibles. El efecto de distanciación que se produce, común con otros géneros no miméticos (del mito al cuento de hadas), conoce, en el caso de la ciencia ficción, un movimiento inverso de acercamiento a nuestra realidad empírica. El resultado de este acercamiento, la interpretación, a diferencia del mito o del cuento de hadas, no requiere descodificación simbólica, pues nuestro marco normativo siempre ha estado subyacente en la ciencia ficción. Quizás sea lo que Suvin sugiere con el uso un poco particular del término "prestigio". Los elementos que propician este acercamiento serían todo aquello que se considera que tiene valor o validez ("prestigio"), y asimismo todo aquello que nos haría sentirnos implicados de una u otra manera tendría que ver con el "pathos". Estos elementos clave del género muestran que lo que se cuenta, a pesar de la distanciación, puede *realmente* atañernos, ocurrirnos (a nosotros o a nuestros descendientes, o sea a la humanidad). Este efecto particular del género es el que subraya Borges en nuestra cita inicial, sacada de su prólogo a las *Crónicas marcianas*. El movimiento de acercamiento entre "otro planeta" y una implicación personal que toca a lo visceral ("me pueblen de terror") es objeto de un cuestionamiento. Y también, inherente a este cuestionamiento, el movimiento del "yo" hacia el "nosotros". El plural implica problemas heterogéneos, relacionados con la recepción y la difusión del género como a su intencionalidad, problemas a los que pasaremos revista a lo largo de esta primera parte.

---

[17] Darko Suvin, *Pour une poétique de la science-fiction*, Montréal, Presses Universitaires du Québec, 1977, p. 2.

Una vez dada su primera definición, Suvin se aplica inmediatamente a establecer distinciones en cuanto al valor de los relatos que se supeditan a ella. Estas distinciones se derivan de criterios históricos y sociológicos. Parte de la hipótesis según la cual "la historia de la ciencia ficción es el resultado de dos tendencias en conflicto", siendo la primera "potencialmente cognitiva" y, a la inversa, correspondiendo la segunda a una "evasión mistificadora"[18]. Cada una de ellas resulta de la evolución de las clases sociales en Europa en el siglo XIX. La primera está relacionada con "el auge de clases sociales subversivas y el desarrollo de las fuerzas de producción [...]"[19]; la otra se deriva del "declive" de esta misma clase "antaño subversiva"[20], que a lo largo del tiempo va mutando hacia un "estado de explotador aislado de la naturaleza y de los hombres, tratando la productividad y el saber no como los fundamentos de la creatividad sino como modos de explotación, y entonces cae en misticismos de todo tipo, del teísmo a la astrología [...]"[21]. Suvin habla de la distinción entre una burguesía ilustrada y otra que conocerá una especie de regresión hacia las masas populares. El resultado de esta mutación de la sociedad, para la ciencia ficción, es que "[l]a distanciación es en el primer caso una actitud creativa [...] para aprehender el *novum*, pero es, en el segundo caso, un opio del pueblo [...]"[22]. Así es cómo la dicotomía 'cultura de élite / cultura de masas' va a colarse en toda la reflexión de Suvin. De hecho, adscribe al primer caso a unos "maestros del género" (de Moro a Wells y Capek) y al segundo ciertos aspectos de esos mismos maestros ("estatismo de Moro o de Swift, catastrofismo de Shelley y Wells, positivismo de Verne..."), así como... "toda la ciencia ficción de serie B"[23].

En el fondo del pensamiento Suvin anida, quizás, la misma problemática que encontramos en otros teóricos y escritores que han tratado de definir la ciencia ficción. Esta dicotomía, ya la encontramos en el meollo de su primera definición del género. En efecto, "prestigio" y "pathos" pueden corresponder respectivamente a las dos tendencias históricas que deslindó más adelante. El "prestigio" se aplica al primer caso (cognición, creación, aprehensión del *novum*) y el "pathos" al estatismo, al

---

[18] *Ibidem.*

[19] *Ibidem.*

[20] *Ibidem*, p. 3.

[21] *Ibidem.*

[22] *Ibidem*, p. 2–3.

[23] *Ibidem.*

catastrofismo, al positivismo, en otros términos a la tendencia mistificadora en la que algunos autores, maestros incluidos, pueden incurrir, y que, parece evidente, será el principal resorte de una ciencia ficción de baja categoría, asimilada a lo paraliterario: "… como los otros géneros situados en las lindes de la literatura, la ciencia ficción se compone de 80 a 90 % de pacotilla debilitante"[24]. Establece una clara distinción entre una "ciencia ficción válida", la que contribuye más que cualquier otro género a colmar la brecha que separa las "dos culturas" (la científica y la literaria) y el resto: la "pacotilla debilitante". Lo que implica que el crítico "ha de ser 'darwinista' y no 'chamán'"[25]. El trabajo del crítico sería ampliar la criba prescriptiva del architexto a los textos y, de esta manera, evitar que un corpus de excepción y minoritario se encuentre sumido entre chatarra obsoleta.

Así pues, su primera definición ya contiene la problemática de un corpus que choca con una matriz prescriptiva. La progresión de su reflexión y de su definición conduce a una visión muy cerrada de los géneros. Si la ciencia ficción linda con otras formas literarias (el cuento de hadas, el mito, el fantástico), ello solo puede corromper su núcleo cognitivo. Para Suvin, el cuento de hadas no utiliza "la imaginación para entender las tendencias de la realidad"[26] (aunque no le guste a Bruno Bettelheim) y una ciencia ficción que "hace regresión hacia el cuento de hadas (por ejemplo, el "space opera" y su trío trajeado de astronautas: héroe-princesa-monstruo) destruye su creatividad genérica"[27]. De hecho, el peligro está en que caiga en la subcategoría que él ha definido. Suvin le otorga a la ciencia ficción un aura de superioridad que estriba en la ecuación distanciación/conocimiento, que solo ella sabe manejar: "El efecto de distanciación es el principio que diferencia la ciencia ficción de las principales corrientes literarias 'realistas' […]. El conocimiento la diferencia no solo del mito sino también de los cuentos de hadas y del fantástico"[28]. Sobre este género, él se muestra todavía más tajante, como Roger Bozzetto, al que la equiparación entre fantástico y ciencia ficción horripila:

---

[24]   *Ibidem*, p. 42.

[25]   *Ibidem*, p. 43.

[26]   *Ibidem*, p. 15.

[27]   *Ibidem*, p. 16.

[28]   *Ibidem*, p. 15.

El fantástico (historias negras de fantasmas, de horror, de castillos embruja-
dos, de vampiros) está todavía más alejado de la ciencia ficción; es un género
que introduce en un mundo supuestamente empírico leyes anticognitivas. [...].
Englobar la ciencia ficción en la misma categoría que el fantástico, como lo
hace la industria capitalista del libro, indica pues una confusión sociopatoló-
gica, desgraciadamente muy frecuente.[29]

A pesar de la dimensión prescriptiva del razonamiento de Darko Suvin,
su manera de establecer el marco formal del género a partir de la ecuación
distanciación/conocimiento es un aporte fundamental para abordar los
relatos de ciencia ficción. Sin embargo, las variables de la ecuación, y sobre
todo sus incógnitas, conforman toda la riqueza de este corpus.

Pablo Capanna retoma la definición de Suvin. Para él, los rasgos distintivos de la ciencia ficción son el método científico, la predicción y la
necesidad de coherencia[30]. Capanna subraya que géneros como el fantástico o el cuento folklórico producen un efecto de extrañeza, pero siempre
y cuando nos proyectemos en otro marco empírico, otro mundo, en el
cual las leyes del nuestro quedan suspendidas: "La ciencia ficción apuntaría en cambio a una cognición, un conocimiento reflejo, una parábola
sobre nuestro mundo, observado desde una perspectiva distanciada"[31].
Capanna coincide con la visión de Suvin, por cuanto define la ciencia
ficción como un género prestigioso, con miras muy ambiciosas. De tal
manera que algunas producciones no cumplen con las condiciones de esta
gran envergadura, y el architexto se encuentra entonces desconectado de
los textos. Da fe de ello el último capítulo del libro de Capanna, dedicado a la ciencia ficción en Argentina, que consiste en una enumeración
desconectada del enmarque teórico previo: la teoría no logra aplicarse a
un corpus. O ese corpus no se puede medir con los criterios establecidos para el género, como subraya Ezequiel De Rosso. Capanna define la
ciencia ficción como un objeto estático cuyo corazón epistemológico es
la consciencia crítica. Posee una "nobleza intelectual" que choca con los
intereses comerciales del mercado. El corpus sufre entonces los efectos de
una definición prescriptiva que rechaza algunos objetos como "malos" o

---

[29]  *Ibidem*, p. 16.
[30]  Pablo Capanna, *op. cit.*, p. 45–46.
[31]  *Ibidem*, p. 50.

comerciales, independientemente de las incidencias de la cultura sobre lo géneros[32].

Otros especialistas han intentado establecer tipologías descriptivas capaces de subrayar los rasgos distintivos de los géneros no miméticos. Carlos Abraham los reúne bajo el rubro "literaturas de lo insólito", que opone a las "literaturas de lo normal"[33]. La ciencia ficción se encuentra en la primera categoría, junto con lo fantástico, lo maravilloso y lo extraño[34].

Abraham explica por qué prefiere la dicotomía normal/insólito a la que opone lo verosímil a lo inverosímil:

> Por ejemplo, muchas de las máquinas futuras descriptas en la ciencia ficción son verosímiles ya que su desarrollo puede lograrse con el mero avance de la ciencia. Pero no son "normales" o "habituales" debido a que aún no existen en el mundo real. Lo mismo sucede con lo extraño: narra sucesos verosímiles, pero tan extraordinarios e infrecuentes que entran en la categoría de lo insólito.[35]

La elección de aplicar a las literaturas miméticas el término "normal" plantea el problema de los relatos realistas que describen eventos fuera de las normas, como por ejemplo la violencia extrema. La noción de "normal" no nos parece operativa, pero esa necesidad de reunir una serie de géneros bajo una denominación que los integre se encuentra en el caso de escritores como el del mexicano Alberto Chimal, del que hablaremos ampliamente.

Abraham establece luego una subcatalogación de lo insólito, con lo cual el campo de la ciencia ficción, una vez más, se reduce drásticamente. En consecuencia, encontramos por un lado lo insólito sobrenatural, en el que están encasillados lo fantástico y lo maravilloso. Por otro lado, lo insólito natural, el cual, según Abraham, comprende dos géneros: la ciencia ficción y lo extraño. Un primer problema que plantea esta subcatalogación es que, si "insólito" se opone a "normal", este último adjetivo se

---


[32]  Ezequiel de Rosso, "Una compulsiva fidelidad: sobre tres historias nacionales de la ciencia ficción", *Revista Iberoamericana*, vol. 83 / 259, septiembre 2017, p. 265–282, p. 269.

[33]  Carlos Abraham, "Las literaturas de lo insólito. Una tipología", *Revista Iberoamericana*, vol. 83 / 259, septiembre 2017, p. 283–304, p. 283.

[34]  *Ibidem.*

[35]  *Ibidem*, p. 284.

acerca al término "natural". La noción de insólito natural, basada sobre una visión racionalista del mundo empírico, en oposición a una visión mágica y/o religiosa propia de lo insólito sobrenatural[36], resulta de un enfoque marcado por la relación de exclusión entre lo religioso/mágico/mítico y lo científico, considerado como el reino de la razón. Luego, para reducir aún más el campo de la ciencia ficción, Abraham afirma que si el hecho insólito es creado por la ciencia y la técnica, estamos en esta categoría; si no es así, estamos en la categoría de lo extraño[37].

¿Qué pensar de una literatura (la ciencia ficción latinoamericana) en la que ciencia y técnica pueden aparecer de manera marginal? ¿O de distopías o relatos del fin del mundo que recurren poco o nada a la ciencia o a la tecnología? ¿Estamos en tierras de lo extraño? Esta última categoría, Abraham la define así:

> La literatura de lo extraño es el género donde los acontecimientos insólitos son de carácter natural y no pertenecen al ámbito de la ciencia y de la tecnología. Estos acontecimientos son perfectamente verosímiles pero, en función de un rasgo cualitativo como su peculiaridad y de un rasgo estadístico como su escasa frecuencia, salen del campo de lo normal.[38]

El problema de este enfoque está en saber cómo determinar la verosimilitud de un hecho y afirmar que es poco probable desde un punto de vista estadístico. Algunos textos de ciencia ficción pueden consistir en parábolas de nuestro mundo (el modelo de la analogía según Suvin, sobre el que volveremos): describen mundos o hechos que ninguna estadística podría verificar, porque están sometidos al efecto de distanciación. ¿Y qué decir sobre las distopías o relatos del fin del mundo? Si algo es *extraño* en el sentido dado por Abraham, lo es esta última idea. Abraham propone pues una definición de la ciencia ficción por sustracción o eliminación. Excluye de la ciencia ficción todos los textos que juegan con la analogía y que no recurren a la ciencia o a la técnica:

> La ciencia ficción es el género literario donde los elementos insólitos son de carácter natural y pertenecen al ámbito de la ciencia y de la tecnología. Se diferencia de las literaturas maravillosa y fantástica por carecer de elementos sobrenaturales, y de la literatura de lo extraño por la índole de los elementos

---

[36]   *Ibidem.*

[37]   *Ibidem.*

[38]   *Ibidem*, p. 291.

naturales descriptos (en este último género, no están vinculados a la ciencia y a la tecnología).[39]

En todas estas definiciones, la ciencia se entiende en su primera acepción, es decir como "[c]onjunto de conocimientos obtenidos mediante la observación y el razonamiento, sistemáticamente estructurados y de los que se deducen principios y leyes generales con capacidad predictiva y comprobables experimentalmente"[40]. En la ciencia ficción, la ficción es una puesta en escena de la ciencia o de una dimensión particular de esta (experimentaciones, descubrimientos, etc.). Existe pues una relación de equivalencia entre dos lenguajes que en el fondo dicen lo mismo. Como lo ha apuntado Jean-Marc Lévy-Leblond, "lo más extraño del vocablo 'ciencia- ficción' es quizás el guion", presente en el vocablo en francés o en inglés, ese guion que "hace de cópula entre dos términos"[41]. Se plantea la posibilidad de sustituir este signo tipográfico por otro "más explícito"[42] y llega a la conclusión que el signo de igualdad (=) sería el más sugestivo. De hecho, la etimología del término "ficción" revela que su sentido inicial de *fingere* es el de "modelar en el barro, moldear, representar, hacer figuras". La figura como modelo, este es el sentido del guion que se hace signo de igualdad. Y Levy-Leblond concluye: "Entonces se vuelve claro que ciencia y ficción no son en nada incompatibles. Incluso se puede defender la idea de que ese parangón de las ciencias estrictas, la física teórica, *es* ante todo ficción. El físico cuenta historias, inventa mundos"[43]. Al leer a Lévy-Leblond, se podría olvidar que, al principio de su reflexión, negó la capacidad de la ciencia ficción para hablar de la ciencia. De manera contradictoria, es una partícula del significante, el guion, lo que le sirve para señalar la equivalencia entre las dos áreas y, a fin de cuentas, es el género ciencia ficción el que le apuntala sus afirmaciones.

En el marco de las definiciones estudiadas hasta aquí, más que el signo de igualdad, el guion puede ser interpretado como la imagen del signo que más se le acerca, visualmente: el signo de sustracción. En efecto, esas definiciones dicen que si a la ficción se le retira la ciencia (en el sentido mencionado más arriba) poco queda de ese corpus, que ya no

---

[39]   *Ibidem*, p. 294.

[40]   https://dle.rae.es/ciencia?m=form

[41]   Jean-Marc Lévy-Leblond, *op. cit.*, p. 219.

[42]   *Ibidem*.

[43]   *Ibidem*, p. 222.

sería ciencia ficción. Si a la ciencia se le retira la ficción (en su primer sentido etimológico), se vería amputada de su capacidad para moldear imágenes. Y se acaban la física, la geometría etc. Ese mismo movimiento de sustracción se puede observar en Suvin, para quién "el punto de arranque de la ciencia ficción es [...] una hipótesis ficticia ("literaria") desarrollada con un rigor totalizador ("científico")"[44]. Si bien el verbo "desarrollar" implica un aumento, este, sin embargo, se ve mermado por una categoría que lo sobrepasa: la ciencia. Por lo tanto, sin rigor científico, ¿no hay ciencia ficción?

Pero otros especialistas, sobre todo escritores, han hecho de la aproximación y de la desenvoltura hacia la ciencia una manera de circular libremente por territorios plurales; sus textos, mal que bien, han adoptado un architexto como medio de reunión. Otros signos matemáticos, cuya funcionalidad también ha sido señalada por Lévy-Leblond, pero que él considera menos operacionales que el "=", traducen mejor la capacidad del género para incluir formas y modalidades y al mismo tiempo mantener un vínculo entre ellas. Se trata de poéticas abiertas, que corresponden mejor a la producción ciencia-ficcional latinoamericana en general y mexicana en particular.

## Poéticas abiertas

Ciertos autores han sugerido la posibilidad de incluir la ciencia ficción en un conjunto más amplio, que abarcaría otras formas no miméticas, sin por ello condicionar el uso del término a la presencia de la ciencia y de la técnica. Véase por ejemplo la propuesta de Pierre Versin de incluir la ciencia ficción en el campo de las literaturas conjeturales o especulativas[45]. Esta denominación, *speculative-fiction,* atribuida a Damon Knight, Harlan Ellison o Robert Heinlein, ha sido descartada por algunos críticos por ser demasiado imprecisa y permitir que se le asigne la *Divina Comedia*, Kafka o Carroll[46]. Sin embargo, esta denominación acerca el género ciencia-ficcional a la filosofía y, por ahí mismo, al método científico, instaurando una relación más flexible entre el architexto y los textos. Si lo científico de la ciencia ficción estriba más en un método que en la

---

[44]   Darko Suvin, *op. cit.*, p. 13.

[45]   Pablo Capanna, *op. cit.*, p. 40.

[46]   *Ibidem*, p. 41.

presencia concreta de la ciencia y de la técnica, eso haría de ella una literatura filosófica. Es cierto que este enfoque implica una definición más abierta; sin embargo, sigue afectando al género unas miras muy ambiciosas y, por ello, sigue produciendo el mismo efecto de rechazo de ciertas producciones. Además, el acercamiento con el método filosófico ya está en las reflexiones de Suvin o Capanna, sin que ello desemboque en una visión del género más flexible.

Suvin, por ejemplo, aplicó algunos matices a la noción de "conocimiento" que sustenta su definición. En la ciencia ficción, el conocimiento:

> … no implica solo una reflexión *de* la realidad, sino también una reflexión *sobre* la realidad. Es un proceso creado que tiende a una transformación dinámica, y no un simple reflejo del entorno del autor. Ese método típico de la ciencia ficción [...] es de esencia *crítica*, frecuentemente satírica: en los casos más significativos, combina los recursos de la razón y la duda metódica. El parentesco de ese conocimiento crítico con los fundamentos de la filosofía de las ciencias modernas es evidente.[47]

Suvin se refiere a una filosofía de la técnica, una filosofía orientada hacia los cambios sociales relacionados con la modernidad, desarrollada por ejemplo por Günther Anders. Pablo Capanna relaciona la filosofía con la ciencia ficción por el hecho que ambas recurren al pensamiento inductivo, mediante propuestas condicionales. Con la elaboración de una tipología de esos "condicionales contrafactuales", establece las diferencias entre utopía, ucronía y anticipación. El punto en común entre esos tipos de propuestas es el siguiente:

> No parten de un hecho real, sino de algo que no ocurre, no ocurrió o no puede ocurrir. Al no tener correlato con la realidad, son hipótesis que no pueden ser refutadas. En la lógica extensional (cálculo proposicional o álgebra de clases) son siempre verdaderas, aun cuando partan de una premisa falsa, porque no hay criterios para distinguirlas.[48]

Tanto Suvin como Capanna asocian el género ciencia-ficcional al método científico, en cuyo origen está la filosofía. Suvin pone más énfasis en el mensaje ideológico que apunta a una realidad extratextual; Capanna, en el modo de funcionamiento textual.

---

[47]  Darko Suvin, *op. cit.*, p. 17.
[48]  Pablo Capanna, *op. cit.*, p. 248.

Jean Clet-Martin nos brinda una reflexión más reciente sobre las relaciones entre filosofía y ciencia ficción. En su libro *Logique de la Science-Fiction*, entabla un diálogo entre *La lógica* de Hegel y un corpus de ciencia ficción (literatura y cine). Define el género no solo por un juego de espejos con la filosofía, sino también como contraimagen del género fantástico:

> La ciencia ficción es un género híbrido que, antes de darse a conocer bajo ese nombre, había de llamarse también, de manera claramente filosófica, *speculative fiction*. Semejante denominación muestra, en cualquier caso, que esta ficción no pertenece al género "fantástico" que tiende hoy a incluirla… Lo fantástico está hecho de irreal, de prodigioso. Pero la "ficción especulativa" es mucho más conceptual. Toma prestados sus modelos de la ciencia, de la filosofía para atestiguar una *vida* posible.[49]

Aunque la definición siga siendo restrictiva en cuanto a las relaciones de la ciencia ficción y del fantástico, aunque también lamente la predominancia de este último o presente el género como "conceptual" (con cierta dificultad de acceso para el lector), apuntemos el uso que hace de las nociones de híbrido y de préstamo. En efecto, estas son realmente capaces de dar cuenta de las particularidades del género y los escritores mexicanos, lo veremos más adelante, les dan mucha importancia. Volveremos sobre la dimensión filosófica de la ciencia ficción, porque abre campos de reflexión llenos de "senderos que se bifurcan". De momento, sigamos explorando lo que proponen otras definiciones abiertas.

La definición de Judith Merril es considerada por Capanna como la más pertinente: "ciencia ficción es la literatura de la imaginación disciplinada"; una especie de fantasía metódica, nos dice Capanna[50]. El uso que ella hace del acrónimo "ciencia ficción" en inglés (*SF*) es muy sugerente, porque este logra abarcar toda su diversidad: *"science", "spéculation", "fiction", "fantasy", "facts"*[51]. Notemos que este uso también es válido en francés, incluso en español si se juega con la sinonimia de ciertos términos: "ciencia", "conjetura", "ficción", "fantasía", "factual" ("fáctico"). Esta constelación de términos también da cuenta de las paradojas y de las contradicciones del género. Primero, su relación ambigua con la ciencia,

---

[49]  Jean Clet-Martin, *Logique de la science-fiction: de Hegel à Philip K. Dick*, Bruselas, Les Impressions nouvelles, 2017, p. 16–17.

[50]  Pablo Capanna, *op. cit.*, p. 42.

[51]  *Ibidem.*

con la que toma libertades, y la especulación puede traducirse en fantasías científicas. Otra paradoja es su rechazo del realismo, cuando, sin verosimilitud relacionada con hechos empíricos, no se establece un pacto de lectura eficaz, que implique un "nosotros".

Esta lista de términos a partir del acrónimo *SF* permite volver al análisis de Lévy-Leblond, porque puede evocar la operación matemática de suma. Una operación que Lévy-Leblond recusa, porque infringe una regla de oro: "solo se pueden sumar cantidades de la misma naturaleza"[52]. Sin querer tratar de aplicar reglas matemáticas o físicas estrictas a un análisis que pertenece a las ciencias humanas en general y a las letras en particular, notemos sin embargo que una adición de todos estos elementos no da cuenta del efecto dinámico que hace que se constituyan en literatura. La operación de multiplicación nos parece más pertinente, así como el resultado de esta operación: el producto. Como lo señala Lévy-Leblond, el signo "X" se refiere no solo a la operación, sino que también evoca el cruce, "la hibridación de dos especies diferentes"[53], dice Lévy-Leblond a propósito del doblete "ciencia" y "ficción". Si Lévy-Leblond también recusa el signo de multiplicación, a favor del de igualdad, es porque: "Hay que reconocer, sin embargo, que estos productos son excepcionales en la literatura contemporánea, y de ninguna manera definen un género —y que en cualquier caso no pertenecen a la ciencia ficción reconocida"[54]. La multiplicación permite incluir categorías distintas, permite el cruce de las especies, produce formas híbridas que, no obstante, se ven rechazadas lejos del par que les ha dado luz. Estos productos están sometidos a una errancia por territorios movedizos, van a aferrarse a un architexto aunque este los rechaza; aunque estos productos y sus productores rechacen el architexto.

No es de extrañar que haya entre los especialistas mexicanos de la ciencia ficción una preferencia por definiciones abiertas, debido a la historia de mestizaje cultural del subcontinente y a una tradición literaria marcada por los préstamos, la adición, la yuxtaposición y el hibridismo. Nos vamos a detener en las definiciones de dos escritores y teóricos mexicanos de la ciencia ficción: Gabriel Trujillo Muñoz y Alberto Chimal.

---

[52]   Jean-Marc Lévy-Leblond, *op. cit.*, p. 220.

[53]   *Ibidem.*

[54]   *Ibidem*, p. 221.

Gabriel Trujillo Muñoz es autor, además de cuentos y novelas de ciencia ficción, de una obra, *Los Confines*, que explica la historia del género en México. La define de esta manera:

> La ciencia ficción es [...] un género híbrido que lo mismo se inclina a la especulación fundamentada en la ciencia, que rompe con metodologías y racionalidades para abrirse de capa con personajes fantásticos y seres maravillosos, por lo que toma elementos del relato de aventuras, del horror sobrenatural y del manual de divulgación científica, para conformar un monstruo paradójico, que es mayor a la suma de sus partes.[55]

Según esta visión, su carácter híbrido por naturaleza es lo que le da todo su valor a la ciencia ficción. Se trata, aquí, de definir el género por una acumulación de contradicciones. Así, la ciencia ficción se inclina hacia una especulación científica (lo científico del género sería un método y no una presencia concreta de elementos científicos) y al mismo tiempo deja de lado el método razonado de Merril para sumirse en lo insólito sobrenatural de Carlos Abraham. Al contrario de la reflexión de Suvin, el hecho de aglomerar elementos propios de otros géneros o modalidades de escritura no es percibido como una corrupción de un núcleo prestigioso sino como un elemento dinámico, pues el hibridismo implica un proceso de transformación constante. De esta manera, surge un monstruo paradójico, imagen que implica la renuncia a cualquier ideal estético. Trujillo Muñoz afirma que los escritores que practican la ciencia ficción deben estar dispuestos a sacrificar la "calidad literaria"[56]. De la misma manera, Gérard Klein subraya que la ciencia ficción "descuida fácilmente"[57] la forma literaria, lo cual forma parte de las numerosas paradojas inherentes al género. Esta poca atención a la forma sería, entre otras cosas, lo que la haría adscribir a la paraliteratura. Esta noción funciona en paralelo con el carácter híbrido, y por lo tanto movedizo, del género. De hecho, el resto de la definición de Trujillo Muñoz insiste en la idea de la mutabilidad del género:

---

[55] Gabriel Trujillo Muñoz, *Los confines: crónica de la ciencia ficción mexicana*, 1. ed., México, D.F., Grupo Editorial Vid, 1999, ("Colección Mecyf", 3), p. 11.

[56] *Ibidem*, p. 113.

[57] Gérard Klein, "La Science-Fiction est-elle une subculture ?", [En línea : https://www.quarante-deux.org/archives/klein/divers/subculture.html]. Consultado el 4 de marzo 2020.

> El que esta mezcla entre lo imposible y lo improbable represente uno de los mayores logros de nuestra época se debe, en buena medida, a que la ciencia ficción es una de las primeras *ars combinatoria* de nuestra modernidad desde que sus creadores supieron dar vida a sus historias y personajes con una perspectiva a la vez culta y popular.[58]

La definición de Trujillo recuerda la declinación del acrónimo *SF* de Merrill de manera menos depurada y evoca la operación matemática de la multiplicación. Sin embargo, nos inclinamos a pensar que la operación matemática con más capacidad para traducir la dinámica del género es una multiplicación compleja, lo que se llama en álgebra combinatoria una ecuación factorial. El resultado de esta, obtenido a partir de las permutaciones (de la combinatoria) de los términos, es exponencial: un monstruo paradójico e híbrido. La ciencia ficción es un lugar privilegiado de cristalización de la "hibridación fecunda", según la formulación de Milagros Ezquerro[59], entre el campo científico y el campo textual.

Esta concepción de la ciencia ficción como género híbrido se inscribe en la estela de las teorías posmodernas, de las que encontramos un eco evidente en la definición de Trujillo Muñoz. Los dos adjetivos empleados para significar la capacidad de amalgama del género (imposible/improbable) marcan una gradación implícita entre lo maravilloso y lo extraño. Trujillo Muñoz sitúa a la ciencia ficción en un lugar impreciso. Esta mutabilidad es el motor que garantiza su avance:

> [...] la ciencia ficción ha seguido desarrollándose conforme ha canibalizado a otros géneros literarios, como la utopía, la novela negra y la fantasía épica, para continuar afinando sus visiones del universo y del papel que le corresponde en éste a la humanidad.[60]

La ciencia ficción aparece como un género "oportunista", que toma todo lo que está en el aire para producir algo diferente. En este sentido, se podría concluir fácilmente que ello explica que haya encontrado un terreno propicio en las letras latinoamericanas, marcadas por la misma dinámica. Sin embargo, es de constatar que se trata de un corpus periférico. Las causas de este fenómeno son múltiples.

---

[58]    Gabriel Trujillo Muñoz, *op. cit.*, p. 11.

[59]    Milagros Ezquerro, "De l'hybridation féconde", *Cahiers de Narratologie. Analyse et théorie narratives*, REVEL, juillet 2010.

[60]    Gabriel Trujillo Muñoz, *op. cit.*, p. 11.

Alberto Chimal define de esta manera la ficción especulativa, término que prefiere, según explica, a la traducción "boba ciencia ficción": "[...] intentos de imaginar a partir de lo existente, de fantasear de forma razonada, de jugar a que ciertos sueños –o ciertas pesadillas– pueden ser realidad"[61]. La razón es para Chimal, más que la ciencia, la clave de la definición del género, como también afirman numerosos especialistas. Su preferencia por el término ficción especulativa añade la dimensión filosófica como elemento de la ecuación factorial y podríamos avanzar que este elemento funciona como catalizador o piedra de toque.

Chimal incluye la ciencia ficción en un conjunto más amplio. Se refiere a la "literatura de imaginación", denominación generalmente utilizada para las literaturas no miméticas: "La que se ancla en el uso de la imaginación fantástica, sin importar si queda encuadrada o no en algún subgénero conocido"[62]. Aclara que este rechazo de las etiquetas o matrices preestablecidas se explica por peculiaridades inherentes a la manera de escribir y leer en México. Volveremos sobre este punto, pero señalemos ya la importancia que tiene, para Chimal, diferenciar esta noción amplia de las nociones convencionales como el "género fantástico", para evitar construir un catálogo de "temas". Propone una definición de la imaginación fantástica:

> [...] es únicamente el acto de imaginar a sabiendas de la imposibilidad de lo imaginado: de su desacuerdo con una idea preexistente de lo "posible" o de lo "real". Los textos en los que este acto tiene lugar aspiran a lograr, aunque sea brevemente, el efecto fantástico: el súbito distanciamiento que se produce entre lo leído y nuestras ideas recibidas sobre el mundo.[63]

Para Chimal, aunque las nociones que formula (imaginación fantástica o literatura de imaginación) parezcan sencillas, son importantes porque apartan las nociones de "género" y "subgénero", que se confunden y siempre son imprecisas:

> Y esto es importante, tanto para mí como para varios colegas en México, porque es nuestra apuesta para hacernos de un espacio en el que ser leídos: un

---

[61] Alberto Chimal, "Epílogo", en Bernardo (BEF) Fernández, (ed.). *Los viajeros: 25 años de ciencia ficción mexicana*, ed. Bernardo (BEF) Fernández, México, Ediciones SM, 2010, ("Gran angular", 48M), p. 233–237, p. 233.

[62] Alberto Chimal, "La imaginación en México", *Territorios de la imaginación: poéticas ficcionales de lo insólito en España y México*, 2016, p. 35–49, p. 36.

[63] *Ibidem*, p. 39.

espacio en la percepción de nuestros posibles lectores que no esté ya ocupado por textos que no hicimos nosotros y que imponen expectativas de lectura en las que no cabemos.[64]

Se trata de un corpus que se enfrenta a uno o varios architextos que no aceptan su heterogeneidad. Sin embargo, como lo hemos señalado ya en el inicio de este trabajo, el architexto "ciencia ficción" fue el que se impuso. Ezequiel De Rosso se refiere a una "fidelidad compulsiva" (una fórmula del argentino Sergio Gaut Vel Hartman) hacia él, por parte de una literatura que no satisface la principal condición del contrato, la presencia de la ciencia:

> La ciencia ficción es una categoría ajena a la producción latinoamericana (es un "rótulo anglosajón"); su práctica, por otra parte, no responde a las reglas que parecen imperar en los espacios culturales en los que surgió la categoría (la cf latinoamericana "–en el mejor de los casos– apenas roza la ciencia"); sus autores por último, deliberadamente se resisten a incorporarse a la "corriente general" por vía de lo fantástico, insisten, pues, en ser considerados practicantes de "lesa literatura."[65]

Hoy en día, los metadiscursos producidos por algunos escritores sugieren "la inestabilidad constitutiva" del género[66]. De Rosso menciona el caso de Carlos Gamerro, para quién la literatura argentina (ciencia ficción, fantástico, realismo) posterior a los años 80 se funde en un conjunto más amplio, un "continuo hiperrealista", y el de Edmundo Paz Soldán, que afirma que no existe ninguna novela realista que no juegue con las convenciones del relato policiaco o que no introduzca elementos ciencia-ficcionales[67]. De tal manera que se instala un desfase, pues los escritores niegan que escriben ciencia ficción, mientras que la crítica afirma lo contrario:

> Así es que para estudiar ese desfase tal vez sea necesario volver a la ciencia ficción (como, por otra parte, sugieren tanto Gamerro como Paz Soldán)

---

[64] *Ibidem*, p. 40.

[65] Ezequiel de Rosso, "Una compulsiva fidelidad: sobre tres historias nacionales de la ciencia ficción", *Revista Iberoamericana*, vol. 83 / 259, septiembre 2017, p. 265–282, p. 265.

[66] Ezequiel de Rosso, "La línea de sombra…", *La ciencia-ficción en América Latina: entre la mitología experimental y lo que vendrá*, LXXVIII, ed. coordinado por Silvia Kurlat Ares, junio 2012, p. 311–328, p. 318.

[67] *Ibidem*.

menos porque los textos pertenezcan a ese género, sino antes bien, porque parecen evocarlo y las formas de esa evocación tal vez nos permitan entender la circulación de esas novelas, esa "cienciaficcionalidad" inscripta en su "realismo tecnológico".[68]

Entre evocar y pertenecer surge una línea divisoria que separaría la ciencia ficción en dos tendencias señaladas por Trujillo Muñoz y muchos otros: los *diletantes* del género y los verdaderos culpables del crimen de lesa literatura. Entre los autores de la "literatura de imaginación", tal como la define Alberto Chimal, se produce un juego de tensiones y de ambivalencia. Por una parte, está la voluntad de no dejarse encerrar por una etiqueta, pero por otra parte la denominación "ciencia ficción" es la que les da cierta visibilidad en el mercado. Este conflicto marca toda la trayectoria del género en México, lo veremos más adelante. Notemos de momento que entre los metadiscursos sobre la ciencia ficción, se evoca una figura recurrente, la de Jorge Luis Borges. Lo encontramos por ejemplo como punto de arranque de la reflexión de Jean Clet-Martin sobre la cercanía de la ciencia ficción y de la filosofía, más en concreto una rama de esta, la metafísica:

> La metafísica, como la ciencia ficción, es un pensamiento de lo absoluto que no reposa quizás sobre ninguna ley observable, ningún principio [...] una rama precisamente de la ciencia ficción, como por cierto lo afirmará Borges, para quién la metafísica y la ficción comparten un mismo gusto por lo extraño.[69]

Esta disquisición por Borges para señalar que las relaciones intrínsecas entre la ciencia ficción y la metafísica son tanto más notables cuanto que el elemento que los vincula es lo extraño, lo que pone de realce, una vez más, el funcionamiento de la ecuación factorial. Es más, el texto de Borges evocado ("Tlön, Uqbar, Orbis Tertius") dice exactamente: "Los metafísicos de Tlön no buscan la verdad ni siquiera la verosimilitud: buscan el asombro. Juzgan que la metafísica es una rama de la literatura fantástica.[70]"

La metafísica tlönista aspira a crear extrañeza, ese *sense of wonder* del que los especialistas de la ciencia ficción concuerdan en decir que

---

[68]  *Ibidem.*

[69]  Jean Clet-Martin, *op. cit.*, p. 20.

[70]  Jorge Luis Borges, *Ficciones*, Madrid; Buenos Aires, Alianza; Emecé, 1972, ("El Libro de Bolsillo"), p. 24.

constituye uno de los objetivos propios del género. Pero es la literatura fantástica la que aparece, bajo la pluma de Borges, como el tronco del árbol. Y el vehículo de esta reflexión es una ficción considerada programática en el conjunto de la obra de Borges y, hasta hace poco, difícilmente clasificada como ciencia ficción.

Para Luis C. Cano, la obra y la figura de Borges se han vuelto referencias casi obligatorias en los discursos de y sobre la ciencia ficción hispanoamericana de final de siglo. Los dos procedimientos de incorporación de la figura y de la obra de Borges son, por un lado, la inclusión de estilemas considerados propios de su escritura (según la acepción dada por Eco a ese término en *Apocalípticos e integrados*[71]) y, por otro lado, su mención en numerosos artículos como figura tutelar. Esta modalidad de incorporación permite establecer una tradición y, al mismo tiempo, reivindicar y problematizar la función de lo popular en las producciones ciencia-ficcionales[72].

Cano señala la evolución de la noción de estilema y afirma que los estudios posestructuralistas han mostrado que su funcionalidad va más allá de las relaciones sintácticas en el interior del texto para alcanzar niveles de interacción cultural que sobrepasan los límites del texto. La noción de estilema es operativa para dar cuenta de la dinámica de la recepción y de las modalidades de delimitación de los géneros literarios. Por todas las ramificaciones que implica, en escuelas literarias, influencias, relaciones de continuidad o discontinuidad entre escritores, la noción de estilema cobra una importancia particular a la hora de abordar las modalidades populares. Para Cano, en la literatura hispanoamericana del siglo XX, ningún escritor encarna el alcance y el impacto de la noción de estilema tan notablemente como Borges[73]. En los ejemplos que da Cano, observamos que define como estilemas una serie de temas, motivos y figuras recurrentes en la obra de Borges. El procedimiento de integración de los estilemas concierne a todo escritor canonizado, pero el interés del caso de Borges estriba en la manera en que este reivindicó las llamadas literaturas

---

[71]   Umberto Eco, *Apocalípticos e integrados*, Penguin Random House Grupo Editorial España, 2011, p. S/P.

[72]   Luis C. Cano, "Apoteosis de la influencia, o de cómo los senderos de la ciencia ficción hispanoamericana conducen a Borges", *Revista Iberoamericana*, vol. 83 / 259, septiembre 2017, p. 383–400, p. 384.

[73]   *Ibidem*, p. 385–386.

populares, lo cual puede implicar una relectura y un nuevo examen de ciertos textos y géneros, entre los cuales está la ciencia ficción:

> Proclamar a Borges como modelo literario se ha convertido en sinónimo de declarar una poética libre, una autonomía artística para elegir el tipo de literatura que se quiera trabajar y el posicionamiento en una tradición específica dentro del marco escritural hispanoamericano.[74]

En el siglo XXI, se manifiesta un interés creciente por las modalidades artísticas calificadas de populares. El auge, no solo de la ciencia ficción, sino también del horror y de las variaciones del fantástico ha tenido como consecuencia una nueva definición de lo que es "culto" y de lo que es "popular":

> Un resultado de este proceso revisionista es la exploración retrospectiva y la renovación de una amplia red de discursos que florecieron a mediados del siglo XX. [...]. Y, para Hispanoamérica, el punto de referencia más prestigioso (aunque no el único o el más prolífico en cuanto a producción) es Jorge Luis Borges.[75]

Uno de los escritores mexicanos que reivindican la figura y la obra de Borges es Alberto Chimal. Volveremos ampliamente sobre las modalidades del diálogo transtextual entre los textos de ficción y de dicción de Chimal y los de Borges. Por ahora, apuntemos que el hecho de que un escritor mexicano reconocido y que practica la ciencia ficción reivindique la figura de Borges como fundamental en el desarrollo del género significa una invitación no solo a releerlo, sino también a reconsiderar, a su luz, la definición de la ciencia ficción:

> Pero los más grandes autores de CF en este siglo deben, si no un gran conjunto de obras dentro del género, sí una soberbia interpretación de sus convenciones y premisas, así como un listado enorme de precursores e influencias, a un escritor que no acostumbramos mencionar al discutir el tema: Jorge Luis Borges.[76]

La ciencia ficción como género, popular o paraliterario, ha encontrado en la figura y la obra de Borges una manera de integrarse al canon o *mainstream*, porque a la base del universo borgesiano está una

---

[74]  *Ibidem*, p. 388.

[75]  *Ibidem*, p. 391.

[76]  Alberto Chimal, "Borges y la Ciencia Ficción", *Primeras noticias. Revista de literatura*, 2002, p. 77–81, p. 77.

reivindicación de los géneros populares: "… la función que Borges ostenta como indicador cultural y principio integrador para el entretejimiento de las narrativas populares con los discursos del canon a la vuelta del siglo es incuestionable"[77]. Observemos sin embargo que Borges escribe que la ciencia ficción estadounidense en sus primeros tiempos, con Gernsback y *Amazing stories*, "no es un género popular; los lectores son en su mayoría hombres, y en general ingenieros, químicos, hombres de ciencia, tecnólogos y estudiantes"[78].

## Ciencia ficción, paraliteratura e hibridismo

Son fáciles de entender los problemas relacionados con la aplicación de las nociones de literatura de masas o de paraliteratura a la ciencia ficción mexicana. El analfabetismo (o el analfabetismo funcional), muy frecuente entre las clases populares, implica que "marginalización" no equivale a "popular" (que proviene del pueblo, que se dirige al pueblo). Estamos hablando de un segmento del lectorado mexicano instruido y capacitado para el ejercicio de extrapolación y de cognición propio del género, un lectorado al que le interesan la ciencia y la técnica como la literatura. Por supuesto, este segmento lo componen en parte los mismos autores, así como docentes universitarios interesados en curiosidades literarias. Estudiar el lectorado tipo de la ciencia ficción mexicana, el público-meta[79], atañe a una sociología de la lectura. Una dimensión que sería interesante explorar en el marco de otro trabajo. Lo que sí cabe ahora es diferenciar lo popular de lo paraliterario.

Si para algunos el término "paraliterario" es anticuado, varios decenios después de la aparición de las teorías posmodernas, algunas maneras de clasificar, de ordenar y valorar las producciones culturales siguen poniendo de manifiesto unos mecanismos de exclusión aún vigentes.

Marc Angenot trata de "entender y confrontar la diversidad de las lógicas de exclusión y de devaluación" que hacen que numerosos textos literarios se encuentren rebajados a la categoría de lo infraliterario o de

---

[77] Luis C. Cano, *op. cit.*, p. 398.

[78] Jorge Luis Borges, *Introduction à la littérature nord-américaine*, trad. Luis Jiménez Olivier, L'Âge d'homme, Lausanne, 1973, p. 115.

[79] Marc Angenot, *Les dehors de la littérature: du roman populaire à la science-fiction*, París, Honoré Champion, 2013, p. 243.

lo paraliterario. Señala que la respuesta a esas preguntas es "inextricablemente estética, sociológica y cuasi política"[80]. Aunque las preguntas que plantea Angenot se refieren a la evolución de los géneros populares en el siglo XIX (entre los cuales está la ciencia ficción), sus postulados son todavía operativos para sectores enteros de producciones literarias que siguen siendo el patito feo, sobre todo para la academia.

El defecto evidente del que sufre ese "inmenso desperdicio" del que habla Angenot tiene que ver con una *carencia*: una "esterilidad hermenéutica" (que va de la falta de destreza a la banalidad, pasando por la estereotipia y la previsibilidad). Enfrente, encontramos formas literarias capaces de una "perspicacia existencial" que no se puede disociar de la dimensión estética (la "lengua hermosa"), al fin y al cabo una capacidad para "traducir su sutil observación del mundo y de los hombres en una lengua con estilo"[81].

Angenot recuerda que en el siglo XIX "la legitimidad literaria era estrictamente el reflejo de una jerarquía social. La relegación de lo paraliterario [...] tenía ese mérito que funcionaba a base de evidencia: es homóloga de la superioridad de 'clase' del burgués culto"[82]. Pero un fenómeno vendrá a confundirlo todo, la "sutura entre lo literario y su 'exterior', un nivel intermedio, un 'arlequín-estofado estético-comercial' al que mucho más tarde se llamará *best seller*"[83]. Es en ese territorio donde se arraigará la ciencia ficción anglosajona.

A partir del inicio de los años 60, dos tendencias se oponen, a las que Umberto Eco sintetizó en su célebre fórmula "Apocalípticos e Integrados". La óptica de estos, los integrados, corresponde a las teorías posmodernas: las fronteras entre las bellas letras y el gran desperdicio de las que habla Angenot se difuminan. Sin embargo, Angenot describe una tercera postura:

Entre los que desprecian y los que adoran las culturas no canónicas, se puede sin embargo insertar una tercera problemática, la larga y erudita tradición "etnográfica" que hace de las culturas supuestamente ilegítimas un objeto analizado en su medio social, su lógica y sus dimensiones propias sin

---

[80]   *Ibidem*, p. 8.

[81]   *Ibidem*, p. 8–9.

[82]   *Ibidem*, p. 11.

[83]   *Ibidem*.

necesidad de expulsarlo por principio a las tinieblas exteriores o, por principio opuesto, de encumbrarlo.[84]

Se trataría de relacionar el texto con el "fuera del texto" (o *out of text*) y con el conjunto del discurso social. Los estudios culturales son probablemente el mejor instrumento para aprehender ese corpus movedizo, híbrido, que reta los cánones y las normas del buen gusto. Y, según Milagros Ezquerro, sería la manera más apta para dar cuenta del texto como "sistema complejo, abierto y autoorganizador"[85].

Los términos de Angenot proponen una matriz de lectura que puede convertirse en una poética abierta de la ciencia ficción:

> [...] los textos que problematizan, alteran y desplazan la *doxa* hegemónica son aquellos que inscriben cierta indeterminación –lo cual los hace difíciles de leer en lo inmediato, pero les asegura una potencialidad, más o menos duradera, de legibilidad "diferente". Los textos devaluados, "fuera" de la literatura, los textos-mercancías, dejados en cierto modo sin vigilancia, pueden interesar no solo al crítico de la letras sino también al sociólogo y al historiador en cuanto se pueden analizar *a la vez* como repetición de fórmulas comprobadas, como estereotipia, productos de "consumo inmediato", como compulsión de volver a decir lo ya dicho, como pre-juicio y des-conocimiento *y* como movimiento, deslizamiento, ironía, surgimiento de lógicas diferentes, del *noch-nicht-Gesagtes*, de lo todavía-no-dicho.[86]

Bello programa pare leer lo híbrido, un concepto latente en las líneas de Angenot, pero que hay que considerar en su relación con lo paraliterario. Algunas definiciones de la ciencia ficción, lo hemos visto, hacen hincapié en su carácter híbrido, porque toma prestados sus contenidos de la ciencia y de la filosofía; linda con lo fantástico o lo extraño. El estudio de lo paraliterario y de lo híbrido son procederes afines, pues el acercamiento a ambos fenómenos implica la necesidad de plantear una hipótesis: el lenguaje filosófico es lo que los reúne. En efecto, existe un paralelismo entre las modificaciones y transmutaciones que originan cierta dificultad para encasillar el objeto híbrido en una categoría cerrada y el proceso de catalogar y/o determinar el carácter literario o paraliterario de una obra. Por ejemplo, según Alain-Michel Boyer:

---

[84] *Ibidem*, p. 15.

[85] Milagros Ezquerro, *op. cit.*, p. S/P.

[86] Marc Angenot, *op. cit.*, p. 17–18.

> [...] la noción de paraliteratura nos puede permitir identificar mejor, interpretar mejor las crisis epistemológicas que, con intervalos regulares, achacan al discurso crítico desde el romanticismo [...]. Nos permite comprender mejor los mecanismos de reconocimiento y de institucionalización de los escritores, de las obras, de los géneros, de entrever cómo se crean las fronteras, a un lado y otro de las cuales se pretende situar a tal o cual autor, a tal o cual lector.[87]

La ciencia ficción se encuentra en el cruce entre lo híbrido y lo paraliterario, lo cual no es el caso de todos los géneros. El ensayo, por ejemplo, es un género híbrido, pero de ninguna manera paraliterario, pues este término conserva su connotación de "popular". Este lugar particular y periférico, que comparte con otros géneros populares, le proporciona la capacidad de interrogar el centro (la literatura canonizada) y, por lo tanto, de interrogar la literatura a secas:

> Si se impone como el más apropiado [el término paraliteratura], es porque posee la doble ventaja de negarse a cualquier ceguera ante una serie de interrogantes que plantea el hecho literario y, desde su propia situación, de interrogar a la literatura para ver cómo, a partir de las paraliteraturas, es posible cuestionar a la literatura, como desde otra orilla —esa literatura que, usualmente, define por sí sola su ubicación. Ver cómo la novela policiaca, la ciencia ficción, la novela de espías pueden contribuir a nuestra comprensión del hecho literario en general. Por lo tanto, el término "paraliteratura" debe ser considerado como un instrumento de análisis, una herramienta que tiene por objeto socavar las certidumbres de las instancias de consagración; una *noción límite* que puede suscitar un nuevo tipo de razonamiento sobre la creación ; y, en fin, como lo que se podría llamar un *concepto operatorio*, gracias al cual, sin satisfacerse de la dicotomía literario/no literario, y sin que pueda, sobre todo, reflejar una distribución social de las culturas, se hace posible interrogar a dos conjuntos el uno a través del otro. En resumidas cuentas, se trata de lo que la filosofía llama una hipótesis heurística.[88]

La relación entre la filosofía y lo paraliterario se refuerza con la ciencia ficción, debido a los mecanismos y a las temáticas propios de esta y al sitio periférico que ocupa respecto a la literatura que forma parte del canon. Estudiar una ciencia ficción mexicana tendría como pertinencia hacer más eficaz el estudio del hecho literario en México, es decir, tratar de dar cuenta de la fisonomía de la literatura mexicana hoy en día. Esta manera

---

[87] Alain-Michel Boyer, *Les paralittératures*, París, Armand Colin, 2008, ("Collection 128 Série lettres"), p. 9.

[88] *Ibidem*, p. 15.

de abordar los problemas inherentes a las relaciones entre la literatura y la paraliteratura (incluyendo a la ciencia ficción), hace que el término "ficción especulativa" sea más operativo que el de "ciencia ficción". Siendo la literatura el verdadero objeto de especulación, esta denominación revela el potencial metatextual de la ciencia ficción en tanto que paraliteratura.

Lo paradójico es que la noción de paraliteratura implica una relegación, una marginalización o guetización, mientras que la "literatura de circuito restringido"[89], la del *mainstream* o del canon, opera una verdadera segmentación del lectorado, un elitismo de la cultura:

> La "paraliteratura" no es, de ninguna manera, una categoría en sí ni un "sector" inscritos en una oposición binaria con la literatura canonizada, –es una batahola de exclusiones, de relegaciones que no deja intacto sino un residuo austero de obras supuestamente "originales" dirigidas a un lector adulto de sexo masculino, burgués de cultura y de temperamento, en plena connivencia con los valores letrados y su transmisión secular, desdeñoso de las trivialidades de la vida política[90].

La dimensión popular de la ciencia ficción se tiene que considerar, desde algunos decenios, teniendo en cuenta su amplia difusión por otra vía que la de las letras: la industria de la imagen. Pablo Capanna recalca el papel de la saga *Star Wars* de Georges Lucas: "A partir de ese momento, los efectos especiales fueron la estrella y la literatura quedó eclipsada. La ciencia ficción ya no sería una industria sino dos: la editorial y la cinematográfica"[91]. Chimal también subraya el hecho de que basta con mirar la televisión para cerciorarse de que, hoy en día, las influencias literarias más importantes en la cultura de masas son dos subgéneros despreciados por la crítica "seria": el fantástico y la ciencia ficción[92].

---

89   Marc Angenot, *op. cit.*, p. 20.
90   *Ibidem*, p. 21.
91   Pablo Capanna, *op. cit.*, p. 29.
92   Alberto Chimal, *op. cit.*, p. 77.

# Panorama de la ciencia ficción en México.

## Una trayectoria entre guetización y legitimación

Los inicios de la ciencia ficción mexicana se remontan al período novohispano. En su recorrido, se puede observar el diálogo constante del género ciencia-ficcional en ciernes, tanto con su contexto de producción como con la tradición europea. Así es como, en el México de 1773, un monje franciscano, Manuel Antonio de Rivas, se atreve a publicar un relato que habla de un personaje que se transporta a la luna y discute con sus habitantes de las posibilidades de encontrar vida en el universo. Hay que recordar que la emancipación de los países de Hispanoamérica ha sido primero intelectual, con el auge de las ideas científicas y filosóficas del siglo XVIII (Newton, Voltaire, Diderot). En América, eran ideas subversivas y cualquiera que mostrase interés por la ciencia era reprimido por el poder colonial. Luego, Fernández de Lizardi ensanchó la experiencia con *El periquillo sarniento*. Dos capítulos de El *periquillo* tienen por marco una isla, Saucheofú, donde naufraga el personaje. Constituyen una suerte de utopía: en ellos, Lizardi presenta un proyecto de sociedad ideal, una república soberana que sirve de punto de comparación con la sociedad colonial del virreinato de Nueva España, a la que critica en su obra. En 1844, en plena época del *caudillismo*, un escritor conocido bajo el seudónimo "Fósforos" publica en la revista *Liceo Mexicano* un texto titulado *México en el año 1970*. Se creyó en aquel momento que el seudónimo disimulaba la identidad de José Joaquín Mora[93], director de la revista e intelectual renombrado. Lo esencial del relato consiste en un diálogo entre dos personajes, don Próspero y Ruperto, alegrándose el primero del advenimiento de un porvenir resplandeciente hecho de bienestar social y de prosperidad económica. El contexto inmediato, la guerra con los Estados Unidos y sus consecuencias nefastas, le brinda material a la intención crítica del texto, que se inscribe claramente en el proyecto de civilización del siglo XIX.

---

[93]  Gabriel Trujillo Muñoz, *op. cit.*, p. 39.

Más tarde, en la época modernista, el poeta Amado Nervo deja de lado el mundo de su generación, lleno de centauros y de cisnes, y publica en 1906 el cuento "La última guerra", cuyo tema es la rebelión de los animales contra la dominación de los hombres, mucho antes que *Animal Farm*, de George Orwell (1945). Nervo avanza una respuesta a la teoría evolucionista de Darwin, que se traduce en México por la aplicación del positivismo por el Partido Científico de Porfirio Díaz. Su poema "Kalpa", de 1916, también es considerado un texto precursor; le ha dado su nombre a uno de los premios más importantes concedidos a las obras de ciencia ficción en México.

Julio Torri, en 1917, año climatérico de la promulgación de la Constitución de Querétaro, publica *La conquista de la luna*. En ese texto breve, Torri se divierte presentando una crítica de la imitación de las modas procedentes de fuera, en este caso la de los lunáticos. Jugando con una analogía paródica, Torri apunta a los *afrancesados*: la moda llena de humo y oscura de los lunáticos se compara explícitamente con el estilo de vida parisino.

Este corpus de ficciones científicas constituye una minoría dentro de las letras nacionales. En efecto, con el advenimiento de la revolución mexicana, el modelo realista se instala como parangón y con él un sub-género que marcará las letras mexicanas a lo largo del siglo XX, y más allá: la novela de la revolución mexicana. Es cierto que, paralelamente, surge una literatura urbana (la literatura de la "Onda", por ejemplo), pero en la cual domina la representación realista.

Según Alberto Chimal, la situación así creada va a ejercer un gran peso sobre la manera de leer y de escribir en México. En "La imaginación en México", refiere una anécdota que tuvo lugar al final de los años 90 y que da mucho que pensar. Participaba en un foro de Internet dedicado a la literatura fantástica y de ciencia ficción. Uno de los participantes, un español, afirmó que los mejores escritores mexicanos de literatura fantástica y de ciencia ficción eran Carlos Fuentes y Carmen Boullosa. Esta afirmación provocó la perplejidad de los mexicanos que participaban en el foro, no porque Fuentes o Boullosa no mereciesen ser considerados los "mejores", sino porque el adjetivo estaba asociado a los dos géneros mencionados. Chimal trata de explicar las razones de esta perplejidad, debida según él a una serie de prejuicios en torno a la escritura y la lectura en México; unos prejuicios que nunca han sido realmente explicitados pero que por ello conservan una fuerte vigencia:

Uno de estos prejuicios era que autores de cierto prestigio, como Fuentes y Boullosa eran y son hasta hoy, no podían ser considerados en principio como escritores "de fantasía" o "de ciencia ficción". De hecho, su obra no podía recibir calificativo ni modificador alguno: eran parte de la literatura a secas o (así lo entendíamos) de la literatura *normal*: la que obedecía a la norma.[94]

Subraya la dificultad de definir esta norma pero, en cualquier caso, implicaba no escribir sobre ciertos temas o no recurrir a ciertos procedimientos formales. Se trataba de la exigencia de atenerse a la representación realista antes mencionada: la descripción de la vida diaria, del trasfondo político del momento o de los espacios urbanos[95].

Trujillo Muñoz también señala el peso aplastante de un realismo "exacerbado"[96] en la literatura mexicana y el papel preponderante de la revolución mexicana. Sin embargo, algunas voces discordantes se hacen oír:

> Esta feliz diversidad es la que permite que la literatura mexicana no caiga en la unidimensionalidad temática en la primera mitad del siglo XX y nos sorprenda con obras extrañas a su corpus principal. Labor de heterodoxos, de vanguardistas irónicos que no temen incursionar por los caminos vecinales de la literatura nacional.[97]

Las obras de ciencia ficción mexicana, objeto del libro de Trujillo Muñoz, aparecen como formas que se desprenden de un núcleo resistente para tomar rutas desviadas. Este carácter marginal respecto a un corpus "nacional" marcará la trayectoria del género hasta nuestros días. Sin embargo, este carácter marginal no se aplica de manera unívoca a todos los textos y autores que incurren en el género. Los años 50 en México han dado lugar a grandes cuestionamientos y cambios culturales. Trujillo Muñoz menciona los hitos que representarán, en el contexto de la Guerra Fría, algunos textos de Carlos Fuentes y de Juan José Arreola en el "deshielo"[98] de la ciencia ficción mexicana. Se trata, para Fuentes, de "El que inventó la pólvora" y "En defensa de la trigolibia", publicados en 1954 en *Los días enmascarados*. En cuanto a Arreola, se trata en particular de "Baby HP", "Anuncio" y "En verdad os digo", publicados en 1952

---

[94] Alberto Chimal, *op. cit.*, p. 35.

[95] *Ibidem*, p. 35–36.

[96] Gabriel Trujillo Muñoz, *op. cit.*, p. 75.

[97] *Ibidem*.

[98] *Ibidem*, p. 109.

en *Confabulario personal* y vueltos a publicar en antologías de la ciencia ficción mexicana. Por una parte, Trujillo Muñoz afirma que estos dos autores van a abrir el camino para escritores como José Emilio Pacheco, Homero Aridjis o Salvador Elizondo. Por otra, dictamina que es en ese período (los años 50) cuando la ciencia ficción se divide en dos prácticas o tendencias diferentes. En un primer grupo, estarían escritores que practican el género de manera esporádica; luego, en el segundo grupo, aquellos que "solo quieren ser escritores de este género; se convierten en miembros orgullosos de un gueto literario titulado 'ciencia ficción', dejando de lado la calidad literaria"[99]. Dos ramificaciones: la primera, la del *mainstream*, y la segunda, ese gueto al que le costará ser reconocido por la academia y que se desarrollará a través de revistas y *fanzines* efímeros. A la luz de la trayectoria del género en México y de los hechos señalados por Trujillo Muñoz, cabe preguntarse de qué manera los textos de Fuentes y Arreola producidos en esa época de transición contienen las premisas de lo que será la ciencia ficción mexicana de finales del siglo XX y de principios del XXI, y si anuncian las dos tendencias mencionadas por Trujillo Muñoz[100]. En los textos aludidos, lo que teje la diégesis son declinaciones de la ciencia: la técnica, la lógica, la noción de "sistema", a lo que se añaden las temáticas catastrofistas. Así que encontramos en ellos elementos que caracterizarán dos vertientes preponderantes de la ciencia ficción de finales del siglo XX: el *cyberpunk* y las distopías apocalípticas, dos corrientes que, frecuentemente, se mezclarán una con otra. La trayectoria de los dos escritores parece establecer el paradigma entre las dos tendencias de la ciencia ficción mexicana: Fuentes encarnaría la primera, la de los escritores canonizados que introducen elementos ciencia-ficcionales de manera esporádica en algunas de sus obras; Arreola, la segunda, aquellos que se encuentran al margen de los sistemas editoriales y que, además, lo reivindican como figura tutelar, pues sus cuentos están en las antologías que esos mismos escritores han publicado con el fin de hacer conocer y valorizar el género.

---

[99]  *Ibidem*, p. 113.

[100]  Hemos abordado estos aspectos en una ponencia presentada en el coloquio internacional "Ficción y Ciencia" que tuvo lugar en la universidad de Lausana en noviembre de 2019 y cuyas actas están por publicarse: "El factor 'ciencia' en algunos cuentos de Juan José Arreola (*Confabulario personal*, 1952) y Carlos Fuentes (*Los días enmascarados*, 1954): señales de una ciencia ficción por venir".

La dimensión periférica de la ciencia ficción, vinculada a la contracultura, se acentúa en los años 60 cuando Alejandro Jodorowsky (Chile) y René Rebetez (Colombia) fundan el "Club mexicano de Ciencia ficción" y la revista *Crononauta* (1965–1967)[101]. También en aquella época empiezan a surgir en la ciencia ficción los elementos localistas.

En 1968, año emblemático del punto de vista de la historia política, también lo es para la ciencia ficción mexicana, con la publicación de *Mexicanos en el espacio* de Carlos Olvera, novela que combina el *space opera*, la tendencia localista ya mencionada y el recurso a una lengua popular y urbana que lo acerca a la literatura de la "Onda"[102]. Según Trujillo, que reproduce algunas páginas de la novela en *Los Confines*, se trata de una obra maestra del género que, con un humorismo burlón, aborda la temática de la exploración del espacio y, sobre todo, sus consecuencias inesperadas y estrambóticas. La irrisión aplicada a sí mismo presente en este texto es considerada por Trujillo como una necesidad, cuenta habida de una "alma nacional" caracterizada por el negror[103].

Bien es cierto que el humorismo y la irrisión estarán, más tarde, al origen de textos de ciencia ficción muy notables. Sin embargo, tratándose de esa novela clave, a la luz de las páginas reproducidas por Trujillo Muñoz, nos parece que se trata menos de irrisión que de autosatisfacción machista del "mexicano ladino"[104], aquel que hace de la corrupción su *modus vivendi*. Esta vertiente de la ciencia ficción mexicana corresponde a lo que Chimal llama "nopal fiction", a la que define de esta manera:

> … se limita[ba] a burlarse de los lugares comunes de la CF anglosajona insertando en esas tramas personajes o situaciones típicamente mexicanos: extraterrestres que no sobreviven a tacos de perros o la nave espacial que no arranca porque alguien se robó las piezas[105].

Esta vertiente, por suerte, no es monolítica. Otros textos van a apoyarse en el localismo, pero poniendo en escena al pueblo bajo colores más nobles: la sabiduría popular como medio de supervivencia.

---

[101]   Gabriel Trujillo Muñoz, *op. cit.*, p. 123.

[102]   *Ibidem*, p. 141.

[103]   *Ibidem*, p. 147–150.

[104]   *Ibidem*, p. 146.

[105]   Alberto Chimal, *op. cit.*, p. 236.

Los años 70 son los de las novelas río de Carlos Fuentes, *Terra Nostra* (1975), y de Fernando del Paso, *Palinuro de México* (1977), las cuales (para seguir con el símil fluvial), marcan claramente la diferencia entre el *mainstream* y la ciencia ficción periférica. La publicación de *Proceso a Faubritten* (1976) de Marcela del Río, novela de ciencia ficción en la que se habla de una bomba cuya explosión implica la vida eterna para la humanidad, ha sido eclipsada (o anegada) por autores reconocidos que utilizan fórmulas de la ciencia ficción para determinados proyectos[106], aquellos mismos de los que Alberto Chimal califica la práctica ocasional del subgénero de "incursión turística"[107]. Tanto Trujillo como Chimal ponen énfasis en la responsabilidad de la literatura consagrada y del mundo de la edición en la guetización de una serie de escritores de ciencia ficción, lo cual, por supuesto, limita la difusión de un género sobre el que pesan ideas preconcebidas.

Un evento que vendrá a cambiar las reglas del juego será la creación, a finales de los años 70, del Consejo Nacional de Ciencia y Tecnología (CONACYT), organismo que tiene por misión fomentar la investigación científica y la divulgación de la ciencia, incluso mediante la publicación de ficciones. Este organismo va a editar revistas como *Comunidad CONACYT* y *Ciencia y Desarrollo*[108], acción clave para la visibilidad del género por el gran público. En un primer tiempo, se tratará únicamente de autores extranjeros. En 1983, la revista publica un relato de un autor mexicano, Antonio Ortiz, titulado "La tía Panchita", cuyo tema es un viaje con una máquina para viajar en el tiempo.

A mediados de los 80, la producción literaria de escritores reconocidos que introducen temáticas ciencia-ficcionales en sus textos sigue adelante. El libro de cuentos de José Emilio Pacheco *La sangre de Medusa* se vuelve a editar en 1989. Pacheco desarrolla la temática apocalíptica en el cuento "Shelter" (1964) y, sobre todo, imagina un futuro distópico para México en "La catástrofe", cuento de 1984. Homero Aridjis publica *El último Adán* (1986) y *Teatro del fin del mundo* (1989), donde se pinta un multiverso en el que los fantasmas de Carlota, la Malinche y Colón coexisten con los de las víctimas de un desastre nuclear. Carlos Fuentes publica *Cristóbal Nonato* (1987); José Agustín, *Cerca del fuego* (1986); Gerardo

---

[106]    Gabriel Trujillo Muñoz, *op. cit.*, p. 164.

[107]    Alberto Chimal, *op. cit.*, p. 36.

[108]    Gabriel Trujillo Muñoz, *op. cit.*, p. 166.

Cornejo, *Al norte del Milenio* (1989), y Hugo Hiriart, *La destrucción de todas las cosas* (1992). Todo ello constituye un fenómeno en el que se puede apreciar una fusión del registro mítico con la prospección con intencionalidad política. A esta lista, hay que añadir, aunque pertenezca en el decenio siguiente, *La leyenda de los soles* (1993) de Homero Aridjis, novela distópica que mezcla *novum* tecnológico, resurgimiento del pasado mítico y miras ecológicas.

En medio de esta proliferación de novelas que coquetean con la ciencia ficción, el *Consejo Estatal de Ciencia y Tecnología* de Puebla y el CONACYT organizan en 1984 el primer concurso nacional del cuento de ciencia ficción, cuyos ganadores y finalistas serán publicados en la revista *Ciencia y Desarrollo*, lo que permite a sus autores salir de la clandestinidad literaria. El primer ganador del Premio Puebla, en 1984, será Mauricio-José Schwarz, con "La pequeña guerra". Más tarde se creará el Premio *Kalpa*, en homenaje al poema homónimo de Amado Nervo.[109]

A pesar de esos progresos en cuanto a la visibilidad de la ciencia ficción en México, Trujillo matiza:

> Pero su práctica, incluso en aquellos que han dedicado buena parte de su vida literaria a este género, no ha dado obras mayores. Es como si la ciencia ficción siguiera siendo una forma epidérmica en el cuerpo de la literatura nacional que no ha logrado tomar carta de naturalización en nuestras tierras. Su injerto en las letras mexicanas, sin embargo, continúa a pesar de que su arraigo se mantiene en entredicho en relación a los escritores reconocidos, los que pertenecen al *mainstream* literario prevaleciente.[110]

1984 constituye pues un año climatérico. Las dos vertientes de la ciencia ficción parecen irreconciliables. Los escritores del *mainstream* y la academia son reacios al uso de la etiqueta, los otros se sienten expulsados hacia los márgenes. Para Trujillo, el premio Puebla "abre las esclusas de la ciencia ficción mexicana"[111]. Les brinda a los autores un lugar de reconocimiento: "Así su espacio escritural no es el paraíso consagratorio de las letras nacionales sino el foro democrático de los fanzines, las editoriales marginales, el cómic subterráneo y las redes multimedia"[112].

---

[109] *Visiones periféricas: antología de la ciencia ficción mexicana*, ed. Miguel Ángel Fernández Delgado, Buenos Aires, Lumen, 2001, 221 p., p. 11–12.

[110] Gabriel Trujillo Muñoz, *op. cit.*, p. 187.

[111] *Ibidem*, p. 188.

[112] *Ibidem*, p. 209.

Los territorios de la ciencia ficción mexicana, en términos de edición y de divulgación, serán aleatorios y efímeros. Revistas como *Umbrales* de Federico Schaffler, *fanzines* populares como *Nahual!* o *Azoth*, la primera revista virtual *La langosta se ha posado*, han sido soportes ya sea caducos o de acceso muy difícil. Lo cual explica la importancia, para el estudio de la ciencia ficción mexicana, de las pocas antologías que han reunido parte de una producción literaria destinada, si no, a caer en el olvido.

En el transcurso de los años 90 han tenido lugar, en Puebla y Nuevo Laredo, convenciones nacionales. En 1991, los escritores Federico Schaffler y Mauricio-José Schwarz ingresaron a la Science Fiction Writers of America (SFWA). El mismo año, los escritores Gerardo Porcayo y José Luis Zárate participan en una convención de escritores latinoamericanos de ciencia ficción en Argentina, organizado por el CACYF (Círculo argentino de Ciencia Ficción y Fantasía) y la revista *Axxón*. En 1992 se funda la Asociación Mexicana de Ciencia Ficción y Fantasía que, conjuntamente con el programa cultural *Tierra Adentro* y la Universidad Autónoma Metropolitana, ha fomentado el Premio Kalpa de ciencia ficción[113], cuyo jurado estaba formado por autores de ciencia ficción.

A finales del siglo XX se publican dos novelas: *El dedo de oro* de Guillermo Sheridan (1996) y *Cielos de la tierra* de Carmen Boullosa (1997). Los comentarios de Trujillo sobre esas dos obras ponen de realce la dificultad que tienen los escritores periféricos para considerar ciertas obras dignas de figurar como ciencia ficción. En efecto, tanto Sheridan como Boullosa:

> … continúan tomando la estructura de este género, las herramientas conceptuales, para crear sus propias ficciones que son, en su mayoría, <u>relatos políticos vestidos con alegorías futuristas o utopías/distopías que van, al galope, entre el pasado mítico y el futuro desastroso</u> que nos aguarda a la vuelta de la esquina.[114] [el subrayado es nuestro]

Para Trujillo, son otros escritores (Martré, Schaffler, Zárate, *Bef*, Porcayo, Schwarz…) los que dan las batallas decisivas[115]. Trujillo aplica a los escritores del *mainstream* una criba cerrada. Cabe la interrogación sobre qué significa "crear sus propias ficciones", si no es lo que hace cualquier autor. Esta visión expresa, al fin y al cabo, una lógica de exclusión en los

---

[113]    *Ibidem*, p. 242.
[114]    *Ibidem*, p. 245.
[115]    *Ibidem*.

dos sentidos, donde cada corriente, cada tendencia, rechaza a la otra. Lo que Trujillo les reprocha a los escritores canonizados, en esta última cita (parte subrayada), constituye de hecho una excelente descripción de las modalidades de la ciencia ficción marginada. Por lo tanto, no sería tan periférica, por lo menos en cuanto a temáticas y procedimientos de escritura. Las dos tendencias forman parte de un todo en el cual abundan elementos múltiples y heterogéneos. Lo que establece una diferencia sería sobre todo el acceso al mercado editorial. El hecho de que esos escritores periféricos muy pocas veces practiquen el género de la novela podría explicar su exclusión. Se trata más bien de la serpiente que se muerde la cola: la forma breve, el cuento, les permite acceder a –e incluso crear– sus propias redes de difusión. Al respecto, Alberto Chimal señala los efectos negativos de la globalización y de la competencia de la industria del entretenimiento, sobre todo audiovisual, sobre estas editoriales independientes. Antes del 2001, muchas han hecho implosión y luego cayeron en el olvido. Los autores galardonados con el Premio Puebla han sufrido las consecuencias de este fenómeno en un contexto de segmentación del mercado, de control tácito de los contenidos y de uso generalizado de las etiquetas genéricas[116]. Capanna también menciona las consecuencias que tendrán sobre la difusión del género en América Latina su origen popular y el hecho de que se hayan publicado primero en revistas y *fanzines*[117].

Los comentarios de Trujillo Muñoz traen a la luz toda una retórica de la guetización que prolifera en los escritos de dicción (artículos, prólogos) de esos escritores fuera del sistema. Las más veces, ese vocabulario de la exclusión va en los dos sentidos: se sienten excluidos y excluyen a los escritores del *mainstream*.

En este sentido, parece significativo el subtítulo de uno de los capítulos del libro de Gonzalo Martré sobre la ciencia ficción mexicana, firmado por Jorge Martínez Villaseñor: "¿Qué papel juega en el conjunto de la ciencia ficción mexicana el escritor que incursiona una sola vez en el género?"[118]. Esta pregunta deja claro que ciertos escritores son considerados unos oportunistas genéricos, como si el préstamo, la evocación, la reutilización fueran prácticas literariamente represibles. Como si no dedicarse exclusivamente a la ciencia ficción perjudicara una clara

---

[116]　Alberto Chimal, *op. cit.*, p. 45.

[117]　Pablo Capanna, *op. cit.*, p. 53.

[118]　Gonzalo Martré, *La ciencia ficción en México: hasta el año 2002*, 1. ed., México, Instituto Politécnico Nacional, 2004, 161 p., p. 19.

configuración del género en México, volviéndose "inestable" el catálogo debido a esas incursiones esporádicas e imprevisibles, como lo dice Martínez Villaseñor[119].

En una serie de prólogos de antologías de ciencia ficción mexicana, se observa un tono a la defensiva, no exento de contradicciones. Los antólogos consideran a los autores de ciencia ficción en México como a unos mal queridos en el sistema literario. El título del prólogo de la antología *Los viajeros* de *Bef*, "La cofradía de fantasmas", es muy significativo. Nos habla de la condición de esos escritores que, ya en las primicias del género, aparecen como quienes han perpetrado el subgénero ("perpetradores del subgénero"[120]), como si se tratara de un crimen, al mismo tiempo que se minora su importancia en la literatura. Además, se precisa que esos autores, marginales, han publicado esporádicamente:

> … han tenido que publicar su trabajo a salto de mata, en alguna revista por aquí y por allá, en alguna edición independiente de pequeña circulación o, en los casos más exitosos, en colecciones importantes de narrativa mexicana y hasta en ediciones comerciales. Pero siempre, desde los márgenes.[121]

Constituyen pues "un gremio fantasmal, casi una leyenda urbana dentro del mundo editorial. Habitamos un gueto que, en palabras de Kurt Vonnegut, 'en no pocas ocasiones los críticos confunden con un urinal [*sic.*]' "[122].

Un aspecto fundamental de su sentimiento de marginación procede del lugar que ocupa la ciencia en sus escritos y en su país. Así es como, en los prólogos de las antologías, se responde de una u otra manera a las ideas preconcebidas que pueden surgir cuando se habla de ciencia ficción en un país emergente, que sufre un desfase tecnológico respecto al así llamado "primer mundo". En todas partes se evocan las burlas que puede provocar en algunos el término "ciencia ficción mexicana", con lo cual se abren viejas heridas relacionadas con el pasado colonial y sus consecuencias, como la implantación de una estructura de dependencia económica, política, social y cultural. A ello, contesta Trujillo Muñoz:

---

[119]    *Ibidem*, p. 21.

[120]    Bernardo (BEF) Fernández, "La cofradía de fantasmas", en *Los viajeros: 25 años de ciencia ficción mexicana*, México, Ediciones SM, 2010, ("Gran angular", 48M), p. 7–12, p. 8.

[121]    *Ibidem*.

[122]    *Ibidem*.

[…] el futuro, lo mismo que la ciencia, no pertenecen en exclusiva a nadie, son patrimonio universal de la humanidad […]. En el escenario del México actual, en un país que lo mismo produce investigaciones científicas de primer nivel que vive las desigualdades económicas y sociales del tercer mundo, la ciencia ficción funciona como un catalizador de todas estas encontradas realidades, como un fermentador del caos que nos obsede [123].

Y Mauricio-José Schwarz escribe: "[n]o somos un país generador de tecnología…pero la padecemos"[124]. Y según Chimal, "[l]a mejor ciencia ficción [es] la que advierte sobre la imperfección de nuestras obras, sobre los usos cuestionables de la tecnología y sobre la forma en que nuestras mejores intenciones pueden dar por resultado sucesos terribles. […]". Añade:

[…] precisamente de estos temas trata, a su vez, lo mejor de la ciencia ficción mexicana, que al igual que el resto de las llamadas literaturas "periféricas" – las que se escriben fuera de los países más desarrollados– tiene numerosas dificultades y desventajas, pero una fortaleza innegable: a nosotros nos corresponde lidiar primero con los inconvenientes del progreso[125].

La situación periférica es particularmente idónea para poner sobre aviso sobre las posibles derivas de la tecnología. Como respuesta a todas esas ideas preconcebidas, tanto escritores como profesores universitarios hacen un balance de los avances científicos y tecnológicos del país. Por ejemplo, un artículo universitario presenta una serie de cifras destinada a probar el gran desarrollo de la tecnología mexicana[126].

Según Chimal, la guetización de la ciencia ficción mexicana es parte de una historia de prejuicios sobre la escritura y la lectura. Ya hemos hecho hincapié en el peso del canon realista sobre la literatura mexicana en general, que suscita en las otras formas de representación dudas en cuanto a su calidad, e incluso a su carácter literario. Chimal subraya la contradicción que encierra este discurso habitual sobre el hecho literario en México, país que sin embargo cuenta con una tradición de escritores de la fantasía, desde sor Juana y su *Primero sueño*, pasando por Amado

---

[123]　*El futuro en llamas: cuentos clásicos de la ciencia ficción mexicana*, ed. Gabriel Trujillo Muñoz, 1. ed., México, Grupo Editorial Vid, 1997, 229 p., p. 26.

[124]　Bernardo (BEF) Fernández, *op. cit.*, p. 7.

[125]　Alberto Chimal, *op. cit.*, p. 235.

[126]　Héctor Fernández L'Hoeste, "El futuro en cuentos: de ovnis e implantes oculares en la ciencia ficción mexicana", *Revista Iberoamericana*, vol. 83 / 259, septiembre de 2017, p. 483–500.

Nervo y Elena Garro, hasta Juan Rulfo o Carlos Fuentes, tomando solo unos ejemplos[127]. Se trata de la negación de algo muy profundo en el imaginario mexicano o de un rasgo de la identidad cultural que no quiere mostrarse como tal pero que no deja de estar presente.

Chimal denuncia que algunos hayan afirmado que una literatura (la de América Latina y del Caribe) carece de imaginación o no la necesita. De manera paradójica, aduce dos ejemplos, Augusto Monterroso y Gabriel García Márquez, que recurren al *cliché* de un subcontinente en que la realidad supera la ficción. Chimal cita a García Márquez, quién, tras presentar una lista de hechos reales y descabellados que han tenido lugar en todo el subcontinente, concluye así: "[...] los escritores de América Latina y el Caribe tenemos que reconocer, con la mano en el corazón, que la realidad es mejor escritor que nosotros"[128]. En el fondo de este pensamiento, topamos con el *cliché* de América Latina como región surrealista (o del realismo mágico en la calle), que se aplica con particular fuerza a México, por razones de historia cultural. Un equívoco que ha llevado a calificar de "surrealista" cuanto hace obstáculo en el camino hacia lo moderno, cuando, en el origen de este calificativo utilizado por Breton, se trataba justamente de valorar el carácter vanguardista del arte mexicano.

El sentimiento de marginación, por lo tanto, puede estar relacionado con el imperativo de responder a cierta idea de la cultura latinoamericana, a una visión eurocentrista de esta. La caza del estereotipo, que se encuentra en escritores que practican todos los géneros literarios, también atañe a la ciencia ficción. Se trata sobre todo de una ambivalencia respecto al peso de "lo mexicano". A propósito de concursos como el Puebla, el escritor y antólogo Miguel Ángel Fernández Delgado subraya que, desde el inicio, han tratado de abrir una vía capaz de dar una identidad propia al género en México, con relatos claramente mexicanos, que incluyeran aspectos peculiares de la nación. Este tipo de relatos se veían privilegiados sobre textos que parecían haberse escrito en cualquier parte del mundo[129]. Lo curioso es que entre los miembros del jurado que emite estas preconizaciones se encuentra Mauricio-José Schwarz, cuyo relato "La pequeña guerra" corresponde más bien al segundo modelo,

---

[127]    Alberto Chimal, *op. cit.*, p. 36.

[128]    *Ibidem*, p. 37.

[129]    *Visiones periféricas: antología de la ciencia ficción mexicana*, *op. cit.*, p. 11–12.

como veremos más adelante. Para *Bef*, un criterio eliminatorio para textos recogidos en las antologías es la imitación del modelo anglosajón[130], y menciona casos de escritores que daban a sus personajes, para mayor verosimilitud, nombres como John o Robert. El recopilador agrega que se ha esmerado en no incluir a los "diletantes del subgénero"[131], dando a entender, como ya lo hemos notado, que ciertos escritores afamados escriben ciencia ficción de manera esporádica y, por lo tanto, no son representativos del género.

La ciencia ficción no se libra de la problemática identitaria ni del nacionalismo cultural engendrado por el proyecto revolucionario. Cristaliza una serie de problemas propios de la identidad mexicana, en relación con la historia del país vista como un sinfín de conquistas y de sometimientos. Es pues significativo que Miguel Ángel Fernández Delgado declare que su antología "pretende ser una especie de 'visión de los vencidos', sin tratar de significar la crónica de una derrota, sino el entuerto de una conquista [...]"[132]. Esos autores proponen relatos originales "sin ser guiados por el malinchismo que podría suponerse en los cultivadores de una corriente literaria que vino de fuera [...]"[133]. Se puede ver en estas aclaraciones cómo ciertos *leitmotive* se mantienen a lo largo de la historia (literaria) y se manifiestan bajo varios avatares. Aparece claramente que ciertos miedos a la traición de la identidad mexicana, se le llame *malinchismo* o *pachuquismo*, son harto resistentes...

Chimal, por su parte, afirma que la peor ciencia ficción ha quedado atrás, o sea la "nopal fiction"[134]. Sin embargo, se puede observar que algunos textos que corresponden a esta modalidad figuran en las antologías, incluso aquella para la cual Chimal escribe un epílogo (*Los viajeros*). Además, algunos de esos relatos son quizás los más agradables de leer, por su carácter hilarante y su falta de pretensiones.

No cabe duda de que hay una defensa de la mexicanidad en las afirmaciones de estos antólogos y escritores, pero al mismo tiempo una postura a la defensiva en cuanto a la facilidad del uso y abuso de los *clichés*, en los que a veces se tiende a cifrar la mexicanidad. En un artículo

---

[130]   Bernardo (BEF) Fernández, *op. cit.*, p. 10.

[131]   *Ibidem.*

[132]   *Visiones periféricas: antología de la ciencia ficción mexicana, op. cit.*, p. 14.

[133]   *Ibidem.*

[134]   Alberto Chimal, *op. cit.*, p. 236.

dedicado a la ciencia ficción mexicana, publicado en un número de la *Revista Iberoamericana*, Héctor Fernández L'Hoeste afirma (a propósito de una serie de cuentos que forman parte de nuestro corpus) que reconoce en esos textos "un afán por anticipar el futuro y posibilitar una expansión de la mexicanidad más allá de las lindes sustentadas por el convencionalismo azteca, afianzándose de manera tangencial en un contexto anglosajón"[135]. L'Hoeste alude aquí a ese sentimiento de ambivalencia frente al gran vecino del norte, que ya se ha vuelto un tópico o más bien un reflejo condicionado que, en los escritores mexicanos de ciencia ficción, se plasma en un esfuerzo por alejarse del canon nacionalista, pero permaneciendo apegados, aunque sea mínimamente, al modelo de la ciencia ficción anglosajona. Esta ha tenido a su disposición los medios necesarios para una amplia difusión entre los lectores. La falta de medios que han padecido los autores mexicanos de ciencia ficción es lamentada por muchos escritores y críticos. La explican frecuentemente como una consecuencia de la sospecha que pasa sobre el género. Esa desconfianza, de la que sufre la ciencia ficción de manera general, se encuentra multiplicada en el caso de la ciencia ficción mexicana, porque la sombra de la imitación de las fórmulas anglosajonas es vista como otra forma más de renuncia identitaria. En consecuencia, la ciencia ficción mexicana se encuentra en una disyuntiva fatal, entre la obligación de superar el dogma de "lo azteca" y la de distanciarse de la tradición anglosajona. Podemos, de paso, observar que si "lo azteca" aparece como un dogma qua hay que superar, ese adjetivo se usa en demasiadas ocasiones, para aludir a México. Se habla, por ejemplo, de la "latitud azteca[136] desde la cual se producen los textos, o de la capacidad de anticipación de "los autores aztecas"[137] en lo referente a sus temáticas ciencia-ficcionales, sin olvidar "el mercado televisivo azteca" o la "envergadura de la tecnología azteca"[138] para hacer énfasis en el hecho de que México no es un país atrasado del punto de vista tecnológico. Incluso se habla de un *"establishment* azteca[139] a propósito de un cuento cuya diégesis está ubicada en Oaxaca… Por lo tanto, no es muy sorprendente que los escritores mexicanos (más allá de la ciencia ficción) sientan la necesidad de romper con

---

[135]  Héctor Fernández L'Hoeste, *op. cit.*, p. 483–484.

[136]  *Ibidem*, p. 488.

[137]  *Ibidem*, p. 490.

[138]  *Ibidem*, p. 491.

[139]  *Ibidem*, p. 494.

lo que algunos lectores, incluso algunos especialistas de la literatura o de otras áreas, esperan de ellos: que se rijan a una cuadrícula estrecha que produce un México uniforme y legible para la mayoría. Ello no significa, por nuestra parte, que reneguemos de la componente mítica prehispánica en general (y azteca en particular) en ciertos textos de nuestro corpus en los que ese substrato cosmogónico se hace particularmente operativo.

Hemos tratado de mostrar la tensión entre dos maneras de comprender la relación entre el architexto llamado ciencia ficción y un corpus literario nacional. Por una parte, hemos presentado una serie de definiciones prescriptivas (Suvin, Capanna), en las que el género es asimilado a una matriz. Como afirma De Rosso, esta matriz es percibida como positiva y prestigiosa, tanto así que los productos que no se ciñen a la cuadrícula son rechazados[140]. Por otra parte, otros especialistas perciben el género como una forma abierta, en movimiento y por lo tanto fundamentalmente híbrida. Esta posición se encuentra esencialmente en dos escritores, Trujillo y Chimal. El razonamiento de Trujillo equivale a afirmar, como recalca De Rosso, que "todo lo que se llama ciencia ficción, es ciencia ficción y la labor del crítico es explicar los recovecos y meandros de ese *corpus*"[141]. Pero, lo hemos visto, ello no impide que se aparten ciertos textos o autores, independientemente del hecho que reivindiquen o no su pertenencia al género.

Las dos posiciones tienen en común la dificultad de establecer las correspondencias entre la ciencia ficción general y las producciones nacionales, como si lo que se produce en América Latina (y en México) no se pudiera medir con los mismos parámetros que la ciencia ficción en general. La consecuencia es, según De Rosso, que el architexto permanece autotélico en su diferencia. El reto sería pues saber qué es lo que las formas nacionales hacen del architexto ciencia ficción y, a la inversa, lo que el architexto hace de las producciones nacionales[142]. En el primer caso estaríamos hablando de producción y en el segundo de recepción. Si se intenta conectar estas dos dimensiones, así como los diferentes niveles que están presentes en cada uno de esos polos (para tratar de dar cuenta de ese "sistema complejo" que es el texto según Ezquerro), el carácter

---

[140]   Ezequiel de Rosso, *op. cit.*, p. 280–281.

[141]   *Ibidem*, p. 281.

[142]   *Ibidem*, p. 281–282.

hipotético de ese corpus nacional podría volverse, si no categórico, porque implicaría un cierre, por lo menos identificable.

## Presentación general de las antologías de ciencia ficción mexicana

Al final del siglo XX y al principio del XXI se publicaron dos antologías de ciencia ficción mexicana, reunidas, una por Gabriel Trujillo Muñoz[143], la otra por Miguel Ángel Fernández Delgado[144]. A ellas se añaden, en el primer decenio de nuestro siglo, por una parte, la antología *Los viajeros* de Bernardo Fernández[145] y, por otra parte, la antología *Auroras y horizontes*, que reúne los cuentos que obtuvieron el Premio Puebla, desde su creación en 1984 hasta la edición de 2012[146]. Aunque estos dos últimos compendios se publicaron en el siglo XXI, las coordenadas temporales de los textos que contienen (sobre todo para la de *Bef*) son, *grosso modo*, las mismas que los dos primeros. Bien es cierto que no siempre es fácil determinar las fechas de escritura y/o de publicación, problema sobre el que volveremos. También existe una antología en tres tomos, titulada *Más allá de lo imaginado*, dirigida por Federico Schaffler y publicada en los años 90, de difícil acceso (por lo menos desde Francia).

De entrada, podemos constatar que todas estas publicaciones se valen, en los subtítulos, del término "ciencia ficción". Solo el subtítulo de la antología *Auroras y Horizontes* hace referencia a otro género, el fantástico, cuando todos los textos que incluye (quizá con una excepción) corresponden a un formato ciencia-ficcional.

De las cuatro antologías, *El futuro en llamas* (1997) es la que contiene el número más importante de textos de los precursores de la ciencia ficción mexicana, desde la época colonial.

---

[143]   *El futuro en llamas: cuentos clásicos de la ciencia ficción mexicana*, op. cit.

[144]   *Visiones periféricas: antología de la ciencia ficción mexicana*, op. cit.

[145]   *Los viajeros. 25 años de la ciencia ficción mexicana*, ed. Bernardo (Bef) Fernández, México, Ediciones SM, 2010, ("Gran angular", 48M).

[146]   José Luis Zárate Herrera, *Auroras y horizontes: antología de cuentos ganadores Premio Nacional de Cuento Fantástico y de Ciencia Ficción, 1984–2012*, Puebla, México, Consejo Estatal para la Cultura y las Artes de Puebla : Benemérita Universidad Autónoma de Puebla, 2013.

La antología *Visiones periféricas* (2001) contiene también algunos textos de los precursores del género en México (Amado Nervo, Arreola y Doctor Atl), pero se centra sobre textos producidos a finales del siglo XX y principios del siglo XXI. Se organiza en torno a cuatro grandes temas: "Nuevos mundos para una literatura maravillosa"; "Guerra fría, conquista del espacio e inteligencia artificial"; "Localismo de la ciencia ficción"; "Postmodernidad y *cyberpunk*". Esta clasificación incluye un enfoque cronológico, pero que no es uniforme en las cuatro secciones. La ausencia de fecha de publicación (parcial, según los textos) complica las cosas.

En cuanto a la antología de *Bef, Los viajeros* (2010), se organiza a partir del texto "La pequeña guerra", de Mauricio-José Schwarz, ganador del primer Premio Puebla en 1984. Los otros relatos están ordenados según la fecha de nacimiento de su autor[147]. Sin embargo, las fechas de publicación y/o de escritura no se mencionan sistemáticamente. En la antología *Auroras y Horizontes*, los textos se ordenan según el orden cronológico de obtención del Premio Puebla a partir, una vez más, de "La pequeña guerra" de Schwarz.

Si parece evidente que todos los prefacios de las antologías estudiadas evocan el carácter periférico o paraliterario de estos textos, otros elementos paratextuales van en el mismo sentido. Por ejemplo, la portada de *Visiones periféricas* (cuyo título es bastante explícito) del artista visual Racrufi (Raúl Cruz Figueroa, muy conocido en el ámbito de la ciencia ficción en México) reproduce la imagen de una mujer escultural, mínimamente vestida, aunque de aspecto futurista, cuyo cuerpo desvanecido yace en una gran estatua de un ídolo prehispánico (ver ilustración p. 367). El parecido con las pinturas *kitsch* del pintor y dibujante Jesús Helguera, conocido por sus ilustraciones de calendarios, pone de realce un carácter popular y ajeno a los cánones del buen gusto (aunque estas obras estén expuestas hoy en día en algunos museos mexicanos, como el Soumaya), acorde al estatuto no académico de los textos contenidos en el libro.

En el extremo opuesto, el título *El futuro en llamas*, que alude explícitamente a *El llano en llamas* de Rulfo, libro considerado fundador de la literatura mexicana de la segunda mitad del siglo XX, apela a una tradición, la de la revolución mexicana. Ello sugiere la continuidad y la pertenencia de los cuentos de esta antología al movimiento general de la

---

[147] Bernardo (BEF) Fernández, *op. cit.*, p. 11.

literatura mexicana. Los dos títulos tienen en común un estado físico de combustión: las llamas que lo destruyen todo pero que permiten la regeneración. Lo que está sometido a un proceso de destrucción/regeneración es, o el espacio ("el llano") de los campesinos, o el tiempo (el futuro). La revolución mexicana como destrucción/regeneración encuentra un eco en este futuro también presa de las llamas.

En cuanto a *Los viajeros*, la imagen de la portada, probablemente obra de *Bef* (ver ilustración p. 368), representa, en un estilo de *comic*, a un astronauta solitario propulsado en el espacio sideral y, detrás de él, una nave espacial a punto de explotar. Fuera del hecho de que la temática del viaje espacial está prácticamente ausente de esta antología (y de la ciencia ficción mexicana en general), esta imagen estereotipada entra en sinergia con el architexto "ciencia ficción", presente en el subtítulo, como una manera de mostrar en negativo lo que el lector va a encontrar en el interior: escritores y textos solitarios deambulando por territorios diversos y no delimitados.

## Síntesis de las características de la ciencia ficción mexicana

A partir de los relatos de su antología, *Bef* hace una síntesis de lo que él considera como las principales características de la ciencia ficción mexicana. Eso nos servirá de trama general para delimitar las principales tendencias de la ciencia ficción mexicana.

En primer lugar, *Bef* menciona un "profundo pesimismo" (término usado por el jurado del Premio Puebla). Luego, un "insolente sentido del humor", que sin embargo sobrepasa la parodia y el pastiche presentes en escritores de las generaciones anteriores. Finalmente, una desenvoltura inducida por la distancia con el canon de las letras mexicanas[148].

La primera característica (el pesimismo) salta a la vista cuando se leen los textos de estas antologías. Se constata una ausencia de fascinación o de optimismo frente a la ciencia, sustituidos por la angustia y el horror frente al futuro. En este sentido, la ciencia ficción mexicana se inscribe en la trayectoria del género a nivel mundial, durante toda la segunda mitad del siglo XX. Los temas dominantes son el fin del mundo (de México),

---

[148]   *Ibidem*, p. 12.

la sociedad poscataclísmica y la condición poshumana, pudiendo los dos últimos temas implicar un fin de la humanidad, en el sentido de lo que nos hace humanos. El pensamiento apocalíptico es pues el elemento que une este conjunto de temas, con diferentes grados de intencionalidad: lección conservadora, des(esperanza), cinismo nihilista.

Lo que Chimal menciona en un inciso en su definición del género (recordemos: "intentos de […] jugar a que ciertos sueños –o ciertas pesadillas– pueden ser realidad"[149]) es en realidad el meollo de la ciencia ficción mexicana de finales del siglo XX. La temática posapocalíptica es omnipresente en su modalidad distópica. En efecto, las más veces, el cataclismo (de diversa índole) no es mortal para el planeta (o más precisamente para México), sino para gran parte de la población. La situación posapocalíptica abre la posibilidad de contar un fin que no es tal. La supervivencia contiene una potencialidad para volverse relato, el del volver a empezar, el que imagina y concibe de qué manera el humano lucha para conservar su esencia (y para ello hay que descubrir cuál es esta esencia o estas esencias plurales), o no… El fin del hombre (su obsolescencia) es abordado esencialmente en la corriente *cyberpunk*.

El humorismo y el tono irreverente también están presentes. Sin embargo, desde un punto de vista cuantitativo, los textos cuyo principal mecanismo es el humorismo son minoritarios. Su presencia permite difuminar el negror y el pesimismo que se desprenden de la lectura de la mayor parte de los otros textos. Y, a nuestro parecer, conservan una dimensión paródica importante. Se trata de un escarnio de sí mismo esencial para el cuestionamiento del proyecto de sociedad occidental en general y mexicano en particular. Esta vertiente de la ciencia ficción mexicana, al poner al pueblo en escena, contiene la dimensión popular como vector de lo político.

En cuanto a la desenvoltura que proporciona la distancia con el canon, *Bef* no se muestra muy explícito, pero suponemos que se refiere tanto al realismo mágico y al fantástico como al canon realista cuyo parangón es la novela de la revolución mexicana, o sea corrientes o modalidades abordadas por los escritores consagrados. Consideramos, sin embargo, que esta distancia respecto a las formas canonizadas es relativa. Por una parte, cierto número de escritores "reconocidos" forman parte de estas antologías, aunque son minoritarios. Por otra parte, en

---

[149]    Alberto Chimal, *op. cit.*, p. 233.

ellos se encuentran motivos o temáticas presentes en la corriente general de la literatura mexicana. Hay que señalar, por ejemplo, que se encuentran reminiscencias del pasado prehispánico en una proporción relativamente importante de los textos; en ellos se puede percibir, en filigrana, un efecto de permanencia o de repetición de este pasado. También, en la manera de proporcionar la información gota a gota a lo largo de la trama, a partir de íncipits que instalan una atmósfera de incertidumbre, se reconocen ciertos procedimientos de la literatura fantástica. Además, hay una gran presencia de la preocupación por la pérdida de la identidad, la influencia devastadora de la cultura occidental, en particular de los Estados Unidos, con una fuerte crítica del modelo capitalista. Todos estos elementos son constantes de la literatura y del arte mexicanos en general. Las variables que se combinan con estas constantes son, precisamente, las que provienen de la mecánica de la ciencia ficción.

Este último punto nos lleva a una última característica que se puede destacar: la capacidad de la ciencia ficción mexicana para instalar un juego de correspondencias con los textos mayores de la ciencia ficción, pero no exclusivamente, y de incluir en el seno de estas ficciones una reflexión metatextual. Esto sobrepasa la idea de una cultura cienciaficcional compartida, señalada por algunos autores como propia del género. Se trata también de un cuestionamiento genérico cuyo objetivo es redefinir el género y sus territorios.

## Elección de los cuentos: el corpus de trabajo

Los cuentos publicados en estas antologías forman parte de un conjunto extenso, ese corpus nacional heterogéneo y diseminado en diversos soportes. Gonzalo Martré, al final de su antología *La ciencia ficción en México hasta el año 2002*, proporciona un catálogo cronológico muy completo. Aporta datos cuantificados por género: cuento, novela, teatro, poesía, ensayo y "relato". El último término no es muy preciso, pero el número de textos que le son asociados es bastante reducido (17/963 producciones). Martré registra 763 cuentos, 90 ensayos, 81 novelas, 9 poemas y 3 obras de teatro[150]. Suponiendo que la categoría "relato" corresponda a un tipo de forma breve, redundaría en un total de 780 formas literarias cortas, es decir mucho más que la mitad del conjunto

---

[150]    Gonzalo Martré, *op. cit.*, p. 151.

de la producción ciencia-ficcional en México. Aunque estas cifras solo correspondan parcialmente a la cronología delimitada para este estudio, la preponderancia de la forme breve la hace idónea para representar las tendencias de la ciencia ficción mexicana.

Los textos sobre los que se basa este estudio han sido escritos y/o publicados entre 1984 y 2012. La fecha de su primera publicación ha sido un primer criterio de selección necesario para evitar una dispersión nefasta para la eficacia y la coherencia. Además, estos dos lindes temporales poseen un peso simbólico muy afín al objeto de nuestro estudio (el título de la novela de Orwell, las profecías mayas del fin del mundo). Corresponden sobre todo a fechas emblemáticas de la historia política y cultural de México (el Premio Puebla que nace en 1984; varias publicaciones de primera importancia para la difusión del género en 2012, como la antología de los premiados del concurso Puebla de ciencia ficción que acabamos de mencionar o el volumen *Siete* de Alberto Chimal, al cual volveremos). También se trata de un período cuya atmósfera de fin de siglo, en México, es realzada por el declive del sistema de hegemonía del PRI y por catástrofes naturales, en particular el sismo de 1985.

La elección de la forma breve (el cuento) permite pasar revista a las diferentes modalidades de este imaginario y tratar de cartografiarlo. La heterogeneidad del corpus implica la necesidad problemática de operar una selección, a sabiendas de que este corpus es el resultado de una primera selección (la de las antologías), lo cual plantea el problema de su representatividad. Conscientes de este obstáculo, hemos procurado edificar nuestro corpus escogiendo cuentos que nos han parecido importantes debido a su contexto de escritura o porque se insertan en subgéneros adoptados por numerosos escritores (por ejemplo, el *cyberpunk*) o porque, ante todo, permiten dar cuenta de la variedad dentro de cierta unidad. También hemos incluido cuentos sacados de recopilaciones por autor. Son excepciones que ponen de realce las dificultades que tienen estos autores para hacerse difundir fuera de las antologías que ellos mismos publican. Asimismo, hemos puesto atención a que la elección del corpus se integre en una diacronía reveladora de los momentos claves que han alimentado el imaginario al origen de su producción. De ello resulta un muestrario particularmente rico de la producción mexicana en el período considerado, donde autores de renombre se encuentran al lado de otros, menos conocidos. Se dibujan claramente líneas de fuerza y problemáticas, que atañen tanto a la creación literaria como a la reflexión de índole política.

Todos los cuentos presentes en estas antologías merecerían un análisis detallado. Nuestros criterios de selección no corresponden al método darwinista preconizado por Suvin. Hemos privilegiado un análisis lo más microscópico posible, en detrimento de una visión panorámica más amplia, pero que tendría como resultado una descripción general incapaz de dar cuenta del sistema complejo cuya riqueza queremos mostrar. Se trata de diecisiete textos (quince cuentos y dos conjuntos de microrrelatos), de trece autores. Sin embargo, se hará mención de forma más general de otros textos para ensanchar el abanico de autores estudiados y proporcionar pistas de análisis suplementarias.

Las diferentes formas que la ciencia ficción ha adoptado en América Latina han despertado un interés creciente por parte de la crítica, de lo que da fe el número importante de estudios que les ha sido dedicado. Daremos solo algunos ejemplos. Los dos números de la *Revista Iberoamericana* sobre la ciencia ficción latinoamericana, cuyos estudios nos han dado clave de lectura de gran utilidad. Un número de la revista *Mitologías Hoy* de la Universidad de Barcelona ha sido dedicado hace poco a la ciencia ficción latinoamericana más reciente[151]. En el transcurso de la realización de este trabajo han sido publicadas dos obras a cargo de Teresa López Pellisa y Sylvia Kurlat Ares en la editorial Iberoamericana-Vervuert. Se trata de dos volúmenes dedicados a la historia de la ciencia ficción latinoamericana publicados en 2020 y 2021: *Historia de la ciencia ficción latinoamericana. I, Desde los orígenes hasta la modernidad* e *Historia de la ciencia ficción latinoamericana. II, Desde la modernidad hasta la posmodernidad*. En el último volumen figuran dos capítulos dedicados a la ciencia ficción mexicana[152]. Se trata de recuentos bastante exhaustivos de lo producido en México desde la década de los sesenta del siglo XX hasta nuestros días. Ambos trabajos proporcionan informaciones muy útiles

---

[151]    https://revistes.uab.cat/mitologias/issue/view/v22

[152]    JIMÉNEZ NAVA, Ana María, "Diversidad en las fronteras: la ciencia ficción en México (2000–2020)" en López-Pellisa, Teresa y Kurlat Ares, Silvia G. (eds.), *Historia de la ciencia ficción latinoamericana. II, Desde la modernidad hasta la posmodernidad*, Madrid: Iberoamericana; Frankfurt: Vervuert, (Colección Nexos y Diferencias. Estudios de la Cultura de América Latina), 2021, pp. 347–394.
MANICKAM, Samuel, "La ciencia ficción mexicana (1960–2000)" en López-Pellisa, Teresa y Kurlat Ares, Silvia G. (eds.), *Historia de la ciencia ficción latinoamericana. II, Desde la modernidad hasta la posmodernidad*, Madrid: Iberoamericana; Frankfurt: Vervuert, (Colección Nexos y Diferencias. Estudios de la Cultura de América Latina), 2021, pp. 311–346.

que permiten rastrear textos en la vasta constelación ciencia-ficcional mexicana, lo cual permite proceder a un análisis poético y narratológico pormenorizado, siendo este el objetivo de nuestro trabajo. A estas publicaciones cabe añadir la de Silvia Kurlat Ares y Ezequiel de Rosso, *Companion to Latin American Science Fiction Studies* en 2021, así como la próxima publicación de un número de la revista *Kamchatka* (Universidad de Valencia) dedicado a la ciencia ficción indigenista y afrofuturista en América Latina, también a cargo de Teresa López Pellisa. Todas estas publicaciones son prueba del interés creciente por parte de la crítica y confirman el reconocimiento en la república de las letras de este género en la segunda década de nuestra centuria.

# Modelos narrativos de la ciencia ficción, terminología y enfoques

Para descubrir los mecanismos profundos de estos textos, nos parece necesario organizar su análisis según una lógica conceptual más que temática. O también contemplar la posible coincidencia de estas dos lógicas. Para ello es necesario, primero, tomar en cuenta los modelos de la ciencia ficción propuestos por sus teóricos.

Una aportación importante de la reflexión de Darko Suvin ha sido establecer dos modelos o tipologías principales para la ciencia ficción: el extrapolativo y el analógico. El primero "está basado en una extrapolación temporal directa, y orientado hacia una problemática sociológica (utópica y antiutópica)"[153]. En esta categoría, encontramos pues las distopías. Con "extrapolación temporal directa", Darko Suvin no se refiere exclusivamente al futuro, ya que considera a la ciencia ficción como pluritemporal. Por lo tanto, incluye en este modelo las temáticas de la "cuarta dimensión, otros planetas, universos paralelos"[154]. En cuanto al modelo analógico, su condición sería "la coherencia inmanente, lógica y filosófica", a pesar del carácter fantasioso (en el sentido de imposibles de verificar empíricamente) de los personajes", que pueden ser antropomórficos o no[155]. Para Suvin, la forma más alta de la analogía es la del modelo matemático, o las analogías ontológicas. Pongamos como ejemplos algunos cuentos de Borges, la obra de Kafka (*La metamorfosis*, *En la colonia penitenciaria*) o *Solaris* de Stanislas Lem:

> Este tipo de analogías filosófico-antropológicas complejas son quizá, hoy en día, las más altas producciones de la ciencia ficción [...]. Esta modalidad semiótica, que va desde Borges hasta las mejores utopías, anti-utopías y sátiras de la ciencia ficción, es una variante moderna del cuento filosófico del siglo 18. [...] estas *parábolas modernas* inventan nuevas visiones del mundo, aplicables —bajo una forma grotesca o satírica— a nuestro día a día.[156]

---

[153]   Darko Suvin, *op. cit.*, p. 34.

[154]   *Ibidem.*

[155]   *Ibidem*, p. 35.

[156]   *Ibidem*, p. 36.

El modelo de la analogía tal como lo presenta Suvin, aunque muy sugerente en cuanto a la ciencia ficción, topa con su definición previa, recordemos, según la cual la operación de distanciación no está muy alejada de las que proponen otras formas no miméticas, como el mito, el cuento de hadas, el fantástico, a las que Suvin expulsó de la esfera de la ciencia ficción "válida".

La extrapolación es necesariamente predictiva, supone posibles guiones que pueden presentarse hoy o mañana. En la posible viabilidad de esos guiones estribaría el rigor científico propio del género. En el ejercicio mental necesario para percibir esta posible viabilidad anida "la ciencia" de la ciencia ficción: la lógica, la capacidad de extrapolar. La analogía, al contrario, nos sitúa en otra frecuencia, que permite dejar de lado el rigor científico. Este modelo es el que más choca con el architexto "ciencia ficción", pero es el que permite vagar por otros territorios de lo insólito. En la analogía, hay que entender "rigor científico" como "método científico". En efecto, la analogía llama a un razonamiento inductivo y, por lo tanto, es el modelo por el que la ciencia ficción más se aproxima al método filosófico.

Roger Bozzetto retoma los modelos narrativos de la ciencia ficción establecidos por Suvin (la extrapolación y la analogía), pero añade otros tres: el "efecto mariposa", la anamorfosis y el vocabulario. Su definición del "efecto mariposa" como procedimiento narrativo concierne el relato ucrónico y otras variantes de la posibilidad de otras tramas temporales. En la óptica de Bozzetto, la diferencia entre extrapolación y "efecto mariposa" reside en el factor tiempo: la extrapolación apunta al futuro, el "efecto mariposa" a otras líneas temporales. Para Bozzetto, extrapolación equivale a anticipación. En cuanto a la anamorfosis, según su definición, se trataría de la conformación de un universo ficcional extremadamente enrevesado, con un grado de nebulosidad que requiere un trabajo hermenéutico arduo: "Estos textos de CF construyen poco a poco, para el lector, un punto de vista coherente sobre el caos inicial desconcertante, pero obligándolo a participar, con una lectura activa, a esta reconstrucción"[157]. La anamorfosis correspondería, a nuestro parecer, a un grado complejo de la analogía. En cuanto al "efecto mariposa", consideramos que los textos que abordan temporalidades otras caben en la categoría de la analogía, pues estos mundos "otros" son espejos (invertidos o deformados) del

---

[157]	Roger Bozzetto, *op. cit.*, p. 60.

nuestro. Anamorfosis o "efecto mariposa" son más bien procedimientos propios de la analogía.

Para Bozzetto, "lo esencial se sitúa en el plano del vocabulario, que crea imágenes nuevas y desconcertantes"[158]. La noción de "vocabulario" como procedimiento narrativo se infiltra en cualquier texto ciencia-ficcional, independientemente del hecho de que se trate de una extrapolación o de una analogía. Nos quedamos pues con los dos modelos establecidos por Suvin como matriz general de nuestro corpus. Pero entre los dos, como veremos, aparece una categoría-bisagra cuyo eje parece ser el humorismo.

El vocabulario y los mecanismos de la ciencia ficción han sido ampliamente estudiados por Darko Suvin, Marc Angenot o Irène Langlet, a quienes debemos una terminología rigurosa y operativa. Los dos últimos han lamentado el hecho de que la crítica especializada haya prestado poca atención a esta dimensión. Para Angenot, "el crítico de CF ha pasado por alto, obstinadamente, el nivel semiótico"[159]. Irène Langlet afirma que la ciencia ficción siempre ha sido estudiada teniendo en cuenta las ideas, y no su "funcionamiento verbal, textual, escritural y literario"[160], con el resultado de que se ha pasado por alto la "mecánica de la ciencia ficción"[161].

Le debemos a Darko Suvin el concepto de *novum* para nombrar el "desencadenante de extrañeza" o de "alteridad", lo que Marc Angenot llama también "palabra-ficción". El *novum* funciona en el proceso de extrañeza mediante dos operaciones concomitantes: una operación lingüística que consiste en dar un referente imaginario al *novum*, y otra operación, sociolingüística, que tiene por objeto extrapolar el estado de sociedad en el cual este *novum* y su referente se sitúan. Las dos operaciones se producen conjuntamente y es a lo que Angenot llama "paradigma ausente"[162]. Según él, lo que caracteriza semióticamente la ciencia ficción no es la ausencia de referente sino el hecho de ser un discurso basado en

---

[158]   *Ibidem.*

[159]   Marc Angenot, *op. cit.*, p. 217.

[160]   Irène Langlet, *La science-fiction: lecture et poétique d'un genre littéraire*, París, Armand Colin, 2006, p. 7.

[161]   *Ibidem.*

[162]   *Ibidem*, p. 25–26.

una "sintagmática inteligible", y que a la vez crea "espejismos paradigmáticos" o "paradigmas ausentes":

> [L]a CF es en dos aspectos conjetural: su proyecto estético consiste en imaginar un "universo" a la vez distante [...] e inteligible por un juego de abducciones y de razonamientos contrafactuales [...]. El relato que de ello se brinda también llama a una lectura de tipo conjetural: el lector no aplica al relato paradigmas que ya existen en el mundo empírico y en sus conocimientos del lenguaje, presupone una inteligibilidad paradigmática del texto, que es a la vez ilusoria y necesaria. La actividad cognitiva del lector se desplaza pues, necesariamente, de la sucesión sintagmática de las palabras y de las frases a un *fuera de aquí* conjetural del discurso: a los paradigmas semánticos [...] supuestos a darle al discurso *in præsentia* su inteligibilidad.[163]

El mecanismo descrito por Angenot es, pues, una sistematización del ejercicio de distanciación y conocimiento establecido por Suvin. La ciencia ficción le pide al lector un salto cognitivo:

> La SF es u-tópica, tanto en su efecto ideológico como en su modo de descodificación. U-tópica: la lectura arrastra al lector desde un *lugar*, el enunciado sintagmático actual, hacia un no-lugar, el espejismo paradigmático supuesto a regular la inteligibilidad inmanente del texto[164].

El objetivo de este salto cognitivo es conformar un conjunto: la "xeno-enciclopedia". La autoría de esta noción es de Richard Saint-Gelais:

> [...] el conjunto de las operaciones cognitivas del lector apunta a establecer, mucho más que un "espejismo paradigmático", una enciclopedia completa — o su espejismo, es decir una enciclopedia posiblemente completa— necesaria a la comprensión y a la aceptación como verosímiles de las extrañezas del relato.[165]

Irène Langlet se interesa por la literariedad y la textualidad en la ciencia ficción. Como recalcamos anteriormente, considera necesario, para superar la fase del catálogo de temas y de ideas, observar las combinaciones textuales que dan forma al conjunto de las extrañezas, el *novum* de Suvin, de las que ofrece una clasificación.

Toma de Saint-Gelais la noción de "segmentos didácticos": los lugares del texto en los que una clave de comprensión le es dada al lector. Puede

---

[163]   Marc Angenot, *op. cit.*, p. 219.
[164]   *Ibidem*, p. 220–221.
[165]   Irène Langlet, *op. cit.*, p. 25.

ir del simple inciso al párrafo, o hasta la página que desarrolla ideas y conceptos. El lector se ve encarado a estrategias didácticas (explicativas): "deducción, inducción y abducción"[166].

Así pues, los desencadenantes ciencia-ficcionales son clasificados por Langlet en tres categorías, en una gradación que va de lo particular a lo general: las palabras-ficciones o alteridades léxicas, las alteridades o extrañezas discursivas y las alteridades o extrañezas de universo. El primer tipo de desencadenante, las alteridades léxicas, se puede declinar en una serie de variantes: neologismos, acrónimos, palabras híbridas o truncadas. Su importancia estriba en que ostentan su identidad ciencia-ficcional y asumen un papel de firma estilística: tienen una función de señal genérica[167]. En segundo lugar, cuando la extrañeza no proviene de una sola palabra sino de una frase entera, con conexiones semánticas extrañas, se trata de una alteridad discursiva. Difractando el *novum* en una frase, o un párrafo, este tipo de desencadenante, a la inversa de la alteridad léxica, no implica que la xenoenciclopedia se vaya a limitar a una compilación de datos. Al contrario, ese tipo de *novum* hace que la xenoenciclopedia funcione como una red dinámica. El proceso de integración de todas estas extrañezas constituye un trabajo xenoenciclopédico en todos los frentes, léxico, discursivo, narrativo, conceptual, o sea la suma de las informaciones necesarias para la comprensión y la aceptación como verosímiles del conjunto de las extrañezas. Ello desembocará en la conformación de una extrañeza global o de universo[168]. La extrañeza global o de universo no es tanto un desencadenante como un resultado, cuya frontera con la noción de xenoenciclopedia o de paradigma ausente es imprecisa.

El verdadero motor de la ciencia ficción es la articulación del *novum* y de su explicación, los llamados "resortes didácticos"[169]. Pueden ir de la simple aposición a la caracterización, la descripción motivada, pasando por la analepsis, el diálogo y el paratexto ciencia-ficcional. A nuestro parecer, no plantean todos las mismas preguntas. El uso de algunos de esos resortes didácticos puede producir un efecto de énfasis, otros pueden dificultar la inteligibilidad del texto. El último, el paratexto, ocupa

---

[166] *Ibidem*, p. 27–28. Irène Langlet cita a Richard Saint-Gelais, *L'empire du pseudo. Modernités de la ciencia ficción*, Québec, 1999, p. 225

[167] *Ibidem*, p. 33.

[168] *Ibidem*, p. 35–37.

[169] *Ibidem*, p. 38.

un sitio aparte. En efecto, constituye una "primera base teórica"[170] sobre el género, como hemos tratado de señalar ya en el primer capítulo de este trabajo. Definiremos estos resortes didácticos y pondremos de realce los problemas que plantean, a lo largo del análisis de nuestro corpus.

Un conjunto que destaca en este corpus corresponde a relatos de anticipación con una dimensión catastrofista, o apocalíptica. La permanencia, a lo largo del tiempo, de la angustia del fin del mundo plantea el problema de cómo aprehender las diferentes formas en que esta ha sido expresada en las obras de imaginación. Para algunos especialistas del pensamiento apocalíptico, habría dos enfoques aparentemente excluyentes. Para Jean-Paul Engélibert y Raphaëlle Guidée, un primer enfoque sería formal ya que lo importante estribaría en las diferentes formas artísticas suscitadas por nuestra angustia del final. Un segundo enfoque tendría más en cuenta el contexto, que determina no solo las formas que toma esta angustia, sino también (o sobre todo) "una ética y una política radicalmente renovadas"[171]. Este segundo enfoque es privilegiado por los dos investigadores, que invocan para ello la noción de "apocaliptismo profiláctico" del filósofo alemán Günther Anders.

En esta manera de presentar los problemas metodológicos inherentes a las ficciones apocalípticas, el segundo enfoque implicaría una lectura más ideológica que poética. Prestando al imaginario apocalíptico una función que cumplir, más allá del placer estético o de la suspensión de la credulidad, se hace el postulado de una intencionalidad ética y política, cuando no moralizadora. Se trata de un poder de interpelación particular porque, si toda obra interpela de alguna manera, en el caso de las ficciones apocalípticas se podría hablar de "texto-bofetada", aquel que instaura ese "nosotros" del que se ha hablado anteriormente. Aunque la realidad de nuestra vida contemporánea hace necesaria semejante interpelación del lector, el enfoque que considera que "nuestro imaginario del fin surge de una situación histórica que sería vano solapar"[172] no es exclusivo de un enfoque formal, que apuntaría a deslindar los mecanismos de una poética del fin; una poética que sería necesariamente política.

---

[170] *Ibidem*, p. 52

[171] *L'apocalypse, une imagination politique, XIXe-XXIe siècles*, éds. Catherine Coquio, Jean-Paul Engélibert y Raphaëlle Guidée, Rennes, Presses universitaires de Rennes, 2018, 284 p., p. 8.

[172] *Ibidem*.

Engélibert y Guidée insisten en la dificultad de un enfoque que tomaría particularmente en cuenta un trasfondo histórico. Señalan la gran dificultad de un acercamiento crítico a un imaginario heterogéneo, tanto en la forma (de los más *kitsch* a los más herméticos) como en sus resortes históricos (de las profecías mayas hasta Hiroshima...)[173]. A ello se añade otra faceta de la heterogeneidad, aquella que tiene que ver con la intencionalidad ambivalente de esos textos, que oscilan entre la lección de política conservadora, el sentimiento de impotencia o el cinismo nihilista[174]. Para Engélibert y Guidée, heterogeneidad y ambivalencia son dos obstáculos a lo político:

> Explorando la fuerza y los límites de este imaginario político ambivalente [hay que tratar de] explicar por qué el guion apocalíptico vuelve a aparecer en una civilización que ya no tiene el cimiento ni de la creencia religiosa ni de la esperanza revolucionaria. ¿Cómo restaurar una perspectiva política en este clima de destrucción general?[175]

No haremos nuestra la afirmación de la desaparición de la creencia religiosa y mucho menos de la esperanza revolucionaria como elementos de cohesión de nuestra civilización. La realidad contradice esta visión. Por otra parte, el trasfondo histórico no constituye, a nuestro parecer, un simple telón de fondo, sino un elemento dinámico portador de sentido y que, además, es el elemento que garantiza no la restauración de una perspectiva política sino su continuidad y perennidad.

El imaginario del fin puede tener por objeto no el fin del mundo sino el fin de la humanidad, aplastada por un mundo que se ha vuelto máquina. Günther Anders ha estudiado la lógica expansionista de esta "megamáquina [...] que le permite confundirse con el mundo" y, por consiguiente, "tomar el sitio del hombre"[176]. Llama "hermenéutica prognóstica" el método que ha creado para entender este *modus operandi*.

> La imaginación y la exageración, que no es más que uno de los recursos de la imaginación, tratan de compensar el desfase entre la megamáquina tal como ya existe hoy en día y el "focus imaginarius" hacia el cual tiende, es

---

[173]   *Ibidem*, p. 9.

[174]   *Ibidem*.

[175]   *Ibidem*.

[176]   Christophe David, "Günther Anders et la question de l'autonomie de la technique", *Écologie & politique*, 2006, p. 179–196, p. 184.

decir la sustitución del hombre, una sustitución que para éste equivaldría al "fin de los tiempos" [*Zeitende*].[177]

Christophe David, especialista y traductor de Anders, se hace la pregunta sobre el estatuto gnoseológico de este discurso sobre el "volverse máquina del mundo":

> ¿Es ficción? Es lo que Anders llama "filosofía-ficción" [...]. La filosofía-ficción, que es con respecto a la filosofía lo que la ciencia ficción es para la ciencia, confunde postulado y hecho. Tomar la hipótesis de la autonomía de la técnica por un hecho sería pues incurrir en la filosofía-ficción.[178]

Podemos constatar que, en cuanto un discurso recurre a la imaginación para desarrollar una teoría o una hipótesis, eso se percibe como una desviación inoportuna respecto a la disciplina (en todos los sentidos del término) que garantizaba su pertinencia, se trate de la ciencia o de la filosofía. La ficción especulativa, como alternativa terminológica a la ciencia ficción, ¿no es filosofía-ficción? ¿Cómo "imaginar" el desfase mostrado por Anders, si no es dándole una o varias formas? Concebirlo lleva necesariamente a darle contornos concretos, a dibujar esos personajes, (hombres y/o máquinas), a crear el *novum*, a instaurar paradigmas ausentes y xenoenciclopedias, en resumidas cuentas, a escribir ciencia ficción. Porque ¿cómo concebirlo sin tratar de imaginar las vivencias (o no vivencias) del hombre en tal situación? Y pasará lo mismo con las máquinas, o la máquina, cuando se trate de describir ese modo de funcionamiento en ese mundo. Hace poco, el diario *Le Monde* publicó un artículo que explicaba que los políticos y el ejército recurren a escritores de ciencia ficción para prever las amenazas y las tendencias sociales por venir[179].

Anders relaciona el método de la hermenéutica prognóstica con el augurio. Se trataría de leer en las entrañas de las máquinas, de la megamáquina, indicios sobre el porvenir de esa misma megamáquina:

> La referencia al augurio tiene por fin, principalmente, presentar la hermenéutica prognóstica como método inmanente: a diferencia de los eventos que el augurio trata de anticipar, aquellos que el filósofo de la técnica trata de anticipar interesan el objeto mismo que está interrogando.[180]

---

[177]  *Ibidem.*

[178]  *Ibidem*, p. 189.

[179]  "L'armée française en appelle à la science-fiction pour anticiper les menaces du futur", *Le Monde.fr*, 2019.

[180]  Christophe David, *op. cit.*, p. 191.

Anders elogia a autores "críticos" de la ciencia ficción: Huxley, Orwell, Lem, "de los que dice que son mucho más filósofos que muchos filósofos modernos [...]"[181]. Esos autores son citados por él como ejemplos de hermenéutica prognóstica. El método de la hermenéutica prognóstica encontraría pues en textos de ficción soportes capaces de demostrar su modo operativo. La diferencia entre filosofía y filosofía-ficción se desvanece pues en algunos autores, aquellos que echan una mirada "crítica" sobre el volverse máquina del mundo. Se trata de las distopías.

> La hipótesis de la autonomía de la técnica, que es la clave de su hermenéutica prognóstica, es pues en último análisis un ejercicio de la imaginación, un ejercicio por el que la imaginación puede leer en el interior de la megamáquina actual hacia qué está evolucionando.[182]

La imaginación puede leer, y transcribir, hacia qué está evolucionando. Son las modalidades de esta transcripción las que ponen de realce el poder de la ciencia ficción como productora de ideas.

La hermenéutica prognóstica, para poder desempeñar su papel de augurio inmanente y crítico, necesita lo que llamaremos una poética de las fechas.

La significatividad o no significatividad de las fechas son factores que han sido abordados tanto por la crítica como por los mismos escritores. Irène Langlet se refiere al "espectro de la verificación"[183] cuando la ciencia ficción es alcanzada por el calendario; otros autores hablan de "anticipaciones atrasadas"[184] cuando los textos que describen el futuro son superados por la historia. Muchos lamentan el uso de semejantes argumentos por los detractores de la ciencia ficción: ningún 1984 distópico, ninguna odisea en el espacio ni superordenador paranoico en el horizonte del año 2001.

Hemos mencionado la dificultad creada por la ausencia de fechas de publicación de algunos textos de nuestro corpus. Gracias a sitios webs como *Tercera fundación*[185], se puede, en la mayoría de los casos, determinar las fechas de publicación de los textos. Las fechas, incluso fuera

---

[181]　*Ibidem.*

[182]　*Ibidem*, p. 191–192.

[183]　Irène Langlet, *op. cit.*, p. 241.

[184]　Eric B. Henriet, *L'uchronie*, París, Klincksieck, 2009, p. 82.

[185]　http://www.tercerafundacion.net/biblioteca/ver/contenido/86427

del texto (publicación) forman parte de una serie de puntos de referencia que ayudan a entender el alcance del texto (ideológico, filosófico). Hacer caso omiso de ellas en la publicación de un texto suprime una baliza fundamental: se trata de balizas hermenéuticas que nos permiten desplazarnos del "fuera del texto" al texto y viceversa y, por lo tanto, revelar la dimensión prognóstica de ese sistema complejo que es el texto. Si, para Milagros Ezquerro "[…] texto y contexto están pues en una interacción permanente, se modifican mutuamente en unas proporciones muy variables […][186], las fechas son los activadores de sentido de esas modificaciones, que engendran otros textos posibles.

Habrá quién afirme que algunos textos de ciencia ficción prescinden totalmente de fechas que permitan situar la diégesis, como sería el caso de la ciencia ficción mítica y simbólica, según Jean Gattégno[187]. Sin embargo, incluso (o sobre todo) en esos casos, en que el futuro sería tan lejano que el destino del planeta no concierne a ningún ser vivo, o en el caso de textos que juegan con paradojas temporales, son las fechas del "fuera del texto" (escritura/publicación) las que servirían para calibrar el GPS hermenéutico. A propósito de las paradojas temporales que se encuentran en algunos textos y cintas de ciencia ficción, Jean Clet-Martin afirma que "se tendrá en todo caso por seguro que, sobre ese fondo abismal [de la paradoja temporal] y [del] desarraigo temporal […] que concierne al ser en lo más hondo […], la fecha no es tan relativa" y que "la fecha forma un signo que confiere un sentido, una encrucijada, una posición"[188]. Aunque Clet-Martin se refiere al mundo ficcional en general y a las paradojas temporales en particular, nos parece que, una vez más, esta encrucijada también incluye el "fuera del texto". ¿Cómo puede la ciencia ficción ejercer su papel de comentario político sobre una época, sobre nuestra civilización, cómo instaurar ese "nosotros" que de hecho es un "yo" que toma conciencia de que él/ella es un "nosotros"?

Si, para instaurar ese "nosotros", hay que instalar balizas temporales más o menos fijas, en el interior del territorio así creado se encuentra una partícula movediza, una especie de electrón libre, el *novum*, en el sentido amplio dado por Suvin. Carlos Abraham comenta al respecto:

---

[186]   Milagros Ezquerro, *op. cit.*, p. S/P.

[187]   Jean Gattégno, *La Science-fiction*, París, Presses Universitaires de France, 1983, p. 99.

[188]   Jean Clet-Martin, *op. cit.*, p. 39–40.

La ciencia ficción suele constar de narraciones que transcurren en el futuro. Pero es el *status* epistemológico de los hechos científicos en el contexto de enunciación, y no su ubicación temporal, lo que determina como ciencia ficción a la narración. No es necesario que un invento o descubrimiento ocurra en el futuro, sino que aún no exista en el mundo objetivo del autor y del lector[189].

El *novum* es movedizo, se desplaza según el contexto de enunciación y el de la lectura. Es decir que la predicción de un avance tecnológico y científico presente en una ficción puede verse confirmada algunos años o decenios más tarde (y eso puede coincidir con nuestro presente), pero también puede verse infirmada (y entonces quedarse en su estatuto de predicción) o confirmarse de otra manera (la realidad extraliteraria acabaría dándole sus contornos al *novum*). Leer textos de ciencia ficción producidos en los años 80 y 90 del siglo XX no induce el mismo pacto de lectura que hacerlo en la época de su escritura: el texto no es el mismo, afirmaría Pierre Ménard. Son estas tres posibilidades del devenir del *novum*, y su combinatoria, las que entran en sinergia con los juegos de fechas, induciendo lecturas o textos múltiples. De la superposición de estos textos surgiría un sentido profundo, sentido que no dejaría de modificarse con el transcurso de los años y de los lectores. Este sentido aparente se encuentra pues en un "no-lugar" textual o, al contrario, en un "texto-aleph".

Volviendo a los detractores de la ciencia ficción y sus "anticipaciones superadas", afirmamos con Jean-Luc Nancy que "[…] tenemos que saber que la anticipación visionaria o divinatoria no existe. Lo que *a posteriori* parece haber sido anticipado solo ha sido bien visto en el momento. No se trata de pesimismo sino de clarividencia.[190]" La denominación "ficción especulativa" cuadra mejor con la idea de clarividencia en el sentido de lucidez. La lucidez (luz) sobre nuestro mundo, ¿tiene alguna relación con el carácter periférico de este tipo de literatura? ¿Son, las visiones periféricas, visiones con perspectiva? Un reto sería definir este tipo de punto de vista sobre nuestro mundo en general y en México en particular, lo cual requiere un buen conocimiento del substrato histórico de la realidad extraliteraria que alimenta esta clarividencia.

---

[189]    Carlos Abraham, *op. cit.*, p. 295.

[190]    Jean-Luc Nancy, *L'équivalence des catastrophes (Après Fukushima)*, París, Éditions Galilée, 2012, ("La philosophie en effet"), p. 38.

Si una poética de las fechas facilita un anclaje en la realidad (lo histórico, la sociedad) que permite a lo político encontrar su lugar, la presencia del *novum*, por movedizo que sea, es de índole insólita. Se podría tender a una apelación otra que ciencia ficción o ficción especulativa: lo insólito político. Lo insólito implica el ejercicio de distanciación propio de las ficciones no miméticas, y lo político el (re)conocimiento de algo que me (nos) concierne, necesitando todo ello una poética que revele los mecanismos de esta unión y el signo (matemático u otro) que mejor la exprese.

# Segunda parte

## LAS DISTOPÍAS Y EL IMAGINARIO APOCALÍPTICO: (DES)ESPERAR LOS TIEMPOS QUE CORREN

Cuando hablo del tiempo, es porque todavía no es
Cuando hablo de un lugar, es porque ha desaparecido
Cuando hablo de un hombre, es porque ya está muerto
Cuando hablo del tiempo, es porque ya no existe
Entonces, hablemos del mundo donde el hombre ha desaparecido.[191]

---

[191] Jean Baudrillard, *Pourquoi tout n'a-t-il pas déjà disparu?*, París, L'Herne, 2007, ("Carnets de l'Herne"), p. 9.

# El pensamiento apocalíptico en Occidente en los siglos XX y XXI

La permanencia de un imaginario sobre el fin de los tiempos en Occidente es obvia. Hoy en día, podríamos hablar de un verdadero resurgimiento dado el número de ficciones que representan el fin del mundo o las sociedades poscataclismos que proliferan tanto en el cine como en la televisión. Este resurgimiento de las imágenes del fin refleja la conciencia crítica de Occidente sobre sí mismo; la conciencia de los efectos del sistema que ha instaurado y que resulta inoperante ante las crisis que a menudo autogenera: cambio climático, pandemias, crisis financieras globales…. La dimensión política del pensamiento apocalíptico se entrelaza con el ámbito de las creencias y ello produce un imaginario complejo. En efecto, prever el fin del mundo implica necesariamente una reflexión sobre las causas de este posible fin y, por consiguiente, sobre nuestro presente y el estado de nuestras sociedades, lo que nos incita a adoptar una postura frente a ello: "El fin del mundo es una cuestión política por el simple hecho que fija una agenda para aquellos quienes quieren evitarlo".[192]

El aumento perceptible del fin imaginario en los medios audiovisuales se debe no solo a que la cuestión del fin del mundo parece estar más de actualidad, sino a la propia evolución de la industria audiovisual. Con el desarrollo de los canales de cable y las nuevas tecnologías, los efectos especiales son cada vez más espectaculares. El contexto mundial en el que se inserta nuestro corpus es el del fin del milenio y el comienzo del nuevo. Algunas de estas historias distópicas y/o apocalípticas (o sus ideas principales) las encontramos hoy en día en la pantalla (grande o pequeña).

El pensamiento apocalíptico en Occidente, de origen judeocristiano y basado en el mesianismo y en la idea de revelación (significado de la palabra "apocalipsis"), se ha secularizado con el tiempo. Este paso "del rango

---

[192] Michaël Fœssel, *Après la fin du monde: critique de la raison apocalyptique*, París, Éditions du Seuil, 2012, p. 32.

de la representación religiosa al de la descripción racional del futuro"[193] se explica en gran medida por lo que el siglo XX ha puesto de relieve: la capacidad real del ser humano de adquirir los medios técnicos para su propia aniquilación. Filósofos como Hans Jonas o Günther Anders han producido importantes obras sobre el pensamiento apocalíptico. Su reflexión ha tenido una enorme influencia en otros pensadores como Michaël Fœssel, Jean Pierre Dupuy o Jean-Luc Nancy.

Hoy en día se tiende a equiparar el término "apocalipsis" con el de "catástrofe", entendiendo este último como una versión secularizada del primero. La catástrofe se situaría en el ámbito de la previsión científica; el catastrofismo sería un apocalipticismo racional. Para Jean Grégoire, lo que realmente separa ambos términos es que la catástrofe es inminente y/o inevitable, a diferencia del apocalipticismo racional: la extinción del sol no es inminente, el desastre nuclear es contingente[194]. Nuestra sociedad contemporánea vive en un marco catastrófico en el sentido de que debemos prepararnos para lo inevitable y lo inminente, que no es necesariamente el fin del mundo sino un estado de crisis (o crisis múltiples) con consecuencias que se entrelazan inextricablemente. Una vez hecha esta distinción, es evidente que el límite entre ambos términos es poroso. El apocalipsis se centra en el resultado: el fin del mundo, del hombre o de la esencia del hombre. La catástrofe, por el contrario, se centra en acontecimientos concretos que implican profundas rupturas del tejido social o que conducen al fin del mundo o de nuestra especie.

Muchos afirman que la idea del fin del mundo ya no es metafórica. El siglo XX lo ha dejado claro y, en el siglo XXI, las razones de estos temores se han desarrollado de forma exponencial y rizomática, de tanto como se entrelazan causas y efectos de cualquier catástrofe. Sin embargo, debemos preguntarnos qué significa el "fin del mundo". ¿Es el fin de nuestro planeta, de la vida en él (o de todo lo que existe), de nuestra especie o de nuestra forma de vivir de forma humana en él? Si las amenazas reales hacen que el fin del mundo ya no sea metafórico, para la mayoría del planeta, el fin del mundo ocurre cada día. Es, por supuesto, metafórico, pero no irreal. Y se trata menos del fin del mundo que de la supervivencia

---

[193]  *Ibidem*, p. 7.

[194]  Grégori Jean, "Faut-il penser le monde sous le prisme du catastrophisme ?", [En línea :     http://univ-cotedazur.fr/contenus-riches/actualites/fr/faut-il-penser-le-monde-de-demain-sous-le-prisme-du-catastrophisme]. Consultado el 9 de abril del 2020, p. S/P.

en este mundo. La idea, por tanto, del "fin del mundo" no es monolítica y cada una de sus variantes requiere tácticas y enfoques diferentes. En efecto, tanto si se trata de prever la nada, una sociedad deshumanizada o la forma de sobrevivir en ella, ninguna de estas posibilidades moviliza el imaginario de la misma manera. Pero todas ellas plantean preguntas existenciales, metafísicas, éticas; todas ellas exigen de una u otra manera una política.

La reflexión teórica, especialmente la filosófica, sobre la cuestión del fin (del mundo o del género humano), también tiene una larga tradición. Recientemente, se le dedicó un número de la revista *La Licorne* con el objetivo, según los editores del número, de tratar de arrojar la luz sobre lo "que está en juego en el apocalipticismo actual", que tendría una ""ambición metacrítica" para producir un "apocalipticismo reflexivo"[195]. Estas ideas se basan en el pensamiento de filósofos como Günther Anders. Su método de lectura de nuestro mundo contemporáneo (su "hermenéutica pronóstica") sigue siendo pertinente para iluminar el pensamiento apocalíptico.

El filósofo alemán, cuyas teorías se extienden desde los años 20 hasta los 80 del siglo XX, desarrolló una filosofía de la técnica que busca prevenir el fin del hombre sometido al reinado de la máquina. Tanto Anders como otros filósofos, como Jacques Ellul y Lewis Mumford, han desarrollado un léxico destinado a descifrar este mundo en el que la autonomía de la técnica ha creado una "megamáquina", un "tecnosistema", un "macroaparato", una "máquina total" o "aparato universal"[196]. Según Anders, "[...] los hombres del 'tiempo del fin', es decir, los hombres de hoy deben responder colectivamente a la situación convirtiéndose en 'especialistas en apocalipsis de un nuevo tipo', 'especialistas profilácticos en apocalipsis'".[197]

Si es la disciplina filosófica la que más ha impulsado la reflexión sobre el fin del mundo, ante unos acontecimientos que van más allá de la razón, muchos intelectuales han adoptado un tono o una visión apocalíptica del presente. En 1975, Pier Paolo Pasolini escribió un texto polémico titulado "El vacío del poder en Italia", publicado primero en el *Corriere della*

---

[195]  *L'apocalypse, une imagination politique, XIXe-XXIe siècles, op. cit.*, p. 7.
[196]  Christophe David, *op. cit.*, p. 183.
[197]  *Ibidem*, p. 194. Christophe David cita a Günther Anders: *Die atomare Drohung*, 1993, p. 179.

*Sera* y luego en *Écrits corsaires* bajo el título "El artículo de las luciérnagas". Se trata de una referencia importante del pensamiento apocalíptico contemporáneo. Para hablar de la situación política de su país, propone una "definición de carácter poético-literario de este fenómeno [la desaparición de las luciérnagas] que se produjo en Italia en aquella época"[198]. El origen de la imagen proviene de Dante y del vigésimo sexto canto del *Infierno*. Antes de la llegada de la gran luz del Paraíso, en la octava fosa del Infierno, aparecen pequeñas luces en medio de la oscuridad. Son los "pérfidos consejeros" condenados al infierno. Pasolini invierte esta imagen convirtiendo a las luciérnagas en lo que queda de la cultura campesina y preindustrial en Italia, la que sobrevivió al fascismo, pero no a "un algo"[199] que ocurrió en los años 60 y 70. Para Pasolini, la industrialización y la modernización hacen estragos en el pueblo italiano. Afirma haber visto "el comportamiento impuesto por el poder del consumo remodelar y deformar la conciencia del pueblo italiano [...]"[200]. Las luciérnagas son la metáfora de esa distorsionada conciencia, la metáfora de una cultura de resistencia que cedió ante algo que los políticos no vieron venir: "no vieron que el poder, que ellos mismos seguían manteniendo y gestionando, ya estaba maniobrando para sentar las bases de nuevos ejércitos transnacionales, casi fuerzas policiales tecnocráticas"[201]. El vacío de poder que denuncia es un "vacío de poder en sí mismo"[202] porque los políticos no se daban cuenta de su sustitución por otro tipo de poder:

> De este "poder real" elaboramos imágenes abstractas y, de hecho, apocalípticas y, en el fondo, no sabemos qué formas tomaría para reemplazar directamente a los servidores que lo tomaron por una mera "modernización" de las técnicas.[203]

Encontramos en estas palabras de Pasolini las mismas premisas que en la "megamáquina" de Anders. Excepto que el primero adopta una postura desesperada, mientras que el segundo nos pide que seamos

---

[198]   Pier Paolo Pasolini, "L'article des Lucioles", en *Écrits corsaires*, París, Flammarion, 2009, p. 181.

[199]   *Ibidem.*

[200]   *Ibidem*, p. 185.

[201]   *Ibidem*, p. 187.

[202]   *Ibidem*, p. 186.

[203]   *Ibidem*, p. 188–189.

"apocalípticos profilácticos". Pero, por muy desesperada que sea, la postura de Pasolini no es inmóvil. Tiene un poder de impugnación inherente a la afirmación de su apocalipticismo y, por el mismo hecho de hacerlo, postula la esperanza y la revuelta. Concluye así su artículo sobre las luciérnagas: "En cualquier caso, en lo que a mí respecta (si es que le interesa al lector), que quede claro: daría toda la Montedison, aunque sea una multinacional, por una luciérnaga".[204]

Georges Didi-Hubeman, en *Survivance des lucioles*, cita las palabras de Pasolini, en las que este último reconoce que su pensamiento apocalíptico contiene una contradicción:

> Es, sin duda, una visión apocalíptica. Pero si, junto a ella y a la angustia que la origina, no hubiera en mí una parte de optimismo, en otras palabras, la idea de que es posible luchar contra todo esto, simplemente no estaría aquí, entre ustedes, para hablar.[205]

Jean-Paul Engélibert y Raphaëlle Guidée, en el prólogo del número de la revista *La Licorne* mencionado anteriormente, extrapolan esta contradicción inherente al pensamiento pasoliniano a las ficciones apocalípticas:

> Negar y afirmar al mismo tiempo el apocalipticismo de su pensamiento. Es de esta manera, sin duda, que todas las ficciones del apocalipsis consideran la desaparición de las luciérnagas. Es el derecho de la ficción pensar lo impensable. Si efectivamente existe una contradicción para el filósofo al enunciar la desesperación absoluta, siempre es posible para el poeta, para el escritor, situarse en esta contradicción e imaginar lo no imaginado, incluso lo inimaginable. Las ficciones del fin del mundo no instalan la desesperación *para nada*.[206]

Por lo tanto, es esencial destacar este "para nada", es decir, no solo la intencionalidad de estas ficciones (o, al menos esclarecer las principales tendencias), sino también las formas o mecanismos que utilizan para establecer un diálogo crítico con sus contextos de producción y la tradición pasada que les dio origen. El pensamiento de algunos intelectuales del siglo XX que observaron su contexto particular, (es el caso de Pasolini

---

[204] *Ibidem*, p. 189.

[205] Georges Didi-Huberman, *Survivance des lucioles*, París, Les éditions de Minuit, 2009, 141 p., p. 45. Didi-Huberman cita a Pasolini, *Le génocide culturel*, 1974, p. 266.

[206] *L'apocalypse, une imagination politique, XIXe-XXIe siècles, op. cit.*, p. 12.

para la Italia de la posguerra, y de Anders para la Alemania tanto de Hitler como de la posguerra) así como el pensamiento de los intelectuales de esta década del siglo XXI que han retomado los primeros, permiten colocar balizas para comprender mejor el alcance actual del pensamiento apocalíptico.

Así, Georges Didi-Huberman, en *Survivance des lucioles*, interroga el pensamiento apocalíptico de algunos intelectuales del siglo XX, especialmente Pasolini y Giorgio Agamben, pero también Walter Benjamin o Georges Bataille. Didi-Huberman toma como punto de partida la imagen pasoliniana de las luciérnagas. Explica que cuando Pasolini declara la desaparición de las luciérnagas, se refiere a la desaparición de la cultura popular y de vanguardia en medio de un "régimen generalizado de tolerancia cultural", una tesis que también sostuvo Umberto Eco en *Apocalípticos o Integrados*. Esta "tolerancia cultural" tiene como blanco la cultura de masas y los modos de consumo vistos como decadencia. Didi-Huberman señala que Pasolini, en otros escritos a los que hace referencia, habla de "genocidio cultural" para caracterizar su época.[207] ¿Y qué decir de la nuestra? La "tolerancia cultural" ha encontrado en la telerrealidad y las redes sociales un medio ideal para su expansión. Son avatares de la "megamáquina" de Anders que nos hacen creer que estamos conectados cuando estamos más desconectados que nunca del mundo y de nosotros mismos. Didi-Huberman llama a que no se declare la victoria de la "máquina totalitaria" y de nuestros actuales "consejeros pérfidos" y a buscar hoy la luz de las luciérnagas:

> ¿Está el mundo totalmente esclavizado como nuestros actuales "consejeros pérfidos" sueñan, programan y quieren imponernos? Postular esto es precisamente dar crédito a lo que su máquina nos quiere hacer creer. Es ver solo la noche negra o la luz cegadora de los focos. Eso es actuar como derrotados: es estar convencidos de que la máquina cumple con su trabajo sin descanso ni resistencia. Es no ver nada. Significa no ver el espacio, aunque solo sea intersticial, intermitente, nómada, improbablemente situado, aperturas, posibilidades, destellos, *a pesar de todo*.[208]

Para poder vislumbrar la pequeña luz de las luciérnagas, hay que intentar comprender el *modus operandi* de su supervivencia, según Didi-Huberman. Este último vuelve al hecho de que, en el pensamiento de

---

[207]   Georges Didi-Huberman, *op. cit.*, p. 23–25.

[208]   *Ibidem*, p. 35–36.

Pasolini, no son las luciérnagas las que han sido destruidas, sino "algo central en el deseo de ver [...], es decir en [su] esperanza política"[209]. Se da cuenta de que al intentar comprender la postura desesperanzada de Pasolini "arde para comprender mejor [...] un determinado discurso –poético o filosófico, artístico o polémico, filosófico o histórico– formulado hoy tras sus huellas, y al que queremos dar sentido para nosotros mismos, para nuestra situación contemporánea"[210]. Al tratar de entender el movimiento interior del pensamiento de Pasolini, Didi-Huberman lo extrapola a nuestra actual condición y cómo se encarna en diferentes formas (arte, literatura, filosofía, historia...). Para explicar el *modus operandi* de la supervivencia de las luciérnagas (o más bien cómo percibirlas en medio de nuestra desesperanza), Didi-Huberman utiliza un léxico que implica una colisión de tiempos:

> Se trata, ni más ni menos, de repensar nuestro propio "principio de esperanza" a través de la forma en que el Pasado se encuentra con el Presente para formar un destello, un resplandor, una constelación donde se libere alguna forma para nuestro Futuro mismo.[211]

Para encontrar destellos de esperanza, debemos tratar de ver cómo el Pasado (lo arcaico, el pensamiento mítico, las tradiciones) colisiona con nuestro momento presente ahogado por luces cegadoras o por oscuridad. Lo que resulta de esta colisión, aunque sea poco, son imágenes que tienen el poder de perdurar, aunque no las veamos, o solo sea de forma intermitente. Estas imágenes-luciérnagas representan la fe en un futuro en el que seguirán estando ahí, a pesar de todo. Porque se trata de una voluntad de protesta, las huellas de un actuar a pesar de todo:

> Aunque rocen el suelo, aunque emitan una luz muy débil, aunque se muevan lentamente, ¿las luciérnagas no dibujan, en rigor, tal constelación? Afirmar esto a partir del minúsculo ejemplo de las luciérnagas es afirmar que en nuestra *forma de imaginar* radica una condición fundamental para nuestra *forma de hacer política*. La imaginación es política, eso es lo que tenemos que comprender. Y recíprocamente, la política, en un momento u otro, no puede existir sin la facultad de la imaginación [...].[212]

---

[209]  *Ibidem*, p. 50.

[210]  *Ibidem*, p. 50–51.

[211]  *Ibidem*, p. 51.

[212]  *Ibidem*.

Siguiendo esta línea de razonamiento, si la imaginación en general es política, *a fortiori* una imaginación que juega con las temporalidades plurales que se entrechocan (Antes-Ahora-Futuro) y que hace de esta colisión una base hermenéutica: la ciencia ficción y sus territorios. Estas literaturas de lo insólito político contienen todo el potencial para ser imágenes-luciérnagas.

Didi-Huberman destaca la importancia del pensamiento de Walter Benjamin en el problema del tiempo histórico en general y el papel decisivo de este encuentro de tiempos, de "esta colisión de un presente activo con su pasado reminiscente"[213]. Sin embargo, subraya que se debe primero a Aby Warburg "haber demostrado, no solo el papel constitutivo de las supervivencias en la propia dinámica del imaginario occidental, sino también las funciones *políticas* de las que son portadoras sus disposiciones conmemorativas"[214]. En palabras de Didi-Huberman, la supervivencia significa "imágenes en perpetua metamorfosis [...], una conjunción de lo arcaico y lo contemporáneo [...]"[215]. Hay imágenes que atraviesan el tiempo, se entrelazan y forman sistemas. En la forma en que se entrelazan, en lo que permite este entrelazamiento, hay "funciones políticas", es decir, un poder de interpelación. Y si hay interpelación, es porque estas imágenes, o más bien sistema de imágenes, se han instalado en nuestro presente y, de este modo, tienen el potencial de configurarse en proyecto, en acción, en política.

Estas funciones políticas no aparecen de manera uniforme en nuestro corpus. Esto se debe, en primer lugar, al carácter intrínsecamente ambivalente del imaginario apocalíptico y luego, por supuesto, a las posturas ideológicas de cada autor y a las particularidades de los contextos evocados.

Para Engélibert y Guidée, los límites del imaginario apocalíptico serían esencialmente ideológicos. Esto se reduce al hecho de ser el instrumento más eficaz del orden establecido. De hecho, al hacer hincapié en la angustia del fin, ciertas ficciones de este tipo son bastante conservadoras y transmiten un mensaje de preservación del *statu quo*. Otros, en cambio, tienen un fuerte "potencial emancipador". Engélibert y Guidée concluyen sobre este punto:

---

[213]	*Ibidem*, p. 52.
[214]	*Ibidem*.
[215]	*Ibidem*, p. 53.

Puesto que los límites políticos de muchas ficciones apocalípticas contemporáneas tienen menos que ver con su desesperanza nihilista que con la forma en que eluden el problema, contando menos el fin del mundo que la forma en que se evita o se sobrevive a este.[216]

A nuestro entender, "evitar" y "sobrevivir" como alternativas al fin no pueden situarse en el mismo nivel. Evitar el fin del mundo (el heroísmo patriótico de algunas películas norteamericanas) corresponde a un escenario diametralmente opuesto al que representa la supervivencia al apocalipsis. Las ficciones posapocalípticas son verdaderos vehículos de la política, en el sentido de que ponen de manifiesto las desigualdades que se han vuelto abismales cuando se trata de sobrevivir. Por otro lado, en el caso de algunas de las ficciones mexicanas que comentaremos, salvar el mundo constituye un discurso de protesta. En nuestra opinión, "sortear el problema" no es un límite político, es abordarlo, tal vez, desde una visión periférica que se posiciona políticamente en relación con la "forma correcta" de contar el fin.

En *Survivance des lucioles*, Didi-Huberman convoca otro intelectual italiano para descifrar el modo de funcionamiento del pensamiento apocalíptico contemporáneo. Se trata del filósofo Giorgio Agamben. Didi-Huberman encuentra ecos del pensamiento pasoliniano en palabras de Agamben cuando este afirma que "hay entre lo arcaico y lo moderno una cita secreta"[217]. O bien en su definición de lo contemporáneo:

> [...] contemporáneo no es solo el que, al percibir la oscuridad del presente, identifica la luz inaccesible; es también el que, mediante la división y la interpolación de tiempos es capaz de transformarlo y de ponerlo en relación con otros tiempos [...].[218]

Tanto Benjamin como Agamben hacen de su obra una "obstinada vinculación del presente –violentamente criticado– con otros tiempos, lo cual es una forma de reconocer la necesidad de *montajes temporales* para cualquier reflexión consecuente sobre lo contemporáneo"[219]. Estas observaciones se hacen eco de las teorías estructuralistas y, más concretamente, de la noción de "viaje antropológico" establecida por Gilbert

---

[216]  *L'apocalypse, une imagination politique, XIXe-XXIe siècles, op. cit.*, p. 15.

[217]  Giorgio Agamben, *Qu'est-ce que le contemporain ?*, trad. Maxime Rovere, París, Payot & Rivages, 2008, p. 34.

[218]  *Ibidem*, p. 39.

[219]  Georges Didi-Huberman, *op. cit.*, p. 60.

Durand para designar el fenómeno de la palingenesia específico del mito; o el sistema recursivo (*feed-back*) entre el mito y la historia"[220]. Algunas narraciones de ciencia ficción, por la forma en que recuperan arquetipos, imágenes-símbolos y mitos para insertarlos en una proyección del futuro para criticar mejor el presente, operan este tipo de "montaje temporal". Sin olvidar, en el ámbito mexicano, el sistema recursivo entre mito e historia, substrato de la obra de Octavio Paz o de Emilio Uranga.

Según Didi-Huberman, Pasolini ya no veía cómo el Pasado chocaba con el Presente para producir los pequeños destellos de las luciérnagas: "Se desesperaba de su tiempo, nada más [...]"[221]. A la luz de nuestro corpus, intentaremos detectar una forma de (des)esperarse de su tiempo, una forma de hacer emerger los pequeños destellos de las luciérnagas.

Según Didi-Huberman, en el corazón del pensamiento de Pasolini, así como en el de Agamben, radica la creencia de que existe una supraestructura que borra toda diferencia. Esto es lo que Agamben llama "equivalencia política" o desaparición de la "experiencia". Agamben reduce las imágenes en nuestra sociedad contemporánea a la "forma mediática de las imágenes" que asumen allí "la función de una 'gloria' aliada a la máquina del "reinado" [...]"[222], lo que hace desaparecer las imágenes-luciérnagas. Didi-Huberman critica esta visión apocalíptica que reduce el poder de supervivencia de las luciérnagas[223]. En esta claridad cegadora del reinado y gloria (del poder, de la megamáquina de Anders), las luciérnagas luchan por ser vistas, pero, según Didi-Huberman, esto no significa que hayan desaparecido. Esto podría trasladarse al caso mexicano y al sistema cultural hegemónico establecido por la revolución mexicana. Una cultura hegemónica o *doxa* (tanto si se llama "filosofía de lo mexicano", "novela de la revolución" o "muralismo") que deja de lado o invalida ciertas producciones culturales. Esto va desde el exilio interno al que fueron sometidos los poetas del grupo *Contemporáneos* hasta la exclusión de géneros como la ciencia ficción. Es legítimo preguntarse si la *doxa* cultural mexicana ha hecho perder de vista a las luciérnagas, en una luminosidad cegadora de un pensamiento hegemónico. Por supuesto, no se trata de postular ninguna vacuidad sobre esta cultura hegemónica o reducir

---

[220]　Monneyron, Frédéric y Thomas, Joël, *Mythes et littérature.*, París, PUF Editions, 2012, p. 26–27.

[221]　Georges Didi-Huberman, *op. cit.*, p. 55.

[222]　*Ibidem*, p. 86.

[223]　*Ibidem*, p. 87.

sus manifestaciones concretas a una homogeneización llana sino de señalar su poder de hacer invisibles otras formas que se desprenden de este corpus nacional. Se podría encontrar un eco de la "equivalencia política" en los postulados de Roger Bartra en *La jaula de la melancolía* y su teoría de que la mexicanidad es un conjunto de imágenes que constituyen una narrativa nacional que, a su vez, es una especie de metadiscurso; un imaginario forjado por una voluntad nacionalista vinculada a la unificación e institucionalización del estado capitalista moderno. Por otro lado, lo que algunos llaman la "Industria Octavio Paz"[224] puede ser visto como una forma de "reinado" y "gloria". Más concretamente, en relación con nuestro tema, la forma en que algunos consideran que Carlos Fuentes, digno representante de la cultura hegemónica, ha utilizado los mecanismos de la ciencia ficción, ¿no concierne el mismo mecanismo? De ese modo, en relación con el contexto de producción de *Los días enmascarados*, Christopher Domínguez afirma que "comparte con la atmósfera filosófica de su época esa obsesión ontológica por la mexicanidad que sigue siendo la jaula de oro que habita Carlos Fuentes [...]"[225]. La mexicanidad como *doxa* desempeñaría el papel de "reinado" y de "gloria" de Agamben. Sin embargo, la mexicanidad tiene la capacidad de retraerse, de reducirse a lo esencial y convertirse de nuevo en imagen-luciérnaga. Hallar esa mexicanidad depurada y libre de las luces cegadoras es para nosotros un proyecto de lectura.

Didi-Huberman, inspirándose en Benjamin, opone a la idea de la desaparición de las luciérnagas (Pasolini) o la destrucción de la experiencia (Agamben) aquella de la imagen como primer "operador político de protesta, crisis, crítica o emancipación"[226] y "de la imagen como recurso"[227], como formas de "organizar el pesimismo."[228]. Según Benjamin, la destrucción no se logra. Se puede, en verdad, hablar de un declive, pero "entendido en todas sus armonías, con todos los recursos que implican la declinación, la inflexión, la persistencia de las cosas que se han visto degradadas"[229].Y, a propósito de la ciencia ficción mexicana,

---

[224]   Cf. Raymond L. Williams Fuente, "The Octavio Paz Industry", *American Book Review*, 1992.

[225]   Gabriel Trujillo Muñoz, *op. cit.*, p. 105.

[226]   Georges Didi-Huberman, *op. cit.*, p. 101.

[227]   *Ibidem*, p. 103.

[228]   *Ibidem*, p. 101.

[229]   *Ibidem*, p. 104–105.

se trata realmente de la persistencia de estos escritores de mantener estas formas literarias descalificadas y degradadas. Cabe destacar en esta constelación de términos todo un léxico del movimiento o del proceso. Ello remite al movimiento del mito o a aquel inherente a cualquier proceso de hibridación. Y en fin de cuentas todo ello se refiere al proceso de delimitación de lo paraliterario, que nos permite aprehender la configuración del hecho literario: "Tal sería el recurso esencial del declive: la bifurcación, la colisión, la "bola de fuego" que cruza el horizonte, la invención de una forma nueva"[230].

El esquema apocalíptico aparece o cobra más fuerza en momentos de crisis, en situaciones que parecen no tener salida. ¿Qué podemos decir de México, un país que parece estar en un estado de crisis permanente? Las ficciones de nuestro corpus tienen como fondo histórico la crisis de fin de siglo, pero en México se duplica con otras: el fin del modelo priísta y el resurgimiento de la violencia vinculada con el tráfico de drogas, entre otros. Por lo tanto, es importante tener clara la naturaleza de estas crisis en México.

Podemos afirmar que el modelo de sociedad que la revolución mexicana intentó establecer ha estado en un estado de crisis permanente a lo largo del siglo XX. El México posrevolucionario es visto por algunos como una larga transición. ¿Hacia qué? Los más optimistas dirían hacia la alternancia política, hacia la democracia. No hace falta decir que esta visión no es unánime.

No obstante, antes de comenzar el análisis de nuestro corpus, es necesario recordar los momentos más importantes de este periodo. Por supuesto, debemos mencionar la masacre estudiantil de 1968 en Tlatelolco, que señaló el principio del fin del sistema del partido hegemónico, marcando al rojo vivo el imaginario mexicano. Algunos de los cuentos de nuestro corpus tienen como tela de fondo referencial la década de 1980. Durante esos años, México sufrió dos grandes catástrofes. En noviembre de 1984 se produjeron una serie de explosiones en las instalaciones de PEMEX en San Juan Ixhuatepec, con un balance de 600 personas muertas carbonizadas y varios miles heridos. Y, sobre todo, en septiembre de 1985, un terremoto de 8,6 grados devastó la ciudad de México y otras zonas del país. El número de víctimas de esta catástrofe ha sido establecido recientemente; sería del orden de 12 843 muertos[231]. La catástrofe

---

[230]   *Ibidem*, p. 107.

[231]   Arturo Páramo, "Sismo 85: definen cifra de muertes",

de 1985 puso de manifiesto la incapacidad del gobierno para gestionar una crisis de tal magnitud que dejará su huella en el imaginario colectivo mexicano, proporcionando material para la creación artística y sirviendo de marco a muchas distopías. En varias de las ficciones de nuestro corpus, la catástrofe natural suele ser menos grave que la catástrofe ciudadana (producida por la incapacidad del Estado para gestionar la catástrofe).

En 1984, en México, el partido (de hecho) único, el PRI, en el poder desde hacía décadas (desde su creación en 1929, bajo la presidencia de Calles, entonces PNR), todavía tenía unos veinte años de hegemonía por delante. En ese momento, estábamos en el sexenio de Miguel de la Madrid (1982–1987). En 1988, Carlos Salinas de Gortari llega al poder y con él la consolidación del establecimiento del México neoliberal.

El año 1994, el final del sexenio de Salinas de Gortari fue un punto de inflexión al reunir tres grandes acontecimientos: la entrada en vigor del TLC, el asesinato de Luis Donaldo Colosio, candidato del PRI a las elecciones presidenciales, y la insurrección neozapatista en Chiapas. Asistimos a un movimiento de aceleración de la crisis del sistema mexicano, una de cuyas consecuencias será en el año 2000, por primera vez en su historia, la pérdida de las elecciones del PRI, todo ello coincidiendo con el cambio de milenio.

El fin de la supremacía del PRI y el relevo político se tradujeron por el aumento de la violencia generada por el crimen organizado, las acciones de los paramilitares y la incapacidad (o incluso la complicidad) del Estado[232]. Durante el sexenio de Vicente Fox (2000–2006), hubo un aumento considerable de los delitos y las ejecuciones[233]. Durante el sexenio de su sucesor, Felipe Calderón (2006–2012), la situación empeoró aún más. En 2006, Calderón declaró la guerra a los barones de la droga, lo que se tradujo en un aumento del número de cuerpos desmembrados y/o decapitados[234].

---

[En línea : https://www.excelsior.com.mx/comunidad/2015/09/17/1046211]. Consultado el 3 de mayo 2020, S/P.

[232]  Sergio González Rodríguez, *El hombre sin cabeza*, Barcelona, Anagrama, 2009, 186 p., p. 50–51.

[233]  David Huerta, *La violencia en México*, Madrid, La Huerta Grande, 2015, 110 p., p. 28–30.

[234]  Sergio González Rodríguez, *op. cit.*, p. 59.

A la luz de este breve repaso histórico, y siguiendo a Didi-Huberman, podemos decir que México vive desde hace décadas una situación de apocalipsis latente que roza el apocalipsis manifiesto[235]. Estas dos nociones forman parte de una poética de las fechas, cuya operatividad intentaremos demostrar.

---

[235] Georges Didi-Huberman, *op. cit.*, p. 62–63.

# Moralismo y didactismo

Ah, sí, la pregunta no es: ¿cómo se llega a ser moralista?
La pregunta es más bien: ¿cómo se puede hacer para no devenirlo?[236]

La idea del fin del mundo se expresa de varias maneras: el fin de la humanidad, de la esencia del ser humano, el fin del planeta y de todo lo que existe. Algunas de las distopías de nuestro corpus describen un mundo (un México) que cae en un estado en el cual todo lo peor que existe, lo más execrable e inhumano en nuestras sociedades, acaba prevaleciendo sobre los valores humanistas: empatía, compasión, solidaridad, respeto del otro. Este tipo de sociedad también ha sido retratado en novelas o relatos cortos que ponen en escena la violencia generalizada que ha barrido el país en las últimas décadas del siglo pasado. Una buena parte de los textos de ciencia ficción se proyectan en un futuro inmediato, en el que todas las derivas mencionadas se han convertido en un *modus vivendi* arraigado y generalizado. Otros envían al lector a un futuro lejano e indeterminado en el que esas mismas derivas son llevadas al extremo. Se trata de una serie de escenarios apocalípticos, posapocalípticos, catastróficos; todos ellos interrogan a México, sus instituciones, su proyecto de Nación.

Comenzamos nuestro recorrido con dos cuentos publicados en el emblemático año 1984, marco temporal de la novela homónima de George Orwell y del inicio del Premio Puebla. Lo literario (la huella de la novela de Orwell y el reconocimiento de la ciencia ficción mexicana), así como lo extraliterario (los desastres que asolan a México), proporcionan a los escritores las bases para construir distopías que hacen del moralismo y del didactismo el vehículo de lo político.

---

[236] Günther Anders y Mathias Greffrath, *Et si je suis désespéré, que voulez-vous que j'y fasse? Entretien avec Mathias Greffrath*, trad. Christophe David, París, Allia, 2014, p. 29–30.

## José Emilio Pacheco, "La catástrofe" (1984, *El Futuro en llamas*)

En este cuento, tras una invasión extranjera, México desaparece como nación soberana. En esto consiste la catástrofe que describe el texto; su causa, más que la invasión, es la ausencia de una conciencia ciudadana que le abre el camino.

José Emilio Pacheco hace de la intertextualidad, y más concretamente de la cita, una modalidad estilística privilegiada en buena parte de su obra, al construir su figura de autor mediante la (re)escritura. Por ejemplo, el cuento fantástico "La fiesta brava" se articula en torno a una relación intertextual con "La noche boca arriba" de Julio Cortázar. "La catástrofe" se integra en este proyecto de escritura mediante una intertextualidad muy explícita con el cuento homónimo de Eça de Queiroz. Este último describe una invasión de Portugal por parte de España a finales del siglo XIX. Al reproducir pasajes enteros en su cuento, Pacheco traslada al caso mexicano la crítica social que Queiroz había formulado respecto a su país y a su carácter nacional.

El texto de Pacheco ha sido publicado en varias ocasiones. Publicado por primera vez en la revista *Proceso* a finales de 1984, cierra la colección de cuentos de Pacheco, *La sangre de medusa* (reeditado en 1989)[237], y es el único texto de este autor que aparece en una de las antologías de ciencia ficción que estamos estudiando. José Emilio Pacheco es un escritor de cierto renombre, conocido por sus relatos fantásticos, pero también por su obra poética. Su presencia en una antología de ciencia ficción mexicana es una forma de contradecir ciertos mandatos relativos a los escritores que practican un "turismo genérico" y que, por lo tanto, deberían estar proscriptos en las antologías. O, por el contrario, el dar espacio a los escritores del *mainstream* es sintomático de la necesidad de reconocimiento del género dentro de las letras mexicanas.

El íncipit reza:

---

[237] Es en esta edición en la que Pacheco, en un epígrafe, menciona el origen de texto: "La catástrofe es el último cuento de Eça de Queiroz. El gran novelista lo publicó unas semanas antes de su muerte en 1900. Esta versión, plagio o saqueo apareció en *Proceso* en la navidad de 1984". José Emilio Pacheco, *La sangre de Medusa, y otros cuentos marginales*, México, D.F., Ediciones Era, 1990, ("Biblioteca Era"), p. 131.

> Vivo en Condesa, en una calle que tiene el nombre de uno de los cadetes muertos en la defensa del castillo de Chapultepec durante la invasión norteamericana de 1847. Antes de la guerra y nuestros desastres pensé en cambiarme porque la Condesa ya no es lo que era. Sin embargo, el ejército enemigo ocupó México y me quedé en este departamento sombrío. Me hace sentir con mayor intensidad la amargura de la catástrofe.[238]

Tanto como en el cuento de Queiroz, la diégesis comienza con la voz de un narrador en primera persona del singular que describe lo que ve desde su ventana. En estas primeras líneas, además del marco de enunciación, Pacheco retoma una sola frase de Queiroz: "antes de la guerra y nuestros desastres "[239]. Por lo demás, Pacheco modifica los topónimos, realizando un desplazamiento espaciotemporal entre la Lisboa del siglo XIX y un espacio más claramente identificado como la ciudad de México (Condesa, Chapultepec), pero donde el tiempo de la enunciación es incierto, siendo el único anclaje temporal un pasado conocido, explícito y emblemático: 1847, la derrota de México y la pérdida de más de la mitad de su territorio a manos de Estados Unidos. Este pasado está señalado por lugares de memoria como –además de Chapultepec– el nombre omitido de la calle donde vive el narrador, que evoca "los Niños Héroes" y Juan Escutia, el más famoso de ellos.

La mención explícita de este fragmento de la historia de México al inicio de la diégesis entra en una relación dinámica con el segmento corto tomado de Queiroz: el resultado de este encuentro se despliega en el resto del relato como elemento portador de significado del conjunto. De hecho, el texto de Queiroz fue escrito hacia 1875[240], o sea unos años después de la edición en 1863 de *Los desastres de la guerra* de Goya; dos obras contemporáneas que pintan un cuadro (estampas) de las naciones devastadas en su integridad e identidad por un elemento exterior. El breve segmento del cuento de Queiroz retomado por Pacheco funciona como una costura interna de una diégesis que, a su vez, se inserta en

---

[238]  José Emilio Pacheco, "La catástrofe", en Gabriel Trujillo Muñoz, (ed.). *El futuro en llamas: cuentos clásicos de la ciencia ficción mexicana*, 1. Ed., México, Grupo Editorial Vid, 1997, p. 189–197, p. 189.

[239]  Eça de Queiroz, "La catástrofe", [En línea : https://es.scribd.com/document/ 295342706/La-cata-strofe-por-Eca-de-Queiroz-traducido-por-Jaime-Axel-Ruiz-Baudrihaye-con-introduccion-y-notas]. Consultado el 25 de abril del 2020, S/P.

[240]  *Ibidem.*

una macrohistoria hecha de repeticiones cíclicas de un mismo acontecimiento: el gran texto de la historia.

El texto menciona un "antes de la guerra", sin dar más explicaciones.
Pacheco juega con la imprecisión temporal de la diégesis para apoyar
su intención: la historia de México es un ciclo repetitivo de invasiones
cuyo resultado es la alienación de la identidad. De ese modo aparece una
constelación de términos relacionados con la pérdida de soberanía, que
pueden referirse no solo a 1847, sino también a otros períodos de la historia de México: "ejército enemigo", "catástrofe", "desastre", "aparición del
uniforme invasor", "derrota y el fin de la patria", "pabellón enemigo"[241].
Y se trata precisamente de términos tomados del texto de Queiroz, que se
encuentran dispersos en una referencialidad mexicana. El nombre de la
superpotencia que perpetró la invasión de México, obviamente evidente,
solo se explicita al final del relato. Esta omisión forma parte integrante
del mensaje moralizador del texto, ya que la voz narrativa trata de establecer la verdadera responsabilidad del desastre: México y los propios
mexicanos.

Esta temporalidad cíclica no sería eficaz sin elementos de proyección
hacia el futuro. La proyección futurista se basa en una presencia mínima,
incluso ambigua, del *novum* tecnológico (alteridades léxicas). Los únicos
detalles que permiten situar la diégesis en el futuro son algunas alteridades léxicas que designan el armamento del invasor. El centinela extranjero del castillo de Chapultepec lleva al hombro "una de aquellas armas
ultrasónicas que desde lejos segaban regimientos enteros"[242]. También
se mencionan los "cohetes teledirigidos [...] [que] [a]caban con todo y
además esparcen balas y puntas de metal afiladas como una hoja de rasu-
rar"[243]. Es el carácter poco convencional de estas armas, en el contexto
de los años 80, lo que las convertiría en alteridades léxicas. Sin embargo,
la descripción que se hace, su capacidad de aniquilación masiva del enemigo, sin preocuparse por las víctimas civiles colaterales, no produce un
marcado efecto de extrañeza, puesto que la guerra de Vietnam y el uso del
napalm están frescos en las memorias de la época. Es más bien la dimensión de la guerra selectiva ("cohetes teledirigidos") y fulminante ("armas
ultrasónicas") la que permite una proyección futurista en el contexto de

---

[241]   José Emilio Pacheco, *op. cit.*, p. 189–190.
[242]   *Ibidem*, p. 190.
[243]   *Ibidem*, p. 193.

la escritura. Un futuro, sin embargo, muy cercano. En 1989, Estados Unidos probó sus nuevas armas en la invasión de Panamá, el mismo año que cayó el muro de Berlín. El fin del mundo bipolar Este-Oeste dio paso a otra bipolaridad, la existente entre el Norte (Occidente) y un Sur en sentido amplio, que engloba a países fuente de amenazas para el llamado Occidente (terrorismo, narcotráfico y mafias varias): una nueva era geopolítica en la que Estados Unidos sigue siendo el líder mundial. De hecho, un año después, hará un uso sistemático de esas nuevas armas en la guerra del Golfo. Desde entonces, parece que se reproduce el mismo escenario continuando la carrera armamentista con armas cada vez más poderosas. Así que, aunque sean pocas, estas alteraciones léxicas están cargadas de sentido, porque no se limitan a ambientar mínimamente un escenario futurista, sino que subrayan sobre todo un aspecto intemporal: la superioridad del país invasor, una superioridad de carácter material y técnico. El ejercicio de distanciamiento/reconocimiento adquiere toda su dimensión, porque hay algo que lleva al lector (el lector de los años 80, el del siglo XXI) a un presente dilatado y, en consecuencia, le hace sentirse implicado: la situación periférica de México en relación con una superpotencia que lo domina.

Por lo tanto, aparte de esas alteridades léxicas, todo el texto se refiere a una relativa normalidad en la que, tras el desastre, "han vuelto a circular el metro y los buses": pasado, presente y futuro parecen situarse en un *continuum* temporal. Pacheco crea estos montajes temporales, necesarios según Agamben, para cualquier reflexión sobre lo contemporáneo. La reescritura de Queiroz y la referencia explícita a la guerra con Estados Unidos en el siglo XIX son elementos del pasado que chocan con un futuro marcado por la inmediatez.

En efecto, el carácter esporádico de las alteridades léxicas, que se ahogan en un universo no muy lejano del presente de la escritura, sugiere la posible inminencia del hecho relatado, de la catástrofe. A estas líneas temporales evocadas se suma un pasado aún más lejano que el siglo XIX. Las siguientes frases, aunque la segunda sea una cita de Queiroz, producen una sensación de *déjà vu* (o más bien *déjà lu*) sin relación con el texto del portugués: "Nuestra derrota estaba sellada mucho antes del primer combate. Nuestro gran mal fue el abatimiento, la inercia que se adueñó de todos"[244]. Estas líneas recuerdan claramente ciertos fragmentos de las

---

[244]  *Ibidem*, p. 195.

crónicas de la conquista de México, que describen en términos similares la actitud de Moctezuma ante el ejército de Cortés. Esas coordenadas temporales (periodo prehispánico, conquista) que, en el marco de este cuento, relevan de lo implícito, se convierten, en otros textos que veremos, en un tema explícito que invita a reconsiderar la historia. La conquista, la primera derrota simbólica, asedia al imaginario mexicano como una catástrofe inaugural de la historia del país.

El mensaje moralizante, según el cual los pueblos indolentes tienen el destino que merecen, se señala con énfasis. Se condensa en las formulaciones recurrentes que constituyen lo esencial de las citas del cuento de Queiroz. Esta característica, denunciada por el texto, y que atraviesa siglos y lugares, puede por otra parte referirse tanto al México actual como, de hecho, a toda América Latina: "[l]a falta de ciudadanos pesaba más que nuestra debilidad militar. Todos estábamos muertos, adormecidos, desnacionalizados, inertes, envilecidos, gastados"[245]. A esa falta de conciencia cívica se añade un individualismo a ultranza:

> El odio al enemigo era terrible, no por la pérdida de la patria sino por los desastres particulares que la derrota traería consigo. Unos temían por su empleo en el gobierno, otros se preguntaban si iban a seguir pagando intereses los bancos. Con la pérdida del Estado se veía el final de la comodidad personal.[246]

El derrotismo es señalado también como culpable:

> La sugerencia de crear guerrillas que apoyaran a nuestro reducido ejército, de formar unas milicias o columnas volantes, era tomada con un encogimiento de hombros: - ¿Para qué? No se puede hacer nada. De todas formas van a aplastarnos.[247]

Para dar un anclaje mexicano, Pacheco introduce elementos que señalan el tópico de la relación desigual con Estados Unidos, sin olvidar lo que parece ser el mal endémico del país, la corrupción, que puede ser individual ("el televisor comprado por contrabando en Texas") o colectiva ("la malversación de los fondos para comprar la tela para hacerles uniformes al ejército"[248]). La denuncia ecológica no está ausente en el

---

[245]    *Ibidem*, p. 191.

[246]    *Ibidem*.

[247]    *Ibidem*, p. 192.

[248]    *Ibidem*, p. 192–193.

texto y también sirve de anclaje en la realidad mexicana extraliteraria, como la referencia a las "selvas vírgenes arrasadas por buscadores de petróleo, ganaderos, etc."[249]. Estos elementos también contribuyen a crear la imagen de un presente extendido o de un futuro inmediato; imagen condicionada por la presencia de las alteridades léxicas ya mencionadas. El retrato de esta sociedad condenada a su pérdida alcanza su punto culminante con esta cita de Queiroz:

> Habíamos caído en un cinismo absurdo, en un egoísmo imbécil, en un desdén de toda idea, en una repugnancia ante todo esfuerzo, en una anulación de la voluntad [...]. Se apoderó de nosotros la mentalidad del sálvese el que pueda y el todos contra todos.[250]

El texto de Pacheco aparece de esta manera como un compendio de mala conducta y su narrador como un juez o inquisidor que cree poseer el código de la buena moral capaz de evitar una nueva catástrofe. El mensaje moralizante, que proviene casi exclusivamente de la novela de Queiroz, crece a lo largo del texto; comienza como una costura interna y termina en erigirse en telón de fondo de una historia común. El arte pictórico mexicano, especialmente el muralismo, también se ha empleado en señalar el aspecto cíclico de la historia. En ciertos murales de Diego Rivera o José Clemente Orozco, sobre un trasfondo común que representa un mundo preso de las llamas, se destacan personajes y/o situaciones históricas concretas[251]. Si para Rivera era una visión dialéctica (marxista) de la historia como una sucesión de relaciones de fuerzas que conducen a una síntesis armónica (la dictadura del proletariado), en el caso de Orozco el juego de espejos entre los acontecimientos históricos conducía a una revelación nihilista sobre el futuro del mundo.

Para Pacheco, la intertextualidad es una forma de sugerir el carácter cíclico de la historia sin pretender enfatizar una progresión dialéctica o la necesidad de un borrón y cuenta nueva nihilista. Su texto crea un montaje temporal y textual en cuyo seno dialogan Goya, Queiroz y las crónicas de la conquista; el conjunto se proyecta en otras invasiones en el curso de la historia. Se trata de la búsqueda de dominación de países

---

[249]  *Ibidem*, p. 194.

[250]  *Ibidem*, p. 195–196.

[251]  *Sueño de una tarde dominical en la Alameda central*, para el primero; los murales de Darmouth College *La épica de América*, para el segundo, por citar solo un par de ejemplos.

débiles por parte de las grandes potencias en busca de expansión, la que se podría creer que nuestros tiempos modernos han visto el final, lo cual no es nada seguro. Pero la particularidad del texto de Pacheco es que está ideológicamente en línea con el texto citado y critica el estado de ánimo de las poblaciones de los llamados países "débiles". Así, en el desenlace del cuento, el narrador exhorta a sus hijos a romper con este círculo infernal de pérdida de identidad y de autodenigración. Pacheco cierra su relato haciendo hincapié en la intertextualidad como método de escritura. La última frase es una cita textual de Queiroz:

> Los acostumbro a amar a la patria en vez de despreciarla como hicimos nosotros. Nos sentíamos tan distintos al resto de los mexicanos. Decíamos llenos de arrogancia: –No se puede con Mexiquito. Esto es una mierda. A este país ya se lo llevó la chingada. Aquí lo único que producimos son pendejos y ladrones. La única salvación es que nos anexen a los Estados Unidos–. Y en vez de esforzarnos por salvar este país, el único que tenemos, bebíamos whisky y echábamos a andar nuestras videocaseteras. Ah generación cobarde, qué bien castigada fuiste.[252]

Es aquí, al final del texto, donde se menciona el nombre de la superpotencia en cuestión, no como un elemento del pasado (como al principio del texto cuando el narrador menciona la fecha de 1847), sino como posibilidad de futuro. La anexión de México por Estados Unidos es un condicional contrafactual en el pasado de la diégesis (antes de la catástrofe) que podría reformularse así: si los Estados Unidos nos anexionan, estaremos salvados. No hay nada en el cuerpo del texto que diga que fueron los Estados Unidos quienes invadieron México, pero es evidente. Su mención al final del texto hace que la proposición contrafactual en la que se inserta esta mención se presente como castigo y no como salvación en el presente de la diégesis.

En cuanto al mensaje moralizador cuyo blanco es un carácter nacional indolente, se trata de una idea reductora y peligrosa que priva al pueblo de su calidad como agente de cambio del devenir histórico. Sin embargo, el final del texto de Pacheco deja claro que no es el pueblo (las clases obreras y campesinas) el señalado con el dedo. De hecho, la lectura de esas últimas líneas remite más bien a la visión de las élites intelectuales y/o sociales (más allá de México y más allá de los años 80), que se creen aparte del resto de su país, como si "Mexiquito" fuera una entidad

---

[252]   José Emilio Pacheco, *op. cit.*, p. 196–197.

a la que no pertenecen, un país en el que ya no creen, si es que alguna vez creyeron… Encontramos aquí la idea o creencia en una especie de determinismo geográfico heredado del siglo XIX y bien anclado en las mentalidades de las clases sociales descendientes de la oligarquía "criolla". El diminutivo se utiliza ampliamente en otros países del subcontinente ("qué paisito…"), cuyo tamaño podría merecer más su uso que en México, pero cuyas estructuras socioeconómicas no son muy diferentes. Es la división social de países gobernados por la misma élite desde su aparición como Estados. Pero en el caso de México tenemos la gran paradoja de una revolución que abrió el siglo XX. El contexto de escritura de "La catástrofe" es el sexenio de Miguel de la Madrid (1982–1988), período que siguió a la gran crisis económica de 1982, debido a la política de explotación petrolera del sexenio anterior (Miguel López Portillo, 1976–1982). Esta política hundió al país en la recesión y preparó el camino para el México neoliberal de Carlos Salinas de Gortari (1988–1994). Las políticas económicas nacionalistas de los sexenios anteriores (especialmente el período populista de Lázaro Cárdenas) habían fracasado y el neoliberalismo se veía como la solución a esa crisis. El texto de Pacheco es el reflejo de un conjunto de tensiones inherentes a un sistema económico global, en el cual formar parte de esa megaestructura capitalista significa renunciar a algo que se siente como una esencia nacional. El texto de Pacheco, como ya se ha señalado, se basa solo muy parcialmente en alteridades léxicas para conformar una alteridad global. Esta alteridad reside en esa invasión extranjera, que pone de manifiesto la precariedad de la Nación o de esa esencia nacional. El texto propone un salto cognitivo: la mención de una fecha (1847) desencadena la elaboración de una alteridad global. Sin embargo, esta alteridad global (un México invadido) pierde sus contornos temporales futuristas a través del discurso del narrador, que nos sitúa en un pasado/presente inmutable. Por lo tanto, no hay necesidad de ser invadido para tener el comportamiento propio de un sujeto invadido, ya que los efectos de dicha invasión se encuentran en la forma de pensar de ciertos estratos de la sociedad, los que han capitulado ante un modelo impuesto desde el exterior: las élites mexicanas y, más allá, las élites de toda América Latina ayer y hoy.

Sobre "La catástrofe", escribe Gabriel Trujillo Muñoz:

La trascendencia del relato de Pacheco es la revelación que oculta: el apocalipsis mexicano ya es historia y es tal vez olvido. El apocalipsis mexicano no es nuclear o ecológico (aunque también pueda serlo), sino político y militar. Su fecha se conoce: 1848, cuando México perdió la guerra contra los

Estados Unidos y con ello se le despojó de la mitad del entonces territorio nacional. Y su símbolo sigue siendo el heroico (más no victorioso) castillo de Chapultepec.[253]

Aunque el motivo de la herida abierta causada por la amputación del territorio nacional en el siglo XIX, muy presente en el imaginario mexicano, aparezca en el texto de Pacheco, su alcance no se limita a una visión nacionalista y de victimización. Es una llamada a la responsabilidad y a alejarse del inmovilismo que se suele atribuir al carácter nacional mexicano. Si para Trujillo Muñoz el cuento de Pacheco presenta la pérdida de la Nación como una variante del apocalipsis[254], añadiríamos que plantea la porosidad entre esta última noción y la de catástrofe. De hecho, el texto muestra el carácter inevitable e inminente de la catástrofe (ya ha ocurrido varias veces, volverá a ocurrir), pero sugiere su carácter de revelación, de posibilidad de erigirse en un proyecto utópico. Las huellas de esta posibilidad se encuentran diseminados en el texto. Así, algunas de las frases del narrador son contrafactuales: "Pero de nada vale pensar en lo que pudimos haber hecho"[255], "Si hubiésemos sabido…"[256], "Les hablo [a mis hijos] del camino que debimos haber seguido"[257]. Son frases también tomadas del texto de Queiroz y que ponen de manifiesto una gradación ascendente en la posibilidad de rectificar la situación. A través del juego de montajes temporales, esta posibilidad puede alcanzar al "fuera del texto" y proyectarse en el presente de la escritura. Así que, como una Casandra, Pacheco, a través de la voz del narrador, predice lo que le sucederá a México si los ciudadanos persisten en una serie de actitudes que precipitarán la catástrofe. Clama, como el personaje de la primera estampa de los *Desastres de la Guerra*, cuyo título ("Triste presentimiento de lo que ha de acontecer") transmite la idea de un punto de partida, de una chispa que provoca la explosión final, la catástrofe. Pero otra forma

---

[253]   Gabriel Trujillo Muñoz, *op. cit.*, p. 171–172.

[254]   José Emilio Pacheco escribió otros textos en los que es cuestión de forma explícita del temor ante un apocalipsis nuclear. Estos dos textos, titulados "Jericó" (José Emilio Pacheco, "Jericó", en *El viento distante*, 3. ed., nueva versión, México, D. F., Ediciones Era, 2000, ("Biblioteca Era"), p. 129–132.) y "Shelter", José Emilio Pacheco, "Shelter", en *La sangre de Medusa, y otros cuentos marginales*, México, D. F., Ediciones Era, 1990, ("Biblioteca Era"), p. 90–92.) no forman parte de las antologías de la ciencia ficción mexicana.

[255]   José Emilio Pacheco, *op. cit.*, p. 195.

[256]   *Ibidem*, p. 196.

[257]   *Ibidem*.

de interpretar el juego de temporalidades en el cuento de Pacheco es considerar la catástrofe como el germen de la utopía. Si la historia de México es una serie de desastres que provocan rupturas de identidad, el discurso del narrador hacia esos niños (tomado muy parcialmente de Queiroz) despliega el proyecto utópico: "Les hablo del camino que debimos haber seguido nosotros: la libertad, la democracia, la justicia, la ciencia, la cultura, la actividad, el vigor"[258]. Para imaginar un proyecto político de este tipo, sería necesario en primer lugar una destrucción. Y esta es quizás solo el resultado de un fracaso. El proyecto de Nación planteado por la Revolución mexicana fue un fracaso y una traición. La catástrofe imaginada por Pacheco, temida o finalmente deseada, aparece como el medio para emprender una refundación, que queda a cargo de las nuevas generaciones. Pero otro escenario distópico consiste en prever la forma por la cual el futuro cierra la puerta a las nuevas generaciones. Cuando la fantasía utópica de un mundo regulado exhibe la distopía de un mundo donde lo humano pierde su esencia.

## Mauricio-José Schwarz, "La pequeña guerra" (1984, *El Futuro en llamas*)

La obtención del Premio Puebla en su primera edición fue determinante para que esta historia sea considerada un hito de la ciencia ficción mexicana. En palabras de *Bef*, "su publicación en la revista *Ciencia y Desarrollo* supuso el inicio de la era moderna de la CF nacional"[259]. Se ha publicado en varias antologías, entre ellas la que nos sirve de base para este análisis. Abre la antología de *Bef*, *Los viajeros*, y también *Auroras y horizontes*.

Mezclando descontextualización y referencias a varias culturas, este cuento propone una distopía cuyo escenario podría ser cualquier lugar de nuestro planeta. A diferencia del texto de Pacheco, este no ofrece topónimos reconocibles, ni la más mínima alusión a alguna fecha que permita al lector establecer mínimamente un GPS espaciotemporal de lectura. En este futuro incierto, el darwinismo se aplica de forma literal y extrema: los niños deben justificar su derecho a la vida. En "La pequeña guerra", el fin de la humanidad es menos el fin de la vida en la tierra que

---

[258]   *Ibidem.*

[259]   *Los viajeros. 25 años de la ciencia ficción mexicana, op. cit.*, p. 11.

el fin de una forma de convivencia: el fin de nuestra capacidad de empatía y compasión hacia los demás.

El íncipit introduce poco a poco el sentimiento de extrañeza:

> Había formas de burlar la ley, es cierto, especialmente si uno tenía mucho dinero; ellos no lo tenían. También eran útiles las amistades en posiciones elevadas, pero ésa era otra carencia de las muchas que la familia coleccionaba por todas partes. La única solución era la que confrontaban ahora, al escuchar el nombre de su hija por los altavoces del estadio.[260]

Las primeras líneas describen la realidad banal del "enchufe", que no es monopolio de los llamados países subdesarrollados. Inmediatamente, aparece un toque de extrañeza (una alteridad discursiva) con la mención de un estadio y los altavoces llamando a la hija de alguien. Solo los elementos paratextuales predisponen al lector a leer un texto de ciencia ficción. Sin ellos, bien podría tratarse de una escena ambientada en medio de alguna dictadura militar del siglo XX. Y, de hecho, no estamos lejos de ello ya que el texto exige la realización, un tanto esquemática, del ejercicio de extrapolación (del pasado y el presente al futuro) propia del género. No hay alteridades léxicas, salvo los nombres de los personajes que remiten a realidades geográficas diversas. Si bien no constituyen alteridades léxicas en sí mismos, se convierten en tales al formar parte de una red de signos. De hecho, su cohabitación en un solo lugar, sumada a otras alteraciones discursivas inmediatamente posteriores al íncipit, hace que la extrañeza global se despliegue poco a poco. Así, al leer las primeras líneas, el lector se da cuenta de que se trata de una niña que está a punto de librar un combate vestida con un traje de gladiador:

> Guinnivere [...] miró a su hija y no pudo evitar imaginarla como tantos niños que había visto desfilar esa mañana. Un sangrante resultado sin brazos, con la cabeza despedazada de un mazazo o con el vientre tajado sin remedio y las infantiles entrañas fluyendo como un temeroso río de lava apenas tibia, Guinnivere se preguntaba una y otra vez si Akira había cumplido como padre.[261]

El relato se organiza según el orden de los combates que librará la niña, un total de tres, descritos de manera detallada. Esta narración se

---

[260]  Mauricio-José Schwarz, "La pequeña guerra", en Gabriel Trujillo Muñoz, (ed.). *El futuro en llamas: cuentos clásicos de la ciencia ficción mexicana*, México, Grupo Editorial Vid, 1997, p. 199–211, p. 199.

[261]  *Ibidem*, p. 199–200.

interrumpe ya sea mediante analepsis o por la reproducción de pensamientos o sentimientos que la situación descrita despierta en los personajes; en ambos casos, se trata de mecanismos que facilitan el ejercicio de extrapolación y conocimiento y, de este modo, la configuración de la alteridad global. Dicho de otro modo, los resortes didácticos cumplen bien su función, la de facilitar la elaboración de la xenoenciclopedia en la mente de los lectores. Entre las analepsis que aparecen a lo largo del texto, hay una en la que Akira, el padre, recuerda su infancia, lo que nos permite una primera explicación del modo de funcionamiento de la sociedad descrita: estos juegos donde los niños luchan por el derecho a la vida se crearon en respuesta a una demografía galopante. En otra ocasión, son los sentimientos de un personaje los que sirven para proporcionar información complementaria: "Jünge [el hermano pequeño de la joven guerrera] sintió algo de la grandeza y el miedo que, casi con seguridad, lo esperaban dentro de dos años, cuando ya tuviera diez".[262] Poco a poco nos enteramos de la razón de ser y del funcionamiento de estos juegos.

El realismo del punto de partida de la diégesis se ve alterado por la irrupción de las extrañezas, situación comparable a los mecanismos del género fantástico. El distanciamiento, como hemos visto, es una característica común a ambos géneros. Pero mientras que en el fantástico lo extraño socava la realidad empírica, la ciencia ficción sugiere la posibilidad racional de la existencia de una realidad empírica, en la que lo extraño encuentra un lugar lógico. Si en el fantástico duda y ambigüedad tejen la diégesis, "La pequeña guerra" es ejemplar en su despliegue explicativo de la alteridad global. También lo es en la manera en que los diferentes elementos de la diégesis configuran un paradigma ausente que, paradójicamente, se exhibe.

Entre todo lo extraño, ya hemos señalado los nombres propios de los personajes que, en conjunto, complican la contextualización del texto (Akira/Japón, Jünge/Alemania o Escandinavia / Guinnivere/nombre anglonormando, pero con diferentes grafías), Arianne, el nombre de la protagonista, la pequeña guerrera, sería francés (con una ortografía dudosa). Se ha tratado de interpretar esta elección del autor. Por ejemplo, Héctor Fernández L'Hoeste afirma que se trata de la intención de Schwarz de "ampliar la comprensión de un proceso de mestizaje" utilizando este

---

[262] *Ibidem*, p. 201.

tipo de nombres "sugerentes de una mezcla más allá de lo conocido en México"[263]. También subraya que el hecho de no utilizar ningún nombre con resonancias autóctonas (como es común en México) y en su lugar utilizar una "onomástica de tradición imperial, bien familiarizada a la modernidad" son indicativos de una incipiente mentalidad multicultural: "le cautivaba lo pluricultural antes de su advenimiento noventero"[264]. Que se adelante a la postura de un Iñárritu (*Babel*), o que juegue con el género del *fantasy* (en el cual hacen pensar estos nombres y ciertas escenas), el efecto buscado parece claro: darle a este relato de anticipación un alcance universal abandonando el marco mexicano; sin embargo, ese México visceral está ahí; volveremos a él.

La serie de tres combates constituye una parte esencial de la diégesis. Se hace hincapié en el aspecto técnico de los combates, con descripciones que halagan el gusto del lector por lo morboso. El primer fragmento citado anteriormente contiene una comparación, muy sugerente, de las entrañas infantiles con la lava volcánica. El campo de batalla se describe con imágenes similares, enfatizando el horror de la situación:

> Los ayudantes retiraban del campo los últimos cadáveres ensangrentados. El pasto, a esa hora, ya no era uniformemente verde, sino que mostraba una sucesión de manchas ocres y rojizas que lo hacían verse como un obsesivo tablero de ajedrez.[265]

Este tablero de ajedrez constituye una imagen que superpone utopía y distopía o, más bien, muestra el paso o la porosidad de una a otra. Geometría perfecta, el tablero de ajedrez es la imagen de una sociedad cuyas reglas son siempre lógicas, cuya política obedece a movimientos reflexivos y calculados. La utopía totalitaria muestra su dimensión distópica a través de estos rastros de sangre como emblema de degeneración. Son las que dibujan el tablero de ajedrez, esta relación metonímica que muestra el paso de la utopía a la distopía. Un paso condicionado por un simple cambio siniestro y peligroso de puntos de vista (la utopía de unos es la distopía de otros), que remite a los momentos más oscuros de nuestra historia.

---

[263]   Héctor Fernández L'Hoeste, *op. cit.*, p. 488.

[264]   *Ibidem*.

[265]   Mauricio-José Schwarz, *op. cit.*, p. 200.

Las numerosas descripciones del traje de combate de la niña (algunos ejemplos: "casco azul destellaba al sol, mostrando un penacho de furiosas navajas curvas"[266], "guante de cuero negro tachonado de púas para retener su escudo acrílico [...] mazo redondo de madera, también con púas de duraluminio"[267]) no contienen elementos futuristas. El único detalle, un escudo acrílico, podría implicar un avance tecnológico. Estas descripciones, sumadas a imágenes y comparaciones llamativas, dan la impresión de oscilar entre *Conan el Bárbaro*, el mundo de los mangas y el de los videojuegos. La influencia de la cultura japonesa, tanto tradicional como popular, es bastante evidente. El padre, Akira, es descrito como un "ominoso protagonista de una obra de teatro No"[268]. Enseñó *maguashigueri*[269] a su hija y su kit de entrenamiento incluye un "karategui negro" y "varas de kendo "[270]. Mucho antes de que existiera la realidad virtual, el texto de Schwarz la evoca cuando describe cómo el joven Jünge ve los combates de su hermana en la televisión con distanciamiento, más interesado en los movimientos y las tácticas de los combatientes que en la sangrienta realidad:

> Jünge descifraba otros combates mientras le volvía a tocar el turno a su hermana. Imaginaba la maravilla de poder ser un destructor, cortando cuellos, aplastando cabezas, señor de vidas y temible maestro de la lucha.[271]

Además del uso de imágenes estereotipadas, por muy multiculturales que sean, los dispositivos didácticos (analepsis, diálogos) hacen que el texto de Schwarz caiga en el didactismo. La impresión de que el autor se esfuerza en escribir ciencia ficción socava el efecto de la aparición de la alteridad global, de ahí la ejemplaridad y la exhibición del paradigma ausente mencionado anteriormente. En este caso, se trata de un diálogo entre Karl, el tío de Jünge, y uno de sus hijos. Este diálogo permite entender el motivo de la creación de los juegos y el funcionamiento de esta sociedad basada en la ley del más fuerte. La referencia darwinista es muy frecuente en los textos distópicos, pero en el contexto mexicano evoca también el pasado del país con el modelo positivista asociado a la

---

[266]  *Ibidem.*

[267]  *Ibidem*, p. 199.

[268]  *Ibidem*, p. 207.

[269]  *Ibidem*, p. 205.

[270]  *Ibidem*, p. 210–211.

[271]  *Ibidem*, p. 206.

dictadura de Porfirio Díaz. Obviamente, el texto de Schwarz, desde su título, establece un diálogo con "La última guerra" de Nervo, autor considerado precursor del género en México. Estas dos referencias son elementos que anclan el texto en el contexto mexicano, aunque el primero sea implícito. En "La pequeña guerra", el darwinismo social es llevado al extremo: se aplica, literal y drásticamente, en un formato reducido, en el espacio (la arena) y en el tiempo (el combate), para ahorrar tiempo y dinero al Estado. Para merecer espacio y oxígeno, los niños deben desarrollar habilidades muy específicas: fuerza física y mental y, sobre todo, ausencia de compasión. Transformarse en máquinas de matar, de tal modo que otras cualidades, como las de uno de los adversarios de Arianne, "un chico capaz de llegar a amar intensamente si se le daba la oportunidad"[272], no entren en juego. Este chico es la segunda víctima de Arianne; un único combate más y habría ganado el derecho a vivir. Pero la mirada del chico al que acaba de matar le hace tomar conciencia:

> Dejó pasar el tiempo reglamentario de descanso, con una cólera que no estaba dirigida hacia sus enemigos en los juegos, sino buscaba morder la [sic] gargantas de su padre, de los juegos y de los espectadores capaces de entusiasmarse ante la muerte de un muchacho como el que ella acababa de destruir.[273]

Y así, en su último combate, se deja vencer por su oponente, una niña aún más pequeña que ella, porque deja que su humanidad se imponga:

> La espada de Arianne tembló y en ese momento vio los ojos de la niña caída. Durante un año, su padre la había entrenado eficazmente para la destrucción y la cólera contenida y cuidadosamente canalizada hacia la lucha. No estaba preparada para la expresión suplicante y resignada de los ojos de la pequeña.[274]

Y aquí, casi al final del cuento, cuando la evocación de México parecía remota, un giro comparativo llama la atención. En el momento en que Arianne podría haber matado a su adversaria, su espada se describe de la siguiente manera: "Levantó la espada a dos manos, como un cuchillo ritual del sacrificio"[275]. Este detalle encuentra de repente su lugar en

---

[272]   *Ibidem*, p. 205.

[273]   *Ibidem*, p. 206.

[274]   *Ibidem*, p. 209.

[275]   *Ibidem*.

medio de una trama en la cual, desde el principio, se trata del problema del control demográfico: el pasado prehispánico, azteca en particular, está ahí (y en este caso es bastante pertinente referirse a él) y ello a pesar de las referencias a Japón y a la Roma imperial y sus juegos de gladiadores. Esta última referencia histórica, en el caso mexicano, es tanto más relevante cuanto que durante el siglo XIX el pasado prehispánico, y en particular los aztecas, se representaron según cánones neoclásicos, estableciendo paralelismos con la Roma imperial, con la intención de revalorizarlos en el contexto de la independencia. Aunque los sacrificios rituales no eran una prerrogativa del México antiguo, la hipótesis de su utilización como medio de control demográfico aparece en los estudios sobre los sacrificios humanos entre los aztecas[276]. El texto realiza así *in extremis* un *continuum* espaciotemporal del sacrificio ritual, que aparece aquí en su versión razonada, sin el componente cosmológico que los aztecas utilizaban para justificarlo. Esto nos recuerda a Octavio Paz que, en *Crítica de la pirámide*, ve la masacre de los estudiantes de Tlatelolco como una reelaboración/repetición de los sacrificios humanos en la época azteca: "[…] el 2 de octubre de Tlatelolco se inserta con aterradora lógica dentro de nuestra historia, la real y la simbólica"[277]. La idea de una violencia visceral de origen prehispánico ronda en la mente de las personas y se encuentra de forma subyacente en la literatura mexicana. En el texto de Schwarz aparece para subrayar la cuestión de lo que una sociedad hace a (y de) sus niños, es decir, cómo prepara (o no) su futuro. En este futuro incierto, el niño deja de serlo porque la palabra "juego" es privada de su significado positivo, ligado a la puerilidad, para guardar solo el aspecto práctico como medio de formación de futuros adultos. La formación consiste aquí en eliminar toda humanidad, porque la necesidad de supervivencia transforma (o deforma) al sujeto en animal o en autómata. Este es el caso de Akira y del joven Jünge, que ni siquiera se toman el tiempo de llorar la pérdida de Arianne. El entrenamiento de Jünge no puede esperar, incluyendo (especialmente) el desarrollo de las habilidades que le harán no cometer el mismo error que su hermana. Será despiadado, sin ninguna humanidad. Y en esto consiste el apocalipsis propuesto por Schwarz: el mundo no desaparece, los seres humanos sí. La escena del

---

[276]   Michel Graulich, *Le sacrifice humain chez les aztèques*, París, Flammarion, 2005, p. 34–35.

[277]   Octavio Paz, *El laberinto de la soledad*, ed. Enrico Mario Santí, Madrid, Cátedra, 1993, ("Letras hispánicas"), p. 412.

último combate de Arianne muestra de forma transparente el mensaje del texto: nuestra humanidad es el reflejo del otro (nuestro prójimo) en nuestros ojos. Este reflejo es nuestra propia identidad en su nivel más profundo. Esa mirada que suplica para seguir en vida es nuestro propio reflejo y nuestro más profundo deseo de seguir existiendo. Hacerlo desaparecer nos llevará a la pérdida como especie o a una mutación del espíritu, no del cuerpo; una mutación que no puede ser otra cosa que regresión al estado animal.

Cualquiera que esté familiarizado con el cine o las series de ciencia ficción para el gran público habrá notado la similitud entre el texto de Schwarz y la serie de películas *Hunger Games* de Gary Ross (2012, 2013, 2014), inspiradas de las novelas de Suzanne Collins, o la novela japonesa *Battle Royale* (1999). Dado que el cuento de Schwarz es de 1984, su argumento suele considerarse innovador. Algunos críticos han señalado la facultad premonitoria de la ciencia ficción mexicana, debido a la particular relación de ese país con la modernidad y la tecnología. Esto la convertiría en un campo privilegiado a la hora de prever las derivas de un uso deshumanizado de la tecnología. De hecho, se constata que un buen número de cuentos de ciencia ficción mexicana desarrolla intrigas que encontraremos tanto en la pantalla grande como en la pequeña más de veinte años después de su publicación, principalmente en producciones norteamericanas. En el caso de "La pequeña guerra", no se trata de prever las derivas fruto de la tecnología, sino la regresión a un estado salvaje. Pensamos que para concebir un tema así, el trabajo de imaginación y extrapolación no es extremadamente original. Es sobre todo una idea que habría requerido un gran presupuesto para ser llevada a la pantalla, lo que destaca la situación periférica de México en el momento en que se publicó el cuento. De hecho, hoy en día la situación ha cambiado, el canal *Netflix* ofrece series de ciencia ficción en las que el significado de los versos de Darío "Juventud divino tesoro, te vas para no volver" sufre una transmutación vengativa por parte de una humanidad "adulta" que decide hacer pagar a los jóvenes la factura de las consecuencias del disfuncionamiento de nuestra sociedad. Este es el caso, por ejemplo, de la serie norteamericana *The 100* o la brasileña *3 %*, cuyos títulos referidos a números implican una selección de seres que deben merecer el derecho a vivir[278]. Esta última, dados los medios técnicos empleados, muestra

---

[278]   Un cuento con un tema similar es "Comin'o'Age" de Ricardo García Mainou (*Auroras y horizontes*, Premio Puebla 2002). En un futuro indeterminado, ante el

que a nivel técnico la situación periférica de los países emergentes está en constante evolución. Esto lleva a preguntarse sobre el futuro de los textos de ciencia ficción producidos en estos países, en el contexto de un mundo globalizado y de la preeminencia de la industria audiovisual.

Pluriculturalismo e hibridismo parecen ser las palabras clave del relato de Schwarz, lo que puede verse como un alejamiento consciente de una referencialidad mexicana. Hay que tener en cuenta que en el momento de su publicación se alzaron varias voces entre los escritores mexicanos de ciencia ficción contra las tendencias localistas dentro del género. "La pequeña guerra" es un buen ejemplo de una literatura popular –en el sentido de que se dirige al público en general– que maneja muy bien los procedimientos narrativos de la ciencia ficción, a pesar de la ausencia de ciencia y tecnología. Si el esquematismo y cierta grandilocuencia parecen prevalecer en detrimento de la sutileza, el mensaje político tiene el mérito de estar claramente expuesto: la crítica a una sociedad deshumanizada que decide suprimir a los más débiles desde el principio evoca nuestra situación actual, cuando un virus despertó sueños darwinistas en algunas personas. Si en la ficción de Schwarz la selección se hace en la parte inferior de la escala de edades, en la realidad extratextual ello tiene lugar en la cima de esta escala y en las periferias.

"La catástrofe" y "La pequeña guerra" comparten el mismo contexto de escritura: el año orwelliano de 1984 se inserta a su vez en el movimiento de la literatura de ciencia ficción y de la literatura en general. Sin embargo, dentro del movimiento de la ciencia ficción mexicana, Pacheco y Schwarz son muy representativos de dos posiciones aparentemente opuestas. La presencia de Pacheco en las antologías de ciencia ficción, para los "cienciaficcioneros" o "perpetradores del género", aparece como garantía de reconocimiento dentro del canon. El cuento de Schwarz, en

---

aumento exponencial de la delincuencia y de delincuentes y criminales cada vez más precoces, en cuanto los adolescentes cumplen los doce años, tienen que pasar una serie de pruebas para merecer seguir viviendo en sociedad: el Comin'o'Age (CoA). Esas pruebas detectan la violencia potencial en los jóvenes. Los que superen las pruebas podrán pasar a la siguiente etapa, que les permitirá integrarse en la sociedad. Hoy en día, se suele decir que se constata la extrema juventud de los delincuentes y se han elaborado proyectos para detectar la violencia a una edad temprana. No hay que olvidar la polémica generada por el proyecto de detección precoz de la violencia en Francia en 2005 y la rebaja de la edad penal de responsabilidad a los 12 años, con lo cual este tipo de historias de anticipación solo propone un escenario plausible y aterrador.

cambio, se muestra como una reivindicación de la condición periférica de estos escritores. Aunque ambos cuentos utilizan el énfasis como su principal mecanismo de significado, otros nos llevan por caminos que se bifurcan o, mejor dicho, que nos sumergen en lo proteiforme y lo insondable.

# El Distrito Federal (pos) apocalíptico: deambulaciones y emergencia del mito

La ciencia y las máquinas pueden matarse entre sí o ser sustituidas.
El mito, un reflejo en un espejo, fuera de alcance, permanece. Si no es
inmortal, al menos lo parece.[279]

## Bernardo Fernández (*Bef*), "Las últimas horas de los últimos días", (*Los viajeros*, 2010)

Este cuento se publicó por primera vez en 2004 en la colección del
autor "El llanto de los niños muertos "[280]. *Bef* se inspiró en *The end of
the world news* de Anthony Burgess, de 1982[281]. El relato nos lleva a
Ciudad de México en el momento de un final inminente, que los dos
jóvenes protagonistas llaman "el gran chingadazo" (es decir, el impacto
de un meteorito contra la tierra). Los jóvenes deambulan por una ciudad
devastada no solo por los terremotos que precedieron a la colisión, sino
también por sus propios habitantes. La búsqueda de sentido en sus efí-
meras existencias da a la historia un tono poético y melancólico, a pesar
de la dureza de la realidad descrita. Este tema se puede encontrar en una
serie de películas recientes, como *Melancholia* (2011) de Lars Von Trier
o *Seeking a Friend for the End of the World* de Lorene Scafaria (2012). La

---

[279] Ray Bradbury, *op. cit.*, p. loc. 73/4579.

[280] http://www.tercerafundacion.net/biblioteca/ver/contenido/86427. En esa misma compilación (publicada en la editorial Conaculta, Fondo Editorial Tierra Aden-tro), *Bef* publicó "Siete escenarios para el fin del mundo y un final final", conjunto de microrrelatos apocalípticos publicados nuevamente en *Escenarios para el fin del mundo. Relatos reunidos*, Editorial Océano de México, 2015.

[281] Fernández, Bernardo (Bef), "Las últimas horas de los últimos días", en Bernardo (Bef) Fernández, (ed.). *Los viajeros: 25 años de ciencia ficción mexicana*, México, Ediciones SM, 2010, ("Gran angular", 48M), p. 167–178, p. 178.

catástrofe se ve subjetivada a través de la mirada de los personajes quienes, en su intimidad y soledad, se enfrentan a un vacío sideral causado por la idea de que la vida desaparecerá del universo con nosotros. La nada absoluta, apenas concebible, sume al ser en la melancolía de un estado de fusión con la Tierra. En este contexto, la búsqueda del Otro, que es también el Mismo, se convierte en una necesidad visceral, existencial, ontológica…

El trayecto de los dos protagonistas dibuja el mapa de un DF en ruinas, alternando lugares de memoria con resonancia histórica y lugares de la banalidad cotidiana de cualquier gran ciudad, pero siempre utilizando topónimos identificables en la realidad extraliteraria actual. Así se dibuja una topografía de la catástrofe que crea un eco con el mito de la fundación de la capital mexicana ya que cualquier fundación, tarde o temprano, conlleva su contrario: la aniquilación. En el seno de este mapa de la catástrofe, tienen lugar escenas no solo de violencia, sino también (o, sobre todo) escenas de una poética del absurdo.

El íncipit, a través de la mención de los nombres de los lugares y del lenguaje nos inmerge inmediatamente en una realidad mexicana (a pesar del nombre del personaje masculino[282]):

> La gasolina se acabó apenas pasamos la esquina de Reforma y Bucareli. La moto pareció tener un ataque de tos y luego se apagó. Nada más. Wok mentó madres, intentó volverla a arrancar como si estuviera descompuesta; la pateó furioso, negándose a aceptar que se había terminado nuestro boleto. – Pinche Aída, ¿de qué te ríes? —me dijo, mitad enojado, mitad divertido. Yo siempre me estoy riendo.[283]

El lector, preparado por el paratexto, espera leer ciencia ficción; la palabra "tos" aplicada a la moto condiciona la llegada de cualquier alteridad discursiva. Este no es el caso pues se trata de una máquina en absoluto futurista. Unas líneas más adelante, leemos que hay que "ordeñarle gasolina"[284], lo cual evoca un escenario tipo *Mad Max*. En efecto, la dimensión futurista de la ciencia ficción, en su vertiente distópica no implica

---

[282] Para el nombre de sus personajes, el autor se inspiró de los de tres fans de la serie *Sons of anarchy*, tres motociclistas pintores de grafiti: Wok, Aida-One y Slider. Su mural se conoce como "Sons of Anarchy Wall". https://www.molotow.com/magazine/wok-x-aida-x-slider-sons-of-anarchy-wall

[283] Fernández, Bernardo (Bef), *op. cit.*, p. 168.

[284] *Ibidem.*

una panoplia de artilugios sino su contrario: la carencia de los objetos y bienes de nuestra vida cotidiana. Después de algunos párrafos, la identidad de Aída como narradora-mujer[285] se hace más clara: "Yo tallaba su espalda tatuada mientras él jugaba con los anillos de mis pezones"[286]. Los dos héroes románticos no corresponden, a primera vista, a personajes de cuentos de hadas, su aura romántica se disipa gradualmente.

El título, que no crea ninguna ambigüedad en cuanto a la temática apocalíptica, hace hincapié en el desarrollo del tiempo, un tiempo que, a lo largo del relato, se verá cada vez más subjetivado a través del prisma de los personajes. Los pormenores de la hecatombe son destilados en cuentagotas. Ante la inminencia de la muerte, no solo la de ellos, sino la de todo el mundo, el tiempo se convierte en una especie de bien metafísico: ser capaz de captar su esencia significa quizás captar el sentido de la existencia. Si el tiempo es el elemento al cual asirse, el texto ofrece una serie de imágenes que destacan un antes y un después de la hecatombe:

> Dejamos la moto a los pies del Caballito de Sebastián[287]. Antes era una escultura amarillo brillante; ahora es una mole herrumbrosa que obstruye Reforma, como casi todas las estatuas que habíamos estado jugando a esquivar desde que nos encontramos la moto.[288]

El texto se refiere a un "antes del colapso"[289], pero en esta etapa de la lectura no hay ningún elemento que permita saber de qué se trata. La ciudad de México se encuentra entregada al vandalismo, la gente se apodera de los edificios. Wok y Aída consiguen encontrar un hotel abandonado y totalmente vandalizado en el que refugiarse. Para su sorpresa, los pisos superiores están intactos: "Como siempre, nadie había subido

---

[285]    La identidad sexual del personaje de Aída aparece rodeada de cierta ambigüedad, sobre todo cuando se conocen datos de la realidad extratextual que inspiró su nombre: el motociclista fan de la serie *Sons of Anarchy*. De hecho (re)leyendo atentamente el cuento se puede constatar que su identidad como mujer se confirma hacia la mitad del relato, cuando otro personaje se dirige a ella llamándola "señorita".

[286]    Fernández, Bernardo (Bef), *op. cit.*, p. 169.

[287]    Señalemos que el premio Kalpa consiste concretamente en una escultura del artista mexicano Sebastián. La mención de una escultura real del artista podría percibirse como emblema de un reconocimiento sin colmar ya que *Bef* nunca obtuvo dicho premio.

[288]    Fernández, Bernardo (Bef), *op. cit.*, p. 168.

[289]    *Ibidem.*

a los pisos superiores por flojera de las escaleras"[290]. Este es un primer toque algo "surrealista", ya que la pereza de subir escaleras cuando se trata de la supervivencia solo puede ir en contra de un mínimo de lógica. Este "como siempre" aplicado a una situación más que extraordinaria sugiere el carácter perenne de un estado de ánimo que parece ser la ley del menor esfuerzo o cierto estatismo. Además, el inevitable fin solo subraya el carácter absurdo de una vida regida por reglas a las que algunos se aferran, como un anciano con el que los dos jóvenes se cruzan y que, muy sencillamente, sigue esperando el autobús para llegar al trabajo. Curiosamente, este es el único evento, hasta este momento de la historia, que no provoca la hilaridad de la narradora. Persistir en creer en el carácter inmutable de nuestras rutinas de vida (o de la vida misma) solo expresa, a través de lo no dicho, la desesperanza ante el fin:

> – Jovencito, eso [el fin del mundo] no es pretexto. […] para no ir a trabajar […] – Señor, el mundo se está acabando…– Mire, joven, este es un país de instituciones. Si el camión no pasa en cinco minutos, yo me voy caminando, como todos los días. Punto. No vamos a permitir que nos rebasen estas cosas. Los mexicanos somos más grandes que cualquier desgracia. Ya lo vivimos en el temblor de 1985.[291]

México y sus instituciones son las entelequias a las que se aferra el anciano. La fuerza de carácter, equiparada a la negación de lo obvio, aparece como el emblema de la esencia mexicana. Este anciano que pasará "[c]inco minutos esperando un camión que nunca iba a llegar"[292] recuerda "El Guardagujas" de Arreola, como si el personaje de este cuento hubiera hecho un viaje intertextual y vuelto a aparecer aquí bajo otra forma, pero siempre sugiriendo una alegoría de un país donde lo absurdo es un hecho más, sin jerarquía. Está al mismo nivel que cualquier forma de pensamiento. Esta idea de México como el país surrealista por excelencia según Breton, que se ha convertido en un lugar común, adquiere aquí, o encuentra, un significado profundo: el fin del mundo es, en última instancia, una idea surrealista. Esto sin duda explica la importancia de la temática posapocalíptica en muchos relatos y películas, porque propone la continuidad de la especie, por muy oscura o abyecta que sea: habrá alguien que cuente la historia. La existencia de un relato, o su posibilidad,

---

[290]  *Ibidem*, p. 168–169.

[291]  *Ibidem*, p. 172.

[292]  *Ibidem*.

es siempre más concebible que la Nada o que nombrar un mundo sin el "nosotros" que lo concibe.

Ante la inminencia del fin, el Ser busca al Otro: son Wok y Aída los que cumplen esta función. Pero la interconexión también se produce de otra manera, lo que da al relato una dimensión aún más extraña. En un momento dado, Wok tiene una pesadilla y se despierta sobresaltado: "El chingadazo, ya viene. Está cerca, lo puedo sentir. −Me reí− No es chistoso Aída. Ahora sí ya valió madres. Se acabó el mundo"[293]. La pesadilla en cuestión funciona en el relato como una alteridad discursiva, pues nos enteramos de que es una especie de capacidad paranormal desarrollada por ciertos miembros de la población, una pesadilla compartida:

> La pesadilla era un sueño que empezó a atormentar en masa a los niños pequeños. Decían sentir el dolor de millones de personas a punto de morir, aunque eran incapaces de recordar ninguna imagen. Después lo empezaron a soñar más personas: adolescentes, ancianos. En poco tiempo se convirtió en una señal más de la llegada del fin del mundo. Yo jamás lo había soñado. Nunca recuerdo mis sueños.[294]

Sueño premonitorio y comunicación sensorial intraespecie funcionan como un *novum* al mismo tiempo que convocan al sustrato cosmogónico prehispánico: presagios funestos y premoniciones constituían una base importante del pensamiento azteca. Y es que este fin del mundo hace que las antiguas creencias (re)emerjan y aparezcan en el tejido narrativo bajo el sello del hibridismo:

> Nos despertó el ruido de una procesión que marchaba hacia el norte por Reforma. Me imagino que iban hacia el cerro del Tepeyac. Desde que se supo lo de meteorito, la Villa se había convertido en el destino obligado de las miles de sectas surgidas ante la inminencia del final.[295]

En este párrafo se alude a un lugar mítico, el cerro de Tepeyac, santuario de la diosa madre azteca Tonantzin, que, tras la conquista, se convirtió en el lugar de aparición de la Virgen María al indio Juan Diego, dando nacimiento a un mito sincrético mexicano por excelencia: Guadalupe-Tonantzin. Este sitio, convertido en un lugar de peregrinación hasta hoy, está investido, en el presente de la diégesis, por nuevas sectas que hacen

---

[293] *Ibidem*, p. 170.

[294] *Ibidem*.

[295] *Ibidem*.

el mismo recorrido. Más adelante en el relato, aparece otro topónimo con resonancias míticas. En efecto, Aída cuenta que sus padres fueron *punks* en su juventud, pero que acabaron uniéndose a la secta de un tal Vicente Vargas, en busca de la tierra prometida de Aztlán[296].

Estos dos lugares nos remiten a los mitos fundacionales: del antiguo México (Aztlán) y del México moderno (Guadalupe-Tonantzin). Los tiempos pasados, desdibujados por las brumas del mito, se insertan en el presente de la diégesis. La ubicación temporal de la diégesis es también brumosa. El énfasis en los efectos del paso del tiempo en el espacio de la ciudad sirve para proyectarla hacia un futuro de contornos inciertos. De hecho, las referencias temporales son sugeridas por pequeños detalles, ya sea en relación con la vida de los personajes o a través de lugares de memoria asociados a fechas históricas.

En cuanto a los personajes, en la última parte del relato disponemos de alguna información sobre los padres de la narradora. Un temblor de tierra anuncia el choque inminente del meteorito, reavivando una memoria colectiva:

> –¿Ya se conocían tus papás en 1985? –preguntó Wok. – Claro que no –contesté molesta– Lo sabes bien. – Ah. – Mi mamá tenía siete años en 1985. Mi papá, trece –agregué en la oscuridad.[297]

La realidad extratextual y una experiencia traumática funcionan como baliza temporal a partir de la cual puede ajustarse el GPS hermenéutico. A esto se añaden los datos temporales textuales. Los padres de Aída nacieron en 1972 (padre) y 1978 (madre). El hecho de que fueran *punks* en su juventud los sitúa entre los años 80 y el fin de siglo... Por otro lado, conocemos la edad de Wok en el momento del final (diecinueve años). Sin embargo, la edad de Aída sigue siendo desconocida; el hecho de que esté irritada por la inexactitud de los cálculos de Wok sobre la edad de sus padres sugiere que ella es mayor que su compañero. De hecho, su último diálogo, al que volveremos, sugiere una diferencia de edad. Como resultado, el tiempo de la diégesis sigue siendo muy impreciso, y se sitúa en algún punto de la primera mitad de nuestro siglo. El pasado mítico (Aztlán, Tepeyac) se entrelaza con esos pocos elementos que nos permiten situar el tiempo de la diégesis. A estas dos referencias

---

[296]  *Ibidem.*
[297]  *Ibidem*, p. 176.

míticas explícitas en el texto, hay que añadir, por supuesto, la que constituye el trasfondo del imaginario apocalíptico mexicano (e implícito en este cuento): la leyenda de los soles, y más concretamente la última era, la del sol de movimiento cuyo final estará marcado por un terremoto. La mención de algunos topónimos y lugares de memoria (Chapultepec, Reforma, estatuas...) sugiere que el México del siglo XX no está muy lejos de este fin del mundo.

Como hemos señalado, el lector solo se entera de la naturaleza del "chingadazo" (meteorito) luego de pasar algunas páginas del relato. Si el fin del mundo debido a la colisión con un cuerpo celeste es un argumento nodal en los textos apocalípticos y/o películas, este no ha sido muy utilizado en la literatura mexicana. Sin embargo, hay que recordar que, entre los presagios funestos del fin del mundo en tiempos de los aztecas, el cometa era uno de los más representados en los códices, un detalle que sería insignificante si no fuera por la presencia de otros elementos en el texto que forman parte de este imaginario del fin, ya sea prehispánico o fruto del encuentro con el imaginario europeo. Hay un vínculo entre estas referencias al imaginario colectivo mexicano (en definitiva, imágenes) y la pesadilla compartida por la población, cuyas imágenes los soñadores no recuerdan, sino solo los afectos asociados a ellas: el dolor de miles de personas a punto de perecer. Esas imágenes que desaparecerán, junto con quienes las albergan, marcan el fin de una identidad cultural plural e híbrida: el fin de México.

Una memoria ancestral coexiste con otra memoria, anclada más en el pasado reciente y cuya dimensión política es más evidente. Durante el viaje de los dos personajes por la ciudad, una etapa es especialmente significativa:

> Después de mucho rato llegamos al bosque de Chapultepec. A los troncos resecos que quedaban de él. Pasamos por una estatua que no había sido derribada. Estaba llena de graffiti. – Espera, dijo Wok. Nos detuvimos. – Un héroe nacional –dije. – No, este era candidato a presidente, pero lo mataron. – ¿Y no es mérito suficiente? – Supongo que sí. No hay mejor presidente que uno muerto. Ha sido el mejor de este país. Nos reímos. Wok sacó de su mochila la última lata de spray que le quedaba. La agitó y pintó sobre la placa: "ME VALE MADRE" [...]. – El futuro siempre parece mejor cuando no sucede. Como este tipo, que tiene una estatua por algo que no llegó a ser. – Cualquier futuro es mejor que el nuestro. Y sí va a suceder. Se refería al meteorito.[298]

---

[298] *Ibidem*, p. 173.

El texto se refiere sin duda a la estatua en memoria de Luis Donaldo Colosio[299], candidato presidencial del PRI, cuyo asesinato en 1994 no ha sido esclarecido. El sistema presidencialista mexicano (sexenio sin posibilidad de reelección) ha producido decenas de presidentes desde la Revolución. Y, según los personajes, solo uno ha sido valedero: el que no llegó al sillón presidencial. En México, lo que no ha ocurrido siempre es mejor que lo que tuvo lugar. La ocurrencia de Wok funciona como una utopía política en negativo (o aporía utópica), inserta en una distopía. Las palabras que pinta en mayúsculas en la placa conmemorativa yuxtaponen estas dos dimensiones: el nombre de este presidente que encarna la utopía en negativo tachado por una frase que representa la única opción que tiene sentido ante el fin. Sentido y sinsentido se confunden en la misma imagen. Cualquier creencia o esperanza en los políticos o la democracia se sitúan en el ámbito del pasado, lo cual es la marca de nuestro presente. El texto propone un presente intensificado que, en la inminencia de su fin, evacúa lo político por inoperante, inútil y sin sentido.

El viaje de los personajes llega a su fin cuando llegan a lo que hoy es la plaza Satélite, un gran centro comercial en el límite de la Ciudad de México y el municipio de Naucalpan (Estado de México): "Pasamos el resto de la tarde como habíamos pasado el resto de las tardes desde que todo se vino abajo: buscando algo que no íbamos a encontrar porque no sabíamos qué era"[300]. El sentido de la vida y la muerte sigue siendo algo totalmente inaprehensible. Sin embargo, en el momento en que aparece esta imposibilidad de asir el sentido de su existencia, el narrador, finalmente, tiene la extraña experiencia de la pesadilla compartida antes mencionada: "[…] una sensación helada que subía lentamente hasta mi cuello […] –Siento…el dolor de millones de personas a punto de morir"[301]. El texto sugiere que esta búsqueda de sentido puede verse colmada al sentirse parte de un todo, incluso en el dolor y el miedo a la nada.

Ya hemos visto anteriormente el carácter impreciso de los datos temporales. A pesar de su imprecisión, la permanencia del pasado hace que funcione como una baliza temporal que nos proyecta hacia un futuro abierto, pero que permanece unido, a través de la mención de topónimos modernos, al presente extratextual. Además, podemos ver que, en una

---

[299]   Existen varias estatuas en memoria de Luis Donaldo Colosio. Dada la proximidad de Chapultepec se trataría de la que se encuentra en el Paseo de la Reforma.

[300]   Fernández, Bernardo (Bef), *op. cit.*, p. 175.

[301]   *Ibidem*, p. 176.

ocasión, la narradora abandona su relato en tiempo pasado y habla en presente para expresar su reflexión, como si fuera un testimonio o un diario íntimo:

> La vida no es tan cruel como dice Wok. No puede serlo. Tampoco es como lo que venden los gurús de la superación personal. No es cebolla cruda ni pastel de cerezas. Es agridulce como el amor. Dulce como el querer, agria como el dolor.[302]

El objeto de esta reflexión en presente (la vida, el amor) anula la muerte, en cierto modo, ya que se relaciona con las últimas líneas de la historia: la narración paradójica de la propia muerte de la narradora, que cierra el relato. Los fragmentos del meteorito entran en la atmósfera y los dos personajes comienzan a sentir que la tierra tiembla:

> – Con que esto es el fin del mundo –dije suspirando. Un pedrusco luminoso cruzó el cielo. Era una bola de fuego del tamaño de una naranja que cayó a varios kilómetros de nosotros. [...] – Nunca acabé la prepa –su tono era repentinamente triste. – No creo que sea importante. Solo tienes diecinueve años. – Ni uno más –repuso mientras el cielo se iluminaba de nuevo. Sonreía. Lucía guapísimo con sus lentes. Se acercó a besarme. – Te amo...– alcancé a murmurar. Luego, el estruendo del terremoto lo llenó todo.[303]

En el último momento de su existencia, un momento agridulce, el sentido parece claro: ese sentido se encuentra en esa conexión interpersonal, tan común y a la vez tan rara (hasta el punto de que algunos se pasan la vida buscándolo), llamado amor. ¿Es un final simplista o una depuración que revela lo esencial? Los personajes de *Bef* muestran lo que Jean-Luc Nancy llama una capacidad de "aprender a acoger el presente, lo singular", que requiere un "estado contemplativo"[304]. Esto nos hace pensar en la posición de distancia necesaria para poder vislumbrar las luciérnagas de Didi-Huberman: la capacidad de ver lo inestimable, de "hacer surgir momentos inestimables"[305]. La visión de esos fragmentos de meteorito que iluminan el cielo es el resplandor de la conciencia profunda de estar vivo y amar, el momento más inestimable de todos. *Bef,* a través de la mirada de sus personajes, consigue imaginar la nada, no

---

[302]  *Ibidem*, p. 174.

[303]  *Ibidem*, p. 177–178.

[304]  Jean-Luc Nancy, *op. cit.*, p. 66–67.

[305]  Georges Didi-Huberman, *op. cit.*, p. 108.

con desesperación o nihilismo, sino con "disponibilidad u hospitalidad hacia *lo que ocurre*" [en cursiva en la versión original][306]. Ese desenlace recuerda la última escena de la película de Von Trier, que muestra a los dos personajes femeninos y a un niño fabricando una cabaña de madera. Luego se sientan dentro, se toman de las manos para juntos dar la bienvenida a la muerte y la luz del último momento invade toda la escena. Este retorno a un estado infantil (vinculado a la imaginación del juego) y de simbiosis con el mundo, es cercano a la comunión entre los dos personajes de *Bef* en la escena final del cuento. Un estado de comunión también con los demás a través de esta pesadilla compartida que, al fin de cuentas, resulta ser el sueño utópico de una humanidad, unida por lo que la hace especial en comparación con el resto del mundo viviente: la capacidad de imaginar.

## Gabriela Rábago Palafox, "Pandemia" (*Auroras y horizontes*, 2012)

Ganadora del Premio Puebla en 1988, Gabriela Rábago Palafox es conocida por sus textos de horror, por ejemplo, el volumen *La voz de la sangre* de1991, y de ciencia ficción publicados en *fanzines*, blogs y antologías diversas. Entre estos últimos cabe señalar: "Las plumas de Bartolomé" en la Antología *Ginecoides*[307], "Antídoto definitivo", una novela corta que apareció en el blog *La Langosta se ha posado 4* de 1994, actualmente inhallable, y su relato "Resurrección", publicado primero en la revista *Ciencia y Desarrollo* número 74 y luego en la antología *Más allá de lo imaginado I*[308].

La única fecha de la que disponemos para el relato que nos ocupa, "Pandemia", es la de la obtención del Premio Puebla (1988). El título prepara a la lectura de un texto catastrofista en torno a la proliferación exponencial de algún virus. El contexto de escritura, que se situaría en los años 80, tiene por telón de fondo la expansión del virus VIH. Y, en efecto, tras pocas líneas de lectura esto se confirma.

---

[306]   *L'apocalypse, une imagination politique, XIXe-XXIe siècles, op. cit.*, p. 11.

[307]   *Ginecoides (Las hembras de los androides). Cuentos de ciencia ficción y fantasía por mujeres mexicanas*, ed. Jorge Cubría, Buenos Aires, Lumen, 2003, p. 111–124.

[308]   Ver : https://tercerafundacion.net/biblioteca/ver/persona/1230?info=colaboraciones

Un narrador en tercera persona refiere la deambulación de un personaje, Elisa, en una ciudad que, aunque no devastada, aparece en proceso de ser abandonada por sus habitantes. Rápidamente se van dibujando los contornos de dos territorios imprecisos pero cuyos elementos característicos hacen de ellos espacios contrarios. Se trata, por un lado, del "aquí" del personaje principal en esa especie de necrópolis y, por otro lado, de un "allá" en el que se encuentra el objeto de sus cavilaciones, otro personaje al que rápidamente se identifica como el hermano de Elisa, de nombre Mauricio.

El "aquí", el territorio de la deambulación de Elisa, aparece inhóspito y mortífero. Conforme el personaje avanza en su trayecto, el relato va alternando las descripciones de ese espacio con los recuerdos del personaje. Recuerdos hechos de trozos de conversaciones con su hermano antes de su partida, fragmentos de sus cartas enviadas después y de letras de canciones que interrumpen el relato o lo complementan brindando pistas de interpretación.

La primera descripción del "aquí" aparece en boca de Mauricio como justificación de su decisión de marcharse:

> Pero esto se va quedando cada día más despoblado…Es curioso, ¿verdad? Una ciudad a la que le sobran millones de habitantes, ahora vuelve a ser como cuentan que era en la época de nuestros padres. Lo que anhelaba el consenso popular. Una ciudad semivacía, con grupos de mujeres más o menos aislados.[309]

La descripción plantea la añoranza de un pasado que finalmente se hace presente. Sin embargo, tal descripción, en medio del resto del universo de la diégesis, pierde totalmente la dimensión positiva de ese deseo de retorno al pasado. La manera en que los efectos de la pandemia son descritos producen el surgimiento del *novum* que, en este caso, no tiene nada de tecnológico: una ciudad vaciada en la que, por lo visto, los hombres, más que las mujeres, van desapareciendo. De hecho, ese *novum* se apoya en la extrapolación basada en las posibilidades de mutación del virus VIH que hace que la "pandemia avan[ce] en forma geométrica"[310]:

---

[309]   Gabriela Rábago Palafox, "Pandemia", en José Luis Zárate Herrera, (ed.). *Auroras y horizontes: antología de cuentos ganadores Premio Nacional de Cuento Fantástico y de Ciencia Ficción, 1984–2012*, Puebla, Consejo Estatal para la Cultura y las Artes de Puebla : Benemérita Universidad Autónoma de Puebla, 2013, p. 59–69, p. 60–61.

[310]   *Ibidem*, p. 61.

Los efectos se fueron haciendo visibles en la calle. En poco tiempo miles de automóviles dejaron de circular. Disminuyeron los índices de contaminación. A ciertas horas fue posible sentir el silencio y gozar la transparencia de la atmósfera.[311]

La sobrepoblación y la mención del término "transparencia" son los únicos elementos que le proporcionan al texto, en ese momento de la lectura, un anclaje extratextual mexicano. La añoranza de la región más transparente del aire, de un mundo preindustrial, no dejan de recordar la tesis de Roger Bartra en *La jaula de la melancolía*, ensayo publicado precisamente en 1987, un año antes que el texto de Rábago Palafox. Bartra señala que en el imaginario mexicano yace un sentimiento de melancolía. Se trata de un sentimiento de añoranza, una "larga sombra de nostalgia y melancolía"[312],que surge en las sociedades modernas hacia un mundo rural y campesino perdido para siempre. En el texto de Rábago Palafox ese sentimiento (el afecto en términos sicoanalíticos) sufre un vuelco temporal: el pasado utópico inmaculado se convierte en presente, pero las causas de ese retorno implican el paso de la utopía a la distopía. En efecto, lo inmaculado, la región más transparente, regresa, pero manchado por el signo de la tara: rápidamente comienzan a aparecer en el texto alusiones a las ambulancias, desfiles de cadáveres y un ambiente general de luto. Por otro lado, el presente de la diégesis se nos presenta (a nosotros lectores de esta segunda década del siglo XXI) como un espejo deformado de nuestro propio presente. En efecto, el clima creado ofrece una inquietante familiaridad con lo que sucedió durante los primeros meses de la pandemia de la covid-19. Por ejemplo, en la siguiente cita basta con sustituir la sigla del mal que sacude al presente de la diégesis por la de covid-19 para que el efecto especular con nuestro aquí y ahora se haga patente: "Estar infectado con el virus HTLV/III no significa una sentencia de muerte. No todos morirán, no todas moriremos. Existen personas infectadas que, sin embargo, no presentan síntomas. Eventualmente, saldrán del contagio ilesas"[313]. Por otro lado, las grandes ciudades desiertas, la ausencia de automóviles, la disminución de la contaminación, toda una serie de factores que fueron notados durante nuestra crisis

---

[311] *Ibidem.*

[312] Roger Bartra, *La jaula de la melancolía: identidad y metamorfosis del mexicano*, México, Grijalbo, 2007, 301 p., p. S/P.

[313] Gabriela Rábago Palafox, *op. cit.*, p. 61.

sanitaria actual, aparecen en un texto cuya plaga es otra, pero los efectos en el espacio son los mismos:

> Elisa siguió avanzando por la calle sin gente. Ahora, la mayoría de las veces iba de un lado a otro caminando. El transporte público también había disminuido y era difícil conseguir gasolina, de modo que, para las distancias cortas o regulares, el auto se había convertido en artículo del pasado. Los diferentes barrios de la ciudad tenían el codiciado aspecto que solo hacían posible, en otros tiempos, los períodos de vacaciones. En algunas zonas no funcionaban ya los semáforos. En otros, las cortinas metálicas de los negocios no se levantarían más. Sería fácil trazar sobre un mapa el avance del mal. Los reductos eran pocos y aislados, y era una suerte encontrar, de repente, una tienda o una cafetería funcionando.[314]

La lectura de "Pandemia", en nuestro tiempo presente, tiene una dimensión particular. La poética de las fechas que mencionamos anteriormente cobra toda su importancia. Cuando el "fuera del texto" tiene la contundencia de *lo que sucede*, y cuando eso que sucede es la confirmación o concretización de uno de los miedos mayores de la humanidad, cuando la distopía cobra forma bajo nuestros ojos (aunque no exactamente igual que en nuestro imaginario), surge la idea de que el apocalipsis no será (o no es) una catástrofe de proporciones inconmensurables sino una muerte lenta. Sin embargo, el texto plantea la posibilidad de salvación, como es lo propio de todo apocalipsis. Esa salvación se encuentra plasmada esencialmente (pero no únicamente, como veremos) en la construcción del "allá" hospitalario.

Desde el inicio del relato sabemos que Mauricio se ha instalado a vivir "tras la Cortina", en un sitio "donde no ha llegado el mal":

> [...] su decisión de refugiarse tras la Cortina, en alguna pequeña ciudad al otro lado del mundo, donde la música ocupara todavía un lugar preponderante y, sin que importara el número de víctimas semanales que cobrara el mal, se llevaran a cabo los conciertos planeados en la sala suavemente iluminada para crear un clima de recogimiento.[315]

Una serie de indicios permiten darle contornos a ese "allá". Primeramente, contamos con la referencia obvia de esa "cortina" que remite al bloque del este en la época de escritura del cuento, un año antes de la caída del muro de Berlín. Se van añadiendo otros elementos que parecen

---

[314]  *Ibidem*, p. 64–65.
[315]  *Ibidem*, p. 59.

confirmar la ubicación de ese "allá" hospitalario y seguro donde se encuentra el personaje de Mauricio. Por ejemplo, el hecho de que tendría que "aprender el idioma" o que "[i]ndudablemente, adonde iba el vino sería mejor"[316], aunado a la mención de inviernos rigurosos: "Pensó que al otro lado del mundo su hermano estudiaba el violín probablemente con las manos ateridas, enfundado en un abrigo de invierno [...]"[317]. Además, cuando Elisa evoca las palabras de su hermano antes de su partida, los términos que emplea este para hablar de su futuro destino, en el que "el mal" no es un obstáculo para la vida cultural, evocan un país europeo: "Así fue durante la guerra. Apenas los bombardeos pudieron detener la vida cultural, le había dicho con su habitual tono sereno la noche que cenaron para despedirlo"[318]. Ese destino tras una cortina bien pudiera ser Berlín, Varsovia o Moscú...

Un pasaje de una carta de Mauricio a su hermana parece situar con más precisión el "allá":

> La semana pasada intervine en un concierto que se dio por la inauguración del monumento en honor de los homosexuales asesinados durante el imperio del nazismo. Son tres grandes trozos de mármol color de rosa, imponentes, brillantes.[319]

La descripción del monumento y el dato temporal del que disponemos (la obtención del Premio Puebla en 1988) permiten, hipotéticamente, situar el "allá" en Ámsterdam, ciudad en la que se inaugura en 1987 un monumento que corresponde bastante bien a la descripción. El resultado de la suma de indicios y datos crea un marco espacial abierto para la diégesis, a pesar de la referencia a la capital neerlandesa con lo que esta evoca en cuanto a libertad de comportamiento, sobre todo a nivel de sexualidad. Y es que buena parte del relato consiste en una descripción de los efectos del virus en la población y sobre todo la manera de juzgar a los infectados y de condenar a los homosexuales. El "allá" hospitalario es entonces el de la tolerancia, un refugio sin embargo no totalmente hermético a la propagación del mal, pero sí a la estigmatización de sus víctimas.

---

[316]    *Ibidem*, p. 60.
[317]    *Ibidem*, p. 67.
[318]    *Ibidem*, p. 60.
[319]    *Ibidem*, p. 67.

Ese "mal" que diezma la población aparece denotado con la serie de siglas que en su momento se usaban de forma indistinta para designar el virus VIH. Se habla del virus LAV (virus asociado a la linfoadenopatía), primera denominación del VIH por el Instituto Pasteur. La otra denominación que aparece en el texto como sinónimo del VIH es el virus HTLV-III. En los años 80, el VIH-1 se confundió con el HTLV; los científicos pensaban que este último se trataba de un nuevo tipo, una mutación del VIH[320]. Según otras fuentes, LAV-HTLV-III y HIV son sinónimos y el virus HTLV-3 fue descubierto en 2005, es decir mucho después de la escritura del cuento. De ser el caso, el sufijo "III", en el contexto de escritura, vendría a cumplir la función de *novum* ya que en el universo de la diégesis los efectos del VIH en la población se han hecho tan exponenciales que llevan a la aniquilación paulatina de la especie humana.

Para el lector, la proyección en un futuro incierto se junta con la evocación del pasado para resaltar el carácter cíclico de las pandemias y de esta manera ponderar sus efectos:

> Pero la gente moría diezmada por un mal que desafiaba a la ciencia, las religiones, la esperanza. Vehículos especiales –de sirena y rojas lámparas giratorias– se hacían cargo de los cuerpos como, en tiempos muy lejanos, los carretones de la muerte que puso en marcha la peste bubónica."…La sífilis, la tuberculosis, la influenza española. Hoy es el virus VIH, HTLV/III o LAV. Aproximadamente cada dos siglos surge una pandemia que hace estragos en el planeta –Elisa recordó la conferencia dictada por la doctora Benseñor, directora del Proyecto para la Investigación y Control del Mal–.[321]

En la manera en que se enlaza el presente de la diégesis (la proyección futurista para el lector) con el pasado, de repente el nombre de la doctora y la denominación del virus como "Mal", aquí con mayúscula, abren la puerta a la interpretación religiosa del texto. No tanto interpretación ya que todo aparece connotado explícitamente: "La primera información sobre el HTLV/III revivió uno de los tabúes más espinosos de la historia judeocristiana: La homosexualidad, más ampliamente conocida como plaga de Sodoma y Gomorra"[322].

---

[320]   Artículo de 1984 https://pubmed.ncbi.nlm.nih.gov/6208484/
[321]   Gabriela Rábago Palafox, *op. cit.*, p. 61.
[322]   *Ibidem*, p. 62.

Incluso entre las rememoraciones de Elisa durante su trayecto hallamos la de un sacerdote que refuta la exégesis bíblica usual concerniente al episodio de la destrucción de Sodoma y Gomorra relatado en el Génesis: "¿Hasta cuándo reconoceremos que el pecado de Sodoma y Gomorra fue la falta de hospitalidad debida a los extranjeros –es decir, la falta de amor– y no el de la lujuria homosexual, como tanto se ha difundido?"[323]

Parte importante del texto consiste en el discurso científico sobre el VIH en boca de la doctora Benseñor y otros científicos y la descripción de la estigmatización de los homosexuales. De hecho, la catástrofe sanitaria se acompaña, al igual que en el texto de Pacheco, de una catástrofe ciudadana: "Quizás lo peor de todo era que el virus LAV –ese organismo microscópico que se instalaba en los linfocitos y acababa con el sistema inmunológico de los pacientes– había erosionado los cimientos de la sociedad"[324]. Esos cimientos, a la luz de la lectura del conjunto del texto, parece ser la célula familiar judeocristiana y, por consiguiente, heterosexual. En efecto, la mutación del virus aludida en el texto y que explicaría la mortandad aparece en el siguiente pasaje que sugiere que si el virus se extiende es porque la inmensa mayoría de la población (¿masculina?) es bisexual:

> Vacunas, preces y talismanes sucumbieron ante el virus LAV. Frente a las evidencias aplastantes, las familias bien, igual que la gente común, tuvieron que disfrazar de estupor su vergüenza. La población masculina sexualmente activa, comenzó a decrecer de manera alarmante. Además de los solteros, morían los *pater familiae*, los maridos fotografiados el día de su boda, los curas y los ministros del gobierno. A la comunidad homosexual, que mantenía solo medio encubierto su estilo de vida, le quedaba el consuelo de una realidad considerablemente más digna –¿qué importaba que los obituarios de los bisexuales hablaran de accidentes ficticios, antiguos padecimientos, fallas cardiacas y varios eufemismos por el estilo?[325]

El fin del mundo aparece teñido de un aura conservadora: se trata del fin de la familia judeocristiana; el castigo ejemplar en el texto consiste en lo que Cristina Mondragón llama el "despliegue textual"[326] de los cuatro jinetes del Apocalipsis, aquí ceñido a uno de ellos: la peste. La ciudad de

---

[323]    *Ibidem*, p. 63–64.

[324]    *Ibidem*, p. 62.

[325]    *Ibidem*, p. 63.

[326]    Ver "Apocalipsis, robótica e inmortalidad: 'Los motivos de Medusa' de Gerardo H. Porcayo" en *Imaginarios apocalípticos en el mundo hispánico contemporáneo* (Cristina Mondragón y Margarita Remón-Raillard, coord.), *ILCEA*, N.º 48, puesta en línea en noviembre de 2022.

Sodoma también aparece mencionada en el libro del Apocalipsis (11: 8). La denotación explícita en el cuento de las ciudades de Sodoma y Gomorra entra en relación de sinergia con una serie de connotaciones creando una red de sentido en torno a la temática apocalíptica. Esto se viene dando desde el íncipit, pero el sentido global solo se revela tras la lectura del cuento íntegro.

El íncipit reza:

> Había llovido. Las últimas gotas caían buganvilias abajo, se perdían en los charcos que obscurecían el asfalto. El aguacero había arrancado a las jacarandas la mayoría de las flores que permanecían al pie de los árboles, a manera de alfombra pasajera. Entre las ramas cantaba estridentemente el pájaro aquél –grande, negro y naranja– que Elisa había logrado ver solo un momento. El canto era alto y claro, como una recurrencia del alba y el atardecer.[327]

Un elemento, el agua, arrastra hacia el suelo las flores de las jacarandas. El color violeta de estas permanece implícito en la imagen de esa "alfombra pasajera". La imagen no solo evoca las múltiples flores con las que se cubre el suelo en las entradas de las iglesias en México durante el día de los muertos; el violeta es también, en el imaginario occidental, un color asociado al luto o al medio luto, lo que evoca no tanto la idea de la muerte sino de la muerte en tanto que pasaje[328]. Por un efecto de metonimia, y porque esta imagen se halla en el inicio del relato de una deambulación, el territorio de este recorrido se convierte en espacio luctuoso. Lo que queda al descubierto en las ramas, el pájaro negro y naranja, parece corresponder al turpial de pecho manchado, conocido en México como chichiltote, cuyo significado en náhuatl (chilü, chile; tototl, ave) podría significar "ruborizar, abochornar"[329]. Sin embargo, este pájaro impone su voz "estridente"; su canto es "alto" y "claro" a lo largo de la jornada ("alba"/"atardecer"): impone su voz a la luz del día. Ella no puede "imitarlo"; Mauricio, que aparece seguidamente en la diégesis, sí lo puede, incluso es capaz de traducirlo en otro lenguaje, la música, omnipresente a lo largo de todo el relato. Y de hecho pocas líneas después Elisa se

---

[327]   Gabriela Rábago Palafox, *op. cit.*, p. 59.

[328]   Jean Chevalier y Alain Gheerbrant, *Dictionnaire des symboles: mythes, rêves, coutumes, gestes, formes, figures, couleurs, nombres.*, París, Laffont & Jupiter, 1990, 1060 p., ("Bouquins"), p. 1021.

[329]   https://educalingo.com/fr/dic-es/chichiltote

imagina la nueva vida de Mauricio allá lejos "perd[iéndose] en los caminos paralelos del pentagrama"[330]. Se puede notar un paralelismo entre la imagen del pájaro negro en las ramas y las notas en un pentagrama, notas asociadas a Mauricio, el que se fue a un sitio en el que no se siente abochornado por lo que es y donde puede cantar su verdad a todo pulmón, como el turpial de pecho manchado o maculado. Y, de hecho, de esto trata buena parte del relato, de denunciar la manera en que la sociedad estigmatiza o considera como intocables a los homosexuales. En este sentido, cobra toda su importancia lo que antecede al íncipit: el epígrafe. Se trata de líneas sacadas del drama de García Lorca, *El público* (1933), y aquí traspuestas a la manera de versos: "Romeo puede ser un ave y Julieta puede ser // una piedra. // Romeo puede ser un grano de sal y Julieta // puede ser un mapa"[331]. El sentido del epígrafe se revela a través de su puesta en relación con las letras de canciones y con el desenlace del cuento.

Las letras de las canciones, más bien segmentos, que aparecen diseminadas en las últimas páginas del cuento son todas de autoría del conjunto *The Platters* de los años 50. Canciones de amor que encuentran su eco en el conjunto de la diégesis, en el que este sentimiento aparece denotado de forma recurrente: amor pasión, amor fraternal, amor materno o paterno.

La primera ocurrencia de una de estas letras (*Remember when, I first met you. My lips were so afraid to say I love you*[332]) proviene del álbum *Remember when?* de 1959, título que suena en la última frase del cuento, como veremos.

El personaje de Elisa avanza en su trayecto invadida por las voces y los sonidos del pasado, que la acompañan hasta que encuentra refugio en un espacio interior, vestigio del mundo de antes, un espacio protector, reconfortante, de retrospección de recuerdos de infancia:

> Las nubes apretujadas soltaron una llovizna súbita y Elisa aceleró el paso hasta llegar a la nevería. El letrero de neón rojo, el interior iluminado, le provocaron un suspiro de alivio. Unos segundos después se miraba en el enorme espejo rectangular de la casa Chiandoni, fundada en 1939.[333]

---

[330]   Gabriela Rábago Palafox, *op. cit.*, p. 60.

[331]   *Ibidem*, p. 59.

[332]   *Ibidem*, p. 67.

[333]   *Ibidem*, p. 66.

En ese sitio, único nombre propio que remite a un lugar reconocible y localizable en la Ciudad de México, recuerda momentos de complicidad y de placer. El helado que saborea se convierte en emblema de ese consuelo tan deseado y necesitado, un sabor dulce para mejor disimular el resabio amargo del dolor de la pérdida que apenas aparece sugerido en ese momento de la trama:

> Entonces, la niña que era Elisa apenas sobresalía de la barra y gozaba indeciblemente frente a la copa de *hot fudge* con helado de avellana cubierto de crema chantilly y nueces, que el amor de la abuela le obsequiaba. Lo iba erosionando con la punta de la cuchara, [...] La empleada no tardó en entregarle la carta; sin verla pidió un *hot fudge* con helado de avellana y un vaso de agua.[334]

En medio de ese momento privilegiado surge de nuevo el recuerdo amargo, otra vez acompañado por la rememoración de otra letra de canción de *The Platters*. Se trata del segmento de canción más significativo de todos, en medio de la evocación del otro hermano de los personajes, Óscar, y de su amigo, todos muertos del VIH:

> Primero Óscar, *Oh yes, I'm the great pretender, pretending that I'm living well*, lejos y avergonzado. Luego Eduardo –que era casi un hermano, o más que eso, convertido en un niño aterrado que lloraba inconteniblemente mientras la abrazaba y repetía en tono doloroso "es que no quiero dejar solo a Rafa, tú no sabes cuánto lo amo. Tampoco sé cómo decírtelo...ni siquiera sé si voy a decírselo". Después, nada más el llanto y una expresión que no era ya de este mundo.[335]

Si la canción original, de 1955, es de la banda *The Platters*, hay que señalar que en 1987 la canción es reinterpretada por Freddie Mercury, primero en vivo en el Gegen Willi Show y luego en un video (*Extended 1987 remastered*) en el que aparece el cantante, de voz inigualable e inolvidable, acompañado por un coro de travestis. En una escena del video se observa a Mercury vestido de negro con capa roja en medio de la lluvia y en otra escena uno de los travestis del coro es él mismo vestido de negro con peluca roja. El hermano amado y perdido en medio de la hecatombe, cuya voz resuena en las referencias a la cultura popular, aparece desde el inicio del texto como anticipo de un duelo que finalmente será el de los dos hermanos, ya que poco a poco se sugiere que probablemente

---

[334] *Ibidem.*
[335] *Ibidem*, p. 67.

Mauricio también ha muerto: "Hacía más de un mes desde que el correo le llevara la carta de Mauricio, acaso por desgracia la última"[336].

El consuelo, el helado, llega entonces por partida doble o más bien triple, como para simbolizar la dimensión múltiple de la pérdida: "La mesera le sirvió el *hot fudge*, un *sundae* y un arlequín. Atajó con un gesto la protesta de Elisa: – Cortesía de la casa. Hoy es nuestro último día"[337].

Sentido figurado el de ese "último día" que tiene toda la potencialidad de hacerse literal, así como la última carta del tan amado hermano. Otro segmento de canción atraviesa la mente de Elisa ("*I'm sorry for the things I've done…I'm so ashamed. I'm sorry. I'm sorry*"[338]). Ya no sabemos quién siente culpabilidad y quién pide perdón a quién. En todo caso, Elisa encuentra un último consuelo en una mujer también concurrente en la famosa nevería:

> La mujer que sorbía el café se levantó y, al pasar frente a su mesa, se miraron largamente. A Elisa le recordó la modelo de Botticelli. Le devolvió la sonrisa. Es algo impreciso en los ojos o en la manera de sonreír, decía Eduardo. Una especie de lenguaje secreto o una contraseña. Cuestión de sensibilidad, de vibra. Tampoco hace falta decir nada: Crees que lo sabes, y no te equivocas. *Only you can make all these changes in me. Only you.*[339]

La homosexualidad femenina ha estado presente en el texto de forma bastante esquiva con la mención de la "compañera"[340] de Elisa con quien adoptan a una niña huérfana, entre tantos niños huérfanos en las calles. El detalle pasa casi desapercibido en medio de la omnipresencia de la homosexualidad masculina, desde el epígrafe de Lorca. La imagen de la cabellera rubia de la mujer abre la puerta a varias interpretaciones. Si bien el maestro del renacimiento italiano recurrió a la misma modelo para una serie de telas, es su Venus la que primero acude a la mente del lector. Y es de notar que al inicio del texto aparece claramente la referencia al amanecer y al atardecer, es decir el este y el oeste, puntos cardinales a los que remite la simbología del planeta Venus. Amén de la preeminencia del planeta Venus en la cosmogonía azteca, que lo asocia a la partida y, sobre todo, al regreso de Quetzalcóatl como castigo divino.

---

[336]   *Ibidem*, p. 68.

[337]   *Ibidem*, p. 67.

[338]   *Ibidem*, p. 68.

[339]   *Ibidem*.

[340]   *Ibidem*, p. 65.

Recordemos también que en el libro del Apocalipsis se habla de la "gran prostituta vestida de púrpura" (pensemos en el color de las jacarandas al inicio del relato), que la exégesis ha asociado a la ciudad de Roma, y de la misteriosa "mujer vestida de sol", que durante siglos se asoció a la Virgen María. Además, esa Venus de Botticelli, cuya cabellera sugiere una luminosidad similar a la que introduce el toque naranja en el pájaro negro, también al inicio del relato, viene a cerrarlo cual revelación para Elisa, como lo sugiere el último segmento de la conocida canción de *The Platters*: la revelación de sí que permite el amor. Ambas continúan la deambulación: "¿Podríamos caminar juntas? Hacia el sur, claro. [...] No se volvieron al oír el gruñido de la cortina metálica que cerraba –¡hasta Dios sabía cuándo!– la nevería italiana de Pietro Chiandoni"[341].

En suma, se hallan traspuestas en el texto una serie de referencias bíblicas, esencialmente, pero no exclusivamente, provenientes del libro del Apocalipsis de San Juan. Las últimas líneas realizan un desvío de la referencia a Sodoma y Gomorra del libro del Génesis. Las mujeres, en plural, no se darán la vuelta como la mujer de Lot, mujer sin nombre, solo designada en relación al hombre y convertida en estatua de sal. Su inmovilismo contrasta con la puesta en movimiento de las dos mujeres. Una cortina se cierra tras ellas y quizá prefigura otra que se abre para las mujeres en ese destino, el sur, mencionado como única posibilidad. Otro punto cardinal, el sur, se añade y confirma la referencia a un orden cósmico que se resquebraja. El sur en la cosmogonía náhuatl es el lugar donde vive el dios Mictlantlecutli, dios de la muerte; pero el Mictlan, el inframundo, se encuentra en el norte, lo cual señala la complementariedad o superposición entre el norte y el sur[342]. A nivel de la sintagmática del texto se puede comparar su inicio con el norte; inicio, recordemos, que consiste en una imagen de medio luto o de paso entre la vida y la muerte. En el sur del texto, su desenlace, tenemos la imagen de las dos mujeres, una cuya cabellera evoca la luz, que se dirigen a un sur fuera del texto, un espacio abierto a la continuidad de la vida o a la muerte, o ambas cosas al mismo tiempo. Como lo ha señalado Cristina Mondragón, en la imaginería apocalíptica cobra particular importancia el

---

[341]    *Ibidem*, p. 69.
[342]    Jean Chevalier y Alain Gheerbrant, *op. cit.*, p. 770.

símbolo de la "ciudad maldita"[343]. En el libro del Apocalipsis esa ciudad maldita aparece denotada como siendo Babilonia, pero los especialistas han visto en esta mención un código para significar la ciudad de Roma. Con el curso del tiempo Babilonia-Roma se ha trasmutado en otras ciudades malditas, grandes urbes que sufren una condena y lo que Alain Musset denomina el síndrome de Babilonia[344]. Y, obviamente, la ciudad de México, referente claro del cuento de Rábago Palafox, no escapa de esta condición, muy por el contrario. De allí que ese sur que se prolonga más allá de los límites del texto pueda evocar una refundación o reinicio en cuyo extremo opuesto tenemos la gran marcha desde el norte que iniciaron los mexicas desde la mítica Aztlán.

La frase exclamativa que encierra una interrogación ("¡hasta Dios sabe cúando [sic]!") encierra también esa complementariedad o ambivalencia entre el norte y el sur, aquí entre sentido figurado y literal. Este "cuándo" interrogante, que aparece en el primer segmento de canción (*Remeber when)*, en sentido literal remite a lo que, en el pensamiento religioso, solo es del dominio de Dios: saber cuándo es nuestro fin. Interrogante que se puede desdoblar con otra: el dónde del reinicio tras la destrucción. Finalmente, la marcha tranquila de esas mujeres hacia ese sur prometedor recuerda la disponibilidad hospitalaria hacia lo que ocurre que encontramos en los personajes de *Bef* justo antes de la colisión del meteorito. Y la luminosidad de este no deja de encontrar un eco en la cabellera rubia de la Venus de Botticelli, cual imagen-luciérnaga que anuncia la potencialidad del relato como vía, si no de salvación, por lo menos de expectación serena.

La poética de la catástrofe que se desprende tanto del texto de *Bef* como del de Rábago Palafox hace que la mirada, o bien se eleve desde una superficie, ciertamente devastada, hacia cielos resplandecientes, o bien se prolongue hacia un adelante prometedor. En ambos casos se trata de una mirada que nos propone una trascendencia. El espacio de la Ciudad de México es la última escena antes del advenimiento de la Nada en el texto de Bef; es el espacio que queda atrás como una vuelta de página en el de Rábago Palafox. Otras ficciones apocalípticas proponen el movimiento

---

[343]   Cristina Mondragón, *Ficciones apocalípticas en la narrativa contemporánea mexicana*, Lausanne, Sociedad Suiza de Estudios Hispánicos, 2020, 382 p., ("Hispánica helvética", 32), p. 52.

[344]   *Ibidem*, p. 52–54.

contrario. La vida está engullida en las entrañas de la tierra. Hay cosas peores que el apocalipsis: sobrevivir a él.

Ignacio Padilla (miembro del grupo *Crack*) y César Rojas nos ofrecen dos descensos al inframundo, en este caso el metro, verdadero *tópos* de la literatura mexicana, para pintar dos cuadros posapocalípticos: "El año de los gatos amurallados" y "El que llegó hasta el metro Pino Suárez". Estos dos escritores pueden ser comparados con lo que Marco Rascón en su artículo "El 19 todo se movió" (publicado en *La Jornada* el 20 de noviembre de 1994) llamó la "Generación del sismo"[345]. Utilizando la terminología durandiana, veremos en el curso de nuestro análisis que la imagen-símbolo del metro condensa el esquema del descenso y el arquetipo del abismo o las fauces devoradoras. La forma en que los esquemas, arquetipos e imágenes-símbolo se articulan confieren a cada uno de los dos textos su particularidad. En el segundo caso, el conjunto está atravesado por un imaginario del fuego y de las llamas en torno al mito del Mictlán, de los sacrificios y autosacrificios. La topografía volcánica y su correlato sísmico, sumado al origen lacustre de la Ciudad de México, proporcionan los ingredientes desencadenantes de una dinámica fecunda, enriquecida con la historia del desarrollo de la ciudad. De hecho, su topografía se ha transformado a lo largo de los siglos: una historia hecha de entierros y exhumaciones, la historia de una ciudad que ha sido excavada para sacar a la luz los vestigios del pasado o para construir la modernidad.

## Ignacio Padilla, "El año de los gatos amurallados" (2010, *Los viajeros*)

En *Los viajeros* no se especifica la fecha de redacción de este texto. La afirmación del autor de que pasaron unos veinte años desde que fue escrito[346] sugiere que lo fue durante los años posteriores al terremoto de 1985. Según los datos recogidos por Gonzalo Martré, este relato ganó el Premio Kalpa en su edición de 1994[347], lo que sitúa su escritura en

---

[345]    Gabriel Trujillo Muñoz, *op. cit.*, p. 219.

[346]    Ignacio Padilla, "El año de los gatos amurallados", en Bernardo Fernández, (ed.). *Los viajeros: 25 años de ciencia ficción mexicana*, México, Ediciones SM, 2010, ("Gran angular", 48M), p. 85–96, p. 95.

[347]    Gonzalo Martré, *op. cit.*, p. 160.

un lapso impreciso de una década. El texto de Padilla nos propone un escenario posapocalíptico de la capital mexicana devastada por un terremoto. Si, como lo acabamos de subrayar, la realidad extraliteraria tiene capacidad para alimentar la ficción, en este caso el fenómeno se multiplica, porque Padilla formó parte de un equipo de rescatistas tras el terremoto de 1985. Sin embargo, el terremoto no es la única causa de la catástrofe: "[La] ciudad [estaba] devastada primero por el terremoto y luego por sus habitantes"[348]. Como en los textos ya estudiados, la catástrofe ciudadana aparece como factor o correlato de otras catástrofes. La verdadera causa de la hecatombe es la incapacidad de gestionar una situación de crisis. Tanto el texto de Padilla como otros de temática similar ponen en evidencia el colapso de todo un sistema, haciéndose eco obviamente de la realidad extraliteraria. De hecho, estos textos, incluyendo el de Padilla, critican la incapacidad del gobierno mexicano para hacer frente a las consecuencias del terremoto de 1985. Luego de la crisis de 1968, se considera a menudo dicha situación como un momento clave en el colapso del sistema priísta.

El íncipit:

> Sabían que a finales del invierno tendrían que salir por agua. Hasta entonces habían malpasado varias semanas gracias a un goteo intermitente que se filtraba por las grietas del túnel principal. Pese a la amargura turbia de los sorbos, el agua al menos les permitía cumplir con las funciones para sobrellevar la existencia.[349]

Una situación inicial que marca de inmediato el tono y el color de un universo asfixiante y angustioso. Un número indeterminado de personas intenta sobrevivir gracias al líquido vital. Algunos términos ("salir", "túnel", "sobrellevar la existencia") dan las principales características de esta vida subterránea. A lo largo del texto, van apareciendo los detalles macabros de una supervivencia que en realidad no es más que una subvida. A esto se añade la metáfora expectante propuesta por el título, cuyo significado se revela luego de algunas páginas y que no hace sino aumentar la sensación de angustia que emana del texto.

Pronto el lector se entera de que son cuatro los personajes que se refugian en el metro: dos mujeres (Maida y Roberta) y dos hombres (Íñigo y un adolescente mudo, probablemente a causa de un traumatismo,

---

[348]   Ignacio Padilla, *op. cit.*, p. 90.

[349]   *Ibidem*, p. 85–86.

consecuencia de algo ocurrido en la superficie). Una de las mujeres, Maida, pronuncia una de las pocas frases en estilo directo: "Podríamos quedarnos así para siempre –dijo irónica, sin siquiera ocultar la repugnancia que la escena le provocaba–. Podemos morir aquí sentados y esperar que el frío nos convierta también en columnas de hielo"[350].

Ese "para siempre" es una premisa de una temporalidad abierta que regirá toda la diégesis. Desde el título y el íncipit, la dimensión temporal aparece como un hecho al mismo tiempo cuantificable y no cuantificable. Semanas, días, noches, años se insertan en la eternidad, no solo de la existencia, sino también de la muerte. El personaje de Íñigo reviste una especial importancia: líder de su grupo, es también el que registra los acontecimientos en un diario y el que, en un momento dado, tiene que ir a la superficie en busca de agua. Intenta como puede (bastante mal) mantener el ánimo de los supervivientes:

> Pero el intento de Íñigo por confortar a los inquietos habitantes del subterráneo les pareció inútil, un clamor también absurdo que difícilmente los apartaría de una realidad evidente: allí sí era posible morir en cualquier momento. Así lo habían constatado en los últimos días, esos días o esas noches donde los acontecimientos los habían arrinconado poco a poco en aquel último reducto de existencia mal llevada, casi feudal o, peor aún, cavernaria.[351]

La temporalidad es imprecisa, la vida subterránea elimina cualquier posibilidad de medir el tiempo. Solo el flujo del agua transformándose en estalactita permite contarlo, convirtiéndose en una especie de "agonizante reloj de agua"[352]. El agua, como símbolo por excelencia del paso del tiempo, adquiere aquí una dimensión particular ya que se transforma en estalactita: se inmoviliza, como el tiempo. El movimiento que lleva a su fijación, por pequeño que sea, es un descenso, de ahí su dimensión mortífera. La temporalidad incierta se duplica con el resumen diegético ("los acontecimientos los habían arrinconado poco a poco"); eventos borrosos de los que, por el momento, solo podemos ver el resultado. La imagen corporal utilizada para designar este resultado ("arrinconados") crea un paralelismo con el del título ("amurallados"). La proximidad semántica de los dos términos apenas se matiza en el texto: el hiato entre

---

[350]	*Ibidem*, p. 86.
[351]	*Ibidem*, p. 87.
[352]	*Ibidem*, p. 86.

"arrinconar" y "amurallar" puede ser mínimo y al mismo tiempo contener lo espantoso ya que el segundo término implica una fase de fusión de lo vivo con lo inerte. Si el lector tiene que imaginar ese hiato, es por la mención de los gatos en el título. El lector espera que estos gatos sean una metáfora de los personajes humanos. Y es así, pero el significado de la metáfora se aclarará de forma inesperada. Y es precisamente cuando se trata de la medida del tiempo cuando se revela su significado: "[…] al cabo de una decena de cadáveres supieron que no serían los gusanos quienes se encargarían de ellos. Serían los gatos"[353]. El tiempo se vuelve subjetivo porque se mide en forma de cuenta atrás cuyas cifras son las vidas humanas que se van extinguiendo poco a poco.

Los personajes son como gatos amurallados, pero no solamente… Estos últimos también son supervivientes, al igual que los humanos, y también están con ellos bajo tierra. Sin embargo, una diferencia (más bien dos) los separa de los humanos: sobreviven gracias a los cuerpos de los humanos y se reproducen, a diferencia de estos, quienes pronto se reducen a nuestros cuatro personajes.

Una analepsis nos permite entender el papel de los dos personajes femeninos. Gracias a la bondad de Íñigo, han sido aceptadas en el túnel, pero deben pagar un derecho de entrada:

> De modo que al final las aceptaron allá abajo, no sin antes obligarlas a una promiscuidad humillante a la que ambas se sometieron con tal de no volver arriba. Cada noche se les iba en saciar el ímpetu de sus salvadores en trueco de su porción de agua o de conservas.[354]

En una serie de textos mexicanos de anticipación, aparece la violencia de género, exponencial en las sociedades poscataclismo, lo cual no es más que un triste reflejo de la realidad de las mujeres en tiempos de guerra… Si, en ciertos textos anglosajones de anticipación, el futuro se presenta como liberación de las costumbres para las mujeres, que pueden disponer de su cuerpo como les parezca, otros (como la serie muy popular *The Handsmaid's Tale*, basada en la novela de Margaret Atwood) advierten de la fragilidad de los logros adquiridos por la lucha de las mujeres. En el texto de Padilla, la violación diaria de las dos mujeres tiene la contrapartida (¿venganza?) de que les permite alimentarse, como vampiros, de

---

[353]    *Ibidem*, p. 88.
[354]    *Ibidem*.

la fuerza vital de sus agresores: "[...] las mujeres habían sobrevivido a sus amantes más voraces, diríase que se habían alimentado de la simiente de aquellos infrahumanos caballeros"[355], o "se habían alimentado de la vitalidad de los demás supervivientes"; pero, a diferencia de los gatos, "habían permanecido milagrosamente infértiles"[356]. Por otro lado, se dan cuenta de que Íñigo nunca intentará tocarlas porque prefiere al adolescente mudo que a las mujeres (y viceversa). El darwinismo y la esterilidad son dos ingredientes de las distopías, por ejemplo, en *Children of Men* del mexicano Alfonso Cuarón o *The Handmaid's Tale*.

Las imágenes de la ingestión de un contenido (comer) y la penetración de un contenedor (la violación de las mujeres) se desplegarán luego en el texto, creando un juego del contenedor y del contenido, presente desde el principio, ya que el túnel del metro es solo un contenedor para los supervivientes contenidos en su interior. Las mujeres, en su estrategia de supervivencia, se derrumban en el suelo. Los hombres creen que se están muriendo. De hecho, ahorran energía, como algunos reptiles, esperando a su presa. Y durante ese tiempo, los gatos acaban las últimas reservas de agua:

> Los animales eran lo otro, representaban lo desesperado de su situación, eran los dueños de esa parte de aquel pequeño mundo subterráneo y pronto lo serían también de la superficie, cuando los hombres que allá vivían terminaran de destruirse unos a otros, ignorantes de que a sus cuerpos los esperaba abajo aquella dentadura inmensa y plural.[357]

Los miedos ancestrales se movilizan en el texto a través de un abanico de imágenes. Utilizando la terminología de Durand, podemos ver la presencia en el texto de los esquemas del ascenso, del descenso o de la caída y de lo animado. Según Durand, el esquema "hace el cruce [...] entre los gestos inconscientes de la sensomotricidad, entre los reflejos dominantes y las representaciones. [...] [Son] trayectos encarnados en representaciones concretas y precisas [...]"[358]. Así, más allá de la simple presencia de estos esquemas, se trataría, como dice Durand, del "esqueleto dinámico, el patrón funcional de la imaginación"[359] y en particular

---

[355]   *Ibidem.*

[356]   *Ibidem*, p. 89.

[357]   *Ibidem*, p. 90–91.

[358]   Gilbert Durand, *Les structures anthropologiques de l'imaginaire*, París, Dunod, 1992, p. 61.

[359]   *Ibidem.*

de esta ficción. Obviamente, el esquema más presente es el de la caída; rige el conjunto de la diégesis, pues consiste en el relato de un descenso bajo tierra y la forma de sobrevivir o crear otras formas de existencia (la infravida). También lo encontramos en el gesto digestivo, que constituye uno de los elementos más molestos y angustiosos del relato. El miedo visceral de ser devorado y la necesidad de alimentarse son dos constantes en el texto. El esquema de lo animado[360] se encuentra en la presencia de los gatos que, a fin de cuentas, hacen la unión entre este esquema y el de la caída, pues son ellos los que devoran a los humanos. Condensa así los arquetipos[361]: las fauces devoradoras y el desorden. Este último, el desorden, se refiere al caos antes de la ordenación del mundo: los gatos son entonces la imagen-símbolo de la muerte en estado puro. A este conjunto de imágenes se añade el sonido de los ruidos que hacen los gatos, por ejemplo: "[…] la oscuridad del túnel, allí donde el eterno maullido de los gatos respondería al estertor del agua"[362] o "la oscuridad del túnel del que ahora solo partían maullidos, gimoteos de gatos, similares a los de un niño recién nacido abandonado, como ellos, a su infame suerte"[363]. Esas imágenes sonoras funcionan como el vínculo de una animalidad aterradora que nos sumerge en la noche de los tiempos, esos tiempos del pánico, del miedo a los sonidos de la naturaleza, a lo desconocido de lo que había que protegerse para preservar la vida. Como lo escribe Durand:

> El grito animal, rugido que las fauces armadas sobredeterminan, podría servir de transición entre el esquema de la animación y la voracidad sádica. […]. Bachelard muestra cómo el grito inhumano está ligado a la "boca" de las cavernas, a la "boca de sombra" de la tierra, a las voces "cavernosas" […]. Es, pues, en las fauces del animal donde se concentran todas las fantasías aterradoras de la animalidad: agitación, manducación agresiva, gruñidos y rugidos siniestros.[364]

---

[360]    Según Durand, el origen del esquema de lo animado se encuentra en la inquietud provocada por el movimiento rápido e indisciplinado: la pululación, el hormigueo, toda multiplicidad que se agita. *Ibidem*, p. 75–76.

[361]    Los arquetipos constituyen "substanciaciones" de los esquemas: es decir lo que Jung llamó "imágenes primordiales", "imágenes originales" o "prototipos". *Ibidem*, p. 62.

[362]    Ignacio Padilla, *op. cit.*, p. 86.

[363]    *Ibidem*, p. 87.

[364]    *Ibidem*, p. 90–91.

Ya hemos mencionado la importancia del personaje masculino. Pero su papel de líder, al fin de cuentas, solo sirve para subrayar las funciones de las que protagonizan la historia: las dos mujeres. Ciertamente, el elemento masculino sirve para resaltar el esquema ascensional, encarnado en el heroísmo de Íñigo, su ascendencia sobre los personajes y su ascenso a la superficie. Sin embargo, este imaginario de la masculinidad se encuentra un poco maltrecho o desconstruido. Como hemos dicho, él debe salir a la superficie en busca de agua. También es importante su papel como persona que registra los acontecimientos en un diario. Es, en cierto modo, el guardián de Cronos. Se trata de una escritura en *abyme* (nunca mejor dicho) que apunta a una dimensión metatextual. La escritura del diario de Íñigo comienza cuando registra los eventos subterráneos, pero como estos son muy repetitivos, comienza a "especular por escrito con los acontecimientos que, pensaba, estarían presentándose en la superficie"[365]. Doble del autor, su actividad ("especular") funciona como su espejo. Esta actividad (la especulación) es consustancial con la modalidad distópica, pero cada caso se refiere a una temporalidad distinta: a nivel textual, se enfoca en el presente de la diégesis; a nivel extratextual, un futuro incierto, un nuevo y más devastador 1985, para los humanos y sus creaciones. Y por una buena razón, en el presente de la diégesis concebida por el autor, la vacuidad de esta actividad de escritura se ve esclarecida (u oscurecida) por los hechos. El heroísmo y el ascenso del héroe son efímeros e inútiles. Se puede hablar de un triple fracaso como héroe. El objeto de la búsqueda (agua) se traducirá por unas pocas gotas de agua turbia, de ahí su sentimiento de "remotísima noción de haber cumplido"[366]; la virilidad está ausente (al menos en su sentido tradicional ligado a la procreación), porque el héroe está enamorado del adolescente mudo; finalmente, su papel de guardián de la memoria a través de la escritura parece carecer de sentido, dado el desenlace de la historia.

En efecto, cuando Íñigo regresa, las dos mujeres parecen satisfechas; le hacen entender que ha tardado demasiado en volver. Desesperado, se adentra en las profundidades del túnel lleno de gatos, convencido de que el adolescente mudo está muerto y ha sido devorado por ellos. Es él quien será devorado por los gatos; las mujeres recogen los restos del joven adolescente: entendemos entonces que son ellas las que lo devoraron. Hartas, se acuestan a hacer la digestión y mueren congeladas, una visión siniestra

---

[365]   *Ibidem*, p. 89.
[366]   *Ibidem*, p. 94.

del dicho popular "barriga llena, corazón contento". El texto culmina con el cumplimiento de la primera predicción de Maida:

> Para ellas, como para los gatos, había llegado la hora de hundirse en el pesado sueño de la digestión. Una digestión oscura y merecida. Pero ellas no pensaban despertar de ese sueño. Ahora la idea de quedarse ahí hasta convertirse en estalactitas ya no les parecía tan mal.[367]

El funcionamiento de los esquemas, arquetipos e imágenes-símbolos aparece condensado en la construcción de los dos personajes femeninos, lo que hace necesario diseccionar a los mismos (aunque el término no sea muy apropiado aquí o porque sí lo es). En el texto, se ve un juego de oposición y cruce entre lo animado (los animales) y lo inanimado (las mujeres inmóviles). Estas últimas aparecen como imágenes-símbolos que condensan una serie de esquemas y arquetipos: descenso, oscuridad y fauces devoradoras. A través de este último arquetipo se unen a lo animado, es decir, al animal: "El animal es, pues, lo que pulula, huye y no puede ser alcanzado, pero también es lo que devora, roe"[368]. La bestialidad aparece de esta manera como "símbolo eterno de Cronos y Thánatos"[369].

A través de las mujeres, los símbolos teriomorfos y nictomorfos están presentes en el texto, pero desviados. El agua es una variante nictomorfa y en el texto aparece dos veces (agua y hielo), o incluso tres. De hecho, las mujeres que son violadas, pero siguen infértiles, remiten negativamente a la sangre menstrual, esta última remite a su vez a la medida del tiempo. La mujer, a través de su menstruación, es esta "aliada secreta del tiempo y de la muerte "[370]. En esta perspectiva, los escritos de Íñigo como crónica de los hechos son muy poca cosa...

Estos personajes femeninos también tienen algo en común con otras imágenes-símbolos de animales malignos y hembras devoradoras, como la esfinge (guardan la entrada de una cueva y devoran a los hombres) o las *Benoth Ya'anah*, las "hijas de la gula", los avestruces en la tradición árabe[371]. Pero, en lo referente al mito de la esfinge, en la novela de Padilla

---

[367]  *Ibidem*, p. 95.

[368]  Gilbert Durand, *op. cit.*, p. 96.

[369]  *Ibidem*.

[370]  *Ibidem*, p. 134.

[371]  *Ibidem*, p. 91.

no hay ningún enigma por resolver, a no ser la clave de la supervivencia. O saber si esta supervivencia tiene algún sentido.

La cueva, el abismo del metro, es el *locus* que contiene el juego dinámico de esquemas, arquetipos e imágenes-símbolos. Pero al principio de este juego existe una dinámica binaria de una simplicidad abyecta resumida en la relación de fuerza: las mujeres han sido violadas para poder entrar allí; los hombres las han penetrado por la fuerza. El poder fálico forma obviamente parte de la imaginería del cetro y la espada, y la violación de las mujeres se sitúa bajo este paradigma. Sin embargo, el texto consigue dar otra dimensión a este paradigma.

De hecho, la imagen tradicional del cetro y la espada contra las fuerzas nocturnas puede encontrarse, invertida, en esas estalactitas a través de la verticalidad. Ellas se convierten en esas armas, son parte de las fauces devoradoras. Mediante un juego de metamorfosis metonímicas, ellas mismas se convierten en fauces devoradoras, y logran así una especie de "isomorfismo entre la animalización, la caída, el espanto laberíntico, el agua negra y la sangre"[372].

La construcción de estos personajes femeninos alcanza así un grado importante de complejidad en comparación con los personajes masculinos, lo que plantea interrogantes. La violencia contra las mujeres, su venganza y su supervivencia, ¿aparecen en el texto como una forma de desviarse de los arquetipos consustanciales a la misoginia o para reforzarlos? ¿Y *quid* de la visión de la creación literaria como monopolio del macho que no puede engendrar? ¿La transformación de la experiencia del autor en creación viene a subrayar ese tópico? ¿O es todo parte del mismo magma de sentido o sinsentido? A falta de poder realizar en ellas un proceso de gestación en su interior, ingerirán hombres. A falta de dar a luz a nuevas vidas, ingerirán y excretarán (omisión en el texto, pero muy presente en la mente por ser un gesto corporal básico) los restos de los vivos. El cuerpo de las mujeres digiriendo es la imagen de un "laberinto infernal en reducción que constituye la interioridad sangrienta del cuerpo"[373]. Este pesado sueño de la digestión abre otra temporalidad… la de la eternidad. Los cuerpos de las mujeres permanecen intactos mientras que los de los hombres serán desmembrados, licuados… Los restos de lo humano tras la aniquilación mostrarán de forma macabra lo que quedó

---

[372]   *Ibidem*, p. 132.

[373]   *Ibidem*, p. 133.

entero…. ¿Qué vestigio dirá más sobre lo que era la humanidad? ¿El diario de Íñigo (si sobrevive al tiempo, la humedad, los gatos…), los cuerpos de las mujeres amurallados en el hielo, o los gatos quiénes, al final, son los que ascienden en la escala alimentaria? Lo que parece evidente en este texto es que, ante la aniquilación, la especie humana no es la más adecuada para la supervivencia ni para la "subvida".

## César Rojas, "El que llegó hasta el metro Pino Suárez" (*El futuro en llamas*, 1997)

Con este cuento, César Rojas recibió una mención especial en la edición de 1986 del Concurso de Puebla. Cuento presente en varias antologías, cierra *El futuro en llamas*. Este lugar terminal, una especie de punto culminante de la colección, está en consonancia con el título de esta antología. De hecho, los textos de la colección en su conjunto describen un mundo que se dirige hacia una hecatombe, cuyos oscuros detalles aparecen de manera cruda en el texto de Rojas: un mundo en llamas, convertido en infierno. El cuento pone en escena un México (y un mundo) devastado por la guerra nuclear. El lector se sumerge en este escenario posapocalíptico a través del relato de un superviviente, un cantante que recorre las ruinas de la capital mexicana en busca de su amada, secuestrada por una banda de mafiosos y asesinos. El título del cuento funciona como un resumen diegético de ese viaje, cuyo punto de llegada es la estación de metro. Como en la novela de Padilla, esta imagen-símbolo, el metro, funciona en sinergia con esquemas y arquetipos. Pero a esto se añade una reutilización bastante explícita de ciertos mitos[374] de diversos orígenes. Por otro lado, el cuento contiene elementos estructurales y/o personajes propios del cuento maravilloso tradicional (un héroe, una fechoría, una búsqueda cuyo objeto es la amada del héroe), así como elementos cercanos al universo de lo trágico, infiltrándose el hibridismo en todos los niveles: fondo, forma, contenidos.

Aunque comparte la misma temática posapocalíptica con el texto de Padilla, "El que llegó…" tiene una estructura original, que se apoya en diferentes registros de lenguaje. La forma en que esta estructura se

---

[374]  Para Durand, un mito es "un sistema de símbolos, de arquetipos y de esquemas, un sistema dinámico que, bajo el impulso de un esquema, tiende a conformarse como relato". *Ibidem*, p. 64.

despliega produce un efecto de inmersión textual mimética con la trama (el descenso en el metro). De hecho, el texto comienza con dos párrafos preliminares, que hacen las veces de epígrafes, con una tipografía distinta, cada uno de los cuales termina con una frase corta totalmente en mayúsculas, que especifica su origen. El primero es la reproducción de un telediario interrumpido. Permite al lector situarse en el momento inmediatamente anterior a la hecatombe, es decir, la guerra nuclear y bioquímica entre dos potencias. El contenido y los detalles de ese párrafo permiten deducir que se trata de la temida guerra nuclear entre el Este y el Oeste. En el momento de la publicación del cuento (1986), el declive del bloque del Este, que culminaría tres años después con la caída del muro de Berlín y el desmembramiento del bloque soviético, hicieron que este miedo estuviera menos presente en la mente de la gente que en las décadas de los años cincuenta y sesenta. Sin embargo, el temor a las derivas del uso de la tecnología militar permanece hasta el día de hoy. El segundo párrafo es "la traducción de un reportaje"[375] que describe las consecuencias de la hecatombe, incluidas las nuevas enfermedades contagiosas, consecuencia de la guerra nuclear. Este segundo texto preliminar tiene un tono particular. Describe el deambular de una mujer en medio del caos y la muerte. Se abre con las siguientes palabras: "El ruido que hacían los perros fue muriendo tras ella a medida que caminaba por las calles vacías"[376]. El término "reportaje", presente en la frase que sigue a este párrafo, y su connotación de discurso objetivo basado en datos o hechos, choca con un tono subjetivo que se despliega en este segundo párrafo preliminar. El resultado de esta colisión pone de manifiesto, desde la mirada perdida de esa mujer, la dimensión de la catástrofe humana a la que asiste: hechos vividos desde dentro. Y de esto tratará el texto que sigue a estos dos párrafos: el testimonio del superviviente como una palabra "luciérnaga", para retomar la formulación de Didi-Huberman o como "testigo integral", para usar la de Giorgio Agamben.

Otra función de estos dos textos preliminares es la de establecer el contexto de la diégesis antes de que comience la tercera historia, la principal. El lector necesita realmente esta preparación porque la inmersión será brutal. De hecho, el registro cambia por completo y se vuelve muy

---

[375]   Rojas, Arturo César, "El que llegó al metro Pino Suárez", en Gabriel Trujillo Muñoz, (ed.). *El futuro en llamas: cuentos clásicos de la ciencia ficción mexicana*, 1. Ed., México, Grupo Editorial Vid, 1997, p. 213–226, p. 213.

[376]   *Ibidem.*

popular, con el narrador expresándose en la jerga de la ciudad de México. Sin los dos párrafos anteriores, sería difícil entender de qué se trata al principio de su relato. Un comienzo *in medias res* podría haber desanimado a más de un lector. Estos dos párrafos preliminares funcionan entonces como resortes didácticos, pero el *novum* explicado no se refiere a extrañezas léxicas o discursivas de carácter tecnológico o científico. Es la lengua del pueblo la que ocupa aquí el lugar de ese tipo de *novum*. Para captar la dimensión de la extrañeza global (el mundo descrito), el lector debe integrar ese *lenguaje novum*. El efecto de distanciamiento del que habla Darko Suvin adquiere una dimensión especial, ya que abarca la esfera del presente (el lenguaje popular de la ciudad de México en el que se inspiraron los escritores de "la Onda" o bandas de *rock* como "Botellita de Jerez") y la de proyección futurista. "Era mi chava y yo la quería un restorán"[377], es la frase que abre este tercer relato y funciona como un estribillo que separa los segmentos de la narración del personaje. Aunque la frase no es muy difícil de entender, no se puede decir lo mismo del conjunto del relato. Esta frase estribillo, por su uso del tiempo pasado y su contenido (el narrador tenía una mujer; la quería mucho) pone de relieve lo que será el motor de la puesta en marcha del narrador hacia la estación de metro, y por lo tanto la puesta en marcha de su relato. Esas frases en tiempo pasado también anuncian un resultado que no puede ser feliz. El estribillo va precedido de estrofas de canciones interpretadas por el narrador, excepto en su primera aparición (está precedido por los dos párrafos preliminares). En el conjunto del relato hay cinco ocurrencias de este estribillo, dividiendo así el texto en cinco partes de longitud desigual. La disposición del texto está estrechamente ligada a las voces narrativas, la principal es la del personaje cantante, el narrador del tercer relato, que ocupa casi la totalidad del cuento.

En la narración abundan las voces populares, el lenguaje impropio y las huellas de la oralidad, lo que da lugar a la presencia implícita de un interlocutor al cual el narrador refiere su experiencia. La entrada en materia lingüística nos sumerge así en el mundo del lenguaje popular, que es el del narrador. Esta inmersión lingüística va acompañada de otra: la del narrador hacia las profundidades del metro para encontrar a su "chava", secuestrada por la banda de los "Panchólares". En cuanto al tema del lenguaje de este cuento, Alberto Chimal señala que este fue el motivo de

---

[377] *Ibidem*, p. 214.

su descalificación y no publicación en la revista *Ciencia y Desarrollo*[378]. El Premio Puebla se declaró desierto ese año y el cuento de Rojas recibió una mención especial. Su publicación no solo en la antología *Auroras y Horizontes*, sino también en *El futuro en llamas* (además de otras publicaciones), muestra el importante lugar de este cuento en el panorama de la ficción apocalíptica y posapocalíptica en México.

Este lenguaje popular y la mención de topónimos referidos a conocidos lugares de la capital mexicana proporcionan un anclaje muy preciso al relato. Inmediatamente después de la primera aparición del estribillo ("Era mi chava…"), se da el marco del relato:

> Y eso que ya no quedan muchas cosas ni muchas gentes que querer, palabra de valedor. Ruinas de casas y esqueletos de animales y fierros torcidos y vidrios rotos por todos lados. Un méndigo cielo tan contaminado que, cuando no está gris, está negro o está rojo, pero ya ni de chiste se pone azul.[379]

Percibimos la dimensión de la catástrofe a través del punto de vista del narrador, no exento de humor. Pero el humor solo es evidente en la forma de expresarse. El registro popular es un pretexto para la risa, que en última instancia amplía la brecha entre quienes observan una situación desde una posición cómoda y quienes están sometidos a ella. La expresión "palabra de valedor" es uno de esos marcadores textuales que implican la presencia de un interlocutor implícito y que refuerzan la impresión de una brecha entre dos instancias, el emisor y el receptor, asimilado al lector. De hecho, esta ruptura entre dos niveles (que también puede traducirse en términos espaciales: el arriba y el abajo) marca la diégesis y aparece con fuerza al final del relato. Pero la risa (la forma) dura solo la fracción de tiempo necesaria para percibir el fondo, tanto en sentido figurado como literal, ya que se trata de un descenso a las profundidades del horror.

Un elemento estructurador del relato es su dimensión musical. Cuatro estrofas de canción aparecen entre segmentos más o menos largos de la narración no cantada del personaje que cuenta su aventura de forma cronológica. Las estrofas primera y última comprenden cuatro octosílabos: las otras dos tienen ocho versos, también octosílabos, con una excepción; el primer verso de la primera estrofa de ocho versos es

---

[378]   Alberto Chimal, *op. cit.*, p. 44.
[379]   Rojas, Arturo César, *op. cit.*, p. 214.

dodecasílabo. Solo las primera y última estrofas tienen rimas abrazadas asonantes, ABBA en la primera y AABB en la última; las otras estrofas son de versos blancos. He aquí las dos estrofas:

> es mi chava y yo la quiero
> está puerca está amolada
> como torta traqueteada
> pero es mía y no la suelto[380]

Luego:

> ni alborotes ni le buigas
> si se acabó tu rayita
> cran te dan o te das cran
> retaplán y tantantán[381]

Entre estas dos unidades más o menos estructuradas se encuentra la casi totalidad de relato de un descenso marcado por el caos: fondo y forma avanzan hacia un desenlace en el que la frontera entre lo cantado y lo no cantado se difumina. De hecho, en el desenlace del relato, al que volveremos, después de esta segunda cuarteta, se encuentran elementos dispersos (términos, onomatopeyas, trozos de frases, incluido el estribillo) que estaban en las primeras líneas de la narración del personaje. Las repeticiones, junto a las onomatopeyas (como en el último verso de la última estrofa), tienen un efecto particular: el lector tiene la impresión de una canción que está a punto de comenzar de nuevo, o que, al fin de cuentas, todo ese relato es una canción que le está destinada.

Por supuesto, los versos cantados (además de remitir a las bandas de *rock* de los años 80) evocan el corrido y no hacen más que acentuar la dimensión popular del relato. La función del corrido, como testimonio y transmisión de los hechos de sus héroes, aparece en este texto y marca una continuidad de ciertas formas culturales y cierta sabiduría popular. Esta voz del pueblo, como palabra auténtica, se erige aquí cual elemento perenne en medio de la destrucción. Encontramos esta voz del pueblo en otros autores de nuestro corpus, con una dimensión paródica y humorística más marcada.

---

[380]    *Ibidem*, p. 215.
[381]    *Ibidem*, p. 224.

Ya hemos mencionado el otro elemento estructurador de la historia. Se trata, por supuesto, de la presencia de personajes o esferas de acción propios del cuento maravilloso o folclórico. En el texto podemos detectar elementos como una situación inicial, la(s) fechoría(s) que lleva(n) al héroe a la acción, una misión de búsqueda (la "chava"), quien cumpliría el papel de la princesa... Sin embargo, la mayoría de estos elementos están fragmentados en el relato o ahogados en otros elementos de la diégesis. Estos otros elementos son los que permiten la extrapolación a un tiempo futuro. Su colisión con elementos más arcaicos es significativa. Pero el elemento del cuento maravilloso que está más fracturado, porque está ausente, es la hazaña, la conquista del objeto de la búsqueda. O, más exactamente, la forma en que el héroe gana e inmediatamente pierde este objeto rompe con el cuento maravilloso y lleva el relato al universo de lo trágico. En realidad, lo que el narrador interpreta es una canción de luto. El énfasis en el antes y el después de la hecatombe contribuye a la aparición del efecto trágico.

El objeto de la búsqueda, la amada, también forma parte de la dinámica entre un antes y un después del desastre. La mujer aparece como un bien más, escaso y codiciado en este universo posapocalíptico. Su descripción, más cercana a una perra que a una mujer, la aleja definitivamente de la figura de la princesa del cuento maravilloso. Su primera descripción en las primeras cuatro líneas ya mencionadas se completa inmediatamente después:

> Era mi chava y yo la quería un restorán.
>
> Así como era ella, mechuda y tuerta y bien coja, pulguienta y piojosa y con el bonche de cicatrices en el cuerpo y en la cara, sin la mitad de los dientes en su buchaca y con la otra mitad bien retacada de suciedades y de caries […]. Pero yo la quería porque siempre jalaba a donde yo jalara […]. Y todos los que me la veían me la super envidiaban, porque si antes de los bombazos el problema era que casi no había chavas jaladoras, ora el problema es que ya casi no hay chavas.[382]

Si es el desfase entre niveles de lenguaje lo que estructura el relato, esta misma noción de desfase marca la construcción del personaje femenino. En efecto, esta "chava", motor de la diégesis porque es el objeto de una búsqueda, hace su aparición física solo al final del relato y solo para suicidarse de forma tan abrupta como grotesca. Por lo demás, ella

---

[382] *Ibidem*, p. 215.

aparece a través de las evocaciones del personaje-narrador, como en el ejemplo que acabamos de citar y, sobre todo, mediante la evocación de sus sentimientos hacia ella, mencionados anafóricamente en el estribillo.

Al igual que en los textos de *Bef* y de Rábago Palafox vistos anteriormente, el personaje-narrador cumple una trayectoria que dibuja un mapa de una Ciudad de México en ruinas y destaca un antes y un después. La mención de topónimos reconocibles, a la vez que señala el carácter pasado de esos lugares porque han sido destruidos (a veces con un solo prefijo, como en el caso del "ex andén" de la estación de metro) destaca la magnitud de la catástrofe. El espacio de la ciudad de México y sus subespacios se evocan tanto en las canciones como en la narración no cantada del personaje. Partes de la narración aparecen entre paréntesis, subrayando la oralidad del relato. Se trata de explicaciones o rectificaciones (de sus incorrecciones lingüísticas, por ejemplo) por parte del narrador, hacia un interlocutor. En el siguiente ejemplo se menciona Ciudad Nezahualcóyotl, una ciudad satélite y dormitorio de la ciudad de México, un lugar de extrema pobreza e inseguridad:

> … si le llegas al Distrito te me partes
>
> más fuerte te contaminas
>
> más gacho[383] los muertos jieden
>
> y te chillan los oclayos[384]
>
> y los cuates se te aguadan[385]
>
> nomás llégale al Distrito
>
> y le distes para siempre chicharrón[386]
>
> a la esperanza
>
> Era mi chava y yo la quería un restorán. Pero mi chava me la bajaron allá en lo que antes se llamaba Ciudad Neza. (Ah qué Neza tan chistosa, siempre llena de tolvaneras, nomás que antes las tolvaneras eran cafeses y ora son anaranjadas y así como efervescentes o fosforescentes o como se diga eso.)

---

[383] "Feo", "desagradable", Guido Gómez de Silva, "Diccionario breve de mexicanismos", [En línea : https://www.tajit.org/resources/Documents/diccionario%20breve%20de%20mexicanismos%20segun%20guido%20gomez%20de%20silva.pdf]. Consultado el 2 de octubre de 2022.

[384] "ojos", *Ibidem*.

[385] "debilitar", "aflojar", *Ibidem*.

[386] Dar chicharrón : matar, asesinar, *Ibidem*.

> Me la bajaron los Panchólares, la banda más fregona de todas las bandas de ahí de donde antes se llamaba el Distrito.[387]

En la parte en versos de esta cita, la ausencia de signos de puntuación crea una dificultad para distinguir las unidades léxicas. Se puede tratar de un hipérbaton en los tres primeros versos (por ejemplo, "te me partes / si le llegas al Distrito"), o un encabalgamiento entre los versos uno y dos ("te me partes más fuerte"), y luego entre los versos dos y tres ("te contaminas más gacho"). La forma indica el fondo pues la impresión de magma del significante trabaja en paralelo con el magma del significado. El espacio (el Distrito) se evoca anafóricamente y mediante un juego de paralelos que enfatizan la idea de viaje ("si le llegas" // "nomás llégale"). La dimensión hipotética de esta llegada ya contiene un tono de advertencia que se hace muy explícito en el segundo caso y al final de la estrofa ("le diste para siempre…"). Esto no hace más que acentuar el carácter heroico del narrador porque estas dos pequeñas unidades ("si le llegas" // "nomás llégale") están relacionadas con el título ("El que llegó…"). El narrador ha logrado así la hazaña de llegar a ese lugar, o más bien a sus ruinas ("lo que antes se llamaba el Distrito") o a su subsuelo (la estación de metro) y nos da su testimonio-advertencia. Surge así un personaje que reúne dos esferas de acción distintas en el cuento de hadas tradicional, la del héroe y la del ayudante; en este caso el héroe es también el ayudante que canta y se dirige a un interlocutor, advirtiéndole de los peligros incurridos en el espacio evocado. Se trata de un espacio agresivo y mortífero no solo para el cuerpo ("te contaminas" // "te chillan los oclayos"), sino también para el alma, porque la amistad ya no es posible ("los cuates se te aguadan"). Los dos últimos versos tienen un valor de sentencia que condensa el resultado del viaje: la esperanza está aniquilada para siempre ("le dieron chicharrón"). Este último término es obviamente cercano al verbo "achicharrar" (arder): acabar con la esperanza es, de manera bastante transparente, encontrarse en medio de las llamas del infierno. Y hasta este momento de la lectura, el infierno en cuestión se refiere a la superficie. Tan pronto como se trate de descender al interior de la tierra, la verdadera dimensión del infierno aparecerá de manera exponencial:

> … allá abajo está lo gruexo[388]

---

[387]   Rojas, Arturo César, *op. cit.*, p. 216.

[388]   "tremendo", Guido Gómez de Silva, *op. cit.*

> allá abajo es la chifosca[389]
> las vigas que cain y explotan
> los gases que siempre truenan
> las diarreas de la tierra
> el esmog recalentado
> abajito a cinco metros
> está la mera tiznada.[390]

Era mi chava y yo la quería un restorán. Y por mi chava yo me tragué mi saliva y le llegué a una especie de panteón con techo que antes se llamaba la Merced. (Ah, qué Merced tan chistosa, que antes apestaba tantito por las sobras de verduras y frutas, pero que ora apesta miles de veces pior por los miles de cadáveres de perros y de gentes.) [...] pero ahí entre los montones de basura y de difuntos y de pedazos de difunto, todavía estaba el postecito con el letrero que decía "Merced" [...].[391]

El interior de la tierra se describe como un organismo enfermo por la incursión de objetos y sustancias extrañas. El movimiento de descenso aparece anafóricamente en los dos primeros versos para resaltar la dimensión y la naturaleza de lo que hay debajo. El doble "ser/estar" apoya aún más el deseo de identificar algo, ese "gruexo" connota su dimensión más allá de lo descriptible. El término "chifosca" aparece en diccionarios de mexicanismos, a veces como eufemismo de "chingada" (es poco probable que el narrador utilice eufemismos), a veces como sinónimo de "muerte", lo que tiene más sentido. Los dos primeros versos expresan la naturaleza global de ese mundo subterráneo, un mundo que se despliega en los versos siguientes a través de detalles que lo describen como un organismo enfermo. Los dos últimos versos, a modo de conclusión, retoman el motivo del descenso para definir, de manera cortante, lo que al fin de cuentas no está muy lejos ya que el diminutivo "abajito" y la cifra cinco sugieren la proximidad de esta cosa: la "tiznada".

Ese mundo poscataclismo contiene tanto signos de permanencia como signos de movimiento o transformación. Para los primeros, podemos notar esa cosa ahí abajo, en algún lugar, un ente indeterminado que trae a la mente las palabras de Octavio Paz cuando se refirió a la indeterminación espacial intrínseca que encierra la expresión "irse a la

---

[389]   Eufemismo para "la chingada", "la muerte", *Ibidem*.
[390]   "la chingada", *Ibidem*.
[391]   Rojas, Arturo César, *op. cit.*, p. 217–218.

chingada", que es parte integrante del imaginario mexicano. Pero otros signos de perennidad son más concretos en el texto. Ya hemos mencionado, por ejemplo, la forma del corrido. A esto hay que añadir la mención de los vestigios del mundo anterior a la destrucción. De hecho, en medio de un espacio perdido, hay signos que recuerdan el pasado. En el pasaje que acabamos de citar, el pasado está presente a través de la memoria sensorial del narrador (olores) y a través de pequeños vestigios como el pequeño cartel con el nombre "Merced", como única forma de señalar lo que ha sido y ya no es.

El metro, ese túnel excavado que recuerda los orígenes lacustres de la ciudad de México, es obviamente un elemento de perennidad del pasado, no solo desde un punto de vista concreto ligado a su mera presencia física, sino también porque es el lugar de la entidad indeterminada, la "tiznada" o "la chingada", que no es otra cosa que la muerte, y por tanto nada más perenne. Pero la imagen-símbolo del metro mezcla este estado de permanencia con su opuesto, es decir, el movimiento, la transformación, incluso el caos. Nos recuerda que, en el pasado, la ciudad ha sido objeto de transformaciones y, en el presente de la diégesis, es el lugar de todas las mutaciones, tanto en sentido literal como figurado. En la estación de metro el calor es aún peor que el que golpeó durante "Bronca Final"[392]. Se han producido mutaciones en los humanos, como la capacidad del narrador de ver en la oscuridad o la extrema monstruosidad del líder de la banda de los Panchólares:

> Y le entré hasta abajo, al <u>ex andén del metro</u>, [...] y empecé a ver pa' qué lado cogía. (Clarín, si yo puedo ver en lo oscuro <u>como los gatos, si es que todavía existen los gatos</u>. Alguna mutación de provecho tenía que sacar de entre toda la bola de mutaciones inútiles que me han ido saliendo, <u>¿no?</u> Si hasta descubrí un <u>cacho de anuncio</u> que decía que debíamos <u>tener confianza en el futuro</u>, y se me vino a la cabeza una película en que el bato se escapa de unos simios bien picudos y al final se esconde en un metro y se da cuenta que <u>ese mero es su metro</u> y que <u>el mentado futuro los otros hombres lo mandaron por un tubo</u>). Pero yo ya sé que no hay futuro ni hay presente ni hay nada... [...].[393] [Subrayado nuestro]

En este pasaje, el apóstrofe ("¿no?") hace aún más evidente la presencia de un interlocutor. Por otro lado, encontramos el uso del paréntesis

---

[392] *Ibidem*, p. 218.
[393] *Ibidem*.

para indicar la presencia de ese interlocutor. Pero en este ejemplo, el contenido del paréntesis se ha ampliado en comparación con otras ocurrencias. Esta ampliación refleja la idea de la necesidad de una explicación más larga destinada a este interlocutor, sobre la mutación en cuestión. O, simplemente, esta ampliación es un reflejo textual del vínculo que se crea entre las dos instancias (emisor y receptor).

Hay guiños intertextuales presentes. El primero, algo sutil, puede referirse al cuento "El año de los gatos amurallados" de Ignacio Padilla, que es contemporáneo del de Rojas. El narrador-cantante del cuento de Rojas se pregunta si los gatos siguen existiendo. Y efectivamente existen en otro universo poscataclismo y están por terminar (la continuidad del túnel obliga) con el personaje principal de este. La otra referencia es, por supuesto, la novela *El planeta de los simios* de Pierre Boulle (1963), aunque el narrador se refiera a la primera versión cinematográfica (y más concretamente al segundo *opus* de esta versión). El recuerdo de esta película viene de otro vestigio, ese trozo de panel cuya inscripción le sirve para expresar su propia reflexión sobre su presente y el de toda la humanidad. De hecho, las últimas líneas de esta cita son un compendio de conocimiento popular: mediante un juego de palabras basado en aliteraciones y paralelismos, el narrador proclama una sentencia sobre la nada de nuestra existencia.

Entre la mención de los vestigios, el caso más significativo se refiere al mundo prehispánico. De hecho, del mundo anterior, lo único que permanece realmente intacto es una piedra azteca. Es un elemento de la realidad extraliteraria: una pirámide cuya particularidad es la cima circular que se encuentra en la estación Pino Suárez. El monumento fue exhumado entre 1968 y 1970 durante la construcción del metro. En la época prehispánica, esta pirámide era el lugar donde se celebraban los rituales dedicados a Ehécatl, el dios azteca del viento, asimilado a Quetzalcoatl. El elemento prehispánico hace su aparición para indicar su importancia y su carácter perenne e inmutable, al igual que en el cuento de Schwarz "La pequeña guerra". Pero si en este último la referencia azteca aparece de manera subliminal, aquí es central:

Y agarramos y nos metimos por un túnel y caminamos [...] hasta que nos topamos con esa como piedra azteca que había en el corredor pa' trasbordar, esa piedra así como con una figura de plataforma que antes estaba al aire libre y donde había pastito y hasta podía distinguirse un poquito de cielo. No más que ya no había cielo y menos aire libre (si ya casi ni aire había) y el pasto tenía tiempo que se había chamuscado como la gente, y los derrumbes lo habían dejado todo tapado y sin salida y con temperatura de horno de rosticería. (Con eso de que el terremoto del ochenta y cinco no fue nada comparado con los que le siguieron.) <u>Viéndolo bien, lo único que se mantenía en pie era la dichosa piedra azteca, maciza ella, redonda ella, grandota ella igual que antes, que ora se prendía y se apagaba y se volvía a prender con unas claridades medio rojas medio moradas, así como reflector de casa de espanto.</u> (Con eso de que las piedras también le están mutando como los animales y las plantas.) Y a los lados de la Piedra…"¡Chale, chale, chale!" "¡Ese Jéndrix, ese cantante!" "¡Hasta que nos hallaste, Roquero!", se pusieron a gritarme mientras me les iba acercando.[394] [Subrayado nuestro]

Encontramos el proceso de colisión o montaje temporal, aquí entre el pasado (la piedra azteca), el presente de la producción del texto (el terremoto de 1985) y el futuro (la proyección en un mundo devastado). El pasado azteca aparece como elemento de anclaje en una realidad que se desmorona. La forma en que se evoca produce también un efecto de colisión creado por el encuentro de un tono laudatorio y un léxico popular; el resultado es un registro híbrido, vehículo para la sabiduría ya mencionada. Un hibridismo que se acentuará con las descripciones que siguen, ambientadas en ese mundo subterráneo. En las profundidades de la tierra toda una red de imágenes-símbolos, arquetipos y esquemas también se entrechocan. El esquema del descenso está omnipresente y, como en el cuento de Padilla, se expresa en el arquetipo del abismo (o fauces devoradoras) y de la imagen-símbolo del metro. Podemos encontrar el esquema de la animación en las descripciones anteriores, cuando se describe el interior de la tierra como un recipiente lleno de gases, fluidos, objetos diversos entremezclados. Dentro de esta personificación del mundo encontramos el arquetipo de la carne, que Durand relaciona con el vientre digestivo, la cloaca, el laberinto y el infierno intestinal[395]. El espacio subterráneo tal y como se describe en el texto de Rojas aparece como un macrocosmos que quintuplica las vísceras humanas cuyos diferentes componentes aparecen a su vez personificados. La descripción de los miembros de la banda recuerda a un magma de animales u organismos que pululan:

A los lados de la Piedra, ahí estaban los Panchólares, setenta, ochenta, puede que hasta cien cabrestos revueltos con las antorchas. Unos tragando sus

---

<sup></sup>394　*Ibidem*, p. 219–220.
395　Gilbert Durand, *op. cit.*, p. 129–133.

cachos de animales, otras sus buenas porciones de humanos, y los huesos y la sangre se les escurrían de los hocicos con todo y baba, [...].[396]

La animalidad, subrayada por el término que designa a estos personajes ("cabrestos"), se añade a la mención de cuernos, fuego, sangre y huesos. El texto dibuja una imagen del infierno digna del Bosco, mostrando la dinámica entre el esquema de lo animado terrorífico y el del abismo o las fauces devoradoras. Es una demonología de carácter universal, como lo ha analizado Durand: "… la creencia universal en los poderes del mal está vinculada a la valoración negativa del simbolismo animal. [...], asistimos a un desplazamiento del esquema teriomorfo a un simbolismo 'mordicante'. La pululación anárquica se transforma en agresividad, en sadismo dental"[397]. El texto de Rojas muestra cómo los dos esquemas se entremezclan y producen una profusión de imágenes-símbolos. El personaje del jefe de la banda de Panchólares se destaca del resto y su construcción moviliza una serie de arquetipos e imágenes-símbolos:

> Y encima de la Piedra estaba el Líder de aquellitos, parado, con las manos o las garras o lo que fuera en la cintura, con sus colmillos de dóberman de fuera porque se estaba carcajiando, y el tumor del trasero se le subía y se le bajaba como una culebra pintada de colorado, y las dos alas que le colgaban de los hombros se le arriscaban como laminitas envueltas en celofán, y los dos cuernos o como cuernos que tenía mero arriba de los ojos se le apagaban y encendían como si fueran foquitos puntiagudos o pedacitos de la Piedra.[398]

Esta descripción puede remitir al arquetipo del ogro como lo define Durand. De hecho, este líder que decide el destino de los que le rodean hace pensar en una especie de "Cronos antropófago: un ogro occidental, doble folclórico del diablo"[399]. Durand se refiere a una "gran epifanía del gran arquetipo del ogro que debe ser asimilado [...] al Orco subterráneo, al Occidente que se traga el sol"[400]. Un imaginario occidental judeocristiano está muy presente en este Belcebú de Itzapalapa. Sin embargo, su aspecto monstruoso, a diferencia de los mitos etnorreligiosos, se explica racionalmente en el texto por las mutaciones debidas a la radiactividad. De modo que esas excrecencias y la monstruosidad son formas resultantes

---

[396]   Rojas, Arturo César, *op. cit.*, p. 220.

[397]   Gilbert Durand, *op. cit.*, p. 88–89.

[398]   Rojas, Arturo César, *op. cit.*, p. 220.

[399]   Gilbert Durand, *op. cit.*, p. 94.

[400]   *Ibidem*, p. 94–95.

de la colisión temporal: lo arcaico choca con el futuro, el punto de colisión es el presente de la producción.

No solo se moviliza el imaginario occidental. De hecho, esquemas (la caída y lo animado) y arquetipos (el abismo, el ogro) son el patrón en el que se insertan imágenes-símbolos y mitos de diversos orígenes: el infierno dantesco, Mictlán y *tzizimime* aztecas; Belcebú, Tezcatlipoca, Xipe Totec, el Centauro y finalmente Orfeo y Eurídice, parecen reunirse en este espacio textual.

La importancia de la piedra azteca como elemento de perennidad invita a detectar otras referencias prehispánicas. Los miembros de la banda, tal como se describen, recuerdan a los *tzizimime*, esos monstruos que, en la cosmología azteca, matarán a todos los hombres al final de los tiempos. En cuanto al jefe, su papel como gran demonio o fuerza maligna podría hacernos pensar en el que encarna, en el panteón azteca, las fuerzas del mal: Tezcatlipoca. Si el dios azteca se caracteriza por estar amputado de un miembro (un pie), la deformación de la cabeza del jefe de la banda no proviene de una carencia, sino de un exceso. El principal atributo del dios azteca, el espejo de obsidiana, se encuentra desplazado o fragmentado en el líder de la banda. Soustelle explica la etimología del nombre Tezcatlipoca. Este nombre, que significa "espejo humeante", hace referencia al material con el que está hecho el espejo: la piedra volcánica negra, la obsidiana[401]. En el caso del jefe de la banda, no hay espejo humeante, pero el fuego y el humo son omnipresentes en el universo de la diégesis. Por otra parte, sus cuernos son asimilados a pequeñas chispas, o incluso a lascas de la piedra azteca. El jefe aparece de esta manera como una fuerza telúrica, una manifestación corpórea de las fuerzas de una naturaleza que es a la vez poderosa e impotente porque ha sido maltratada, deformada y destruida por los hombres.

Si en el texto se desconstruyen los componentes míticos del líder, en el narrador, la referencia al mito de Orfeo aparece mucho más claramente. En efecto, para que el narrador recupere su "chava", la banda le exige que cante: "¡Ése es mi Roquero, si no te hemos dado matarili es pa' que nos des un cantarili!"[402]. Pedido de esta manera, pues acto seguido cumple ("[...] afiné a mi lira lo poco que tenía todavía de afinable..."[403]) y dedica

---

[401]    Jacques Soustelle, *L'Univers des Aztèques*, París, Hermann, 1979, 169 p., ("Collection Savoir"), p. 108–109.

[402]    Rojas, Arturo César, *op. cit.*, p. 221.

[403]    *Ibidem.*

su canción al antes perdido, mientras describe el después aterrador. La lira es un anacronismo que introduce la referencia al mito de Orfeo, que ya estaba presente desde que se trató de un descenso en busca de la persona amada:

> Canté muchas ondas, canté muchos rollos, canté el guato de verdades capulinas para darles en la mera torre y en la mera móder. Canté sobre el mundo que los de arriba nos habían quitado con su agua potable y sus árboles verdes y su comida pobrecita pero calentita y sus casas pobrecitas pero completitas y sus días de descanso pa' remar en Chapultepec [...]. Canté sobre el mundo que ésos de arriba nos habían dejado, sobre la contaminación y las guerras chicas y la Guerra Grande y la ecología que chupó faros, sobre la laif dizque laif que tenemos ora que llevar los que tuvimos la idiotez de no restirarnos.[404]

Como en una canción de protesta: un resumen diegético de un pasado precario, pero que todavía tenía los contornos de una vida. El después es solo supervivencia o, una vez más, "subvida", como subraya el narrador en sus propias palabras: "la laif dizque laif". Lo político se mezcla con un cierto sentido de lo trágico. En otro trabajo, ya habíamos señalado este uso particular del lenguaje de la tragedia griega en ciertas distopías, estableciendo un paralelismo entre el héroe trágico, carente de discernimiento y de capacidad para interpretar los mensajes del más allá, con la humanidad en su conjunto, a su vez incapaz de leer los mensajes enviados por la propia realidad y que habrían impedido la hecatombe[405]. Como Orfeo, el narrador desciende a los bajos fondos del metro para encontrar a su Eurídice. En esta reescritura del mito griego, el narrador consigue apaciguar la furia de la banda de los Panchólares a través de la música. Y si lo consigue, es porque canta una tragedia común a todos los que se encuentran allí abajo a causa de la guerra desencadenada por los hombres de arriba. Dice una verdad asesinada por los políticos ([que] "nos hundieron en el agujero"[406]). Los de abajo, al igual que en la novela del mismo nombre, sufren las consecuencias de las acciones de los de arriba.

---

[404]   *Ibidem*, p. 222.

[405]   Margarita Remón-Raillard, "La ciencia ficción hispanoamericana entre lectura del pasado y cuestionamiento del futuro: *La leyenda de los soles* de Homero Aridjis y *El juego de los mundos* de César Aira", *Tigre*, "La science-fiction dans le Río de la Plata", éds. Michel Lafon, Cristina Breuil y Denis Brunet, 2009, p. 127–145.

[406]   Rojas, Arturo César, *op. cit.*, p. 224.

Si en el cuento de Padilla "El año de los gatos..." la transición entre el esquema de lo animado y la voracidad sádica se encarna en el grito animal (el maullido de los gatos), en el cuento de Rojas la música sustituye al ruido, lo que podría implicar una inversión de la situación para el héroe: devorado en el cuento de Padilla, sobreviviente y triunfante en el de Rojas. En este sentido, el héroe de Rojas se aleja de su modelo porque Orfeo, como otros héroes musicales, acaba siendo devorado, desgarrado por los dientes de las fieras. En el cuento de Rojas, la música vence las fauces del animal, siendo estas como un concentrado de las fantasías aterradoras de la animalidad. Además, la música, como lenguaje universal, le permite al registro popular superar su particularismo y erigirse en conocimiento. Como señala Durand, "el mito y la música tienen muchas intenciones y procedimientos comunes. Ambos tienen lugar en el tiempo [...], utilizan ese procedimiento principal de toda persuasión, de toda 'obsesión', como diría Charles Mauron, que es la redundancia"[407]. Al lograr esta conjunción entre mito y música, el cuento de Rojas busca erigirse en "palabra-luciérnaga", palabra que desafía las desigualdades que crecen en tiempos de crisis, tanto en el pasado como en el presente. La redundancia y la repetición de las formas son solo un medio para evitar otro tipo de repetición: son el medio para convertirse en apocalípticos profilácticos. A través del estribillo de su canción, el narrador canta su obsesión; un estribillo que seguirá resonando tras el final de la historia porque la pérdida, no lo olvidemos, está en su origen.

Sin embargo, la victoria del narrador es muy relativa, y por una buena razón: lo que hay que vencer es la infinita capacidad del ser humano para la destrucción y la autodestrucción. Y el final de la interpretación del narrador cantante alcanza cotas de monstruosidad. Xipe Totec era un bromista al lado de los Panchólares:

> [...] canté sobre los fulanos sin banda que cain en poder de una banda y cómo poquito a poquito les van quitando la piel a tiritas y todavía ni se han muerto y les dan un baño de arena y luego hasta los raspan y raspan bien raspados con un vidrio [...]. les canté <u>la mera neta y la mera neta es que todo nuestro maldito planeta está pior de fregado que si tuviera nuevo sida porque se está convirtiendo en puritita mierda y ya hasta debe de haber contagiado a los otros planetas y el cielo y las estrellas y más le vale y más nos vale morirnos pa'siempre</u>. ¡¡¡¡Cáááááááámara, para qué carajos inventarían

---

[407]   Gilbert Durand, *Mythe, thèmes et variations*, París, Desclée de Brouwer, 2000, p. 15.

la vida si la vida es más méndiga que la méndiga muerte!!!! Me callé y luego los demás siguieron callados.[408] [Subrayado nuestro]

La única forma de morir para siempre reside en la extinción de la especie, y eso es lo que quiere el cantante-narrador. Lo expresa con sus palabras y frases particulares, como el "morirse para siempre", un sinsentido sintáctico, una redundancia que, una vez más, pone de manifiesto un saber popular. El narrador-cantante subraya el carácter infame de la especie humana más allá de nuestro planeta y la conquista del espacio parece ser una forma de propagar el mal más allá de lo conocido.

Este Orfeo apocalíptico también pierde a su amada, pero no por las mismas razones que en el mito. A diferencia de Eurídice, la "chava" no consigue mantener su pureza rechazando los avances del líder de la banda (no puede evitar que "se la monten bien montada", dice el narrador) y ya está contaminada con el "nuevo Sida", prefiere suicidarse antes que contaminar al narrador. Estamos muy lejos del ideal del mito griego, que deja su lugar, en este mito urbano, a la crudeza extrema. El narrador, a diferencia de Orfeo se va a otra parte con su música y hace lo que mejor sabe hacer, cantar y sobrevivir:

> Pero todavía me quedaba mi guitarra (parrampampán) y era mi compañera (parrampampán), y nada más por eso recogí mi lira y recogí mi filing y me fui lejos, lejísimos del Distrito, <u>canturreando por ahí lo que siempre canturreo por los caminos</u> a ver si el polvo y la arena y las radiaciones me chillan igual que me chillaron los Panchólares. <u>Que era mi chava y que la quería un restorán, que me la bajaron en la Neza, que me fui a reclamarla a la merísima capirucha, que…</u>[409] [Subrayado nuestro]

Las onomatopeyas entre paréntesis imitan los acordes de la guitarra y sustituyen los contenidos explicativos destinados al interlocutor. El resumen diegético de las canciones enfatiza la repetición de estas. Estos elementos sugieren que la canción continúa y crean un efecto de simultaneidad entre el relato y la narración. La última frase, objeto de repetición en el texto (como ya señalado), termina con puntos suspensivos que imitan el efecto acústico de la música que se aleja, de una "palabraluciérnaga" que perdemos de vista, pero que no desaparece por ello. En el universo textual, sigue brillando en otros lugares. La lectura y su recuerdo constituyen el punto de repliegue desde el que podemos seguir

---

[408]  Rojas, Arturo César, *op. cit.*, p. 223.
[409]  *Ibidem*, p. 226.

percibiendo la luz de esa pequeña luciérnaga. Sin embargo, para ello, el texto obliga al lector a descender antes en las profundidades del mito.

Así, las profundidades del metro son el lugar del sacrificio y del autosacrificio, así como el lugar del mito y su transformación. La mención de la piedra azteca abre el camino para intentar detectar otras referencias a la cosmología azteca. De hecho, en las profundidades de ese túnel del metro, hay una atmósfera de sacrificio, sugerida por la mención de la antropofagia. Además, el líder de la banda le entrega su cuchillo al narrador en señal de reverencia. La transmisión del poder (la espada) acarrea la muerte de la amada (la "chava"): ella toma el cuchillo y se suicida apuñalándose repetidas veces, como en un autosacrificio sangriento. La escena que describe su muerte es muy cruda y resalta, como en la descripción de los miembros de la banda, una corporeidad humana hecha de vísceras y fluidos:

> Y ahí quedó con el fierro bien enterrado y las patas bien torcidas y los ojos y la lengua fuera, toda ella remojándose en un charco de sus propias tripas y su propia moronga, así como hemos de quedarnos todos cuando acabemos de petatearnos.[410]

Michel Graulich señala, con respecto a los autosacrificios en la época azteca, que estos tienen lugar "[...] en los albores del tiempo, antes de que la muerte y los hombres existieran"[411]. Aquí, el autosacrificio tiene lugar al final de un tiempo, específicamente el fin del tiempo de la capital mexicana, y su significado es totalmente individual (para evitar la contaminación de su amante). Si el significado de la muerte azteca era la regeneración del universo, la muerte moderna, y *a fortiori* la muerte futura, parecen carecer de toda trascendencia. Los elementos arcaicos condensados en esta escena (el esquema ascensional y su sustanciación a través del arquetipo del jefe y la espada; el esquema de lo animado presente en la imagen del cuerpo destrozado, el autosacrificio sangrante) son golpeados por una sórdida realidad: el destino de las mujeres en tiempos de guerra (violación), el destino del cuerpo humano condenado a la muerte.

El texto de Rojas es un buen ejemplo de cómo el tiempo arcaico se ve atropellado por el futuro. El punto de colisión o encuentro de estas dos líneas temporales podría ser el presente de la escritura, un presente

---

[410] *Ibidem*, p. 225.
[411] Michel Graulich, *op. cit.*, p. 54.

dilatado por las lecturas…Dentro del presente extraliterario de la Ciudad de México se encuentran las manifestaciones cotidianas de formas arcaizantes. Juan Villoro desarrolla toda una reflexión en torno a una realidad banal de la Ciudad de México. Se trata de la existencia de talleres dedicados al recauchutado de neumáticos ("vulcanización") que, según él, proliferan por toda la capital: "Más que un trabajo, vulcanizar es una costumbre. Suspenderla significaría interrumpir la ciudad. De algún modo pertenece a su lógica de avance"[412]. El cuento de Rojas reubica esos talleres en las profundidades; una reubicación que también implica su mutación y deformación. Villoro hace una lectura mítica de este fenómeno urbano, vinculándolo a la época de la fundación de la ciudad:

> México, D. F. ha crecido para negar el agua y el aire, el lago de los aztecas y el cielo anterior a la contaminación. Si alguna lógica hay en su desmesura es la de servirse de la tierra y el fuego para negar los otros elementos. Las calles se rigen por un incesante rigor volcánico.[413]

La construcción del metro se inserta en ese movimiento de avances de la ciudad hacia las profundidades, negando su origen lacustre y alejándose del cielo, de las alturas. La verticalidad así establecida recuerda la topografía misma del volcán, una imagen-símbolo bien anclada en el inconsciente colectivo mexicano. El fuego, las llamas, los vapores incandescentes que le están asociados pueden encontrarse tanto en la realidad extraliteraria de los talleres de "vulcanización", así como, de manera desconstruida, en el cuento de Rojas. Como hemos dicho, este cuento cierra la antología *El futuro en llamas*. El movimiento de la lectura, incluyendo los paratextos, obedece a una sintagmática, una horizontalidad cuyos dos extremos son inflamables. En el eje vertical, se reúnen el "fuera del texto" y el texto; en el eje horizontal, paratextos, textos de la antología y el texto de Rojas que funciona como coda. Estos dos ejes se cruzan en un punto nodal, esta fricción produce una chispa que pasa a formar parte del movimiento de la literatura mexicana. En ese sentido, "El que llegó hasta el metro Pino Suárez", siguiendo la reflexión de Villoro, se inscribe en una larga tradición de las letras mexicanas:

> De manera aislada e intuitiva los escritores han insistido en la importancia de las quemaduras. Aunque otros temas son más socorridos (la muerte, la

---

[412]   Juan Villoro, "El vulcanizador", en Enrique Florescano, (ed.). *Mitos mexicanos*, Madrid, Taurus, 2001, p. 401–407, p. 401.

[413]   *Ibidem*, p. 404.

soledad, la máscara), el fuego es una pasión poética unificadora. Espacio de la llama fría y el agua quemada, la literatura mexicana ha pagado a Vulcano un notable tributo de cenizas, de *Religiosos incendios* de Sor Juana a *El llano en llamas* de Rulfo. El tiempo mexicano se mide en la *Piedra del Sol* de Paz y el tamaño del muralismo en *El hombre en llamas* de Orozco. Se diría que no hay forma de crear en esta cuenca sin tener lista la estufa.[414]

Villoro realiza una lectura cruzada del movimiento de la literatura mexicana y del crecimiento de la ciudad. Los sitios de "vulcanización" son una reelaboración de un pasado arcaico, son una manifestación en la superficie horizontal de la ciudad de una verticalidad descendiente hacia las profundidades de su mito original:

> De acuerdo con Enrique Florescano, otra noción central del mundo mesoamericano es la cueva del origen, la reserva de los valores ocultos, el imperio subterráneo al que se regresa en la muerte. Los primeros mexicanos dejaron sus huellas en una cartografía cuyo principio y fin son subterráneos: Chicomostoc y Mictlán, las siete cuevas y el inframundo[415]. La ciudad de México parece guiarse por el mismo designio; no es extraño que después de cancelar el lago y el cielo avance hacia abajo; su última frontera es el drenaje profundo, los túneles del metro, las infinitas galerías hacia el origen.[416]

El tiempo de la modernidad choca con el tiempo del mito, como líneas que se cruzan, y produce un abanico de imágenes. La trayectoria del personaje del cuento de Rojas pone en escena ese movimiento de descenso: el lugar de origen es el lugar del fin y de la muerte. Bien podríamos ver una derivación de la "nostalgia de la muerte" de la que habla Octavio Paz, retomando el título del poemario de Xavier Villaurrutia: "La muerte como nostalgia y no como fruto o fin de la vida, equivale a afirmar que no venimos de la vida, sino de la muerte. Lo antiguo y original, la entraña materna, es la huesa y no la matriz"[417]. Si el personaje de Rojas desciende a la tumba donde yace (o pulula) lo antiguo y lo original, luego emprende el movimiento contrario, un ascenso a la superficie para continuar sus futuras andanzas en un marco de destrucción.

---

[414]　*Ibidem*, p. 404–405.

[415]　Chicomostoc: "lugar mítico del origen de varias tribus". Adela Fernández, *Dioses prehispánicos de México: mitos y deidades del panteón nahuatl*, México, Panorama Editorial, 1983, p. 149; Mictlan: "lugar de los muertos, inframundo" *Ibidem*, p. 152.

[416]　Juan Villoro, *op. cit.*, p. 405–406.

[417]　Octavio Paz, *op. cit.*, p. 198.

Y Villoro proyecta este pasado arcaico hacia un futuro apocalíptico:

La vulcanizadora une el futuro con el pasado atávico: de la cueva al apocalipsis volcánico. La llanta es el emblema del movimiento; el fuego, nuestra razón de avance. Los hombres carbónicos aumentan, seguidos de sus perros. Mantienen vivas las flamas, los altares de una ciudad rápida; aceptan la herida, la piel infamante, el sacrificio, ser los símbolos calcinados de una horda que solo se detendrá con la catástrofe. En el futuro, después del incendio final, serán sagrados.[418]

Hay un juego de referencias entre ficción y dicción, entre autores muy diferentes. La reiteración nos dice algo esencial, nos permite dibujar contornos, cartografiar un imaginario de la ciudad de México, su origen y su fin. Y esto concierne los cuatro cuentos vistos en esta subsección.

Por otro lado, estas líneas imaginarias convergentes dibujan una línea axiomática que va más allá de la conformación de este espacio urbano. Se trata de una línea axiomática de una forma de pensamiento. Didi-Huberman toma prestada la imagen de la "fuerza diagonal" de Hannah Arendt para caracterizar la supervivencia de las luciérnagas gracias a su retirada, no a su repliegue: una fuerza "diferente de las dos fuerzas –la del pasado y la del futuro– de las que, sin embargo, resulta"[419]. Las dos fuerzas antagónicas son infinitas (una viene de un pasado infinito; la otra de un futuro infinito). No tienen principio conocido sino un punto culminante, donde chocan: "La fuerza diagonal, en cambio, estaría limitada respecto a su origen, teniendo su punto de partida donde chocan las fuerzas antagónicas, pero sería infinita en su final [...]. Esta fuerza diagonal, cuyo origen se conoce, cuya dirección está determinada por el pasado y el futuro, pero cuyo fin último es infinito, es la metáfora perfecta de la actividad del pensamiento"[420].

En las ficciones apocalípticas con sustrato mítico, hay que cuestionar la naturaleza de los puntos constitutivos de dos líneas que entran en colisión. La línea que viene del pasado estaría formada no solo por mitos, sino también por tradiciones, por historia, por mezcla cultural; en definitiva, por elementos conocidos. La línea del futuro, en cambio, sería necesariamente discontinua porque se compone de proyecciones, pronósticos,

---

[418]    Juan Villoro, *op. cit.*, p. 406–407.

[419]    Georges Didi-Huberman, *op. cit.*, p. 132.

[420]    *Ibidem.* Didi-Huberman cita a Arendt *La Crise de la culture. Huit exercices de pensée politique*, 1954–1968, pp. 22–23.

extrapolaciones. El encuentro de estas dos líneas (el Pasado y el Futuro), la fuerza diagonal del Ahora, obedece a una oscilación, surge de otros tantos puntos de convergencia (de un principio dialógico) a partir de los cuales surgen las luciérnagas, las creaciones del pensamiento.

A través de estos cuentos, aparece el modo por el cual la forma distópica es una vertiente de la ciencia ficción. La extrapolación y el conocimiento están desprovistos de *novum* tecnológico, el lugar de este último es ocupado por el mito. Para nosotros, no hay oposición entre las dos modalidades (ciencia ficción y mito), tal y como lo entendía Darko Suvin, para quién el mito se sitúa "en las antípodas del enfoque cognitivo, porque implica relaciones humanas fijas y determinadas de modo sobrenatural [...]". La ciencia ficción, en cambio, trata "las normas de cada época, y en particular la que le es contemporánea, como singulares, transformables y, por tanto, sujetas a una mirada cognitiva"[421]. El carácter inmutable del mito, ¿no puede entonces ser traspuesto a un relato de ciencia ficción sin socavar el ejercicio cognitivo?

Suvin reduce esta oposición entre mito y ciencia ficción: "En términos matemáticos, el mito se orienta hacia constantes, y la ciencia ficción se orienta hacia variables"[422]. No se puede decir que una cosa excluya otra, ya que una ecuación (una relación de igualdad) está hecha de constantes y variables. La reubicación del mito, dentro de tramas situadas en un futuro (aunque sea impreciso o se confunda con el presente), produce un efecto de distanciamiento; percibir su transformación y la forma en que entra en una relación dinámica con un contexto y un universo ficcional corresponden a la cognición. Los cuatro cuentos (*Bef*, Padilla, Rojas, Rábago Palafox), por los que discurre un sustrato mítico, presentan personajes frente a la dificultad absoluta de construir un saber acerca del mundo, aquel que se derrumba a su alrededor. Sin embargo, como señala Didi-Huberman: "[l]a caída, el no-saber, se vuelven potencias en la escritura que los transmite"[423]. Caída de un cuerpo astral que destruye el mundo, caída de los personajes hacia los abismos del mundo y del alma humana, caída interior producida por la pérdida del ser amado, es este movimiento el que revela las imágenes-luciérnagas.

Engélibert y Guidée escriben:

---

[421]  Darko Suvin, *op. cit.*, p. 14.

[422]  *Ibidem*, p. 33.

[423]  Georges Didi-Huberman, *op. cit.*, p. 124.

La especificidad de nuestro imaginario del fin reside tanto en la naturaleza de las crisis reales o imaginadas que la inspiran –las catástrofes nucleares el cambio climático, el cambio de milenio– como en el sentido o sinsentido que le dan las obras.[424]

Es una lectura que exige una ida y vuelta entre contexto e intencionalidad de los textos. Añadiremos un tercer elemento a esta ecuación: la forma. En ese ir y venir, debemos tratar de detectar una forma o formas portadoras de sentido. Pero no se trata del sentido, o del sinsentido, que los textos otorgan al contexto, sino del sentido intrínseco de los textos, cuyas imágenes se insertan en una constelación de imágenes que atraviesan los tiempos. Se trata de las imágenes-luciérnagas de las que Didi-Huberman ha mostrado el *modus operandi* de su supervivencia en términos de colisión de tiempos. Esto contradice la idea según la cual el sentido de la palabra "apocalipsis" en nuestro contexto actual pierde su sentido de "revelación": "Cuando una revelación revela que no hay nada que revelar, se encierra"[425], nos dicen Engélibert y Guidée. Hemos visto que, según Didi-Huberman, las imágenes-luciérnagas prescinden de esta revelación. El hecho de revelar que no hay nada que revelar no se traduce en un movimiento de cierre. Se puede traducir, por supuesto, en el no movimiento de la estupefacción ante la nada. Pero la idea de la nada puede desencadenar un movimiento de apertura hacia el presente o lo singular de nuestra existencia que, de repente, produce un estallido momentáneo en nuestra conciencia de ser.

---

[424]  *L'apocalypse, une imagination politique, XIXe-XXIe siècles, op. cit.*, p. 9.
[425]  *Ibidem*, p. 39.

# La condición poshumana y la corriente *cyberpunk*

[...] nosotros y nuestro cuerpo, solo seríamos el miembro fantasma, el eslabón débil, la enfermedad infantil de un aparato tecnológico que nos domina desde lejos (como el pensamiento solo sería la enfermedad infantil de la Inteligencia Artificial o el ser humano, la enfermedad infantil de la máquina, o lo real la enfermedad infantil de lo virtual)[426].

Una de las declinaciones secularizadas del imaginario apocalíptico no prefigura el fin del mundo sino el fin, o el reemplazo, de lo humano. Esta es la tesis que Günther Anders desarrolla en *La obsolescencia del hombre*. Según el filósofo alemán, la antropología pasaría de un primer paradigma, en el seno del cual el ser humano se hallaría interrelacionado con el mundo animal, a un segundo paradigma en el que más bien estaría interrelacionado con los productos por él fabricados. El paso de un paradigma al otro significa que "*la imagen del hombre se transforma inmediatamente,* [que] *el artículo definido* [colocado antes del sustantivo "hombre"] *se borra y con él, la* libertad"[427]. De allí la tesis de *La obsolescencia del hombre*: "*El Sujeto de la libertad y el de la sumisión se invierten; las cosas son libres, es el hombre el que no lo es*"[428].

Si, a partir de 1945, los descubrimientos en torno al átomo son los que alimentan el imaginario apocalíptico, a partir de los años 60 se añaden nuevos temores, y esperanzas, en torno a las llamadas NBIC (nano, bio, informática y ciencias cognitivas). Si se trata también de esperanzas es porque estas nuevas ciencias creaban (y crean) espejismos en cuanto a la mejora de la condición humana. Y suscitaban (y suscitan) miedos en torno a las implicaciones de esas mejoras. Entre esperanzas y temores se sitúa un lugar fluctuante entre dos términos: el transhumanismo y el poshumanismo. Dos términos intercambiables en la literatura que les es dedicada, pero cuya casi sinonimia puede ocultar diferencias importantes. El transhumanismo se focaliza en la mejora o aumento de las capacidades humanas gracias al desarrollo de la ciencia y la técnica biomédica.

---


[426] Jean Baudrillard, *op. cit.*, p. 15.

[427] Christophe David, *op. cit.*, p. 180. David cita a Anders, *L'obsolescence de l'homme*, L'Encyclopédie des nuisances/Ivrea, París, 2002 p. 51.

[428] *Ibidem*. David cita a Anders, *L'obsolescence de l'homme*, L'Encyclopédie des nuisances/Ivrea, París, 2002 p. 50.

Por su parte, el poshumanismo tecnocientífico profetiza el advenimiento de entidades artificiales, humanas o no, susceptibles de suceder a *Homo sapiens* y de evolucionar de manera autónoma. Este último término (poshumanismo) se desarrolló en la estela de la cibernética, la informática, la inteligencia artificial y la robótica[429]. En el uso sinonímico de los dos términos subyace la idea de que la mejora continua del ser humano terminará por transformarlo y, de esta manera, lo hará profundamente diferente: "Lo transhumano sería una transición hacia lo posthumano"[430]. Es esta transición, al cabo de la cual se hallan estas entidades monstruosas en lo que tienen de *anormal* con respecto al yo que las concibe y las crea, la que provoca temores y miedo y de la cual la ciencia ficción se hará vector a través de la corriente *cyberpunk*. Pero antes de abordar la trasposición literaria de este fenómeno de sociedad, es necesario profundizar el sentido y las implicaciones de estos dos términos.

El transhumanismo contiene intrínsecamente una dimensión utópica, ya que implica aumentar las capacidades humanas (*human enhancement*): "[el] desempeño, la mejora del humor, la fuerza, la eficacia, y también la resistencia a las enfermedades y al envejecimiento"[431]. En nuestro sistema de pensamiento, aumentar rima con mejorar. De manera que este aumento equivale a la mejora de nuestras condiciones de vida gracias a todos los medios técnicos que se han desarrollado tras los progresos científicos de la última mitad del siglo pasado. De ahí el optimismo científico (utópico) proclamado por los "bioprogresistas":

> [...] la medicina ya no debe limitarse a curar a los enfermos, sobre todo porque es sabido que numerosas prácticas médicas ya van más allá: la medicina debe posicionarse no solo como una práctica terapéutica sino también como una empresa de elevación de todas las capacidades del individuo, en particular su desempeño y su longevidad.[432]

Por el contrario, los "bioconservadores" expresan el miedo a la "creación de robots o monstruos susceptibles de escapar a su creador"[433]. La

---

[429] Gilbert Hottois, "Le transhumanisme entre humanisme et posthumanisme", *Foi & vie. Revue de culture protestante*, ed. Frédéric Rognon, 2014, ("Transhumanisme: l'homme augmenté ou bafoué?"), p. 27–45, p. 28.

[430] *Ibidem.*

[431] Jean-François Allilaire, "Médecine et transhumanisme", *Passages*, "Quels transhumanismes?", tercer trimestre 2016, p. 15–21, p. 15.

[432] *Ibidem.*

[433] *Ibidem.*

figura del monstruo creado por el doctor Frankenstein condensa el temor de dejar el guion del transhumanismo utópico para sumergirse en otro, en el del poshumanismo distópico. Sea percibida esta revolución a través de un prisma optimista o pesimista, su trasposición literaria puede dar el giro de la utopía a la distopía. En el caso de la ciencia ficción mexicana, este último guion es el privilegiado.

Sin embargo, no es necesario situar esa catástrofe al extremo del poshumanismo. El transhumanismo puede contener ya derivas. De allí la pregunta que se hace la psiquiatra Marielle David, "¿El transhumanismo es una biopolítica?", haciendo referencia al término forjado por Michel Foucault para definir una forma de ejercer el poder que no se dirige hacia los territorios apoyándose en la fuerza y el derecho, sino hacia la vida de los cuerpos, obligando a tomar en cuenta su estado de salud para llevar a cabo acciones político-sociales[434].

Jean-François Allilaire, miembro de la Academia francesa de medicina, distingue cuatro tipos de transhumanismo. Según él, dos son ya de actualidad; otros dos forman parte del ámbito de lo posible gracias a los progresos científicos actuales y por venir[435]. El primero, el transhumanismo ordinario, forma parte de nuestra vida cotidiana: prótesis de un miembro, aparato dental, gafas…. El segundo tiene lugar cuando la medicina adapta y superpersonaliza un tratamiento teniendo en cuenta los *personal big data*; el objetivo es la optimización de las intervenciones médicas por medio de la utilización sistemática de esos datos informatizados. Esta segunda fase también concierne el aumento de las capacidades por medio de una acción general, y ya no local, como es el caso con las substancias dopantes. El tercer nivel atañe el ámbito de la investigación y sus eventuales aplicaciones experimentales. En este tercer caso, se trata de modificar radicalmente el ser humano y de crear una entidad próxima al robot. Nos encontraríamos entonces ante la creación de un ser humano modificado a partir del modelo, ya sea del animal para convertirse en androide o de la máquina para convertirse en *cyborg*. En esta tercera fase, cruzamos un umbral dejando atrás el carácter móvil o reversible del medio utilizado: prótesis implantadas localizadas (*chips* electrónicos implantados en las vías oculares o auditivas) o que aseguran una función

---

[434]　Marielle David, "Du transhumanisme à l'au-delà du Père: Un+Un = Un", *Passages*, "Quels transhumanismes?", tercer trimestre 2016, p. 47–53, p. 47.

[435]　Jean-François Allilaire, *op. cit.*, p. 17.

de sobrevivencia (corazón artificial). A esta tercera fase corresponden las modificaciones genéticas somáticas experimentales. Por ejemplo, unas prácticas ya realizadas en China: la intervención directa sobre el genoma humano (cortar y remplazar el gen responsable de una enfermedad). Para Allilaire, la cuarta fase:

> … correspondería a un guion de ciencia ficción en el cual se hubiera creado un ser humano transformado o, dicho de otra manera, producto de una mutación, que solo tendría con el ser humano una relación de parentesco, como se dice hoy día corrientemente al hablar de nuestros primos los simios [...], se trataría, por supuesto, de una creatura derivada del humano, pero librada de todos los defectos de nuestra condición actual.[436]

En esta cuarta fase se encuentran actos de eugenesia programada sin finalidades terapéuticas. La descripción de estos cuatro niveles pone en evidencia el juego de predicciones entre ficción y ciencia. Hasta fecha reciente, la descripción del tercer nivel, incluso del segundo, hacían pensar en guiones de ciencia ficción. La rapidez de los avances científicos puede implicar la caducidad acelerada del *novum*. Sin embargo, para la ciencia ficción el interés estriba menos en confirmar los contornos precisos de un invento que en vislumbrar los elementos que en nuestro presente estado científico y técnico plantean problemas éticos y políticos. Leer en las entrañas de la megamáquina actual para descifrar su modo de funcionamiento y prever sus tendencias. Lo que importa es, por tanto, la tendencia y no la especificidad. El reemplazo del ser humano por la máquina se integra en la lógica de una macroestructura cuyos efectos son catastróficos no solamente para el primero sino para el conjunto de los seres vivos.

En el contexto de los años 60 mencionado más arriba, la ciencia ficción británica toma un giro que marcará al género hasta nuestros días. La *New Wave*, bajo el impulso de autores como James Ballard, construye un nuevo marco epistemológico para la ciencia ficción, en el cual el ejercicio de la extrapolación se halla alterado. El *inner space*, más que el *outer space*, ocupa el primer plano. Para el lector de estos textos, se trata menos de construir una extrañeza global que de percibir que esta no es tan extraña. El futuro tiene los contornos del presente, un "presente intensificado por parafernalia futurista"[437], según la formulación de Ezequiel De Rosso. La

---

[436] *Ibidem.*
[437] Ezequiel de Rosso, *op. cit.*, p. 321.

*New Wave* abrirá la vía en los Estados Unidos al movimiento *cyberpunk* de los años 80 y 90. Los textos que se inscriben en esta corriente tienen como telón de fondo la tercera revolución industrial y exploran las posibilidades de interfaz entre la mente humana y la informática.

La condición humana es puesta en tela de juicio cuando la tecnología permite llevar a cabo experimentos sobre el cuerpo. Es el resultado de este tipo de experimentos (que borra las fronteras entre el hombre y la máquina) el que plantea problemas éticos en relación con la definición de lo "humano". Un texto precursor de esta problemática es la novela de Philip K. Dick *¿Sueñan los androides con ovejas eléctricas?* (1968), adaptada al cine por Ridley Scott en *Blade Runner* (1982). Hoy en día, las series televisivas han explotado a granel esta temática, como es el caso de la sueca *Real Humans*.

La corriente *cyberpunk* –y sus variantes– cuenta en México con textos precursores. El cuento "Neurocentauro" de José Martínez Sotomayor, publicado en su volumen *Lentitud* en 1932 y retomado en la antología *El futuro en llamas*, pone en escena a un personaje híbrido mitad hombre, mitad automóvil. En 1952, Juan José Arreola, en un tono de parodia e ironía, escribe textos visionarios como "Baby HP" o "Anuncio"[438], primicias del universo cíborg y otras creaturas híbridas.

La poshumanidad y sus declinaciones (inteligencia artificial, robótica, experimentación sobre los cuerpos) son temáticas abordadas ampliamente por estos autores. Una panoplia de denominaciones se añade al *cyberpunk* y corresponden a momentos y/o particularidades temáticas: *postcyberpunk, neuropunk, biopunk, splatter punk, steampunk*.

En los textos de nuestro corpus que se pueden situar bajo estas categorías, la presencia de la ciencia y la técnica es la base de reflexiones ontológicas, metafísicas, éticas. El cuestionamiento político directo del sistema capitalista es una constante en ellos. El espacio sideral y la posibilidad de otras vidas en el universo (temas caros a la ciencia ficción clásica) dejan lugar al vacío sideral de la condición humana ante la posibilidad de remplazar o modificar el cuerpo. Este se convierte en el nuevo espacio

---

[438]　Sobre el papel precursor de autores como Juan José Arreola o Carlos Fuentes en el desarrollo de la ciencia ficción mexicana de la segunda mitad del siglo XX, hemos realizado un trabajo: "El factor 'ciencia' en algunos cuentos de Juan José Arreola (*Confabulario personal*, 1952) y Carlos Fuentes (*Los días enmascarados*, 1954): señales de una ciencia ficción por venir" en *Ficción y Ciencia en el mundo hispánico*, edición de Marco Kunz (Universidad de Lausanne). Por publicarse.

de reflexión, en sitio que alberga otro espacio tan infinito como el universo: el cerebro.

Así, una vertiente importante de la corriente *cyberpunk* en México se centra en el resultado fatal de la era del Antropoceno: la desaparición pura y simple de la especie humana. Esta se halla remplazada por la máquina, llámese inteligencia artificial, llámense robots o androides. Cuando la creación humana es el único vestigio de la mente que le dio origen, la melancolía anida en un espacio posapocalíptico que exhibe la vacuidad de esos objetos cuyas funciones han perdido todo sentido. En **"Un hombre es un hombre"** (*Los viajeros* 2010), de **Gabriel Trujillo Muñoz**, las máquinas y robots proyectan el holograma del último hombre en busca de El Dorado, que muere en las fauces de un ave depredadora. Al final del texto se comprende que una de las máquinas proyecta periódicamente esa imagen, cual invención de Morel. Todas las máquinas contemplan la acción repetida y patética de ese último hombre, siempre en busca de un sueño inalcanzable. De esta manera, las máquinas alimentan la nostalgia por sus creadores desaparecidos cuyo arrojo y temeridad ellas nunca podrán alcanzar. Pero, lo que creían ser la última proyección por ellas contemplada, resulta ser un hombre de verdad; la evidencia de su cadáver les hace comprender que ahora sí estaban "humanamente solas"[439]. En **"Los motivos de Medusa"** de **Horacio Porcayo** (*Los viajeros*, 2010), Adán, el último hombre, se despierta de un largo sueño de crionización para tomar conciencia de que la especie humana ha desaparecido totalmente. A esta revelación, y al vacío sideral así creado en él, lo prepara una robot que responde al nombre de María y cuya descripción con cables y luces en su cabeza evocan a la medusa del título. Porcayo es el escritor más reconocido de la corriente *cyperpunk*. Según Cristina Mondragón, Porcayo "aúna algunas preocupaciones de esta corriente con el pensamiento apocalíptico-escatológico propio de la época contemporánea"[440]. "Los motivos de Medusa" es un texto emblemático de esta junción de imaginarios. **Cecilia Eudave**, en **"El ascenso"** (*Los viajeros*, 2010), recurre a los arquetipos de la montaña y la gruta para hacer una parábola de

---

[439]   Gabriel Trujillo Muñóz, "Un hombre es un hombre", en Bernardo Fernández, (ed.). *Los viajeros: 25 años de ciencia ficción mexicana*, ed. Bernardo Fernández, México, Ediciones SM, 2010, ("Gran angular", 48M), p. 25–31, p. 30.

[440]   Ver : "Apocalipsis, robótica e inmortalidad: "Los motivos de Medusa" de Gerardo H. Porcayo" en "Imaginarios apocalípticos en el mundo hispánico contemporáneo" (Cristina Mondragón y Margarita Remón-Raillard, coord.), *ILCEA*, N.º 48, puesta en línea en noviembre de 2022.

la condición humana que solo puede reconocerse en la mirada del Otro. Alonso y Otto realizan un ascenso vertiginoso en medio de una tormenta de nieve. En realidad, el último, cuya onomástica no solo crea un efecto de paronomasia con "otro", sino también cuyo significante capicúa indica una doble funcionalidad (de máquina y humano), es guía y protector del primero. Ha sido creado para cumplir la función de amigo o de prójimo, función imprescindible para la supervivencia del ser humano. Otto llevará a Alonso a la cúspide de esa montaña donde yacen sus ancestros en una gruta. El agotamiento de Alonso, las huellas del esfuerzo y del frío en su cuerpo, lo designan como humano; certeza a la que se aferra como prueba viviente de su condición de último de su especie. La montaña como arquetipo de trascendencia y la gruta como arquetipo de matriz materna implican un retorno a los orígenes y al conocimiento supremo de sí. Sin embargo, la revelación que le reserva Otto a Alonso es de otra índole: el recinto está plagado de chatarra de todo tipo y entre estos restos se observan unos androides que fueron descontinuados antaño por ser demasiado humanos, al punto de creerse realmente humanos, como es el caso de Alonso. La gran revelación para Alonso es una gran interrogante sobre su propia condición e identidad. Forma parte de unos androides tan humanos que sus creadores les incluyeron una fecha de caducidad aleatoria de tal manera que reproduzca lo propio de la muerte humana. La revelación en el cuento de Eudave, al igual que en el Porcayo, estriba en la desaparición total del ser humano, y ello no por ninguna catástrofe de gran magnitud sino porque su ciclo vital había llegado a término. Y de nada le valió sus intentos de equiparse a Dios, su deseo desenfrenado de crear seres a su imagen y semejanza (Eudave) o su voluntad de desafiar a la propia muerte (crionización en Porcayo). El caos engendrado por la torre Babel encuentra su equivalente en la montaña de chatarra obsoleta en el texto de Eudave; el despertar de Adán tras su sueño de milenios de crionización reactualiza el milagro de la resurrección en el texto bíblico. Los tres ejemplos mencionados hablan del vacío sideral engendrado por la contemplación de la Nada, un mundo sin la conciencia humana que le da sus contornos y densidad: un mundo sin la percepción humana que nos interroga sobre lo que creemos ser lo real.

Hemos decidido detenernos más en detalle en otra vertiente de la corriente *cyberpunk* en México, aquella que nos habla más bien del proceso que lleva a esa suplantación del humano por la máquina; el proceso que lleva a esa desaparición del sentido de todo lo existente. Y en el origen de ese movimiento caótico se halla la macroestructura que gobierna nuestras acciones y sentimientos. Ezequiel de Rosso subraya que la creación de un nuevo referente, el ciberespacio, es la gran novedad que aporta la corriente *cyberpunk*. La dimensión política de este nuevo tipo de ficciones es más importante que esta novedad:

> [la heroicidad de sus personajes] depende de un nuevo orden de concebir la forma política: el verdadero poder reside en controlar las redes y, por lo tanto, el mundo que representan las novelas *cyberpunk* ha abdicado de la idea de Estado o policía. [...] lo que gana la escena en el *cyberpunk* es el orden global como conspiración.[441]

Los cuentos que vamos a abordar en detalle en este capítulo hablan de las derivas tecnológicas relacionadas con el uso del cuerpo humano como lugar de experimentación en el marco de una sociedad dedicada a la búsqueda de ganancias cada vez mayores. El *novum* que estos textos instauran es un orden global, la "megamáquina" conspiradora de Anders en todo su esplendor. Estos escritos de finales del siglo XX tienen la facultad de anticipar lo más terrible de nuestras sociedades, lo que está sucediendo bajo nuestros propios ojos, la puesta en marcha de un nuevo paradigma de civilización que el filósofo francés Jean-Luc Nancy llama "la equivalencia de las catástrofes". Nancy se refiere a "una interconexión, un entrelazamiento, incluso una simbiosis de las técnicas, de los intercambios, de las circulaciones, que ya no permiten a [cualquier tipo de desastre] no implicar una cantidad de intrincaciones técnicas, sociales, económicas y políticas [...]"[442]. Y en medio de estas intrincaciones rizomáticas reina el dinero como equivalencia general que absorbe "todas las esferas de la existencia de los seres humanos, y con ellos el conjunto de la vida terrestre"[443]. Y Nancy concluye: "Para terminar, es esta equivalencia la que es catastrófica"[444].

La corriente *cyberpunk* de finales del siglo XX expresa los mismos temores e interrogaciones que encontramos hoy día en las reflexiones sobre nuestra contemporaneidad. Unos veinte años han bastado para que esos universos ficcionales proteiformes se parezcan no a nuestra realidad empírica sino al sistema subyacente. En efecto, el capitalismo ha mutado en algo que, en términos de Nancy, evoca la figura del monstruo en lo

---


[441]  Ezequiel de Rosso, *op. cit.*, p. 320.

[442]  Jean-Luc Nancy, *op. cit.*, p. 12.

[443]  *Ibidem*, p. 16.

[444]  *Ibidem*, p. 17.

que revela de anormal, un organismo fenomenal cuyos mecanismos son regidos por el dinero: "En medio de todas las arborescencias autogeneradas y autocomplicadas –o autoenmarañadas, autooscurecidas– reina lo que llamo la equivalencia"[445]. Según Nancy, el mundo de la técnica ha producido hoy la desaparición de la distinción entre los fines y los medios:

> [...] la técnica no es un conjunto de medios operativos, es el modo de nuestra existencia. Este modo nos expone a una condición de la finalidad hasta ahora inédita: todo se convierte en fines y medios de todo. En este sentido, ya no hay ni fines ni medios.[446]

Se puede establecer un paralelo entre estas formas rizomáticas que se autooscurecen, la confusión entre fines y medios en el seno de nuestras sociedades y lo que Günther Anders llamó lo "supraliminar". El filósofo alemán empleó este neologismo para referirse a los "eventos y [...] acciones que son demasiado grandes para ser aún concebidos por el hombre [...][447]", es decir de los cuales la amplitud de las consecuencias escapa totalmente a los seres humanos. También se refiere al "desfase entre imaginación y producción"[448] como cimiento de la condición humana; la falta de imaginación viene siendo el error más grave. En resumidas cuentas, tanto Nancy como Anders señalan la incapacidad del ser humano de ver más allá de la punta de su nariz, muestran hasta qué punto el sistema creado (nuestras producciones) nubla la visión sobre sus consecuencias. Para Anders es necesario entonces imaginar a lo que puede llevar nuestros inventos:

> Incluso si la sola imaginación permanece insuficiente, entrenada de forma consciente ella es capaz de dar cuenta de [...] infinitamente más "verdad" [...] que la "percepción" [...]. Para estar a la altura de lo empírico, justamente, y por más paradójico que parezca, hay que movilizar la imaginación. Es ella la "percepción" de hoy día.[449]

La importancia de la corriente *cyberpunk* en el seno de la ciencia ficción mexicana muestra su capacidad de movilizar la imaginación en

---

[445]　*Ibidem*, p. 45.

[446]　*Ibidem*, p. 60.

[447]　Günther Anders y Mathias Greffrath, *op. cit.*, p. 71.

[448]　*Ibidem*, p. 73–74.

[449]　*Ibidem*, p. 66.

el sentido propuesto por Anders. En términos de importancia numérica, podemos afirmar que se trata de la vertiente más representativa del género en México. Por consiguiente, lo que trataremos de desvelar aquí es a penas la punta del iceberg.

## Pepe Rojo, "Ruido gris" (*Los viajeros*, 2010)

El cuento "Ruido gris" es considerado uno de los mejores ejemplos de *cyberpunk* mexicano y valió a su autor el Premio Kalpa en 1996. Describe un mundo distópico sumergido por la proliferación de imágenes, lo cual provoca un estado de alienación generalizada en la población. Este retrato de sociedad se despliega a través de la narración de un joven que realiza una profesión algo particular: reportero ocular. El deseo de ejercer este tipo de periodismo futurista lleva a algunos a realizarse implantes oculares que les permiten filmar eventos y difundirlos simultáneamente en la antena. La conformación gradual de la extrañeza global, algo característico de buena parte de los textos de ciencia ficción, se halla acentuada en este cuento. En efecto, la extrañeza global va tomando forma lentamente en el transcurso de los primeros párrafos, a partir de algunas extrañezas discursivas diluidas en una descripción bastante banal. El relato se abre con las palabras de un hombre en su recámara y que dice oír murmullos dentro de su cabeza: "empieza entre mis ojos y se extiende hacia mi nuca"[450]. Entre banal acúfeno y malestar existencial, la frase encierra sin embargo el *novum* tecnológico. El hecho de retrasar el momento de la explicación durante varias páginas traduce cierta voluntad de crear un marco familiar para interpelar mejor nuestro presente.

El relato se articula según dos modalidades narrativas. Por un lado, contamos con segmentos a cargo de un narrador en primera persona (el joven reportero ocular) que cuenta eventos en pasado, salvo en momentos precisos en los que se expresa en tiempo presente, dándole a su relato aires de diario íntimo. Por otro lado, este relato se ve entrecortado por otro texto con una tipografía diferente (enteramente en mayúsculas), que se presenta como un manual de instrucciones o de cláusulas de un contrato de trabajo, con todos los detalles sobre el funcionamiento y posibles

---

[450]  Pepe Rojo, "Ruido gris", en Bernardo Fernández, (ed.). *Los viajeros: 25 años de ciencia ficción mexicana*, México, D.F., Ediciones SM, 2010, ("Gran angular", 48M), p. 97–128, p. 98.

riesgos del uso de estos implantes oculares. Las informaciones aportadas por los dos relatos se complementan y delimitan los contornos de la extrañeza global. Por el contrario, las dos focalizaciones, la interna, aquella del que vive la experiencia en su cuerpo y otra, neutra, que se limita a describirla, crean un abismo entre el sujeto de la experiencia y la experiencia en sí, descrita fríamente por el manual de instrucciones. El resultado es el desdoblamiento sujeto/objeto, lo que constituye la base ideológica del texto: la crítica de la despersonalización/deshumanización a la cual lleva la revolución trans / poshumanista.

Es interesante detenerse en cómo se despliega la extrañeza global en los primeros párrafos. En efecto, la manera en que el mundo representado cobra aires de inquietante familiaridad con el nuestro, incitando a mirar con otros ojos lo que sucede a nuestro alrededor, sugiere, por así decirlo, una dimensión fática del relato:

> El zumbido es parecido a esa vibración que uno siente, pero no puede decir de dónde viene, cuando está en un mall justo en el momento en el que todas las tiendas empiezan a prender sus luces y ponerse presentables. Cuando llega la gente, esa vibración sigue ahí, pero ya no es perceptible. Mi cabeza es como un mall vacío. El sonido de un espacio no ocupado.[451]

En el texto de presentación de este cuento, *Bef* señala esta particularidad de "Ruido Gris": "su inquietante parecido con la realidad, cada vez mayor a medida que pasan los años"[452]. Estas palabras evocan lecturas localizadas en una línea temporal a lo largo de la cual la distancia entre el universo ficcional y el nuestro se compensa: el proceso de integración del *novum* a nuestra realidad. El hecho de que el narrador describa sus sensaciones (los ruidos en su cabeza) a través de una comparación con una realidad banal y cotidiana de cualquier gran ciudad (el ruido de fondo en un centro comercial; *el mall*, emblema de la sociedad de consumo) forma parte de esta lógica de integración del *novum*. Además, lo descrito se parece hoy en día al estado de cualquiera que, tras una jornada, desenchufa o apaga todos los aparatos a los que estuvo conectado: *smartphone*, móvil, videojuego, podómetro y toda una serie de dispositivos que ya forman parte de la vida cotidiana de mucha gente en nuestras sociedades modernas: los *Quantified Self* (*Fitbit, Beam Toothbrush, Runkeeper, Foodzy...*). El simple paso de la evocación de una realidad a otra (de la

---

[451] *Ibidem.*

[452] *Ibidem*, p. 97.

realidad de los *malls* a aquella de los dispositivos mencionados) pone de realce el carácter cambiante del *novum* con relación a la realidad y su oscilación entre caducidad o confirmación, incluso neutralización, pero siempre señalando algo central de nuestra condición humana. La integración del *novum* en la realidad produce una oscilación, incluso una amalgama entre categorías distintas; una idea anunciada desde el título del cuento y la sinestesia que este implica. La sinestesia contenida en el título se despliega a lo largo del relato, a través del juego de tensiones entre el cuerpo y la máquina; entre lo orgánico y lo inorgánico. De hecho, el narrador no distingue entre los signos de presencia de un elemento extraño dentro de su cuerpo y sus propios órganos internos:

> Puedo asegurar que estoy acostumbrado al zumbido. También estoy acostumbrado a que mi corazón siga latiendo, a que mi cerebro encadene ideas que no llevan a ningún lado y a que mis pulmones tomen aire para después sacarlo. El cuerpo es una máquina insensata.[453]

Las acciones reflejas (aquellas que garantizan la vida: latidos cardiacos, respiración) y las acciones conscientes (pensamiento, reflexión) se colocan en el mismo plano. El cerebro aparece como el centro de control de algo desprovisto de objetivo preciso, de tal manera que el conjunto de la maquinaria, el cuerpo, pierde su sentido. Y lo mismo sucede con la vida. La última frase del fragmento citado, a modo de sentencia, forma parte de ese despliegue del título y subraya que la asociación del cuerpo y la máquina no puede producir sentido; es una asociación que bloquea o clausura el conocimiento. Sin embargo, en este punto de la lectura, el lector desconoce la naturaleza del zumbido en la cabeza del narrador. Las descripciones de sus sensaciones no son extrañas en sí. En efecto, expresar la dimensión del cuerpo como máquina, o mecanismo, puede reenviar a una experiencia del cuerpo algo banal: los deportistas, las mujeres que dan a luz, los enfermos o, sencillamente, cualquiera al que le duela algo experimenta la sensación del cuerpo-máquina. Los primeros párrafos del texto parecen retrasar el momento en el que la extrañeza global va a tomar la delantera sobre la ambigüedad. Incluso cuando el narrador afirma: "[…] estoy en *standby*. Transmití por primera vez cuando tenía dieciocho años. Me había sobrado dinero después de la operación[454] […]", la dimensión borrosa del *novum* persiste. En efecto, un posible

---

[453] *Ibidem*, p. 98.
[454] *Ibidem*.

sentido figurado se insinúa en la primera expresión en inglés, el verbo "transmitir" se aplica tanto al hombre como a la máquina y la naturaleza de la operación aludida no será explicitada inmediatamente. Los contornos de la extrañeza global se dibujan lentamente. Así, el primer suceso cubierto por el narrador reportero ocular y narrado por él es un suicidio:

> Quizá era mi día de suerte y se iba a suicidar. Apreté en mi muslo el botón de urgente, esperando no equivocarme. Poco después, un indicador verde iluminó mi retina, diciéndome que estaba en los monitores de algún canal, pero no al aire. [...]. Salté la cerca y miré hacia abajo, estableciendo la escena para los televidentes; después podrían editarla[455].

A pesar de las huellas de ambigüedad (cubrir un suicidio no es, desgraciadamente, algo particularmente futurista, el botón en el muslo puede ser leído como una metonimia que implica un aparato, el origen de la luz sobre la retina no se precisa), el conjunto de elementos diseminados desde el inicio del relato ya ha comenzado a establecer una red de sentido que se fusiona con los elementos presentes en esta última cita. Y este conjunto crea en el lector expectativa en cuanto a la naturaleza de la extrañeza, ya que el pacto de lectura instaurado desde el architexto lo prepara para la emergencia de esta.

Así pues, la extrañeza, en "Ruido gris", se toma su tiempo para decir su nombre. Tras una primera parte a cargo del narrador personal, tenemos el primer texto explicativo. Sin embargo, lo que este nos dice podría aplicarse a cualquier trabajo de reportero, ya que no contiene alteridades léxicas o discursivas. Se trata simplemente de una serie de consejos sobre el ángulo de toma, etc., destinados a los reporteros. Sin embargo, un universo "Otro" ya ha comenzado a constituirse a través del punto de vista del personaje principal. Existe un desfase entre los dos relatos, la experiencia del sujeto precede la explicación. Incluso si esta última termina por alcanzar la primera, es la experiencia del sujeto la que termina imponiéndose.

En efecto, antes de que el texto explicativo proporcione una definición del oficio de reportero ocular, el narrador ya ha descrito los efectos perversos de su trabajo: "En el monitor están transmitiendo mi toma. Siento el escalofrío que siempre acompaña a un enganche, me empiezo a marear y una punzada atraviesa mi cráneo de lado a lado"[456]. Es en el

---

[455] *Ibidem*, p. 99.

[456] *Ibidem*, p. 101.

segundo texto explicativo cuando el término "reportero ocular" es por fin empleado al referirse a los errores más frecuentes cometidos por estos (filmar los reflejos de su propio cuerpo, cerrar los ojos en caso de alguna explosión o tener el reflejo de protegerse el rostro con los brazos) y habrá que esperar el tercer texto explicativo para disponer de una definición del fenómeno llamado "enganche". Entre estos dos textos explicativos, el lector puede tener una visión de conjunto de esta sociedad, y por lo tanto de la extrañeza global, gracias al relato del narrador:

> Hoy no es un buen día. Voy caminando por la calle y en todas las tiendas puedo oír la misma noticia. El síndrome de exposición continua a la electricidad, SECLE para los fanáticos de las siglas, parece estar causando estragos. El constante estímulo a las terminaciones nerviosas provocado por la electricidad y un medio ambiente constantemente cargado de electricidad, radiación de monitores, microondas, etcétera, parece afectar mortalmente a cientos de individuos.[457]

En las páginas siguientes, el narrador describirá el proceso que va desde la patología descrita, el SECLE como nueva epidemia que hace que "centros de desintoxicación eléctrica"[458] vean el día en zonas rurales, hasta su transformación en pandemia que diezma a la población. Hoy día, este fenómeno, la hipersensibilidad electromagnética, HSE (en inglés EHS: *electromagnetic hypersensivity*), debido a la ausencia de pruebas clínicas, no es reconocida por la OMS como una patología producida por los efectos de la exposición a los campos electromagnéticos. Sus síntomas son más bien considerados como el resultado del temor de los pacientes ante los efectos de estos. Los especialistas consideran que los síntomas descritos se deben más bien a enfermedades síquicas preexistentes, lo que equivale a afirmar que se trata de una electrofobia[459]. La mención de esta patología en el texto es un elemento importante de la extrapolación. El acrónimo "SECLE" funciona como una alteridad léxica, sobre todo en el momento de escritura del texto. Pero también se trata de un vocablo cuyo significado en inglés antiguo es "siglo" o "era". El texto nos propulsa en una nueva era en la que lo que hoy se considera una enfermedad imaginaria ha experimentado un efecto exponencial, transformándola en una

---

[457]  *Ibidem*, p. 104–105.

[458]  *Ibidem*, p. 106.

[459]  Hypersensibilité magnétique, problème de reconnaisance, [En línea: https://topo litique.ch/2016/06/06/hypersensibilite-magnetique-probleme-de-reconnaissance/ ]. Consultado el 19 de agosto de 2022.

realidad aterrorizante. Imposible no establecer el paralelo con la situación generada por la aparición del covid-19 y sobre todo con sus efectos rizomáticos imprevisibles. En nuestra sociedad presente, un pequeño organismo pone en evidencia los disfuncionamientos de todo un sistema. En el universo distópico del cuento, es el sistema mismo el que produce un virus. El SECLE es el producto de esa confusión entre fines y medios, característica de nuestra época, según Nancy. Cuando el filósofo francés se refiere a la naturaleza de la crisis de nuestra civilización, añade que "no se trata de una crisis de la que podremos salir con los medios de esta misma civilización"[460]. El paralelo con el SECLE, enfermedad "de época", pone de realce la capacidad de anticipación del texto de Rojo. La frontera entre las dos situaciones (la nuestra y la descrita en la diégesis) no es impermeable ya que el resultado es similar.

Otros aspectos de la vida cotidiana en el presente de la diégesis cuentan con semejanzas importantes con respecto a nuestro presente del siglo XXI. Este efecto de continuidad se halla subrayado cuando el narrador evoca el recuerdo de un correo de su padre:

> Todavía guardo ese e-mail en mi disco duro. Es una de las ventajas de la era digital. La memoria se hace eterna y puedes revivir esos momentos cuantas veces quieras. Quedan congelados fuera de ti, y cuando no sabes quién eres o de dónde vienes, unos cuantos comandos en tu computadora traen tu pasado al presente. El problema es que ¿cuándo llega el futuro?, ¿para qué quieres que llegue? El futuro es una repetición constante de lo que ya has vivido, quizá algunos detalles puedan cambiar, quizá los actores sean otros, pero es lo mismo. Y cuando no lo has vivido, seguramente ya viste algo parecido en alguna película, en algún programa de TV, o escuchaste algo parecido en una canción[461].

Publicado por primera vez en 1996, "Ruido gris" anticipa, ya lo hemos visto, una era descrita como enfermedad. Aunque la creación del correo electrónico (de la Red en general) data de los años 70, su uso se generaliza realmente a partir de finales del siglo XX. La época de escritura del cuento es contemporánea con los inicios de la revolución digital. Lo que en la época era un fenómeno incipiente aparece en el cuento con contornos muy semejantes a su uso actual. En efecto, el pasaje citado describe con una precisión algo inquietante la realidad banal de nuestras

---

[460]  Jean-Luc Nancy, *op. cit.*, p. 57.
[461]  Pepe Rojo, *op. cit.*, p. 106.

vidas a través de las redes sociales, vidas por procuración e imágenes que han perdido el carácter privado de nuestros antiguos álbumes de fotos[462]. A través de la interpelación al lector, ya que el uso del apóstrofe instaura un "nosotros", el texto subraya la pérdida de identidad o alienación debidas al uso indiscriminado de la imagen como fenómeno de sociedad. La memoria humana pierde su papel depositario y, sobre todo, su carácter selectivo, quizá garante de salud mental al impedir una sobrecarga emocional (como lo sugiere un episodio de la serie *Black Mirror*, cuya temática es cercana al cuento de Rojo). El fragmento citado sugiere que, a fuerza de querer fijar el presente, ya no lo vivimos, se convierte inmediatamente en pasado. De tanto querer fijar el instante, este se pierde, de allí el olvido y la necesidad de mirarlo una y otra vez para cerciorarnos de que realmente sucedió. La pérdida del Yo se traduce por la incapacidad de extraernos del magma de imágenes del presente. Las interrogantes que el narrador (nos) plantea implican que el futuro, como proyección individual, se ve anulado. Se funde en un cúmulo de informaciones que ya no distinguen entre lo virtual y lo real.

Podemos constatar que, en el contexto de finales del siglo XX, Pepe Rojo (y otros autores de ciencia ficción) intuyen un fenómeno venidero, excepto el medio que lo va a producir. De hecho, términos como "redes sociales" no aparecen en el texto. De esta manera, el texto hace más énfasis en la mecanización y en la despersonalización del ser humano que en las formas concretas del desarrollo de las nuevas tecnologías de la comunicación. En efecto, es el hombre-máquina, en este caso el narrador, el que graba las imágenes de su cotidianeidad:

> A veces cuando estoy aburrido y voy en un camión de regreso a mi departamento, empiezo a grabar todo lo que veo. Pero entonces dejo de ver y permito a las máquinas hacer su trabajo. Entro en una especie de trance en el que mis ojos, aunque están abiertos, no observan nada, y sin embargo cuando llego a mi casa, tengo un registro de todo lo que vieron. Como si no fuera yo el que vio todo eso. Cuando veo lo que grabé, no me reconozco. Vuelvo a vivir todo lo que vi sin que me acuerde de nada. En esos momentos son mis sentidos los que están en *standby*.[463]

---

[462] Un cuento de Guillermo Lavín "El futuro es tiempo perdido" publicado en el volumen *Final de cuento* (1993) abordaría una temática similar. Gabriel Trujillo Muñoz, *op. cit.*, p. 102.

[463] Pepe Rojo, *op. cit.*, p. 111.

Estas líneas describen una fase de despersonalización total, el sujeto y el objeto se confunden. El fragmento declina la idea de la pérdida del presente ya que el magma de imágenes se produce esta vez en el interior del sujeto. O, más bien, es él quien produce este magma puesto que es él mismo la máquina que lo origina. El presente se convierte en una serie de imágenes pero que no son por ello memoria de lo vivido, ya que no ha habido experiencia de lo vivido por los sentidos. Se trata de la ausencia del ser que se convierte en ser desconectado y al mismo hiperconectado. Esto plantea la cuestión del sentido que otorgamos hoy al término "conexión": proliferación de imágenes, de hechos, historias que llueven por las redes de "comunicación" pero que nos desconectan de nosotros mismos, del mundo y, a fin de cuentas, de los otros.

La construcción del personaje de Rojo, con su "incapacidad de efectuar o de transmitir experiencias"[464], se sitúa en los antípodas, por ejemplo, de los personajes de *Bef* en "Las últimas horas de los últimos días" y su estado contemplativo y abierto ante la nada. El personaje de Rojo funciona como emblema de lo que Agamben describe como la situación contemporánea vinculada a la desaparición de la experiencia:

> Hoy sabemos que, para destruir la experiencia, una catástrofe no es en lo absoluto necesaria [...]: la vida cotidiana, en una gran ciudad, basta perfectamente en tiempos de paz para garantizar ese resultado. [...]. El hombre moderno regresa a su casa al final de la jornada, exhausto por una maraña de eventos –divertidos o aburridos, insólitos u ordinarios, agradables o atroces– sin que ninguno se haya transformado en experiencia [...]. La imposibilidad ante la que nos hallamos de traducir [nuestra vida cotidiana] en experiencia es lo que provoca que ésta nos resulte, más que nunca, insoportable.[465]

El cuento de Rojo nos habla de la pérdida de lo inestimable en medio de un conglomerado de "no-experiencias", de una acumulación de sonidos e imágenes. Sin embargo, el texto no se limita a ese retrato global de un *modus vivendi* cuya capacidad de evocación (de nuestro presente) y de proyección (en nuestro futuro) es impactante. En efecto, también realiza un enfoque más fino, un zoom más detallado:

---

[464]  Jean-Luc Nancy, *op. cit.*, p. 62.

[465]  Georges Didi-Huberman, *op. cit.*, p. 64. Didi-Huberman cita a Agamben, *Enfance et histoire. Destruction de l'expérience et origine de l'histoire*, París, Payot, 1989, p. 20–21.

> Hay verdades que se hacen evidentes al observar la realidad así. Los pobres son los únicos feos. Los pobres y los adolescentes. Todo el que tiene un poco de dinero ya cambió su rostro, ya tiene uno más agradable. Ya puso su cara, su identidad a la moda. No se permite realizar ese tipo de operaciones en adolescentes porque su estructura ósea todavía está cambiando [...]. Vivimos una época en la que todo el mundo, todos aquellos que se sienten bien de estar en este mundo, son perfectos.[466]

El retrato de sociedad se va afinando y de esta manera la semejanza con fenómenos que ya forman parte de nuestra cotidianeidad adquiere más nitidez. La búsqueda de uniformización condicionada por el dinero es un reflejo de nuestra realidad hecha de "influencers", de Kim Kardashian y su maquillaje "contouring" que inspira a una cohorte de muñecas de silicón dedicadas a la imitación de su modelo. Incluso si, afortunadamente, también se puede observar, en esas mismas redes sociales, fenómenos de contestación (personas que no dudan en mostrar sus "defectos", sus fracasos, sus angustias...), esta tendencia permanece marginal en el universo mediático actual. El texto también profetiza la dimensión que ha adquirido, desde algunas décadas, el fenómeno de la telerrealidad:

> Todo el mundo está en la TV. Cualquiera puede ser una estrella. Todo el mundo actúa y se prepara a diario porque puede que hoy encuentre una cámara que haga que todo el mundo se entere de lo agradable, guapo, simpático, atractivo, deseable, interesante, sensible y sencillo que es. Lo humano que es.[467]

El aumento de las desigualdades pone en evidencia que la utopía de unos es la distopía de otros. Hay aquellos que deambulan felices sobre la superficie de la megamáquina, como muñequitos de plástico en su mundo *Fischer Price* o *Mattel*, y los otros, tragados por esa misma megamáquina, especie de nueva versión de los Morlock y los Eloi. La descripción de esa sociedad, en cuyo seno la vida se convierte en una especie de *performance* continua, culmina con una frase lapidaria de la cual emerge la ironía de una definición de fachada de lo humano. Y tal definición, y las cuestiones éticas que implica, se encuentra en el cimiento ideológico de la corriente *cyperpunk*. La condición trans/poshumana es blanco de ataque no solo en lo que atañe a la mecanización y uniformización de los cuerpos. El uso de la tecnología de la imagen que aparece en el texto

---

[466]   Pepe Rojo, *op. cit.*, p. 111.

[467]   *Ibidem*, p. 124.

denuncia tanto la uniformización de los seres como la que sufre la cultura. Esta, como elemento de cohesión de una civilización, padece una enfermedad, al igual que las personas que sufren del SECLE:

> Es un virus virtual. Y es una enfermedad a la que estamos expuestos por vivir en este mundo. Es la enfermedad de los medios, del entretenimiento barato; es la enfermedad de la civilización. Es nuestra penitencia por haber pecado de mal gusto.[468]

El cuento de Rojo se presenta como una puesta en (ciencia) ficción de la teoría de Umberto Eco en *Apocalípticos e integrados*. Si "[p]ertenecer a la industria del entretenimiento provoca un mal olor existencial"[469], el texto llama a una nueva forma de postura existencial puesto que la banalidad de la nada de la condición moderna es extrema. En el universo de la inteligencia artificial, la inteligencia parece haberse dado a la fuga, dejándole todo el camino libre a la artificialidad.

El paso del hombre aumentado como utopía a su degeneración distópica se encuentra subrayado en el texto a través de las anécdotas contadas por el narrador. El fenómeno del "enganche", uno de los riesgos del oficio de reportero ocular, es bastante llamativo, como se aprecia en un fragmento del texto explicativo:

> SI UN REPORTERO ENFOCA UN MONITOR QUE ESTÁ REPRODUCIENDO LO QUE ÉL ESTÁ TRANSMITIENDO, SU SENTIDO DEL EQUILIBRIO SE VERÁ GRAVEMENTE AFECTADO Y EMPEZARÁ A SENTIR UN AGUDO DOLOR DE CABEZA. [...] ES IMPORTANTE ACLARAR QUE LAS TRANSMISIONES REFLEJO ENGANCHAN AL REPORTERO [...] [Y] QUE A VECES ES CASI IMPOSIBLE DEJAR DE HACER CONTACTO VISUAL CON EL MONITOR. [...] EXPOSICIONES DE LARGA DURACIÓN A ESTOS *LOOPS* VIRTUALES PROVOCAN SÍNTOMAS PARECIDOS AL DEL SECLE. ESTA INFORMACIÓN TIENE COMO FUENTE EXPERIMENTOS RECIENTES Y LOS REGISTROS DEL CASO TOYNBEE.[470]

El manual de instrucciones cortazariano, que hace de lo cotidiano algo inofensivamente extraño, ha mutado en este caso en una advertencia fundada en una racionalidad fría. El hombre "aumentado" se descarrila si

---

[468]  *Ibidem*, p. 114.

[469]  *Ibidem*, p. 115.

[470]  *Ibidem*, p. 107–108.

no sigue el modo de funcionamiento señalado, corre el riesgo de fundirse con la técnica por él creada que, de hecho, lo atrae hacia ella, lo hace descender. El narrador se refiere al "caso Toynbee": un reportero secuestrado por extremistas "antimedia" que lo someten a un experimento semejante al que sufre el personaje de *La naranja mecánica*:

> Bueno, como muestra y metáfora de sus críticas, amarraron al reportero, que trabajaba bajo el nombre de Toynbee, frente a un monitor. Inmovilizaron su cabeza y conectaron su retina al monitor. [...] Lo único que ven los ojos del reportero es un monitor dentro de un monitor dentro de un monitor hasta que el infinito parece ser una cámara de video que toma un monitor donde está produciendo lo que está grabado y no hay principio, no hay fin ni hay nada hasta que recuerdas que es un ser humano el que está viendo eso, que es lo único que puede ver [...].[471]

El texto hace referencia al historiador Arnold Toynbee y a su teoría según la cual toda civilización desaparece o llega a una debacle si no sabe hacer frente a los desafíos a los que se ve confrontada. Esto establece un paralelo evidente con el desafío tecnológico de nuestra era y con el fracaso ante este desafío que el texto ficcionaliza. Lo que llamamos desafío tecnológico no es más que una creación humana. Es un conjunto de decisiones sobre nuestra manera de realizar, o no, cosas de las que somos capaces, es la capacidad de prever los efectos de esas realizaciones, prever que puedan alterar la misma condición humana. En resumidas cuentas, tratar, suponiendo que sea posible, de limitar los efectos de lo "supraliminar", de reducir el "desfase entre imaginación y producción", según los términos de Anders.

Las modificaciones de nuestra manera de vivir son lo propio de la especie humana desde la invención de la herramienta. La distopía pone en evidencia el pasaje entre esas modificaciones y la alteración de lo humano, incluso su destrucción: "Lo único que se aprende de la historia de la humanidad es que no hay nada más peligroso que una utopía"[472]. Creer en una utopía implica cuestionar el *statu quo* de nuestra sociedad. La modernización se percibe como una utopía en el sentido en que se supone que tal modernización va a mejorar la condición humana, producir un bienestar generalizado, de allí la lectura de la revolución trans/poshumanista como utopía. "Ruido gris" es un modelo de distopía

---

[471]    *Ibidem*, p. 108–109.

[472]    *Ibidem*, p. 108.

*cyberpunk* en la medida en que llama a adoptar una postura antirrevolución trans/poshumanista. Parece inútil precisar que el experimento no le sienta muy bien al personaje llamado Toynbee. El narrador explica que, por cuestiones de *rating*, se transmiten en la antena no solamente las imágenes al infinito sino también el rostro de Toynbee: "[…] las convulsiones alejaban cada vez más el rostro del reportero de lo que conocemos como humano". Tiene "expresiones que no corresponden al registro de las emociones humanas […]. Hasta que su corazón explotó"[473].

El texto muestra las diversas modalidades que puede adquirir la desconstrucción de lo humano, cuyo hilo conductor es la desconexión de sí mismo. Desde el inicio del relato, esta desconexión implica una dimensión existencial que, de repente, adquiere otra sumamente concreta. En efecto, entre las anécdotas referidas por el narrador y que permiten darle contornos precisos al universo de la diégesis, una en particular detalla el experimento al que se somete a otro reportero ocular llamado Grayx: la separación de la cabeza del cuerpo, sin causar por ello la muerte. La descripción podría suscitar cierta comicidad si recordamos imágenes semejantes de la película *Mars Attacks!* de Tim Burton, estrenada en diciembre 1996. La referencia a una cultura popular desenfadada entra en choque frontal con lo que sucedía en México ese mismo año. En 1996 tuvieron lugar las negociaciones entre Ernesto Zedillo con la guerrilla zapatista que culminaron con los acuerdos de San Andrés, que luego permanecieron letra muerta. Diez años más tarde, se inicia el sexenio de Felipe Calderón, quien declara la guerra a los cárteles de la droga, lo que se traduce por una recrudescencia de la criminalidad y por un cortejo de cabezas cortadas; una violencia larvada desde lustros que estalla en plena luz. La palabra "decapitación" solo aparece en el texto a través de eufemismos como "operación de la cabeza"[474] o "un hombre con el cuerpo separado de su cabeza"[475]. Estos eufemismos adquieren una dimensión más amplia cuando el narrador precisa el contexto del experimento, tanto al nivel individual del narrador como al nivel colectivo. Por un lado, nos enteramos de que las primeras experiencias sexuales del narrador tienen lugar cuando este observa en la televisión los experimentos sobre Grayx, por otro lado, es en este momento de su relato cuando proporciona los únicos indicios temporales de la diégesis:

---

[473]  *Ibidem*, p. 110–111.

[474]  *Ibidem*, p. 119.

[475]  *Ibidem*, p. 121.

> Yo no sé cuánta gente habrá tenido sus primeras relaciones sexuales después de la inauguración de la primera colonia lunar o cuando se transmitió el asesinato de Khadiff, el líder terrorista musulmán, o en cualquier otro punto clave de la historia de nuestro siglo que haya sido televisado, pero les puedo decir que es una experiencia inolvidable. Ver a un hombre con el cuerpo separado de su cabeza el mismo día que te haces consciente de cómo tu cuerpo se puede unir a otro cuerpo y convertirse en uno solo es algo que no se olvida fácilmente.[476]

La cita traduce la manera en que la ingenuidad y el horror se amalgaman en el pensamiento del personaje, lo que constituye una alteridad discursiva. En efecto, en el tiempo de la diégesis existe otra forma de mirar la realidad. Lo insoportable no pertenece al ámbito de lo banal sino de lo asombroso en un sentido positivo, tal como lo fue mirar al primer hombre sobre la luna: un *sense of wonder* desplazado, incluso malformado. De hecho, en el mismo fragmento se evoca la existencia de una colonia en la luna. Por otro lado, términos como "terrorista musulmán" y el patronímico "Khadiff" (que reenvía a Muammar el Gadafi, asesinado ante las cámaras en 2011 pero en el apogeo de su poder en 1996) se añaden al conjunto creando una red de referencias espaciotemporales. El siglo del narrador se halla lo suficientemente lejos del nuestro, pero el efecto de familiaridad creado por la mención de la televisión y la referencia al mundo musulmán y a el Gadafi, devuelven al lector al tiempo presente, a ese presente dilatado que ya hemos evocado y que se encuentra en el centro de la ecuación distanciamiento/conocimiento. Un presente dilatado aquí por la mención de ese "Khadiff" cuyo asesinato se transmite en la televisión y que, en nuestro presente de lectura, evoca no solamente aquel de el Gadafi sino también la persecución y ejecución mediatizada, pero no mostrada, de Osama bin Laden. La mención del terrorismo islámico (término más apropiado) evoca la realidad de la decapitación ritual y mediatizada, vía las redes sociales, de nuestra época. Como si el texto evocara en negativo la realidad extratextual mexicana y sus cuerpos decapitados, al mismo tiempo que produce la proyección futurista. Sin embargo, es necesario recordar que la primera crítica del texto se dirige a la condición trans/poshumana. Separar una cabeza de su cuerpo es el gesto irracional por excelencia: cortar la razón de su tronco. Las palabras del narrador van en ese sentido, aunque parezca poco consciente de ello: "Parece que un hombre necesita la unidad de su cuerpo para

---

[476]   *Ibidem*, p. 120–121.

mantenerse cuerdo. Grayx perdió contacto con la realidad y dicen que ahora vive en un mundo imaginario"[477]. Grayx es como el cuerpo social futurista de este cuento, un cuerpo social desrazonado y desarraigado. Esta evacuación de lo racional entra en tensión con el género literario que la sostiene, es decir cuando la "imaginación razonada" (la ciencia ficción) sirve para alertar sobre la pendiente irrazonablemente peligrosa que nuestra era ha tomado. Finalmente, el narrador toma conciencia de que la única salida a una vida en medio de ese cuerpo social insensato es abandonándola. El personaje comienza a vislumbrar el suicidio. Al lanzarse al vacío desde lo alto de un edificio, narra este evento en modo condicional:

> Miraría a las cámaras y después hacia el cielo, donde dicen que antes habitaban dioses que soltaban plagas entre la humanidad. En el cielo no encontraría nada. El viento empezaría a soplar, y mi cabello estorbaría a la cámara que está en mis ojos. Daría un paso hacia atrás y empezaría a caer. Y quizá, solamente quizá, me olvidaría del zumbido por primera vez.[478]

En los últimos instantes, parece haber reencontrado lo inestimable a través de los sentidos que creía haber perdido. Su mirada abandona las "producciones" de Anders para posarse en un cielo vacío que se abre hacia la nada. Una sensación le recuerda que tiene (y que es) un cuerpo del cual una parte, unas hebras, se imponen sobre la máquina implantada en su interior. El vacío del cielo contrasta con una superficie saturada y que obstaculiza la percepción. Pero ese vacío también evoca el tiempo del mito, de la imaginación, un tiempo pasado, un pasado perdido. En el presente de la diégesis (¿nuestro futuro?), una nueva plaga ha sido creada por el mismo ser humano. O más bien se trata de las mismas plagas que han mutado. El desenlace evoca también un tema caro a la ciencia ficción clásica: el fin de la idea de Dios y su reemplazo por el hombre. Pero en el cuento de Rojo, la consagración del hombre lleva a su propia evacuación del panteón; labor de la megamáquina, aquella que crea nuevas versiones de nosotros mismos: versiones no aumentadas sino disminuidas en lo que atañe a nuestra relación con el mundo.

---

[477] *Ibidem*, p. 121.
[478] *Ibidem*, p. 127.

## Pepe Rojo, "Conversaciones con Yoni Rei" (*Visiones periféricas*, 2001)

Este cuento fue inicialmente publicado en 1998 en el volumen *Yonke* (Times Editores). El nombre del personaje epónimo podría ser un homenaje a William Gibson y su "Johnny Mnemonic" (1981), considerado como uno de los textos fundadores de la corriente *cyberpunk*, al igual que *Neuronmancien* (1984), del mismo autor.

En "Conversaciones con Yoni Rei", el cuerpo del protagonista es el lugar de experimentos que terminan disolviendo al sujeto en un sinsentido físico, psíquico e incluso lingüístico. Macarena Areco utiliza el término "Cyber-splatter-punk" para designar un corpus de novelas latinoamericanas: "[…] su insistencia en el cuerpo y en el dolor, las torturas y fragmentaciones a que son sometidos los personajes y su estética cercana al *gore*, la vinculan al *splatterpunk* […]"[479]. La trama de "Conversaciones con Yoni Rei" corresponde a esta definición tanto en el fondo como en la forma.

Las modalidades escriturales del texto crean un efecto mimético con un programa televisivo, entre reportaje y publicidad, con semejanzas a la "telerrealidad" de nuestra época. El relato se halla enmarcado por las expresiones "FADE IN" y "FADE OUT" (aparecer y desaparecer en fundido). Entre las dos se desarrolla el relato de la vida de Yoni Rei. Estas marcas textuales hacen que la diégesis aparezca como una exhibición que refuerza el sinsentido de la sociedad descrita. El relato proviene de la voz del animador de televisión y consiste en fragmentos entrecortados por subtítulos que hacen las veces de didascalias o indicaciones de montaje. Algunas analepsis permiten comprender el cómo y el porqué de la vida del personaje, aunque el porqué sea el gran vacío en el que se hunde el sentido de su existencia. Se insertan en el relato fragmentos de las entrevistas hechas a Yoni Rei transmitidas en la televisión. Los tipos de didascalias ("sollozos", "aplausos") sugieren la presencia de televidentes. Otras partes del relato consisten en las descripciones de las crisis de paranoia que sufre el personaje o en la descripción de imágenes (fotos del personaje que también se transmiten en la televisión, en medio de las entrevistas y del relato del animador). Esta estructura fragmentaria funciona evidentemente en

---

[479]  Nelson Darío González, "El neuropunk y la ciencia ficción hispanoamericana", *Revista Iberoamericana*, vol. 83 / 259, septiembre de 2017, p. 345–364, p. 359.

paralelo con la fragmentación del cuerpo del personaje. A pesar de ello, la diégesis permanece comprensible. Y con razón, una diégesis puede tener sentido mientras que la vida por ella narrada (¿es realmente una vida?) cuestiona precisamente su propio sentido.

El íncipit, después de la mención "FADE IN": "¿Quién puede culpar a Yoni Rei? ¿Hay alguien aquí que esté haciendo un mejor trabajo que él? (Aplausos)"[480]. De entrada, el espectador, en quien se intenta suscitar empatía y culpabilidad, cobra la forma de un narratario. Poco a poco, el lector/espectador/narratario sabrá en qué consiste el trabajo del personaje y de qué se puede sentir culpable. Inmediatamente tras el íncipit, y a través de una analepsis, tiene lugar la primera explicación sobre la identidad del personaje:

> Yoni Rei era uno de esos tipos (si a los bebés de laboratorio se le puede llamar tipos), que cargaban con mala suerte de la misma manera que un intestino carga desperdicios. Yoni Rei era hijo de nadie. Era producto comerciable, era carne de cañón.[481]

El relato de la vida del personaje se inicia con un cuestionamiento de su condición humana. El contenido de la frase entre paréntesis revela la relación de causalidad entre los experimentos científicos a los que es sometido el sujeto y esa condición humana borrosa. Su destino se compara con una imagen corporal nada poética. Las últimas frases, con la repetición del verbo de existencia "ser", conjugado en pretérito imperfecto, subraya precisamente la dimensión pasada de una vida marcada por una carencia fundamental, la de los procreadores, que parecen haber sido remplazados por un sistema de producción cuyo objetivo es comercial. La vida del personaje se asimila a una función corporal que consiste en deshacerse de todo aquello que ya no es útil para el mecanismo llamado cuerpo: es el reflejo de la sociedad que la produjo. De hecho, Yoni Rei es objeto de experimentos sobre la funcionalidad o no funcionalidad del cuerpo humano. El narrador explica que se trata de bebés abandonados a corporaciones para que se practiquen experimentos sobre ellos. La razón de ello es el supuesto descubrimiento que la familia es la matriz de futuros sociópatas. Se les propone a las madres jóvenes, en vez de

---

[480]   Pepe Rojo, "Conversaciones con Yoni Rei", en Miguel Angel Fernández Delgado, (ed.). *Visiones periféricas: antología de la ciencia ficción mexicana*, Buenos Aires, Lumen, 2001, p. 188–199, p. 188.

[481]   *Ibidem.*

realizar un aborto, entregar su progenitura a cambio de algunas ventajas. La ortografía del nombre del personaje hace pensar en la manera en que las clases populares adaptan nombres en inglés recurriendo a ortografías aproximativas, lo que sitúa claramente el origen social del personaje y proporciona un marco social al abandono por parte de su madre. En este universo ficcional, el gesto de donar su cuerpo a la ciencia sufre una inversión de su lógica al colocar esa elección al inicio de la vida del sujeto, con lo cual se convierte en una "no-elección" basada en desigualdades sociales.

Paradójicamente, el mejor portavoz de esos experimentos, –y del trans/poshumanismo– es el personaje mismo que, desde la subjetividad de un cuerpo que se desintegra, y por ende desde una subjetividad "otra", se explica:

**Corte A:**           Primera conversación con Yoni Rei.

**Entrevistador:**   Yoni, ¿nos podrías explicar por qué cortaste tu mano izquierda?

**Yoni:**     Porque no la necesitaba.

**Entrevistador:**   Si no la necesitabas, entonces ¿por qué implantarte otra mano derecha en lugar de la izquierda?

**Yoni:**     Porque soy derecho.

**Entrevistador:**   ¿Qué es lo que estás tratando de lograr?

**Yoni:**     Hacer que el cuerpo humano funcione mejor. Y si no mejora, entonces que deje de existir.[482]

Remplazar un miembro ineficaz (aquí la mano izquierda) por otro que sí lo es (o lo es más) establece un paralelo entre el cuerpo del personaje y un cuerpo social que obedece a la misma lógica. Lo tajante de las respuestas del personaje es un reflejo de la mecanización y de las mutilaciones sufridas por su cuerpo. Yoni Rei, su cuerpo y sus palabras, son una misma cosa; se funden en medio de una demostración siniestra que tiene por cimiento el postulado transhumanista del hombre mejorado. Y, de hecho, en la última réplica de esta cita, el personaje expresa claramente esta premisa transhumanista. Pero su correlato implica que, ante el fracaso de la supuesta mejora, la opción no es siquiera un hombre disminuido por medio de mutilaciones sino un hombre suprimido. Yoni

---

[482]   *Ibidem*, p. 189.

Rei aplica a su cuerpo esta lógica particular, lo cual lo lleva a la automutilación y otros experimentos, cada uno más grotesco que los otros. Su relación con su cuerpo es una "no-relación" ya que este es una instancia en vías de desaparición, y esto desde su nacimiento. Si no tiene una relación con su cuerpo es porque ningún ser humano lo tocó en el momento de nacer:

> Yoni Rei fue criado por una máquina siempre sonriente, fue amamantado por un pezón de silicón, con calor simulado, para que no extrañara. Yoni Rei fue comprado como carne para experimentar. ¿Alguien tiene una idea de con qué lo alimentaron? ¿Alguien sabe qué canciones de cuna le cantaba una computadora [...]?[483]

El tono de arenga dirigida a los televidentes (con una serie de reiteraciones) evoca la imagen de una multitud movida por el gusto de lo mórbido, el voyerismo y complacencia hacia la desdicha ajena. En la primera frase, la ruptura creada por la asociación entre los verbos que implican la necesidad por parte del sujeto de nutrirse tanto de alimento como de afecto ("criar", "amamantar") con lo inorgánico ("máquina", "pezón de silicón") culmina naturalmente en la conclusión mercantil y científica expuesta en la segunda frase. El efecto producido es el de una gradación ascendente que va de la despersonalización a la mercantilización del sujeto. A lo largo de todo el relato, el sujeto concibe su cuerpo como un engranaje que no le pertenece. Su deshumanización lo lleva a automutilarse y a mutilar el cuerpo del prójimo, hasta injertarse a sí mismo el cuerpo de un bebé muerto (sumun del horror en el texto) para crearse la ilusión de tener un hermanito, para no sentirse solo. Este episodio forma parte de la tercera crisis de paranoia.

El título del cuento suscita una expectativa dialógica. El diálogo como medio de interacción y de (re)conocimiento se transforma aquí en el sitio de expresión de un sinsentido. El modelo del diálogo ciencia-ficcional, entre aquel que posee un saber y aquel que desea adquirirlo, estalla en pedazos a través de las respuestas que Yoni Rei proporciona al animador del programa televisivo:

**Corte A:**        Cuarta conversación con Yoni Rei [...]
**Entrevistador:**  ¿Qué es lo que Yoni Rei le <u>pediría al mundo</u>?

---

[483]  *Ibidem.*

**Yoni:**      Lo que <u>más quiero yo</u> es que un <u>brazo mecánico me acaricie</u> en las noches, antes de dormir.

**Entrevistador:**   Si hay algo que le <u>quisiera decir al mundo</u>, ¿qué sería?

**Yoni:**      <u>Que chinguen a su madre</u>, ya que por lo menos tienen una.[484] [subrayado nuestro]

Este diálogo instaura un juego de paralelismos y oposiciones revelador. El discurso del personaje dibuja el trayecto que va desde la solicitud ("pedir"), pasando por la súplica ("lo que más quiero") hasta la proclamación/invectiva ("que chinguen..."). Los elementos de este discurso entran en relación unos con otros, pero se trata de un cruce de elementos discordantes: "brazo mecánico" // "madre"; "acariciar" // "chingar". La lógica de las relaciones con el prójimo, aquí con la madre o con el afecto en sentido general, aparece dislocada. De esta manera el amor materno es una formulación imposible, algo que no puede ser ni dicho ni pedido. El insulto que cierra el diálogo esconde un grito infantil que permanece indecible: "¡quiero a mi mamá!". La figura materna o de substitución, el hecho de ser tocado por otro ser humano, elementos esenciales en la constitución del ser, están ausentes de la vida de Yoni Rei. La descripción anterior menciona una serie de elementos relacionados con lo alimenticio, tanto fisiológica como psicológicamente (seno materno, pezón, calor, canción de cuna), que constituyen el universo del recién nacido; pero en el universo de la diégesis y del personaje, tales elementos se han mecanizado.

La expresión "chingar a su madre" remite a una realidad lingüística profunda. Las malas palabras, por su carácter visceral, ponen de manifiesto algo del orden de lo vital. Para aquel que las pronuncia, hacerlo significa de cierta manera postular firmemente y en voz alta su "ser/estar en el mundo". La mala palabra, en este caso preciso, implica una acción relacionada con una prohibición ancestral, ataca algo sagrado: el amor materno. Por otro lado, se trata del único elemento de la diégesis que remite a México. Este carácter único incita a profundizar el sentido del acto mismo de su pronunciación en el texto y las circunstancias en las que son proferidas. La expresión, que reenvía a un imaginario colectivo y, según Paz, al conflicto del mexicano con su madre simbólica, aparece aquí en la boca de un personaje cuyo cuerpo se desagrega. Yoni Rei, como cuerpo que pierde su corporeidad, podría ser una metáfora de

---

[484]   *Ibidem*, p. 196.

México o del miedo que ese cuerpo social, ese país, se desagregue en el sinsentido y/o la violencia.

El desenlace del cuento narra cómo Yoni Rei conoce a su media naranja (en el marco de este texto, cualquier evocación de una mitad puede implicar lo peor). Él (o ella) se llama Sari. Él/ella fue un bebé de laboratorio sobre el cual se realizaron un número incalculable de operaciones de cambio de sexo, lo que hace imposible saber cuál fue su sexo de nacimiento. Para Yoni es lo ideal: "Es lo mejor, es hombre, es una mujer, no es ninguno de los dos. No opina. Siempre sonríe. Y lo mejor de todo, es buenísima en la cama"[485]. Sari muere y Yoni se consagra a un último objetivo, crear un lenguaje a su imagen y semejanza:

> [...] su nuevo implante cerebral, en el que gastó una fortuna, era para revolver el lenguaje, y hacer del lenguaje un revólver. [...] El lenguaje estaba vivo, pero todo el mundo lo quería muerto. El implante iba a cambiar todas las palabras que Yoni Rei elegía al hablar, y las iba a sustituir aleatoriamente por una selección de miles de palabras que Yoni había escogido. Después de usarlas todas, iba a empezar con el Real Diccionario de la Lengua Española.[486]

El proyecto de Yoni Rei, enunciado a través de un quiasmo algo estereotipado, contrasta por su esquematismo binario con su resultado. Un lenguaje vivo es aquel que avanza, se transforma, muestras huellas de hibridismo... Quererlo muerto implica fijarlo, hacerlo estático e inmutable. La última etapa del proyecto lingüístico de Yoni Rei postula atacar la Norma. Etapa que es reflejo de un conflicto centro-periferia del cual las teorías posmodernas hacen uno de sus cimientos. El proyecto de Yoni Rei implica que el lenguaje se convierta en arma de defensa de su propio ser en proceso de transformación permanente. Es un medio de supervivencia. Paradójicamente, la creación de ese lenguaje-supervivencia tiene por punto de partida, y como medio, la técnica; esa misma técnica en el origen de la desintegración del personaje como sujeto. No es de asombrase entonces que el resultado del experimento sea un lenguaje totalmente desagregado:

**CORTE A:**    Quinta [y última] conversación con Yoni Rei.

**Entrevistador:**    ¿Cómo te has sentido después de la muerte de Sari?

---

[485]    *Ibidem*, p. 198.
[486]    *Ibidem*.

**Yoni:**        Como los esfínteres que adornan mi bicicleta.

**Entrevistador:**   ¿Cómo has logrado superar esta etapa?

**Yoni:**        Por una adicción celular al poliéster.

**Entrevistador:**   ¿Qué planes tienes para el resto de tu vida?

**Yoni:**        Ejercer hidrofobia en sobretiempo.

**Entrevistador:**   Muchas gracias, Yoni. Suerte. ¿Algo que quieras agregar?

**Yoni:**        Viva la evolución technicolor del espectáculo.[487]

Este diálogo se construye sobre el desfase entre las preguntas llenas de humanidad, y que sugieren el trabajo del duelo, y las respuestas que hacen emerger un lenguaje desconstruido. Este despliegue del sinsentido hacer pensar en el *OuLipo* (Taller de literatura potencial) o Dadá, sugiriendo así que el sinsentido puede rimar con libertad recuperada. Sin embargo, este diálogo puede ser leído como una manera de imitación de un lenguaje-máquina, un lenguaje que no instaura un saber humano. La última frase pronunciada por Yoni Rei, lógica y transparente en relación con las otras, devuelve al lector a la banalidad: la imposición de la sociedad del espectáculo y del voyerismo a ultranza.

El fin del texto:

Yoni pasó el final de sus días como una masa de carne con orificios que había copulado con una masa de metales oxidados e inútiles.

Poco antes del final de su vida, un grupo de investigación decidió llevar a cabo un último experimento que consistía en conectar las terminales eléctricas y neuronales que quedaban de Yoni a un procesador de palabras.

El resultado fueron 13.553 cuartillas de material completamente incoherente. Pero en la hoja 13.552, se encontró una oración, rodeada por cientos de signos sin sentido: *Estoy cansado.*

A los pocos días Yoni Rei murió.

¿Quién lo puede culpar? ¿Alguien ha estado haciendo un mejor trabajo que él?

FADE OUT[488]

Al final de su vida, el personaje parece haber recuperado su humanidad a través de esa frase que parece emerger de un magma lingüístico.

---

[487]   *Ibidem*, p. 198–199.

[488]   *Ibidem*, p. 199.

Existe otro magma en el texto, uno invisible, el de la masa de televidentes cuyos únicos signos de presencia en la diégesis son los ruidos por ellos emitidos y retranscritos. Esa masa informe y absurda, al igual que el personaje, se halla anestesiada y sumergida en un sinsentido general para el cual Nancy creó el neologismo en francés "structution": un "amontonamiento desprovisto de ensamblaje"[489]. En "Conversaciones con Yoni Rei" las luciérnagas son casi imperceptibles, todo se encuentra sumergido por las luces cegadoras de los focos y las aclamaciones de esa multitud invisible. El cuerpo del personaje es el lugar en el que la utopía transhumanista muta de forma monstruosa en distopía no forzosamente poshumanista. En efecto, Yoni Rei no se convierte en una entidad distinta de *Homo sapiens*. Es un procedimiento fallido que muestra el proceso mismo de su fracaso. Es la imagen de la tecnoestructura que lo produjo. El cuento de Rojo anticipa las palabras de Raymonde Ferrandi, psicóloga activa en *Mediapart*:

> Las evoluciones que implican el franqueamiento de la superficie corporal y la organización de la herencia de caracteres adquiridos parecen crear una ruptura con el antiguo orden. Sin embargo, a pesar de todo lo que haya podido ser dicho sobre la piel como límite imaginario del cuerpo y como soporte de la representación de los límites de nuestro "yo" (Anzieu, 1985), no son tanto las transformaciones del interior del cuerpo o la artificialidad de ciertos órganos, de ciertos procesos, los que pueden modificarnos profundamente, sino más bien la externalización generalizada de los centros de decisión. A tal punto que podemos temer ver nuestros cuerpos y lo que nos queda de pensamiento transformados en terminales de una tecnoestructura: es ir más lejos que el control social en su forma actual, en relación con el cual, en ciertas condiciones, el retroceso es todavía posible. Pero entonces, en virtud del carácter cambiante de nuestros envoltorios psíquicos, la transformación sin duda ya se ha iniciado.[490]

En efecto, ya se ha iniciado en el seno de la reflexión que lleva a cabo la ciencia ficción en general y la corriente *cyberpunk* en particular. "Conversaciones con Yoni Rei" cumple con el deber de imaginación del cual nos habla Anders y coloca a la ciencia ficción mexicana en el nivel de lo insólito altamente político.

---

[489]   "structution": un "amoncellement privé d'assemblage". Jean-Luc Nancy, *op. cit.*, p. 61.

[490]   Raymonde Ferrandi, "Homme augmenté…ou diminué", *Passages*, Quels transhumanismes?, Troisième trimestre 2016, p. 23–27, p. 27.

## Gerardo Horacio Porcayo, "El caos ambiguo del lugar" (*Visiones periféricas*, 2001)

Según el sitio web *Tercera Fundación*, este cuento fue publicado inicialmente en 1996 en la revista argentina de ciencia ficción *Axxón*. Según el párrafo de presentación del cuento en la edición de *Visiones periféricas*, Porcayo obtuvo con este en 1994 la segunda mención honorífica del concurso "Más allá" del cuento inédito de ciencia ficción, otorgado por el Círculo Argentino de Ciencia ficción y Fantasía[491]. Especie de reescritura de *Alicia en el país de las maravillas* versión *cyberpunk*, "El caos ambiguo del lugar" prefigura ciertas ficciones llevadas tanto a la pantalla grande (desde la serie de películas *Matrix* hasta *Eternal sunshine of the spotless mind*) como a la pantalla chica (desde *Black Mirror* hasta *Maniac*). El cerebro y el inconsciente se convierten en un espacio por conquistar. Un personaje femenino, Alicia, penetra en los meandros del cerebro de un personaje al que se ha sumergido médicamente en un estado inconsciente, semejante al coma. Los detalles del experimento y la identidad de este último personaje se revelan hacia el final del relato. Algunos han visto en esta temática, la incursión en el cerebro y en el inconsciente, una submodalidad de la corriente *cyberpunk*, a saber, el *neuropunk*: "Como *neuropunk* se debe entender aquella literatura en la que el órgano del cerebro oficia de foco neurálgico del relato, ya sea como tema, personaje, clave de lectura o incluso lugar"[492]. Sin embargo, antes de ser una variante del *cyberpunk*, abordar el funcionamiento del inconsciente y del cerebro se sitúa en la continuidad del surrealismo. Esta relación de continuidad entre surrealismo y *neuropunk* aparece desde el epígrafe del cuento proveniente de *Comment on devient Dalí* (1973, traducido al español bajo el título *Confesiones inconfesables*): "La forma es una reacción de la materia bajo la coerción inquisitorial envolvente del espacio duro. La libertad es lo informe. La belleza es el espacio final de un riguroso proceso inquisitorial. Todas las rosas nacen en una prisión"[493]. Se trata de la reflexión en torno a la creación y las limitaciones que pesan sobre ella. Según los términos de la cita, los objetos de la realidad empírica son el resultado

---

[491]    *Visiones periféricas: antología de la ciencia ficción mexicana*, *op. cit.*, p. 163.

[492]    Nelson Darío González, *op. cit.*, p. 345.

[493]    Gerardo Horacio Porcayo, "El caos ambiguo del lugar", en Miguel Ángel Fernández Delgado, (ed.). *Visiones periféricas: antología de la ciencia ficción mexicana*, Buenos Aires, Lumen, 2001, p. 164–170, p. 164.

de una transubstanciación limitante e impuesta por nuestros sentidos. El vehículo de esta limitación es el espacio y sus dimensiones, en todo caso aquellas a las cuales tenemos acceso mediante nuestra percepción. Lo informe, el caos, es prueba de una libertad que suspende todo ideal estético. Libera el arte de su prisión. Estas consideraciones sobre el epígrafe señalan el objetivo ambicioso del texto de Porcayo como proyecto estético.

La corriente *neuropunk* se detiene en la dimensión técnica y científica de la incursión en los mecanismos de funcionamiento del cerebro. Se detiene particularmente en las posibilidades de manipular el cerebro, no recurriendo a sustancias (como los surrealistas) sino a la ciencia y la técnica. Sin embargo, es necesario subrayar que las búsquedas estéticas de Dalí tenían una dimensión técnica y científica que aparece en filigrana en el texto de Porcayo. Por otro lado, el cuento, publicado al final del siglo XX, anticipa la revolución técnica en torno a la realidad virtual, una de las declinaciones del hombre aumentado. Sobre la realidad virtual, Raymonde Ferrandi escribe:

> Se trata de experiencias totales que dejan poco lugar a la posibilidad de extraerse de ellas, como en las alucinaciones. Lo que representa un paso suplementario con relación al carácter reversible, amovible de las aumentaciones anteriores: se puede bajar el fusil; se puede, aunque con dificultad, retirar un marcapaso. Podemos levantar los ojos del libro que leemos. El individuo sumergido en su mundo ficticio en el cual se encuentra amarrado, ¿podrá todavía ser capaz de quitarse su casco y guantes sensoriales?[494]

El desenlace del cuento busca poner de manifiesto la invasión de lo virtual en la esfera de lo real. Este fenómeno aparece, a través de la percepción del personaje principal, como el punto culminante de un proceso de desagregación de la dimensión espaciotemporal.

El segundo epígrafe proviene de la letra de la canción "Amor amarillo" (sacada del álbum epónimo de 1993), del cantante argentino Gustavo Cerati. El epígrafe de Porcayo no coincide exactamente con la letra de la canción. En la siguiente cita, colocamos entre corchetes la letra de la canción tal y como la encontramos reproducida en distintas páginas web: "Al vientre tuyo [adentro tuyo] // caigo del sol. // Al vientre tuyo [adentro tuyo] // de silicón [es único] // de silicón [es único]"[495]. Es difícil

---

494    Raymonde Ferrandi, *op. cit.*, p. 24.
495    Gerardo Horacio Porcayo, *op. cit.* p. 164.

determinar el origen de estas modificaciones; saber si se trata de una voluntad del autor del cuento de modificar la letra de la canción introduciendo un elemento de corporeidad artificial (un vientre de silicón), lo cual anuncia la temática poshumana. Acústicamente, dada la sonoridad psicodélica de la canción que deforma la voz del cantante, la diferencia entre las dos versiones no es muy perceptible. Además, el título de la canción ("Amor amarillo") es una especie de sinestesia que parece directamente sacada de un texto de Roberto Arlt y que también hace pensar en una imagen psicodélica. De hecho, la interpretación de Cerati busca crear el efecto de un "trip", al igual que el texto de Porcayo.

El epígrafe y el título establecen de esta manera un pacto de lectura: el texto va a sumergirnos en un universo movedizo. Desde el íncipit aparecen motivos que reenvían al texto de Carroll (un reloj con una cadena, un árbol con una entrada misteriosa), pero que se encuentran insertos en un espacio indefinido:

> El vómito podía quedar atrás…
>
> Alicia miró por segunda vez la rayada esfera del reloj. Era uno grande, ciclópeo y añejo como el mismo universo. Su cadena se extendía como la cola de un ratón infinito, se perdía en la distancia, en el caos ambiguo del lugar… La entrada semejaba a un árbol contrahecho y podrido. Quizás algo más, algo que no se concretaba: un diseño geométrico volcándose sobre sí mismo, generando un espectro de confusión.[496]

El lugar en el que se halla el personaje consiste en una serie de encrucijadas movedizas y umbrales que separan estratos espaciales. La dimensión alucinatoria de la descripción (un caos ambiguo) busca establecer un nexo evidente con la alteración de la percepción producida por ciertas drogas, el LSD en particular. A medida que el personaje deambula entre múltiples pasajes, se modifica no solo la percepción de este sobre el entorno sino también la que tiene de sí mismo. En efecto, Alicia envejece a toda velocidad, luego se da el proceso inverso hasta que se encuentra en el cuerpo de una niña. Un conejo (referencia evidente a Carroll) que se encuentra en uno de sus bolsillos (un peluche) también se ve sometido a transformaciones. La mención del reloj, además de la referencia a Carroll, reenvía claramente a la tela de Dalí *La persistencia de la memoria* (1931), también conocido más popularmente como *Los relojes blandos*. De hecho, el texto de Porcayo busca establecer un diálogo con el surrealismo y sus

---

[496]  Gerardo Horacio Porcayo, *op. cit.*, p. 164.

búsquedas sobre el inconsciente; la obra de Dalí representa un aspecto mayor de dicho diálogo. Una de las primeras visiones que experimenta el personaje cuando accede a ese lugar extraño hace pensar no solo en ciertas telas de Dalí sino también en otros representantes del surrealismo u otras corrientes artísticas que se alejan de la representación realista:

> Esto no puede estar pasando, no puede ser, se dijo observando detenidamente el ovoide de tela que, en un bordado deslucido, mostraba el corte transversal de un cerebro, híbrido de metal y materia orgánica. Lejos de asegurarle su estancia en el plano real la remitía a un nuboso conjunto de experiencias disímiles.[497]

La forma ovoide hace pensar en las figuras de maniquíes recurrentes en las telas de Chirico. Pero en este caso es la tela misma la que tiene esta forma. Esta representa un cerebro híbrido constituido por una fusión o superposición de elementos, lo cual crea un efecto especular con el espacio en el que deambula Alicia, que no es sino el cerebro de otro personaje. La escena, dada la dimensión especular señalada, constituye una *mise en abyme* del decorado de la diégesis. También hace pensar en obras como *Tatlin à la maison* (1920) de Raoul Hausmann, tela en la que se puede ver la cabeza de un hombre con formas mecánicas superpuestas sobre ella, o también su escultura *Tête mécanique* (1919–1920), maqueta de madera de una cabeza humana con aparejos incrustados. El cuento de Porcayo es una especie de metáfora de una búsqueda artística, la búsqueda de una forma de expresión capaz de dar cuenta de los mecanismos cerebrales en el origen de su misma creación. Ese lugar caótico y ambiguo es una imagen del inconsciente:

> Tal vez aquí la lógica está prohibida, razonó, abrió los ojos, sin mirar a su alrededor, dando media vuelta, regresando sobre sus pasos. Y la encrucijada había crecido. De hecho, ya no podía llamarse encrucijada. Era un asterisco hipertrofiado. Los umbrales múltiples y llamativos se extendían en seductores arcos de diferentes tendencias, por allá surrealismo y otras, inclasificables.[498]

A propósito del "desplazamiento de la realidad" que atraviesa su obra, llamada "aberración visual", Dalí afirmaba que nunca deformaba, sino

---

[497] *Ibidem*, p. 165.
[498] *Ibidem*, p. 166.

que transformaba[499]. Siguiendo los postulados del artista presentes en el epígrafe elegido por Porcayo, las cosas no pueden ser de otra manera en su cuento. La deformación implica que, previamente al acto creador, hubo un estado de representación coincidente con lo que creemos ser lo real. Ahora bien, según Dalí, la forma es en su origen "reacción de la materia" ante la acción ejercida sobre ella por el espacio. No se puede deformar lo que ya lo está de antemano. El ordenamiento de las formas del mundo, tal y como lo percibimos, es un engaño de nuestros sentidos. Ciertas búsquedas artísticas exploran las posibilidades de transformación de esas formas y, de esta manera, revelan el potencial del mundo de mostrarse a nosotros de otra manera.

Las "aberraciones visuales" dalinianas (estereoscopias, anamorfosis, imágenes virtuales) aparecen sugeridas en las descripciones de ese lugar en el que se encuentra inmerso el personaje con, no lo olvidemos, un conejo. Dalí cuenta una anécdota de su infancia. Su padre lo había abonado a una revista juvenil al final de la cual figuraba una adivinanza en imagen. En esta, en medio de un tupido follaje, se disimulaban ya sea un conejo o una muñeca. Ante la estupefacción de su familia, el joven Dalí no se satisfacía con encontrar un conejo o una muñeca, sino varios conejos y muñecas al mismo tiempo. Dalí menciona esta anécdota notando que se trata del germen de lo que más tarde llamará "visiones paranoicas"[500]. La holografía forma parte de los últimos campos de investigación de Dalí. Para él, esta es "la anamorfosis de las anamorfosis":

> Las anamorfosis más logradas son aquellas que representan la muerte, concretamente un cráneo. Deforman por medio de vías ópticas, estiran, extienden legítimamente la existencia hacia la red muaré de las interferencias que nos llevan hoy a la inmortalidad de las imágenes grabadas holográficamente gracias a la luz coherente del provisorio láser.[501]

Esta cita, por su solo barroquismo, se asemeja al universo con reflejos muaré del cuento de Porcayo. En este universo, todo se halla sometido al cambio. El conejo, personaje central del cuento, muta también. En un

---

[499] Salvador Dalí y Daniel Abadie, *Salvador Dalí: rétrospective 1920–1980, 18 décembre 1979–21 avril 1980, Centre Georges Pompidou, Musée national d'art moderne*, París, Centre Georges Pompidou, 1980, p. 391.

[500] *Ibidem*, p. 393–396.

[501] *Ibidem*, p. 391.

momento dado, ya no tiene el aspecto inocente de un peluche sino el de un ser amenazante y lúbrico:

> Su ternura había trocado en una acidez mortal. Numerosas arracadas pendían de su oreja izquierda. Sus ojos de botón estaban cubiertos por gafas llenas de leds y superficies de azogue. Lo demás era demasiado. Su cuerpo estaba exento de peluche y tela; sólo músculos inverosímiles y en su bajo vientre una erección enorme se combaba fuera del bolsillo de su chamarra.[502]

En este fragmento, lo barroco se torna grotesco con toda la polisemia de ambos términos. Tantas referencias visuales contribuyen a la ambigüedad y al caos como matriz textual. El conejo ayudará al personaje a encontrar algo o alguien cuyo rastro perdió, sin dejar de hacerle comprender que su ayuda no será gratuita…Sin embargo, en el momento de pasar de un estrato espacial a otro, el conejo se desintegra en huesos y polvo. El reloj se cae y se desintegra en pepitas de oro que Alicia tendrá tiempo de recoger y guardar consigo. De repente, el objetivo de la aventura se concretiza, por lo menos desde el punto de vista del personaje:

> <u>La pauta estaba dada</u>…<u>Dadá</u>. Sí, esa era la clave. Un mundo sin lógica, la sinrazón pura. Y aun así toda demencia tiene su origen. Imágenes probables plagaron su materia gris: ojos desorbitados, boca espumosa, un dios babeante al final del laberinto.[503]

El conjunto de la diégesis implica una dimensión onírica, pero en esta última citación en particular encontramos uno de los procedimientos del sueño para narrar: la figuración o figurabilidad. En efecto, el sueño transforma los pensamientos inconscientes en imágenes. Las palabras y las frases se convierten en "cosas". Lo que importa no es el sentido de esas palabras o frases sino su imagen acústica. El segmento de la frase subrayado procede a una reduplicación de palabras que se distinguen entre sí por el desplazamiento del acento diacrítico en la segunda. Este juego de palabras se encuentra inmerso en una masa deforme de imágenes. La anécdota de la adivinanza de Dalí encuentra aquí un eco textual. Hay que remplazar el conejo disimulado por la corriente artística cuyo significante y significado emergen como clave para el personaje. Esta revelación, en el sentido primero del término, se halla inserta en el interior de un espacio que representa el inconsciente. Lo que normalmente sucede

---

[502] Gerardo Horacio Porcayo, *op. cit.*, p. 166.
[503] *Ibidem*, p. 167.

en el exterior (la interpretación del sueño) sucede en el interior: el sueño se autoanaliza por medio de una incursión en sus mecanismos.

Por otro lado, el texto, al jugar con la superposición de referencias diversas, sugiriendo rupturas entre fronteras de índole diversa (evidente con la emergencia del término Dadá), y al crear un marco espaciotemporal rizomático, es obvio que busca establecer un nexo con las teorías posmodernas. Es significativo que el cuarto capítulo de la antología *Visiones periféricas* se titule "Posmodernidad y cyberpunk", como si este subgénero de la ciencia ficción se prestara particularmente para reflejar aquella "universalidad de la contingencia", el "poder de la subjetividad" y el "derribamiento de muros culturales" descritos por Lyotard. Nelson Darío González lo expresa de esta manera, a propósito de la corriente *neuropunk*:

> Así, un aura de indeterminismo distingue a la ciencia ficción con el cambio de milenio, en consonancia con el sentimiento preponderante de incertidumbre tras la caída en descrédito de las grandes metanarrativas descrita por teóricos como Jean- François Lyotard y Fredric Jameson. Así que la perplejidad es una condición ligada a la consolidación del *neuropunk*.[504]

La irrupción del monstruo en el centro del laberinto funciona como una imagen codificada (en todo caso reconocible) que se puede relacionar fácilmente con una tradición cultural. Y su aparición en medio de un magma de imágenes heteróclitas subraya la voluntad de otorgarle al texto una dimensión posmoderna.

La manera en que el cuento evoca corrientes artísticas, mimando a través de la escritura sus procedimientos formales, pone de manifiesto la intención del autor de darle densidad conceptual. Está búsqueda se vuelve rápidamente pretensión intelectualista; la imbricación de referencias plurales hace que la anécdota pierda inteligibilidad. Este es el reproche que se le puede hacer a buen número de representantes de la corriente *cyberpunk* en México, pues el texto de Porcayo no es un caso aislado en este sentido.

Llegando al desenlace, se encuentra librando un combate mortal con el Minotauro. Pero la imagen-símbolo corriente cede también su lugar a otra: de repente el Minotauro aparece "disfrazado de ejecutivo, la calva brillando y la sonrisa inmaculada". En el imaginario colectivo mexicano,

---

[504] Nelson Darío González, *op. cit.*, p. 357.

la imagen evoca la del "licenciado". Por el momento señalemos que, al igual que el conejo, le propone un arreglo, pero esta vez la propuesta es de índole material: "el oro del mundo, las perlas de la virgen, lo que quieras"[505]. El Minotauro/licenciado no logra resistir a la tentación cuando Alicia agita su capa e inmediatamente "embistió". Antes de morir bajo el golpe de espada de Alicia le dice: "Te puedo dar la realidad". "Alicia extrajo la navaja. Cerró los ojos y se concentró en el frío acero hasta transformarlo en bisturí laser. Lo demás fue sencillo. Emergió agotada. Hastiada de su oficio"[506]. Y en esta etapa el lector puede estar igualmente agotado...El verbo "embestir", añadido a las imágenes fálicas de la espada y el bisturí, aunque desplazadas en el personaje femenino, le dan a la escena una connotación sexual que se confirmara brutalmente acto seguido.

Pero justo antes, el lector dispone por fin de una explicación científica sobre todo lo que acaba de leer. Alguien le retira unos electrodos a Alicia, el texto precisa que ella y otros personajes se hallan en un hospital de servicios mentales y que ella acaba de salvar al presidente (o al mundo, como ella misma lo señala) y finalmente: "Estaba harta de ser la experta en eliminación de traumas, de hundirse, vía computadora y realidad virtual, en psiques rebosantes de patologías"[507]. La asimilación del cuento a la corriente *neuropunk* solo se puede llevar a cabo tras su lectura íntegra. La explicitación/explicación del *novum* es paralela al acto de abandonar el lugar del caos ambiguo y de encontrarse en un marco más "normal", lo cual, tras la mención del presidente, nos incita a establecer un nexo con lo extratextual.

El marco temporal de la escritura del cuento oscila entre 1994 y 1996. La descripción, incluso somera, del "licenciado" (último avatar del conejo mutante) tiene gran parecido con Carlos Salinas de Gortari, presidente entre 1988 y 1994. Podemos hacernos con justa razón la pregunta sobre el sentido de la propuesta del "licenciado"[508]: "te puedo dar la realidad".

---

[505]  Gerardo Horacio Porcayo, *op. cit.*, p. 168.

[506]  *Ibidem*, p. 168–169.

[507]  *Ibidem*, p. 169.

[508]  No hay que olvidar que, en México, la era de los "licenciados" se refiere a la llegada al poder ejecutivo de los civiles. En 1946, esta nueva época es inaugurada por Miguel Alemán, primer presidente del México posrevolucionario que no era militar de carrera. Estos "licenciados" eran en su mayoría egresados de las grandes universidades norteamericanas. Salinas de Gortari era su emblema.

Al nivel de la diégesis, esto podría querer decir simplemente que él permitiría a Alicia salir de su mente, de ese caos ambiguo. Si buscamos hacer una transposición a la realidad extratextual, esto abre el camino a una interpretación política en relación con el contexto mexicano de esos años. ¿Acaso ese lugar del caos ambiguo no puede ser una metáfora del México neoliberal? ¿Ese México que osciló entre la entrada en vigor del TLC en 1994 y la firma de los Acuerdos de San Andrés entre el presidente siguiente (Zedillo) y la guerrilla neozapatista, que luego permanecieron letra muerta? Entre esos dos momentos, un candidato a la presidencia es asesinado, lo que provoca un caos político. ¿Se trata acaso de un país cuya Constitución emana de una revolución, pero cuyo modelo económico es capitalista? México, el lugar del caos ambiguo. ¿Qué realidad puede proponer ese presidente-licenciado? ¿No se trata más bien de una astucia para no desvelar hechos ocultos? ¿No habría que comprender "verdad" en vez de "realidad"?

El desenlace del cuento es más bien un antidesenlace, de tanto como la anécdota se muestra alambicada o muestra sus pliegues escondidos. Una vez en su recámara, Alicia encuentra en uno de sus bolsillos las pepitas de oro (cual los *hrönir* de Tlön). Con inquietud hunde su mano en el otro bolsillo... Ante ella, el conejo ha alcanzado dimensiones humanas. Se abalanza sobre ella y la viola...En medio de esta escena violenta, un término que denota la anatomía de Alicia llama la atención (o más bien no cuaja): "Alicia sintió que su cabeza giraba vertiginosamente mientras la enorme erección penetraba más allá de su cavidad incubadora"[509]. Curiosa manera de referirse a los órganos genitales femeninos...El lector no tiene tiempo de asimilar esta alteridad léxica ya que el relato llega a su fin, con las mismas palabras con las que se inició ("El vómito..."), salvo que, tras la frase que retoma el título del cuento, "el caos ambiguo del lugar", una serie de cifras vienen realmente a cerrarlo: "02.04.93. 16:10 / 18.08.93. 00:51"[510], cifras que evocan las fechas y horas de un reloj digital. Estas fechas y horas, que aparecen como un intervalo de algunos meses en el transcurso del año 1993, ¿pueden acaso corresponder a la escritura del cuento, a su concepción? Por su lugar tipográfico remplazan la manera tradicional de consignar la fecha y lugar de escritura de una obra por parte de ciertos autores. Pero su aspecto digital, asociado a la mención de un reloj en las líneas precedentes, hace pensar que forman

---

[509]   Gerardo Horacio Porcayo, *op. cit.*, p. 169.
[510]   *Ibidem*, p. 170.

parte de la diégesis. A la circularidad de la trama se añade la confusión entre niveles narrativos, lo extratextual y lo textual. Por otro lado, la identidad del personaje permanece borrosa: ¿mujer o máquina? De tal manera que el lector es invitado a releer el cuento (si tiene el valor…o la obligación) para encontrar indicios sobre la identidad de Alicia. Frases como "Alicia hizo de sus laberintos neuronales un dédalo perfecto"[511] o [r]ebuscó en su conciencia el sentimiento de venganza"[512] o "[s]u mente se convirtió en una computadora. Fórmulas conformando el universo consensual"[513] que, en una primera lectura, y dado el carácter alambicado del relato, pasan algo desapercibidas, sugieren de repente la existencia de pliegues escondidos que pueden revelar una inteligibilidad disimulada, como los conejos de Dalí. El cuento de Porcayo logra fundir fondo y forma. Incluso trabajosamente, su proyecto estético posmoderno cristaliza en su texto, y las temáticas de la corriente *cyberpunk* le sirven de vehículo eficaz para construir su poética del caos.

Los cuentos que pertenecen al *cyberpunk* son los que mejor ponen de manifiesto la crítica de un mundo vuelto máquina. No se trata de una *hard science fiction*, esa vertiente del género que se apoya en datos científicos complejos y que requiere conocimientos agudos para poder penetrar en sus universos ficcionales, sino de ficcionalizaciones de las sociedades del sinsentido creado por la tecnocracia, fundadas en la búsqueda de grandes ganancias. Marc Angenot se refiere a una "ininteligibilidad racional" para calificar una etapa del relato de ciencia ficción en la cual la fe en la racionalidad del progreso se ha dejada atrás: "Este oxímoron es esencial: es un mundo estructurado y monstruoso, funcional y estúpido, compacto y fluido, bárbaro e hipercivilizado, totalitario y compartimentado, en el cual reina la violencia aterciopelada de la irresponsabilidad general"[514]. Estos juegos de contradicciones son tanto más terribles cuanto que hacen pensar no solo en los universos diegéticos descritos en estos cuentos sino también en lo que sucede *en este momento*. El mayor reto de estos textos es representar ese mundo, su funcionamiento y el proceso que lleva a ese estado de cosas, todo ello haciendo inteligible (legible) algo que no lo es. Si el catastrofismo pertenece al ámbito de las teorías de la discontinuidad, aquellas que postulan que un estado dado

---

[511]	*Ibidem*, p. 166.
[512]	*Ibidem*, p. 167.
[513]	*Ibidem*, p. 168.
[514]	Marc Angenot, *op. cit.*, p. 236.

es la consecuencia de una ruptura[515] (y que la historia es una sucesión de rupturas y de crisis), las distopías en general, y el *cyberpunk* en particular, son intentos de decir esa fragmentación, de representar el sinsentido, de zambullirse en las entrañas de la megamáquina para conjurarla mejor.

Sin embargo, en medio de estos fragmentos informes (de esta "structution") se perciben movimientos relativamente armoniosos. Como si emergiera de una forma rizomática una serie de acordes mayores que se repitieran según intervalos regulares. Se trata del movimiento inherente a toda metamorfosis. Este motivo o figura, la metamorfosis, se halla presente en casi todos los cuentos abordados hasta aquí, más allá que aquellos que corresponden a la corriente *cyberpunk*. Para Francis Berthelot, en el género ciencia-ficcional, centrado en el principio de la mutación en sentido amplio, todo es "pretexto para metamorfosis"[516]. No se trata de una metamorfosis centrada en el ser humano sino de una metamorfosis generalizada. Si es generalizada es porque no se limita al ser humano (el sujeto) sino que comprende otros parámetros: el agente (¿quién provoca el cambio?), el proceso (¿cómo se desarrolla el cambio?) y el producto (¿cuál es el resultado del proceso?)[517].

En los relatos estudiados, el parámetro de la metamorfosis generalizada mayormente puesto en evidencia es el sujeto. Dentro de este, lo que Berthelot llama el substrato (lo que se encuentra "efectivamente transformado"[518] en el sujeto) cobra más importancia. Ya sea el cuerpo en su conjunto o un dato básico como el tamaño o la consistencia (monstruosidad de Yoni Rei con Pepe Rojo o el jefe de la banda de los Panchólares con César Rojas; las mujeres convertidas en estalactitas con Ignacio Padilla, la mujer transformada en niña con Horacio Porcayo, un cuerpo separado de su cabeza con Pepe Rojo), o una parte del cuerpo (implante ocular con Rojo, excrecencias o deformaciones de un órgano con Rojo o Porcayo), la metamorfosis implica antes que nada lo exterior o visible. En tanto que vector de identidad (ya que garante de la unidad del sujeto), la envoltura exterior que constituye el cuerpo es el lugar de un reconocimiento con relación a los otros cuerpos. La soledad del monstruo es la de aquel que se sabe diferente ante la mirada del otro. Cuando la monstruosidad va a

---

[515]   Grégori Jean, *op. cit.*, p. S/P.

[516]   Francis Berthelot, *op. cit.*, p. 14.

[517]   *Ibidem*.

[518]   *Ibidem*, p. 17.

la par con el hibridismo, como en el caso extremo de Yoni Rei, el límite del reconocimiento se halla empujado hacia otro sitio, lejano y periférico. Todas estas figuras deformes son a la imagen y semejanza de este cuerpo literario (este corpus) en búsqueda de reconocimiento. La importancia de las temáticas de la transformación del cuerpo, de la monstruosidad y del hibridismo en la ciencia ficción mexicana más reciente[519] muestra bien que estas son un vehículo privilegiado de un discurso metatextual.

Pero el substrato de la metamorfosis implica también elementos interiores, las "facultades del ser", es decir las modificaciones de las capacidades mentales o adquisiciones de poderes que el ser humano normal no posee[520]. En nuestro corpus, la mayor parte del tiempo esto implica más una pérdida que un verdadero aumento ya que la deshumanización conlleva una regresión (Schwarz, Rojas, Rojo), tal como sucede también con la desaparición de la conciencia ciudadana (Pacheco). En todo caso, estas metamorfosis interiores son más del orden del sentido figurado, al igual que otras facultades como una pesadilla compartida (*Bef*) o la capacidad de tomar la energía de sus agresores (las mujeres violadas en el texto de Padilla). Su relación con la ciencia son más que tenues. Se trata sobre todo de metáforas de los efectos de un modo de funcionamiento social sobre el conjunto del "grupo humano", última categoría de substrato según Berthelot, muy privilegiado en la ciencia ficción más clásica. Otras facultades, como penetrar en el inconsciente de alguien (Porcayo), grabar imágenes con un implante ocular (Rojo), crear un lenguaje aleatorio (Rojo), se inscriben más en la mecánica ciencia-ficcional, pero están estrechamente relacionadas con el agente de la metamorfosis, por lo tanto desconectadas del sujeto que las padece.

En cuanto al agente de las metamorfosis, según Berthelot, es necesario tener en cuenta su identidad y su objetivo[521]. En la mayor parte de los relatos abordados, el agente de las metamorfosis no es un ser o una entidad identificable. Ya sea que se trate de la naturaleza en sí (las mujeres-estalactitas) o de los que poseen el poder (al origen de las catástrofes nucleares, de los experimentos sobre los seres humanos, incluso del control demográfico, responsables de la mala gestión de una pandemia),

---

[519]  *Teknochtitlán: 30 visiones de la ciencia ficción mexicana*, ed. Federico Schaffler González, Primera edición, Ciudad Victoria, Tamaulipas, Tamaulipas Gobierno del Estado, 2015, 335 p., ("Colección Agua firme").

[520]  Francis Berthelot, *op. cit.*, p. 24.

[521]  *Ibidem*, p. 49.

la superpotencia del agente es proporcional a su corporeidad difusa. Su objetivo no lo es menos; a menudo se trata de una pura entropía que prosigue su movimiento por inercia o de proyectos utópicos volcados sobre sí mismos y que solo exhiben su lado deformado.

En todos los relatos presentados, el proceso en sí de la metamorfosis se halla casi silenciado. Ya sea la técnica (el cómo, por qué medio) o la cinética (de qué manera se desarrolla la metamorfosis), se trata de elementos accesorios en nuestro corpus. Es obvio que lo más relevante es el sujeto. La escasa presencia del *novum* tecnológico o científico se inscribe en esta lógica, incluso en aquellos cuentos cuya base es un supuesto avance tecnocientífico, como es el caso del *cyberpunk*. En cuanto al producto (el resultado de la metamorfosis), su tipo (aspecto mineral de las mujeres-estalactitas, animalidad o monstruosidad híbrida de buen número de personajes) tiene el mismo nivel de importancia que su futuro (qué sucederá con el producto), el cual, en la mayoría de los relatos, se salda por la muerte del sujeto, cuando no por la muerte del planeta. Y difícilmente puede ser de otra manera ya que la lógica del producto (el porqué de la metamorfosis) se puede aproximar a lo que Nancy llama una "catástrofe del sentido"[522], de tanto como la muerte del ser humano, de la humanidad, del planeta, de todo lo existente es un desenlace trágico que no revela absolutamente nada: el apocalipsis sin reino según Anders[523]. O sí: revela el sinsentido de la megamáquina que nos lleva a nuestra pérdida y la capacidad de la ficción (de la ciencia ficción) para echar luz sobre su impostura.

Si los cuentos de nuestro corpus muestran posiciones diversas ante la posibilidad del fin (desesperanza, disponibilidad hospitalaria, cinismo e incluso nihilismo), todas establecen una relación dinámica entre los hitos temporales que tiene por efecto un presente en expansión que reduplica de forma especular el acto de lectura (de lecturas). Estas lecturas plurales, que se nutren de la historia, de un contexto que continúa su marcha, producen también un corpus en expansión. Los juegos de montajes temporales que estos textos realizan se ponen al servicio de un proyecto pluricultural y político cuya palabra maestra es el hibridismo. La "mexicanidad" aparece depurada y esto a pesar del hibridismo de las formas que pueblan estos relatos, y a pesar de la desintegración del espacio

---

[522]  Jean-Luc Nancy, *op. cit.*, p. 20.

[523]  Christophe David, *op. cit.*, p. 194.

emblemático que constituye la ciudad de México. Las metamorfosis generalizadas que los atraviesan son reflejos de las imágenes-luciérnagas, son la huella textual de la búsqueda de una nueva forma (o formas) que ya no quiere integrarse al canon nacional sino transformarlo desde su posición periférica, estrellándose contra su centro para dejar estallar la novedad.

# Tercera parte

## ¿Y SI NO FUERA EL FIN DEL MUNDO SINO EL NACIMIENTO DE MUNDOS PLURALES? OTRAS FORMAS PARA LA CIENCIA FICCIÓN MEXICANA

Y es que no hay treinta seis maneras de recomenzar un mundo. Hay que recomenzar desde el principio[524]

---

[524]  Jean Clet-Martin, *op. cit.*, p. 11.

# Autoirrisión y parodia: el humor como punto bisagra entre extrapolación y analogía

No por mucho megaRam carga Windows más temprano[525]

El modelo de la extrapolación, al cual se adscriben los cuentos vistos hasta aquí, tiene un valor predictivo sobre nuestro mundo, ya sea a corto o mediano plazo, ya sea a (muy) largo plazo. El modelo de la analogía propone reflejos deformes de nuestro mundo; instaura otro tiempo, fuera del nuestro. Sin embargo, puede existir un territorio intermedio en el que la predicción de lo que puede ocurrir se mezcla con lo que ocurre. No se trataría de ese "presente intensificado" que el *cyberpunk* busca dibujar, ni de otra trama temporal. En algunos textos, presente, pasado y futuro se fusionan; predicción y reflejo analógico (y parabólico) se entrecruzan, produciendo una sacudida. Este sitio-bisagra, de fricción o incluso de "desidentificación" de categorías, es el producido por la risa. Los cuentos de ciencia ficción mexicana, a través de los ejemplos vistos en el capítulo precedente, toman posición con relación al estado de nuestras sociedades a través de predicciones desoladoras. Sin embargo, la ciencia ficción puede ser también el lugar desde el cual se expresa la necesidad de consolarse de haber llegado a este punto o de dirigirse inexorablemente hacia él.

El primer capítulo del libro de Daniel Sibony *Les sens du rire et de l'humour* ("Los sentidos de la risa y del humor") se titula "Rire c'est se secouere l'indentité[526] ("Reír es sacudirse la identidad"). En efecto, de esto se trata en ciertos cuentos de nuestro corpus. Las identidades, ya sean genéricas, ya sean colectivas o individuales, se ven sacudidas por el humor. Sus contornos se convierten en finas capas que facilitan la osmosis entre estas identidades "desidentificadas". Estos textos invitan al juego, a burlarse de sí mismo como de los otros, de nuestras sociedades de lo absurdo, a burlarse de las formas identificadas a través de la parodia: "La mayor competencia del cómico: tomarse por esto o aquello; hacer que otros lo tomen por lo que es o no es; tomar una palabra por otra; una

---

[525]   Anna Fernández Poncela, "La cultura popular: los refranes hoy", [En línea : http://www.cervantesvirtual.com/]. Consultado el 15 de abril 2020, S/P.

[526]   Daniel Sibony, *Les Sens du rire et de l'humour*, Odile Jacob, París, 2010, p. 15.

parte por un todo; etc."[527]. Una suma de situaciones que encontramos en los textos que abordaremos en esta subparte. El malentendido (la confusión) como base del humor sirve para mejor apuntar el desacuerdo (o divergencia) que estos textos expresan sobre el estado de nuestro mundo en general y de México en particular.

## Alberto Chimal, "Veinte de robots" (*Siete. Los mejores relatos de Alberto Chimal*, 2012)

En la primera parte de este trabajo, expusimos los aportes de este escritor a la reflexión sobre la ciencia ficción mexicana. En sus escritos teóricos, Chimal subraya la necesidad de encontrar una categoría o etiqueta menos limitativa para una producción literaria que no se reconoce en la denominación "ciencia ficción". Intentaremos mostrar, a través del análisis de algunas ficciones de este autor, por medio de qué mecanismos logra concretizar su proyecto de escritura. Antonio Jiménez Morato reunió en el volumen *Siete* una selección de textos de Alberto Chimal, algunos ya publicados, otros inéditos. "Veinte de robots" forma parte de estos últimos[528].

El texto se compone de veinte microrrelatos numerados según un sistema binario cuya base son las posibilidades de permutación de las cifras 1 y 0 en una serie de cinco cifras. Solo uno de estos microrrelatos, el primero, no obedece a esta modalidad. Esas cifras desempeñan el papel de títulos y buscan reproducir el lenguaje informático. Algunos de estos microrrelatos adquieren la apariencia de parábolas de la existencia humana; el conjunto tiene una dimensión paródica y pone en escena ese objeto de fantasías: el robot. Creatura surgida de la imaginación humana, concretizada gracias al poder de la ciencia y la técnica, sus antecesores (maniquíes y otras entidades inorgánicas que cobran vida) poblaron el imaginario universal. La primera escena condensa una serie de procedimientos y motivos ciencia-ficcionales. La reproducimos *in extenso*:

00000

---

[527]  *Ibidem*, p. 19.

[528]  Este texto será la contribución de Alberto Chimal a la antología *Teknochtilán: 30 visiones de la ciencia ficción mexicana* publicada en 2015.

- Los sueños de los robots saben a aceite y a electricidad, como los de cualquiera. Pero tienen flores y cristales que nadie más puede ver, angustias más insondables, trampas lógicas...

- ¿También los sueños de los humanos saben a aceite y a electricidad, maestro?

- Los robots, dentro de varios siglos, crearemos la tecnología para enviar sueños a los humanos del pasado remoto. Impulsados por ellos, los humanos empezarán (o empezaron) a construir robots. No es verdad que ellos sean nuestros creadores, como dicen algunos descarriados. ¿Ha descargado y estudiado todas sus lecciones de religión, jovencito?[529]

La serie de cinco ceros rompe con la lógica binaria de los otros títulos de los microrrelatos, que contienen siempre las cifras 1 y 0. El cero reenvía a la carrera del astro solar que consiste en un semicírculo involutivo que se ve completado por un semicírculo evolutivo. Evoca la imagen del huevo cósmico, aquí transformado en espiral o sinusoide con la serie de cinco ceros. El cero, concepto descubierto por los mayas y relacionado con el mito de la creación del sol, es no solamente el signo numérico sin valor (el vacío), sino también aquel que confiere valor a las otras cifras (por adición, sustracción o división) o que absorbe el valor de las otras (por multiplicación). Estas primeras consideraciones señalan el valor germinal de este microrrelato, subrayado por su lugar inicial.

Es significativo que el relato se abra con una referencia intertextual reconocible para el lector de ciencia ficción, al retomar elementos del título de la novela corta de Phillip Dick *¿Sueñan los androides con ovejas eléctricas?* de 1968, que más tarde inspirará el *Blade Runner* de Ridley Scott. Además, el título ("Veinte de robots"), así como el contenido del conjunto de los microrrelatos (estampas o retratos de "vida" de robots) reenvían también a *I, Robot* de Isaac Asimov. Las alusiones intertextuales a obras de ciencia ficción van pautando la lectura de estos microrrelatos. Estos intertextos múltiples podrían desempeñar una función de múltiplos, en el sentido matemático. Producen un efecto de dilatación: lo sucinto (los microrrelatos) se despliega en el acto de lectura; la referencia intertextual es el desencadenante de ese despliegue. Estos intertextos chocan con un architexto ausente ya que la denominación genérica no aparece en ningún sitio del volumen *Siete*. Son los robots, como

---

[529]  Alberto Chimal, "Veinte de robots", en Antonio Jiménez Morato, (ed.). *Siete: los mejores relatos de Alberto Chimal*, Madrid, Salto de Página, 2012, p. 205–216, p. 205.

personajes emblemáticos del género ciencia-ficcional, los que la identifican sin decirlo. El título contribuye a designar por omisión. En efecto, nos podemos cuestionar sobre esa casilla vacía entre "Veinte" y "de": ¿acaso falta un sustantivo que calificaría, incluso de forma general, lo que estamos leyendo? Se trata de veinte formas creativas cuyo surgimiento está estrechamente vinculado con una cultura ciencia-ficcional compartida. De tal manera que se instaura un pacto de lectura basado en esta última. Esto corresponde, como ha sido señalado por varios especialistas, a una particularidad del género ciencia-ficcional, a saber: su relación con un lectorado que constituiría un grupo cerrado de conocedores que comparten un gusto casi exclusivo por este. Al contener cada microrrelato reenvíos a otros textos de ciencia ficción, la cultura ciencia-ficcional del lector es puesta a prueba. Sin embargo, la ausencia de marcadores genéricos al nivel del architexto cuestiona esta visión del lectorado de ciencia ficción como gueto. De hecho, toda una reflexión sobre el género ciencia-ficcional atraviesa los microrrelatos. De esta manera, a los dos mecanismos transtextuales ya señalados (intertextualidad, architextualidad) se añade la metatextualidad.

En el primer microrrelato, Chimal condensa en pocas líneas los procedimientos y temáticas propias del género. En primer lugar, cabe constatar que ese microrrelato inicial consiste en un diálogo-tipo de la ciencia ficción, según la tipología de los "resortes didácticos" propios del género propuesta por Irène Langlet, entre un personaje que posee un saber o conocimiento y un discípulo o cualquier personaje en busca de información. Este diálogo en tiempo presente pone en escena un mundo en el que cohabitan dos tipos de vida, la orgánica (los seres humanos) y la inorgánica (los robots). Sin embargo, el marco enunciativo (un intercambio en un lugar de saber) expulsa lo humano de ese mismo marco: de entrada, son los otros. Por otro lado, el diálogo añade otra referencia a la cultura ciencia-ficcional compartida. En efecto, evoca la escena final de una de las películas de la serie *El planeta de los simios* (basada, por lo menos el primer *opus*, en la novela epónima de Pierre Boulle), en la que un maestro cuenta a los pequeños simios la emergencia de ese mundo que desplazó al ser humano de su lugar en la cima de la vida terrestre.

Las explicaciones del maestro dibujan los contornos de la extrañeza global; se centran más que nada en los orígenes de esta y consisten en una paradoja temporal, uno de los temas de predilección de la ciencia ficción. En efecto, el discurso del maestro se refiere a la autocreación de los robots. Esas máquinas habrían infundido ellas mismas en los humanos el deseo de concretizar viejos sueños. Se puede percibir una dimensión prometeica y los mecanismos del pensamiento religioso, subrayados en la última frase. Emanciparse de su creador, autodesignarse como su propio creador significa desplazar a Dios, crearlo a su imagen, tal como lo hizo *Homo sapiens* que, al crear a Dios se consagró él mismo.

El resultado es la creación de otro mundo, que se despliega a lo largo del resto de los microrrelatos. El carácter exponencial de esta creación es subrayado por la serie de cinco ceros, como imagen de un nido del cual nacerán otros mundos posibles. Un nido hecho a partir de un lenguaje relacionado con la ciencia y con la técnica: el lenguaje de la máquina misma. Ese lenguaje cifrado se transforma en otra cosa, en discurso ficcional. La frase inicial del maestro describe los sueños de los robots como un pensamiento híbrido que procede a mezclar elementos disparates. En su disposición sintagmática, estos elementos sugieren un movimiento que va de la máquina al humano (aceite, electricidad; flores y cristales; angustia insondable) y culmina con un elemento común a ambos: las trampas lógicas. En el universo de este microrrelato, el ser humano se halla destronado como poseedor del poder de imaginar y crear. Al verse desplazado este poder hacia el objeto imaginado y creado (el robot), los microrrelatos sugieren la paradoja de una imaginación emancipada de aquel que la alberga. El conjunto de todos estos elementos configura la idea de un género que se autoalimenta, lo que contribuye a darle espesor a la dimensión metatextual.

A partir de esta primera puesta en situación, el microrrelato siguiente instaura la extrañeza global. El mundo de los robots toma forma:

00010

- Entre mis últimas palabras —explica HAL 9000 a través de la médium, quien es una andreida apropiadamente vieja— estuvo esta frase: "Ahora me siento mucho mejor…"

Los robots alrededor de la mesa se estremecen. La médium sigue en su trance, desconectados todos sus sensores, comunicándose con un lugar que a los seres electrónicos les parece aún más misterioso que a los seres humanos, porque todos saben que HAL 9000 es un personaje de ficción, salido de una antigua película.[530]

---

[530] *Ibidem*, p. 205–206.

La constitución de la extrañeza global a partir de una cultura ciencia-ficcional se confirma con la referencia a la novela corta de Arthur C. Clarke, *El centinela*, y sobre todo a su versión cinematográfica dirigida por Stanley Kubrick (cuyo guion fue coescrito con el escritor). HAL se ha convertido en un personaje clásico del género, emblema de la inteligencia artificial descarrilada. El neologismo "andreida", que implica una distinción de sexo entre robots, contribuye a crear la impresión de un mundo *otro* en cuyo seno la lengua se adapta al *novum*. Sin embargo, otra referencia cohabita en este microrrelato. En efecto, la figura de la anciana *médium* evoca una escena emblemática de la película fantástica *Los otros* de Alejandro Amenábar (2001). Ese sitio alcanzado por la médium, donde se encuentra HAL 9000, corresponde a lo que, en el imaginario del ser humano, es el más allá, el lugar de los muertos. La médium comunica con un más allá que es el mundo de la ficción o, más bien, la base de datos de la cultura ciencia-ficcional. La coincidencia de la fecha de 2001, para la diégesis en la película de Kubrick, de producción para la de Amenábar, sugiere un cruce portador de sentido entre las dos referencias. En efecto, este microrrelato instaura una amalgama entre dos géneros, la ciencia ficción y el género fantástico, que, de hecho, corresponde a la manera en que Alberto Chimal aborda el tema de las etiquetas genéricas. En los microrrelatos siguientes rebosan las referencias a otras películas de ciencia ficción (por ejemplo, *Terminator* de James Cameron), a parodias de películas catastrofistas (de tipo *Godzilla*) y/o provenientes de la cultura de masas (*Astroboy* o *Naruto*). El hibridismo del conjunto corresponde al programa de escritura del autor, de vena claramente posmoderna, y a su intención de borrar fronteras, ya seas genéricas o de jerarquización cultural.

Una vez instaurado ese mundo autónomo, otros elementos vienen a sugerir una relación en espejo con el nuestro. Por ejemplo, la mayoría de los robots llevan el nombre de herramientas (Alfonso Broca, Benito Punzón, la pequeña Cincel, Polipasto, Cortafrío, Rondana, Alicate, Escariador, Terraja, Gramil, Goniómetro). Esta proliferación de herramientas se condensa en la imagen del *Homo faber*, el hombre técnico, aquel que produjo la tecnología para crear máquinas y robots. En la película de Kubrick (sobre la cual Chimal ha escrito artículos[531]), una escena ya célebre yuxtapone, en una elipsis de miles de millones de años, la imagen de

---

[531]    Alberto Chimal, "El amanecer del hombre", *CIENCIA ergo-sum*, vol. 6 / 2, 1999, p. 217–220, p. 217–220.

un hueso convertido en arma empuñada por un homínido con la de una estación espacial en órbita al ritmo del *El Danubio azul* de Strauss: una metáfora del salto exponencial realizado por la humanidad gracias al dominio de la técnica. En "Veinte de robots", estos llevan en sí mismos la huella de su origen, de su prehistoria. Este efecto de condensación crea un paralelismo con la forma hiperbreve elegida por el autor y es uno de los procedimientos empleados para amalgamar fondo y forma. Los robots llevan el nombre de su función, tal como fue el origen de los patronímicos para los seres humanos. Este juego especular basado en el origen de la cultura patronímica (propia de la especie humana) subraya el carácter de parábolas de la existencia humana de estos microrrelatos. En efecto, algunos se presentan como escenas de nuestra cotidianeidad hecha de precariedad, malestar laboral, ambición y falsedad del mundo de los *mass media*. Las situaciones vividas por los robots entran en una relación de analogía con las derivas de nuestra sociedad. Está el caso del robot "free lance"[532], que busca ganarse la vida con trabajitos, o el del "Señor Granete", que pone fin a sus días y cuyo colega se siente culpable por no haber podido prever su gesto suicida; ese mismo colega que muestra signos de malestar (como el "tic en la pinza derecha" y su "programado estado de ebriedad y descontrol"[533]). Tenemos también el caso de un robot estrella de un *reality show*, que reprograma al guionista de este para que le dé más envergadura a su papel. Otro robot, "famoso diseñador de modas", explica que "lo que más envidian los humanos de los robots [...] es la capacidad de transformarse" ya que "cualquier robot puede darse una mano de pintura que se ve mejor que el maquillaje humano más sofisticado [...]"[534]. El texto evoca con sorna el culto a la apariencia y la búsqueda de uniformización que se observan en todos esos rostros lisos y pulposos que pululan en las redes sociales. Todos estos ejemplos cuestionan con humor nuestra condición presente, al igual que nuestra relación con la técnica. El progreso, del cual la técnica es la supuesta garante, aparece "personificado" en estos robots como un tejido de posturas. Poseer la técnica solo implica poner en evidencia las desigualdades ante dicha posesión. Otros microrrelatos evocan fenómenos de sociedad, como la violencia de género, de manera apenas sugerida. Un robot trata de regalarle una flor a su novia. Siempre le entrega una flor

---

[532]   Alberto Chimal, *op. cit.*, p. 206.
[533]   *Ibidem.*
[534]   *Ibidem.*

despedazada. La novia lo increpa por ello y el robot trata nuevamente de cortar una flor sin destrozarla. Se queda viendo las flores y se da cuenta de que siempre llama a su novia "mi amorcito, mi florecita"[535]. En otro microrrelato, un robot egocéntrico e infantil provoca el fin del mundo, cual berrinche, al hacer estallar la bomba atómica. Su principal motivación es sencillamente ser "el más poderoso del mundo"[536]. La ligereza de la forma es diametralmente opuesta a la gravedad de lo sugerido metafóricamente (¿o anticipado, en el segundo caso?): la violencia de género y el poder en manos de un imbécil narcisista...

En algunos casos, detrás de las peripecias vividas por los robots se esconden la imposibilidad de nombrar (de identificar), la ruptura entre significado y significante, entre el mundo tangible y la conciencia que lo concibe. Por ejemplo, la niña Cincel tiene la misma pesadilla cada noche: se encuentra en un campo de batalla que se sitúa en la Luna. La guerra enfrenta a los robots con seres que no logra identificar. Un robot se acerca a ella y le dice "[v]en conmigo si quieres vivir". Sus padres recurren al "robopsicólogo", que trata de tranquilizarlos diciéndoles que "el sueño se puede distinguir de la realidad por su menor resolución", lo cual los deja pensativos en la luna "y sobre todo en su lado oscuro, que tantos misterios conserva"[537]. Si por un lado se evoca la tendencia actual de los padres a sobreproteger y buscar soluciones inmediatas para todo lo que pueda perturbar a su progenitura, esta dimensión prosaica cede ante otra en la que categorías opuestas en nuestro marco cognitivo (sueño/vigilia), lo son también en el de la máquina. Y la ruptura de ese marco cognitivo crea una zona de misterio en la que se sitúa la imposibilidad de instaurar un saber, imposibilidad que, al ser aceptada, permite la humanización de la máquina. La amalgama o duda entre el sueño y la vigilia, tema desarrollado por la literatura fantástica, se yuxtapone con la referencia ciencia-ficcional ya que la réplica del robot del sueño (cual *mise en abyme*) proviene de la película *Terminator* de James Cameron. Esta es una de las maneras en las que el texto produce una visión caleidoscópica de las categorías genéricas. En otro microrrelato, el robot Arnulfo Martillo afirma que un error de programación le permite "ver colores que nadie más [puede] ver", pero cuando le piden que los describa se queda sin palabras, o solo le salen "malas metáforas" pues no es "poeta". Y se va

---

[535]    *Ibidem*, p. 210.
[536]    *Ibidem*, p. 213.
[537]    *Ibidem*, p. 208.

con la "misma cara de asombro que tenía siempre [...] ante la belleza del mundo"[538]. Ciertos significados no hallan el significante que permite la emergencia de un signo, de un sentido. En lugar de ello, queda el vacío del lenguaje, a imagen de la cara oscura de la luna mencionada anteriormente. Además, la posibilidad/imposibilidad de decir el mundo sensible, de abarcarlo a través del lenguaje, es un claro comentario metatextual sobre la capacidad mimética del arte. En otro caso, se narran las aventuras del robot Alicate, que no se pierde convención de ciencia ficción o de *cómic,* pero lo irrita que los concurrentes le pregunten de qué serie o programa viene. El problema es que Alicate "no sabe que es robot. Y si se lo dicen se disgusta". Un niño le pregunta "¿eres humano?" y él responde "Soy extraterrestre"[539]. Aquí, el significado tras el significante se hace aleatorio y supeditado a la conciencia del sujeto, lo cual es extrapolable al uso de etiquetas genéricas o adjudicación de tal o cual texto a un género. En todos estos casos, a pesar de la búsqueda de desconstrucción del discurso, el texto conserva inteligibilidad.

El microrrelato 00100 se va por derroteros insospechados. Un gato llamado Primo recibe en casa visitas de amigos robots cuando "sus humanos se van", y el dicho popular "cuando el gato se va, los ratones hacen fiesta" toma un giro absurdo. El texto reproduce el diálogo imposible entre el animal, que cecea (pues "[...] [c]omo todo el mundo sabe, los gatos cecean") y que además "no conoce ni el alfabeto ni los números"[540]. El resultado es un sinsentido que recuerda los juegos infantiles sin reglas (o sin pies ni cabeza) en los que todo es posible. La lengua se hace cifrada, a imagen de las cifras binarias que funcionan como título, y el sentido se descarrila. El contenido del microrrelato crea un efecto mimético con una interferencia en una transmisión. El proceso de transformación del lenguaje binario al ficcional se ve alterado por elementos parásitos que lo hacen ininteligible. De allí que, al final de este, cuando se dice que todo volvió a la " 'normalidad' (porque, como todo el mundo sabe, los humanos siempre andan buscando la normalidad, aunque no sepan qué es) [...]."[541] es como si el texto descarrilado volviera a sus rieles, a una normalidad que, al fin y al cabo, es otro significante dislocado de su significado. El ser humano, expulsado de ese espacio, se convierte en

---

[538]   *Ibidem*, p. 214.
[539]   *Ibidem*, p. 210.
[540]   *Ibidem*, p. 211.
[541]   *Ibidem*.

destinatario del discurso que recobra su inteligibilidad, a pesar de que esta se halla subordinada a la conciencia del sujeto.

En todos estos ejemplos, el comentario metatextual aparece en filigrana. Este se hace más explícito en otros casos. El microrrelato 01111 lleva un subtítulo (el único en el que se da esta modalidad) entre paréntesis: "(O PRIMER CAPITULO DE UNA NOVELA NEGRA)"[542]. El hecho de nombrar explícitamente el género literario que se aplica a este microrrelato establece un juego de escalas paradójico: es una pequeña fracción de un conjunto más vasto, de un género que se sitúa, en cuanto a dimensión, en el extremo opuesto: la novela. Por otro lado, se trata de la novela negra, subgénero próximo a la ciencia ficción por la dinámica de lectura que instala. Se trata también del primer microrrelato en primera persona. La presencia de un yo narrador que, en este caso preciso, busca definir lo que escribe, funciona como un espejo inverso tanto del autor y su reticencia a verse encerrado bajo cualquier etiqueta como de la omisión presente en el título del texto contenedor ("Veinte de robots").

Luego, la figura del autor aparece con más nitidez a través de la autorreferencialidad. En efecto, el microrrelato 10000 es una alusión a su cuento "Se ha perdido una niña", al cual dedicaremos el último capítulo de este trabajo, en el cual utopía, fantástico y ciencia ficción entran en sinergia. A estas referencias se añade el *comic* de superhéroes, haciendo de este microrrelato una ilustración de la definición que el escritor Gabriel Trujillo Muñoz avanzó para la ciencia ficción como monstruo híbrido y paradójico. He aquí el microrrelato:

10000

Mi sobrina vive en un mundo paralelo en el que las cosas son muy distintas de como son aquí. Ella nos escribe con frecuencia y nos cuenta. Por ejemplo, dice, hay más robots, son más inteligentes, y uno de los más conocidos, el ruso Gramil, es una especie de superhéroe, que viaja por el mundo ayudando a la gente y capturando criminales diversos con su hoz y martillo. Lo más curioso de todo es que este Gramil, además de muy fuerte, parece ser verdaderamente honesto y bondadoso, al contrario de nuestro Capitán América (que es un agente de la CIA con mallones) o de Batman (que, la verdad, es únicamente un psicópata con mucho dinero).[543]

---

[542]   *Ibidem*, p. 212.

[543]   *Ibidem*, p. 213.

Además del guiño autorreferencial a "Se ha perdido una niña", este microrrelato es una ficcionalización de la reflexión de Chimal sobre el *comic* y el mundo de los superhéroes. En su artículo "¿Quién vigila a los vigilantes?"[544], Chimal se detiene en el caso de *Watchmen*, el *comic* escrito por Alan Moore e ilustrado por Dave Gibbons, recientemente llevado a la pantalla chica en el formato de serie televisiva. En su microrrelato, Chimal condensa la idea de ese *comic* que pone en escena un mundo paralelo en el que los superhéroes existen *de verdad*, añadiendo el elemento que justifica su presencia en el texto contenedor: los robots. Es de notar que el narrador se expresa desde un sitio en el que *Captain America* o *Batman* forman parte de un patrimonio común, a pesar de ser farsantes. Cabría preguntarse a dónde fueron a parar "El chapulín colorado" o "Señor Barrio", héroes de la televisión, héroes de la calle, personajes emblemáticos de una cultura mexicana en la cual los héroes enmascarados, "verdaderamente honesto(s) y generoso(s)", pueblan el imaginario colectivo. Este mundo alternativo, como frecuentemente en el *comic*, reproduce una situación geopolítica bipolar que rechaza las culturas periféricas.

Si algunos microrrelatos son parábolas de nuestra cotidianeidad, otras lo son más bien de un pasado arcaico. El microrrelato 01100 describe una suerte de *performance* realizada por el robot Benito Punzón:

> Pero el más curioso de todos estos artistas es Benito Punzón, quien cada noche aparece en el escenario, impecablemente vestido, y no utiliza ningún instrumento ni siquiera su altavoz integrado. En cambio, zumba como planta eléctrica, martilla como antigua caja registradora, incluso imita el rascar de la piedra en las minas profundas: todos esos sonidos que para los robots son signos del pasado más remoto, de antes de la existencia del primer cerebro electrónico. La mayoría nunca los ha escuchado en otra parte, pero todos se conmueven: alguno tiembla, otro arroja chispas que son como lágrimas.[545]

Esta escena atávica hace pensar en una versión maquinista de una danza del fuego. Benito Punzón se transforma, por paradójico que parezca, en tótem inorgánico hecho únicamente de sonidos. El encuentro de robots descrito evoca una ceremonia en la cual los ruidos metálicos

---

[544]   Alberto Chimal, "¿Quién vigila a los vigilantes?", *CIENCIA ergo-sum*, vol. 6 / 1, 1999, p. 99–102, p. 99–102.

[545]   Alberto Chimal, *op. cit.*, p. 211.

son asimilados a cantos tribales que alcanzan algo "visceral" en esas creaturas y, de esta manera, las hace "humanas". La *performance* del robot los transporta al alba de los tiempos, de su tiempo, al misterio de su existencia, que no es otra cosa que la chispa de la inteligencia humana. La última comparación, las chispas asimiladas a lágrimas, llega en el momento oportuno y funciona como una conclusión del proceso de humanización de la máquina. Pero la verdadera conclusión de ese proceso de humanización se encuentra en los dos últimos microrrelatos:

> 00001
>
> Uno, que así le decían, trabajaba como prototipo de los nuevos obreros de la planta y tuvo 1,6 horas libres (o bien 1:36 horas). Se dio cuenta cuando nadie fue a buscarlo durante dicho lapso.
>
> Después se reanudaron las pruebas y demás actividades para las que Uno había sido diseñado y construido, pero el concepto de tiempo libre se había asentado en su cerebro electrónico y se asoció con la palabra libertad, que Uno tenía almacenada en su vocabulario, pero no ligada especialmente a ninguna instrucción ni recuerdo de su propia experiencia.
>
> Diez segundos más tarde (fueron las reflexiones más largas y torturadas de toda su vida), Uno comprendió que no era libre. Peor, que nunca lo había sido. Y aún peor, que el ser libre era, supuestamente, de lo más grandioso, de lo mejor que podía pasarle a una entidad consciente. Entonces tuvo su idea genial, su mayor inspiración, y acuñó una palabra nueva: NO|POSIBLE|-CONCIENCIA|ALTERACIÓN|MAL|ESTAR, que más o menos podría traducirse como "amargura".[546]

El nombre, o sobrenombre, del robot, "Uno", por su doble naturaleza de adjetivo numeral y de pronombre, no solamente contribuye a la humanización de la máquina, sino que recuerda también el sistema cifrado de los títulos de los microrrelatos. En este caso preciso, la cifra 1 viene a cerrar una serie de cuatro ceros. La presencia de un yo narrativo, señalado antes por la autorreferencialidad, en este caso es implícita, pero adquiere una dimensión suplementaria con ese patronímico que, además, rompe con el patrón anterior de patronímicos-herramienta. "Uno" es una inmanencia relegada al final de la cola de un grupo. Postula una condición profundamente humana. Y lo que es descrito en este microrrelato constituye una pura creación humana: el trabajo. El concepto aparece casi ausente del microrrelato; adquiere corporeidad a partir de aquellos que aparecen como sus opuestos (el tiempo libre, la libertad). La

---

[546] *Ibidem*, p. 214–215.

toma de conciencia de "Uno" es la de formar parte de un engranaje que mutila, obliga y somete. Se trata de una estampa tayloriana en medio de la cual es la misma herramienta la que sufre alienación. El texto retrata la desconexión de sí y del estado de naturaleza. La pérdida de una edad de oro, que provoca ese sentimiento en el fondo de "uno", se condensa en un solo término: la amargura. Término que muy bien podría ser reemplazado por otro: la insatisfacción; un estado prometeico propio de la especie humana. El desplazamiento hacia la máquina de elementos propios de la condición humana no solamente apunta a subrayar la mecanización de nuestras vidas sino también a sugerir la dimensión metatextual del microrrelato. Georges Bataille, en *La littérature et le mal*, afirma que la literatura es "l'enfance enfin retrouvée"[547], que esta crea un sentimiento de culpabilidad en el escritor, ya que no está trabajando cuando escribe. Si esto es válido para la literatura en general, lo es *a fortiori* para una literatura que muestra de manera ostensible cierta frivolidad, por consiguiente, que se muestra libre. Las referencias pueriles (Astroboy, Naruto), añadidas a aquellas provenientes de la cultura de masas (incluyendo las referencias ciencia-ficcionales) se insertan en esta lógica, al igual que la alusión a un estado "infantil" (arcaico) de la humanidad (el tiempo de los mitos y las leyendas), presente en el último microrrelato:

01000

Hoy se cumple el primer aniversario de la desaparición de los robots.

Todo fue muy rápido y muy extraño: un día estaban aquí y al siguiente no. Dejaron plantados a quienes los esperaban, no estuvieron más en sus casas de metal y de plástico.

Nadie dijo nada en las noticias, nadie publicó nada en Internet, no salió nada en la televisión. Fue como si los robots nunca hubieran existido.

De hecho, en estos días se ha vuelto muy popular que la gente diga eso: que los robots no existen. Que nunca sacaron sus antenas ni sus tenazas. Que algunas máquinas industriales son llamadas así pero eso es todo. Que esos seres inteligentes y llenos de chispas son como los duendes, las hadas y otras criaturas en las que solo creen (dicen) los ignorantes.

Y también se dice que la impresión que tenemos muchos es errónea: que no es que el mundo sea un poco más pequeño y más triste desde hace un año. Que así ha sido siempre.

---

[547]  Georges Bataille, *La littérature et le mal*, París, Gallimard, 1990, 1 vol. (201 p.) p., p. 10.

Solo me consuelan las leyendas, que apenas se escuchan, que todo el mundo dice no creer, de las figuras que se ven desde lejos, a veces; de las pintas en las paredes con pinturas y mensajes binarios; de que los robots no se han ido, de que solo están escondidos, esperando el momento de volver.[548]

La desaparición repentina del objeto soñado y el sentimiento de carencia así producido funcionan como metáfora de una idea tan buscada, cuya evanescencia recuerda el momento del surgimiento de la inspiración creadora. La imaginación, las creencias, los dioses, todos forman parte de un mundo en extinción. El olvido de esos tiempos primordiales produce un mundo estrecho y encogido que ha eliminado la imaginación y lo irracional. Paradójicamente, es un elemento material (el robot) el que funciona aquí como símbolo de un mundo inmaterial que se disipa. Se trata de una inversión de perspectivas que atraviesa el conjunto de los microrrelatos. Chimal confunde las pistas al hacer cohabitar lo arcaico (creencias, leyendas…) con una modernidad marcada por la inmediatez (Internet, televisión), lo que se integra a la lógica de desjerarquización cultural que rige el conjunto. Un momento clave en cuanto a esta inversión de perspectivas tiene lugar en otro microrrelato cuando un robot, Polipasto, toma clases de magia y está dispuesto a lo siguiente:

> […] ofrecer a robots chicos y grandes, obsoletos y avanzados, humanoides o no, un vistazo amable del mundo que no es físico, que no se rige con la lógica perfecta de los circuitos cerebrales estándar y que, por lo mismo, tanta desconfianza inspira a los ciudadanos eléctricos.[549]

La desconfianza hacia la técnica se invierte y se reemplaza por otra: aquella hacia el mundo abstracto de las ideas o sentimientos humanos. La inversión produce una equivalencia entre dos formas de pensamiento y pone en evidencia la subjetividad inherente a toda desconfianza hacia cualquier sistema de pensamiento *otro*. El texto invita a aceptar una continuidad entre formas de pensamiento *a priori* antagonistas.

Volviendo al último microrrelato de la serie, el mundo soñado y poblado de robots es una creación efímera y fragmentaria, al igual que los veinte microrrelatos podrían oponerse a formas más "acabadas" como la novela o el cuento. En este sentido, existe una relación entre estos microrrelatos y el proyecto de literatura efímera a través de las redes sociales, la llamada "tuiteratura" (que abordaremos después), en el cual Chimal

---

[548]   Alberto Chimal, *op. cit.*, p. 215–216.
[549]   *Ibidem*, p. 208–209.

es particularmente activo. Las inscripciones en las paredes (los mensajes binarios) son como centelleos de lo que queda de la idea imaginada, de un momento de inspiración que permanece en latencia, listo para surgir nuevamente; como el retorno al punto de partida de esos microrrelatos, al momento de su nacimiento. Estas inscripciones recuerdan esas imágenes-luciérnagas que siguen estando allí a pesar de que nos parezcan invisibles si no las observamos con la distancia suficiente. Su forma cifrada evoca el lenguaje de la máquina y de la técnica. Esa misma técnica que Chimal utiliza para su proyecto literario de crear nuevos espacios textuales. La reaparición, al final del microrrelato, del yo narrador expresando su esperanza revela su fe en la creación de nuevas formas literarias.

Hemos elegido comenzar la segunda parte de este trabajo con este texto de Alberto Chimal porque opone una resistencia a la distinción establecida por Darko Suvin entre el modelo de la extrapolación y el de la analogía. En efecto, "Veinte de robots" propulsa al lector en un futuro en el que la inteligencia artificial adquiere autonomía con relación a su creador, al mismo tiempo que nos propone un espejo de nuestras vidas cotidianas y nos reenvía a los primeros tiempos de la fábula, de la palabra primigenia. Es el tono paródico lo que facilita el paso entre la extrapolación y la analogía. La pregunta que cabría hacerse es si la dimensión paródica borra la mecánica ciencia-ficcional o si la sola presencia de un tema ciencia-ficcional (aquí los robots) justifica la pertenencia del texto al género. Una pregunta que puede parecer vana pero que en su tiempo se aplicó a las *Crónicas marcianas* de Ray Bradbury. Así, los robots inofensivos y paródicos de Chimal son un contradiscurso con relación al *cyberpunk* y su visión del progreso y la tecnología como amenaza para la humanidad, sin dejar por ello de subrayar lo torcido que puedan tener nuestras sociedades. El mensaje no es unívoco, al igual que la adscripción del texto al género ciencia-ficcional. Sobre *2001 Odisea del espacio*, Chimal explica: "no es un alegato contra la tecnología ni un cuerpo de creencias seudorreligiosas"[550]. Es en ese mismo espacio intersticial, ese territorio movedizo, donde se sitúa no solo "Veinte de robots" sino también buena parte de las ficciones de Chimal.

En este texto de Chimal, el espacio textual se hace caleidoscópico al ser sitio de juegos intertextuales y metatextuales (e incluso architextuales) en los que el hibridismo es clave. De manera tal que el espacio textual

---

[550]    Alberto Chimal, *op. cit.*, p. 220.

se hace reflejo de nuestra contemporaneidad. Por otro lado, el texto propone un juego de inversiones entre sujeto y objeto, entre lenguaje cifrado de la máquina y discurso ficcional de creación humana, proponiendo toda una reflexión que sobrepasa aquella genérica sobre la ciencia ficción para abarcar una sobre la autonomía, no tanto de la técnica, sino de la obra de arte.

El proyecto literario de Alberto Chimal también hace de lo pluricultural un elemento clave. Incluso se puede percibir una voluntad de alejarse del canon nacionalista para abrazar la universalidad. Busca colocar la parodia en medio de una red de referencias culturales vastas. Sin embargo, la parodia puede revelar todo su potencial de sitio-bisagra entre extrapolación y analogía cuando se sumerge en el México profundo.

## Gonzalo Martré, "Los antiguos mexicanos a través de sus ruinas y sus vestigios" (*Visiones periféricas*, 2001)

Cuando México deje de existir, habrá que reconstruir lo que fue a partir de sus vestigios. Gonzalo Martré nos propone un apocalipsis bajo el sello de la parodia. Su cuento presenta de forma hilarante el malentendido que podría surgir a partir de la interpretación de los vestigios arqueológicos de una civilización olvidada, la mexicana. En un futuro muy lejano, los arqueólogos emprenden un trabajo de comprensión de esa civilización y de las razones de su desaparición. Los vestigios en cuestión son una acumulación heterogénea de elementos que provienen de la realidad extraliteraria: libros, fragmentos de películas, revistas amarillistas, etc., sin olvidar la estatua de la diosa Coatlicue. De esta manera, la temática arqueológica, como variante del viaje espacial en la ciencia ficción, permite criticar, con una buena dosis de humor, las producciones culturales del país y sus rasgos constitutivos. Es cierto que el hecho de situar la diégesis en un futuro lejano hace que este cuento corresponda al modelo de la extrapolación. Sin embargo, el humor y la parodia hacen que la extrapolación pierda su predictibilidad, con lo cual el modelo de la analogía (la lectura de un estado presente de cultura) se yuxtapone al de la extrapolación futurista. Martré realiza un desvío de lo que para Roger Bozzetto es la particularidad de lo arqueológico en la ciencia ficción en comparación con el género fantástico. En efecto, el escándalo para la razón provocado por la exhumación de pasado en el texto fantástico se vería reemplazado, en el texto de ciencia ficción, por un efecto de extrañeza que magnifica a la razón. De allí la dimensión de la arqueología como variante del viaje espacial en la ciencia ficción[551]. En el texto de Martré se produce un desfase entre la razón magnificada (desde el punto de vista de los personajes científicos) y la consternación/hilaridad del lector al descubrir en qué consisten los vestigios. Este mismo desfase, que se apoya en el juego de perspectivas creado por las temporalidades (el aquí y ahora, el futuro lejano), produce la amalgama entre extrapolación y analogía.

En el texto de Martré, se puede percibir un desvío paródico de referencias a la ciencia ficción clásica; por ejemplo, los ciclos de las novelas *Foundation* de Isaac Asimov. La primera novela de la trilogía de Asimov cuenta cómo el Imperio galáctico, gracias a la psicohistoria, crea una enciclopedia colosal en previsión de su desaparición y de esta manera preservar su saber y facilitar su reconstrucción. También se podría percibir una alusión velada a la enciclopedia de Tlön, en el célebre cuento de Borges. En el cuento de Martré, se trata más bien de una enciclopedia del azar, incluso de una antienciclopedia, que busca desacralizar el saber y la cultura eruditos.

El íncipit: "Al llegar el año de 2910, la Sociedad Mundial de Geografía e Historia, con sede en Calcuta, dedicó el año a México, país del cual se había perdido la pista histórica hacía unos cinco siglos"[552]. Los dos datos temporales remiten a momentos o periodos históricos claves para México. La diégesis se desarrolla un milenio después de la Revolución mexicana. Cinco siglos transcurridos desde la desaparición de todo rastro de la civilización mexicana reenvían de manera evidente a la duración de la época colonial. La noción de "ciclos" se halla convocada desde las primeras líneas, subrayada por otros detalles que dibujan un mapa geopolítico que, a su vez, constituye el *novum* o la extrañeza global. La referencia espacial (Calcuta) es un primer elemento de este *novum* geopolítico. En efecto, en el momento de la publicación del cuento (y todavía en nuestros días), esta megalópolis era considerada como una capital de la miseria. El texto se abre con la imagen de un descentramiento hegemónico político y cultural que es de ponerse en relación con

---

[551]   Roger Bozzetto, *L'obscur objet d'un savoir: fantastique et science-fiction: deux littératures de l'imaginaire*, Aix-en-Provence, Université de Provence, 1992, p. 61–62.

[552]   Gonzalo Martré, "Los antiguos mexicanos a través de sus ruinas y vestigios", en Miguel Angel Fernández Delgado, (ed.). *Visiones periféricas: antología de la ciencia ficción mexicana*, Buenos Aires, Lumen, 2001, p. 130–137, p. 130.

las "visiones periféricas" del título de la antología de la cual forma parte; y se ha de poner también en relación con el género periférico al cual está supuesto adscribirse. En ese futuro lejano, Calcuta es un centro de saber o de salvaguarda cultural, lo cual subraya la idea de ciclos y del destino imprevisible de países y pueblos. La mención de otros grandes centros culturales en ese futuro va en el mismo sentido, ya que los vestigios de un México perdido no se encuentran en los museos de la tríada Nueva York/Londres/París: "La fundación Gandhi aportó los fondos necesarios para la expedición científica que buscaría entre los paralelos 16 y 32 de América del Norte algo más que los vestigios diseminados en los museos de El Cairo, Pekín, Budapest y Praga"[553].

He aquí los vestigios que los científicos deben estudiar con el objetivo de desentrañar los misterios de la civilización mexicana; la mayoría de ellos pertenece a la cultura periférica. Primeramente, se trata de fragmentos de tres películas. La primera, *Vámonos con Pancho Villa*, de Fernando de Fuentes, es descrita como una "cinta que aludía a una guerra civil denominada, no se sabe por qué ni por quién, "Revolución mexicana" [...]"[554]. En la realidad extraliteraria, se trata de una película de 1936, en los inicios de la "edad de oro" del cine mexicano, que tuvo cierto reconocimiento. La mención de esta película pocas líneas después de la referencia temporal (2910) que evoca el inicio de la Revolución mexicana, y la manera sumamente aproximativa de referirse a esta, coloca este evento fundador de la historia del país en una nebulosa historiográfica. La historia del siglo XX en México ha sido igualmente la historia del cuestionamiento del proyecto encarnado por la Revolución mexicana. El futuro se limita a plantear como resultado lógico el hecho de relegar al olvido este evento histórico ya que el tiempo ha desmentido su trascendencia. De hecho, lo que sorprende a los científicos del futuro es la denominación "revolución" y no el gentilicio ya que el topónimo México se halla presente desde el íncipit. Desde esta perspectiva futurista, el término "revolución" aparece como un sinsentido; la trayectoria imaginada de ese país no deja comprender de manera alguna el porqué de tal denominación que implica, además de un movimiento cíclico, la idea de evolución. Y los vestigios parecen probar el sinsentido. Las otras dos películas son *Charros contra gangsters*, de Juan Orol[555] (realizador considerado como el Ed

---

[553]   *Ibidem.*

[554]   *Ibidem.*

[555]   El título exacto de esta película de 1948 es *Gángsters contra charros*.

Wood del cine mexicano) que ofrece una "pintura fiel –se suponía– del acontecer urbano de aquella macrópolis [...], y "*Las ficheras* de director desconocido, considerada no como una película de entretenimiento sino como un documental"[556]. Este tipo de películas, de pésima calidad y producidas en los años 70, se inspiraban en el cine erótico italiano y las películas de rumberas de la edad de oro del cine mexicano. Lo que merece atención es su dimensión etnológica como documentos que permiten explicar las características de un grupo humano percibido como primitivo desde el presente de la diégesis. Se trata de un deslizamiento de perspectivas que cuestiona las disciplinas cuyo objeto de estudio es la reconstitución del pasado o la comprensión de las culturas "primitivas". No es anodino que el vestigio siguiente sea un monolito "conocido como la Gran Madre Mexicana, horrorosa figura con un cinto de cráneos"[557]. Se trata, evidentemente, de La Coatlicue Mayor, estatua cuya trayectoria suscitó, por ejemplo, en Octavio Paz, toda una reflexión en torno a la evolución de la percepción del arte prehispánico por parte de los europeos. A través de la mención de la estatua se establece un juego de espejos entre figuras históricas (como León y Gama o Alejandro Von Humboldt), que la exhumaron para estudiarla y penetrar sus misterios, y los científicos de ese futuro ficticio que hacen lo mismo, pero colocándola al mismo nivel que otras producciones culturales. Para completar el cuadro de los vestigios, aquellos que representan a la literatura son fragmentos de una novela en dos tomos de L. Zamora Plowes, *Quince uñas y Casanova*[558]. Este texto "intrigaba mucho a los investigadores chinos, impedidos de reconstruirla en su totalidad, porque no podían entender la psicología del personaje central, un tal Antonio López de Santa Anna, delirante surrealista"[559]. Al igual que la Revolución mexicana, a través de este vestigio la historia del país se halla inserta *en abyme* a través de una creación que busca representarla. La doble adjetivación aplicada al personaje histórico del general Santa Anna (aquel que organizó funerales para su pierna amputada; de allí el sobrenombre "Quince uñas") señala el estereotipo de México (y América latina) como país en el que la realidad supera a la ficción. En ese futuro, las fuentes históricas propiamente

---

[556]  Gonzalo Martré, *op. cit.*, p. 130.

[557]  *Ibidem.*

[558]  El título exacto de la novela es : *Quince uñas y Casanova : aventureros, novela histórica y picaresca*, publicada en 1945 por su propio autor.

[559]  Gonzalo Martré, *op. cit.*, p. 130.

dichas (archivos) han desaparecido. Para desempeñar ese papel, hay que satisfacerse de un tomo entero de la *Revista Alarma* y sus 52 números del año 1983: "el documento más extenso proveniente de aquel exótico país de la antigüedad"[560]. En la realidad extraliteraria, se trata de una revista amarillista especializada en crímenes, en la publicación de fotografías bastante explícitas y censurada por pornografía.

Esta panoplia de lo absurdo plantea la interrogante sobre qué define la cultura de un país, cuáles son las huellas que merecen constituirse en patrimonio y, de esta manera, salvaguardar una memoria cultural. El texto se burla de la lectura azarosa de los vestigios y cuestiona el carácter arbitrario de los mecanismos de reconocimiento y valoración de la cultura. Es cierto que esos vestigios, colocados unos al lado de otros, podrían constituir una naturaleza muerta *sui generis*, un *tópos* muerto que se exhibe con toda autoirrisión y que se libera del peso de todo el *pathos* esperado de un apocalipsis.

Con el conjunto de esos datos, los especialistas de ámbitos diversos proponen tesis sobre el nacimiento, el cenit y la decadencia de esa civilización perdida. Todos están de acuerdo sobre un punto: "los mexicanos fueron unos auténticos hijos de puta"[561]. Visiblemente, *El laberinto de la soledad* no forma parte de los vestigios hallados, si no otro término hubiera sido empleado… A partir de esos vestigios, ¿qué otra obra sobre la mexicanidad?, ¿qué otro *Laberinto de la soledad* podría escribirse? No forzosamente uno muy diferente. En efecto, a pesar de su carácter limitado numéricamente y azaroso, el conjunto de vestigios llevará a interpretaciones que hablan por sí mismas. Así, para comprender el México prehispánico hay que satisfacerse de la Coatlicue Mayor, para el siglo XIX hay que satisfacerse con Santa Anna y para la Revolución mexicana, de Pancho Villa. Los dos personajes históricos (Santa Anna y Villa) tenían por común denominador el ser sujetos egocéntricos y alocados. Para el siglo XX, charros, gánsteres (chingones) y ficheras (chingadas) bastan, sin olvidar la masa popular con la revista *Alarma*. El texto sugiere que, a fin de cuentas, en esos vestigios se encuentra todo lo necesario para comprender lo esencial de México. Razón por la cual, entre las conclusiones de los científicos, se puede leer: "Los primeros todólogos universales fueron precisamente los mexicanos", como lo subraya en el presente de

---

[560]   *Ibidem.*
[561]   *Ibidem*, p. 131.

la diégesis el Doctor Rabrindanath Shankar, "especialista en todo"[562]. La cultura erudita o académica se halla reducida al olvido, lo que queda, esa "todología", hace pensar en la equivalencia cultural de nuestro tiempo a través de redes sociales y nuevas tecnologías. Y México aparece como pionero de esta "revolución cultural".

La autoirrisión llega a su cúspide con la formulación de las otras conclusiones a las que los científicos llegan a partir de los vestigios. Por ejemplo, el análisis de la revista *Alarma*, con la ayuda de los ordenadores, permite concluir que los mexicanos terminan matándose unos a otros "por causas baladíes"[563]. La lujuria también desempeñó un papel preponderante en su desaparición. En efecto, los antiguos mexicanos pasaban su tiempo fornicando, lo que produjo una sobrepoblación y su extinción "por falta de espacio vital"[564]. Los científicos llevan a cabo un estudio cruzando los contenidos de la revista *Alarma* con los hechos narrados en la novela de Plowes, cuyo personaje principal era Santa Anna, y concluyen: "los mexicanos se acabaron por su nulo sentido de visión histórica, vivían para el presente, y el futuro los ahogó"[565]. Concluyen igualmente en su "ineptitud economicista": eran pésimos economistas, condujeron su país a la bancarrota, se vieron obligados a emigrar y fueron "absorbidos por otras nacionalidades"[566]. En esta primera serie de conclusiones se perciben motivos que recorren la historia del país. La sobrepoblación, una constante desde la época precortesiana, ha de ser puesta en relación con la locura asesina de los sacrificios humanos. Tenemos, además, la violencia extrema como consecuencia de la corrupción, la bancarrota económica que favorece la emigración, el control de la natalidad deficiente y la incapacidad de aprender de los errores del pasado... Toda una idiosincrasia pasada examinada con lupa crítica, con lo cual el mensaje del cuento de Martré no difiere demasiado del de "La catástrofe" de José Emilio Pacheco. Lo que causa la desaparición de México es una catástrofe ciudadana.

Por otro lado, el análisis morfológico y simbólico de La Coatlicue permite deducir lo siguiente: "adoradores de la muerte, para los antiguos

---

[562]    *Ibidem.*

[563]    *Ibidem.*

[564]    *Ibidem.*

[565]    *Ibidem.*

[566]    *Ibidem*, p. 132.

mexicanos la perfección misma estaba en el holocausto ecuménico"[567]. El primer intento de realizarlo fue el de la Revolución mexicana ("ese [intento] de 1910"[568]). La científica que presenta esta tesis proporciona como prueba de esta, una frase hallada en medio de los vestigios: "Ahora que ya están enterrando gratis, vámonos muriendo todos" y "dedujo que ese era el lema nacional de esa nación suicida"[569]. La cultura popular (la frase forma parte de los refranes populares mexicanos) aparece como clave de lectura, como condensado de una identidad profunda. Algunos pretenden que "el holocausto [fue] producto del subconsciente"; los mexicanos "raparon todos los montes"[570], lo que producirá la muerte del medioambiente, la expansión del desierto, la contaminación, etc. Es entonces un deseo reprimido de autodestrucción lo que explica la trayectoria trágica del país, deseo inscrito en la lengua (como prueba de ellos la frase popular citada) y que se manifiesta en esa voluntad de hacer tabla rasa incluso del paisaje, de borrarse a sí mismos de la faz de la tierra. No lejos del proyecto de lectura de México propuesto por Octavio Paz en *El laberinto de la soledad*, el cuento de Martré funciona como reescritura paródica y en versión reducida de sus tesis.

Con el fin de poder corroborar todas estas hipótesis, los científicos deciden organizar una expedición *in situ*. Disponen de un "Plasmocerebro"[571] (una de las raras alteridades léxicas en el texto) que les permite analizar, sintetizar y traducir todos los datos. Harán un gran hallazgo: en medio del desierto yace un cementerio de tractores oxidados pertenecientes a "la Edad de la 'Combustión Interna' "[572] y que data más precisamente, según un especialista en protohistoria, de 1981.

Logran finalmente rastrear los eventos gracias a la interrelación realizada por el "Plasmocerebro" con los datos de la revista *Alarma*. Un tal Antonio Toledo Porro[573] vendió tractores en pésimo estado pertenecientes a la J. Deere[574] a los ejidatarios, lo que los lleva a la ruina. Los

---

[567]   *Ibidem.*

[568]   *Ibidem.*

[569]   *Ibidem.*

[570]   *Ibidem.*

[571]   *Ibidem.*

[572]   *Ibidem*, p. 133.

[573]   Se trata de un hombre de negocios y político mexicano, gobernador del Estado de Sinaloa durante el sexenio de López Portillo (1981–1986).

[574]   Deere & Company, o John Deere, es un fabricante de máquinas agrícolas.

científicos descubren de esta manera términos como "corrupción", "ejidatario" y "latifundista"[575]. Dentro de los cilindros de los tractores (comprender lo que es un cilindro da lugar a otra anécdota; una vez más es *Alarma* la que brinda la respuesta), los científicos encuentran rollos de pergaminos que cuentan lo que sucedió, como en *El planeta de los simios*. La corrupción destruyó la civilización mexicana (con consecuencias diversas: criminalidad, desastre ecológico...). Con el fin de erradicar la corrupción se decide suprimir a la población: primero los mayores de treinta años, luego los de más de quince y finalmente los de más de ocho. La demografía disminuye, pero no por ello la corrupción, hasta que solo quedan cuatro niños, que debían matarse unos a otros siguiendo sus fechas de nacimiento. El tercero de la lista se niega a morir, mata a los otros y erra hacia el norte donde se encuentra un país que "había tendido a lo largo de su frontera un cordón sanitario"[576]. Es allí donde encuentra los tractores y que escribe su historia antes de morir mordido por una serpiente. Este fin de México retoma elementos de su mito fundacional (la tribu proveniente del norte y que se instala en el sitio en el que ve un águila devorando una serpiente encima de un nopal) y los invierte. En la realidad extraliteraria, la errancia (la migración) en sentido inverso (hacia el norte) ha sido señalada, a menudo, como la manifestación de la voluntad de recuperar un territorio nacional perdido. Aquí, el grupo deja su lugar a un solo individuo, un niño, que no encuentra una serpiente, pero que es encontrado y matado por esta. El espacio lacustre es reemplazado por el inhóspito desierto, el águila se fue a volar a otra parte. El fin del periplo reduce a polvo el proyecto de nación.

Al final del relato, los científicos desean desenterrar las principales ciudades del antiguo México. Sin embargo, no queda nada puesto que los materiales utilizados para su construcción no eran conformes y no soportaron el poder abrasivo de la arena. Lo único que sobrevive es "una gran piedra circular", utilizada como "altar de muerte". Era allí donde "se sacaban el corazón unos a otros"[577]. Según la tradición, el sacerdote debía ungir la piedra con los corazones de los sacrificados, pero "solo les daba una talladita y luego vendía los corazones frescos en el tianguis de vísceras de Tlatelolco"[578]. La descripción del monumento coincide con la pirámide de la estación de metro Pino Suárez, ya mencionada.

---

[575]   Gonzalo Martré, *op. cit.*, p. 133.
[576]   *Ibidem*, p. 137.
[577]   *Ibidem*.
[578]   *Ibidem*.

El cuento concluye, otra vez, con la imagen de la piedra azteca como elemento de perennidad de una cultura de la violencia. Ya señalamos que esto crea un paralelo con la tesis, avanzada de manera algo simplista, según la cual el pasado sangriento azteca explica la extrema violencia que atraviesa México desde siglos. Pero en este caso, ese pasado sangriento es evocado sin ningún dramatismo. Incluso se desvía para acentuar la parodia. En efecto, la imagen del gran sacerdote que ejecuta el sacrificio con gesto poderoso y grandioso se ve invertida por la manera mezquina en que saca provecho del ritual. La intensidad de ese pasado y de una cosmogonía se presentan como una mascarada más, que disimula el verdadero hilo conductor de una cultura de la corrupción a todos los niveles: hay que sacar provecho en toda circunstancia ya que, si no, otro lo hará en nuestro lugar.

Al igual que los corazones sangrantes figuran en un puesto de mercancías, los vestigios de Martré funcionan como una exhibición de la civilización mexicana. El emblema de la necesidad de realizar repertorios y de designar objetos culturales como representativos de nuestra especie, la encontramos en la enciclopedia enviada al espacio sideral en *Voyager*, en la cual figuraba (o figura, quién sabe…) la quinta Sinfonía de Beethoven. Según Jean Clet-Martin, la *Lógica* de Hegel también merecería ser enviada al espacio, como uno de esos datos enciclopédicos útiles para proporcionar una idea de la cultura humana[579]. El cuento de Martré, ¿es acaso un autodenigramiento o más bien una invitación a reconsiderar el valor que otorgamos, o no, a ciertas producciones culturales? Sin duda las dos cosas al mismo tiempo… Lo que sí es seguro es que los vestigios de Martré no hubieran tenido cabida en *Voyager*, no por su carácter popular, sino sencillamente por su no pertenencia a la cultura occidental, es decir su pertenencia al Extremo Occidente de Alain Rouquié[580].

Otra vertiente de la ciencia ficción mexicana, aquella que trata de la temática de la vida extraterrestre, despliega toda una reivindicación tercermundista.

---

[579]  Jean Clet-Martin, *op. cit.*, p. 11.

[580]  Con esta denominación, el politólogo francés designó a América Latina en su obra *Amérique Latine, Introduction à l'Extrême-Occident*, París, Seuil, 1987.

## ¡Ya llegan!

> Los marcianos llegaron ya
>
> Y llegaron bailando ricachá,
>
> Ricachá, ricachá, ricachá
>
> Así llaman en Marte al cha cha chá.[581]

El tema de la invasión extraterrestre aparece de manera algo tangencial en las antologías estudiadas. Esta rareza pone en evidencia que el miedo o el temor hacia elementos extraterrestres no tiene mayor sentido en un país como México. *Grosso modo* estos textos sugieren lo siguiente: ¿cómo podríamos tener miedo de una amenaza alienígena si ya nos resulta difícil sobrevivir a nosotros mismos? Además, la asimilación del *alien* con el extranjero (primer sentido del término en inglés), se halla cargada de sentido ideológico en la ciencia ficción anglosajona. Esta asimilación se vuelca contra sí misma en México al tratarse de un país exportador de migrantes, y ello a pesar del cada vez más creciente flujo de inmigrantes centroamericanos que lo atraviesan, lo cual alimenta discursos xenófobos. La parodia de las consabidas imágenes del heroísmo anglosajón (cuando Bruce Willis o Will Smith salvan el mundo) permite expresar una reivindicación tercermundista: reconocer la importancia del país y de las clases sociales que son los pilares del sistema y que lo ignoran (o que no les importa). Dos relatos ilustran estos aspectos con mucho humor y corresponden (por su tono y temáticas) a la "nopal fiction": "De cómo el Roñas y su mamá salvaron al mundo" de Héctor Chavarría[582], y "...Y el ovni cayó o El evento Ros. Huelitlán" de F. G. Haghenbeck.

## Héctor Chavarría, "De cómo el Roñas y su mamá salvaron al mundo" *(1994, Visiones periféricas)*

El título de este corto relato evoca el género de la picaresca, en particular *El Lazarillo de Tormes*, en el cual los títulos de los capítulos son un resumen diegético de una anécdota del pillo. En nuestro caso, este, que responde al apodo de "El Roñas", y su madre van a realizar el acto

---

[581]   Tito Rodríguez, *Los marcianos llegaron ya*. *Cha cha chá* muy popular de los años cuarenta.

[582]   Héctor Chavarría es autor de dos novelas de ciencia ficción: *Adamas* (Narrativa milenium, 1995) y *El mito del espejo negro* (Editorial Vid, 1997).

heroico que salvará a la humanidad. El desfase presente en el título va a desplegarse a lo largo del relato y, de hecho, lo articula: todo el texto se organiza según el desfase entre las réplicas (o pensamientos) de los extraterrestres y las del Roñas, sin olvidar los incisos explicativos e irónicos del narrador que contribuyen al tono humorístico. De esta manera, los resortes didácticos se ponen al servicio de la parodia. La mirada inquisidora propia a la ciencia ficción no se dirige únicamente al presente de la sociedad descrita (pobreza, desempleo, drogas, precariedad) sino también a un orden mundial global (político, social, cultural) que no reconoce el carácter protagónico del llamado Tercer Mundo.

El título realiza el salto desde lo aparentemente insignificante (el apodo del personaje que lo denota, aunado a la mención de su madre que, tal y como la mamita de *Trespatines*, siempre algo tiene que ver con las andanzas del pillo) y la grandeza (el acto heroico por antonomasia: salvar el mundo). Desde el íncipit, la voluntad de subvertir imágenes bien enraizadas en el imaginario colectivo mexicano, como la de "la región más transparente", se hace bastante evidente:

> Indetectable y poderosa, aunq ue solo era un explorador subalterno, la nave descendió entre las capas atmosféricas, dejó atrás las altas montañas que coronaban el valle y se metió de lleno en el smog capitalino. Ahí comenzaron sus problemas.[583]

La primera frase se alarga, como siguiendo el movimiento de descenso del aparato, a lo cual se añade la adjetivación que la abre. Del conjunto emerge la imagen asombrosa: el *sense of wonder* propio del género se instala, solo falta la musiquita de fondo de tipo *Twilight zone*… Las etapas que atraviesa la nave ("capas atmosféricas", "altas montañas", "smog capitalino"), además de dibujar el movimiento de descenso, otorgan un marco a la diégesis: Ciudad de México. De allí la ruptura, sencilla y contundente. El tono paródico se instala inmediatamente; se adivina fácilmente que el sitio de aterrizaje de los extraterrestres no es el ideal. Falta conocer la naturaleza de los problemas a los que se verán expuestos. Por si fuera poco, el lugar preciso de la capital donde se posan es el barrio popular de Tepito, lo que multiplica de forma exponencial el potencial paródico del relato. La última etapa del descenso aporta otra

---

[583]  Héctor Chavarría, "De cómo el Roñas y su mamá salvaron al mundo", en Miguel Angel Fernández Delgado, (ed.). *Visiones periféricas: antología de la ciencia ficción mexicana*, Buenos Aires, Lumen, 2001, p. 120–122, p. 120.

dimensión al texto, que luego se despliega: "[…] la nave descendió en un baldío a causa de los sismos del 85"[584]. Se trata de la crítica social que aquí apunta a la incapacidad –o inercia– de las instancias gubernamentales para reconstruir tras el terrible sismo de 1985. La mención de esta catástrofe subraya la idea que, para ciertos sectores de la población, el fin del mundo ya tuvo lugar y que vive en estado de supervivencia. El tono paródico hace que la etiqueta genérica "ciencia ficción", de por sí movediza, adquiera un cariz particular: ni extrapolación futurista ni analogía *stricto senso*, puesto que el mundo descrito es exactamente el nuestro (o más bien el de ellos). La presencia de otros marcadores genéricos también contribuye a borrar la mecánica ciencia ficcional. En efecto, el *novum* se declina en algunas extrañezas léxicas que se limitan a la designación de los extraterrestres (los "Linx") y su tecnología ("armas multipropósitos", "omnivacunas"). Los prefijos utilizados implican cierto desdén hacia la necesidad de denotar para crear la extrañeza global. Forman parte del registro paródico; la configuración de cualquier "xenoenciclopedia" es totalmente irrelevante. Lo que sí tiene relevancia es el marco del encuentro con el Roñas y el estado en que se encuentra este:

> Eran lo suficientemente humanoides para poder pasar por personas un tanto extrañas, pero las diferencias que podrían ser advertidas por cualquiera a la luz del día, quedaban minimizadas en la noche por la poca iluminación de las calles de Tepito, el smog capitalino y porque el *Roñas* estaba en su estado natural, cruzado con cemento, mota y una buena dosis de alcohol de teporocho.[585]

La descripción de los extraterrestres es pretexto para subrayar la precariedad de las infraestructuras del barrio; el paralelismo "[terreno] baldío / poca iluminación" se ubica en un mismo eje de sentido en cuanto a la crítica social. El estado del personaje se describe con una enumeración en la que el carácter específico de cada substancia que lo explica entra en contradicción con la red abierta de los atributos de los extraterrestres. En pocas líneas se evidencia toda la miseria de las clases populares urbanas, con la idea subyacente de la criminalidad relacionada con el consumo de drogas (incluso adulteradas).

El diálogo, como resorte didáctico del género ciencia ficcional (Langlet), entre un personaje que busca explicaciones y otro, el sabio, que se

---

[584]   *Ibidem.*
[585]   *Ibidem.*

las proporciona, se encuentra en este caso totalmente maltratado y condensa los mecanismos paródicos y el desfase como base de construcción del texto:

> - ¡Qui'hubas, joy, chale, hijo, presta el traje!
>
> Los extraños intercambiaron rápidos pensamientos y contuvieron el deseo de lanzarle una descarga de alcance medio.
>
> - Saludos, hombre –dijo uno de ellos con acento terrible, pero bastante bien si se toma en cuenta que conocían el español por programas de televisión.
>
> - ¿Son gabachos? –inquirió el *Roñas* al advertir la coloración azul oscura de sus pieles.
>
> - Venimos de muy lejos y nos gustaría hablar con su líder –eso se decía en las películas que los extraños habían visto.
>
> - Y, ¿tienen sus papeles por si vienen los agentes?
>
> Los extraños intercambiaron nuevamente pensamientos acerca de los papeles.
>
> Eso no aparecía en el guion de las películas.
>
> -No los tenemos, hombre, ¿podríamos conseguirlos?
>
> -¡Ah, indocumentados! –exclamó el *Roñas* consciente de su súbita importancia–. ¿Traen dólares?
>
> Nuevo intercambio de pensamientos.
>
> - Traemos cosas que podrían ser valiosas, pero quisiéramos hablar con su jefe.
>
> -¿Mi jefe? No, joy, el viejo se chispó hace tiempo…pero está mi jefa.[586]

A medida que avanza el diálogo, El Roñas reubica la situación de enunciación en función de su realidad hecha de chanchullos, con referencias a la situación de los indocumentados y a la familia monoparental. Si toda táctica invasora reposa sobre la capacidad de obtener previamente información sobre el blanco, los extraterrestres comienzan con el pie izquierdo al obtener esa información a partir de una cultura de masa terrestre, pero cuyo origen (anglosajón) no corresponde al sujeto que supuestamente representa la especie humana ante ellos: el Roñas. La evocación de películas de ciencia ficción produce un guiño genérico. Una serie de referencias a la cultura hegemónica dicta el comportamiento de los extraterrestres, cultura que se choca con un marco cultural que la rechaza. Por más que hablen español, esto no cambia nada al resto de los acontecimientos.

---

[586] *Ibidem*, p. 120–121.

Esta última información (la lengua) también proviene de la cultura de masas, aquí reducida a la pantalla chica; podemos adivinar (dada la fecha de publicación) la referencia, ya sea a programas televisivos populares o a versiones dobladas, de las cuales México fue el gran productor para buena parte de América Latina. En cualquier caso, el texto convierte un elemento propio de la temática extraterrestre (a saber, el problema del desciframiento de un mensaje de remota procedencia y que prueba que no estamos solos en el universo) en su principal mecanismo paródico. A propósito del desafío que implica esta hipotética comunicación, que buen número de películas norteamericanas han explotado, Gérard Klein se interroga en los siguientes términos: "[…] las estructuras de la razón ¿son acaso universales?, y si lo son ¿cuál es la formulación más general de una proposición que deja el menos campo posible a la ambigüedad y que permite la apertura de una conversación?"[587]. En el texto de Chavarría, la universalidad se halla clausurada y la ambigüedad es la forma en la que la conversación no avanza o se cierra sobre el punto de vista exclusivo del personaje. De tal manera que este diálogo funciona en sinergia con los elementos antes mencionados, que buscan diluir la etiqueta "ciencia ficción" a través de los mecanismos de la parodia. En este diálogo, se puede percibir igualmente una referencia a Cantinflas, personaje del cine muy popular, cuya capacidad de enredar a sus interlocutores (en general figuras de autoridad y/o de saber) es remarcable. La información que usualmente se puede recabar a partir del diálogo tipo ciencia ficcional (en este caso podría tratarse de más detalles sobre los extraterrestres) se reemplaza por el recordatorio del papel esencial de la madre, anunciado en el título. En efecto, su papel es el de acoger a los extranjeros "como buena mexicana tepiteña"[588], ofreciéndoles los restos de los antojitos que no logró vender. Y es esto lo que causará el fin de los invasores:

> Los Linx eran muy resistentes, pero nadie es capaz de aguantar los antojitos de Tepito, ni siquiera los tepiteños. Además, el Roñas les dio cerveza, cemento y mota…una combinación explosiva. Se desintegraron antes del llegar al pulque y al alcohol del 96…ya no hacen extraterrestres como antes[589].

---

[587]   Gérard Klein, "Sommes-nous seuls dans l'univers?", [En línea : https://www. quarante-deux.org/archives/klein/divers/seuls_1.html]. Consultado el 4 de marzo 2020, S/P.

[588]   Héctor Chavarría, *op. cit.*, p. 121.

[589]   *Ibidem*, p. 122.

La reivindicación de una estrategia de supervivencia empírica y sobre todo intuitiva pone de realce la idea de una sabiduría popular. Por otro lado, las bases de la estratagema son vicios provocados por la pobreza, aquí vueltos a favor de sus víctimas. También se puede señalar la sátira de la extrema cordialidad de los mexicanos que se sitúa en la vena, por ejemplo, de la obra de Guillermo Prieto (periodista, escritor, político de la segunda mitad del siglo XIX, miembro fundador de la Academia de Letrán), atravesada por referencias al pueblo (lenguaje, costumbre, idiosincrasia) y más particularmente su cuento "¡¡Vaya unas personas obsequiosas!!"[590], en el que el personaje principal se ve sumergido por comida por unos anfitriones muy preocupados por quedar bien.

El epílogo de este encuentro del tercer tipo es tan solo la continuidad del estado de cosas encontrado por los extraterrestres a su llegada: "El Roñas sigue hasta atrás y doña Eréndira preguntándose a dónde se fueron los gabachos que su hijo llevó a casa y a los que agasajó con los tacos, tamales y antojitos recalentados que no había vendido aquel día"[591]. Los habitantes de Tepito desarman la nave espacial y sus restos son vendidos en el tianguis, tal y como hubiera ocurrido en cualquier barrio desheredado del planeta en el que los habitantes son expertos en reciclajes de todo tipo. Una imagen del carácter inmutable de la realidad del pueblo y de su invisibilidad cierra el cuento:

> En el sitio donde descendió la nave y se salvó la Tierra no hay monumento alguno, salvo un adefesio del programa de vivienda para damnificados.
>
> México sigue igual, sin que se sepa que salvó al mundo. Ni siquiera los héroes lo saben, pero todos pueden dormir tranquilos…si los invasores vuelven, Tepito vigila…
>
> Y mientras Tepito no sea potencia mundial, la Tierra está a salvo…[592]

La importancia de las clases populares como base de la salvaguardia de un sistema se halla silenciada. Sin embargo, la especie de silogismo presente en los tres últimos segmentos de la cita sugiere irónicamente lo contrario o, más bien, sugiere que este carácter borrado es la clave de su papel como garantes del sistema. En este sentido, el año de publicación del cuento,1994, y los eventos que se le asocian (entrada en vigor del TLC

---

[590]   Guillermo Prieto, "¡Vaya unas personas obsequiosas!!", en *Cinco cuentistas mexicanos del siglo XIX*, Offset, México, 1983, p. 61–73.

[591]   Héctor Chavarría, *op. cit.*, p. 122.

[592]   *Ibidem.*

y el surgimiento de la guerrilla neozapatista en Chiapas) terminan de configurar el mensaje ideológico del texto. Las vías del pueblo son múltiples e impenetrables; la resistencia se puede inscribir en la banalidad de la vida cotidiana de un barrio.

La diégesis se inscribe en un presente cuya analogía se encuentra en el pasado. De hecho, cuando los Linx descubren al Roñas, piensan: "Será fácil […]. La conquista será juego de niños. […] utilizaremos a esta raza primitiva como abono"[593]. Si la réplica hace pensar en *La guerra de los mundos* de H.G. Wells, en México el fantasma de la conquista flota en cuanto se trata de invasores. Si, en la ciencia ficción anglosajona, la temática extraterrestre sirve como proyección del miedo ante una futura invasión de elementos extranjeros, la ciencia ficción mexicana invierte la figura: esa invasión ya tuvo lugar, la conquista española y las sucesivas invasiones de las potencias europeas, y finalmente de Estados Unidos. De esta manera la temática es portadora por su poder analógico. De hecho, antes de la publicación del cuento de Chavarría, el escritor Hugo Hiriart publicó *La destrucción de todas las cosas* (1992), una "crónica de una nueva conquista de México, realizada esta vez por unos extraterrestres tan intransigentes, autoritarios y atrabilados [*sic*] como las propias autoridades del gobierno mexicano a las que desafían a principios del siglo XXI"[594]. La fecha de publicación muestra la pertenencia de esta novela a una miríada de textos (como las novelas históricas realistas) que volvieron sobre los eventos de la conquista. Pero, en lo que atañe a la ciencia ficción, es su vertiente ucrónica la que mejor planteará un cuestionamiento sobre la historia del país, como lo veremos más adelante.

## F. G. Haghenbeck, "…Y el ovni cayó o El evento Ros. Huelitlán" (*Los viajeros*, 2010)

Antes de ser publicado en la antología *Los viajeros*, este cuento lo fue en la revista española *Andrómeda*, especializada en la ciencia ficción humorística, en el número titulado *Sonrisas y Asteroides*. Su autor aproxima el carácter hilarante de su texto a *Monty Python* y afirma que pertenece a un subgénero que califica de "cachava y boina: ciencia ficción de la del pueblo. Con

---

[593]  *Ibidem*, p. 121–122.
[594]  Gabriel Trujillo Muñoz, *op. cit.*, p. 215.

raíces"[595]. El relato aparece como una serie de once escenas precedidas por un preámbulo. El autor proviene del mundo audiovisual y del cómic (al igual que Bef), de lo cual encontramos huellas en la estructura secuencial y la dimensión visual del relato.

El título hace referencia al famoso "Incidente Roswell" (*The Roswell Incident*). En julio de 1947, en Nuevo México, un objeto se estrella en el suelo. La versión oficial afirma que se trata de un globo sonda utilizado para espiar a los soviéticos. Para otros se trata de un OVNI que el gobierno y los militares esconden desde entonces en la célebre zona 51. Todo ello alimentó un imaginario en torno a la existencia de extraterrestres, así como teorías del complot. Numerosas películas y series de televisión (entre ellas la popular *X-Files*) se han inspirado de este evento. Y he aquí su colorida versión mexicana.

El preámbulo:

Nuestro sistema solar posee siete planetas. Dos o tres son unas inmensas bolas de gas y polvo que no hacen nada más que estorbar. Muy parecido a ciertos jugadores de la selección mexicana de futbol. Existen otros que son un pedazo duro de roca. No gran cosa. Por último, uno que otro puede contener la vida. Quizá el rojito de la izquierda no es muy bueno para eso. Pero el azulito de la derecha tiene potencial. [...] Recuerden que en cada galaxia hay sistemas con esos planetitas. ¡Exacto! ¡Como el azulito! ¿Cuántos son como la tierra y pueden tener vida? Eso no lo sabemos. Solo queríamos poner en claro el punto de que hay muchas posibilidades de que exista la vida en otro planeta.[596]

El carácter prosaico del discurso y el contexto de enunciación que busca recrear le quitan toda dimensión erudita a su contenido científico. El empleo de diminutivos y de exclamaciones que sugieren la presencia de interlocutores hacen que la voz narrativa se vea marcada por la oralidad. Las indicaciones del narrador, que guían la mirada de sus interlocutores de izquierda a derecha, contribuyen a la focalización del relato y dibujan el contexto de enunciación: el lector se proyecta en un aula de clases, por ejemplo, con un(a) maestro(a) que muestra una maqueta o un dibujo del sistema solar. El destinatario/narratario se encuentra asimilado a niños cuyo interés se capta gracias a explicaciones y comparaciones con cosas que realmente les interesan, aquí el fútbol, hasta que el maestro

---

[595]   F. G. Haghenbeck, "…Y el ovni cayó o El evento Ros. Huelitlán", en Bernardo (BEF) Fernández, (ed.). *Los viajeros: 25 años de ciencia ficción mexicana*, México, Ediciones SM, 2010, ("Gran angular", 48M), p. 67–78, p. 79.

[596]   *Ibidem*, p. 67–68.

emite su hipótesis sobre la existencia de extraterrestres. Esta tesis, basada en el principio de probabilidades, se formula aquí de manera sucinta y simple para llamar la atención de los interlocutores. En la base de ese principio de probabilidades se encuentran investigaciones científicas de gran seriedad, sin olvidar las sumas de dinero descomunales que le son dedicadas. Tras la escena anodina se esconde una realidad científica que será el punto de partida del narrador. El maestro se dispone a impartir su enseñanza a través de la ficción: va a contar una historia para ilustrar el punto que quiere demostrar. Especifica que hay elementos que forman parte de su discurso y otros que no: "Como esto es un relato y no un ensayo científico, seguiremos pensando que ya llevan un rato vigilándonos, y que una de sus naves vigías podría estrellarse en la Tierra"[597]. Escena escolar o historia contada al calor de la lumbre, se trata de una puesta en ficción que, bajo la apariencia de la banalidad, muestra lo que ha sido considerado por la crítica como el nudo problemático de la etiqueta "ciencia ficción", a saber, la unión de dos términos *a priori* antagónicos. En efecto, antes de iniciar su relato, el narrador reivindica el punto de partida científico de su historia ("seguiremos pensando que...") y extrapola, gracias al poder de la imaginación, lo que podría suceder ("podría estrellarse..."). De esta manera empalma dos discursos: el relato de "ciencia ficción" puede comenzar.

Cada una de las once secuencias comienza aportando datos temporales muy específicos (hora/día/mes) y espaciales (el lugar, mencionado anafóricamente), sin especificar el año. Por ejemplo, la primera secuencia: "23:30h, sábado 22 de marzo / Ros. Huelitlán, Oaxaca"[598]. La denominación del espacio consiste en la asociación de un topónimo que no tiene referente en la realidad extraliteraria con otro que sí lo tiene (el Estado y la ciudad de Oaxaca). El primero, a partir del juego de palabras con el nombre del sitio real mencionado más arriba (Roswell) y la sonoridad autóctona buscada, anuncia la parodia relocalizando la diégesis en un lugar imaginario que, al mismo tiempo, se sitúa en México.

En cuanto al dato que falta (el año), es el lector el que debe restituirlo y para ello debe recurrir a su conocimiento de la cultura de masas. En efecto, los indicios que permiten situar la diégesis de manera aproximativa se encuentran diseminados a lo largo de tres páginas. Los dos

---

[597]　*Ibidem*, p. 68.
[598]　*Ibidem*.

personajes que realizarán el encuentro del tercer tipo escuchan en la radio de su camioneta, justo antes que este tenga lugar, una canción de 1991 que hizo bailar a toda América Latina: "Los dos iban cantando "Sopa de caracol" con un estilo libre campirano que difícilmente llegaría a ser un éxito. Un chivo que iba en la parte de atrás les hacía coro"[599]. Otro personaje, un joven médico enviado a Ros. Huelitlán, escucha la canción de 1988 "La negra Tomasa" del grupo "Los Caifanes"[600] y cuelga en su recámara un poster de Pamela Anderson[601] (actriz muy popular de la serie *Baywatch* (*Los vigilantes de la playa*), transmitida entre 1989–2001) para consolarse de la falta de güeras en la región. Lo importante no es que estos datos permitan situar *grosso modo* la diégesis a finales del siglo XX, sino que se trate de los únicos datos que remiten a la realidad extraliteraria. Al igual que en el preámbulo, es perceptible la intención de llevar al lector hacia un terreno preciso, el registro popular, y de esta manera desactivar en él cualquier veleidad de lectura "seria".

Esta ausencia de seriedad se impone desde la descripción, en la primera secuencia, del evento propiamente dicho:

> Rosendo y Melesio son compadres. Viven en ejidos contiguos. Entre los dos suman nueve chamacos. Generalmente, después de ir a la ciudad para vender la cosecha se echan unos quiebres. Los suficientes para regresar al pueblo culebreando todo el camino. [Es en este momento que escuchan "Sopa de Caracol" y que el chivo sigue el ritmo].
>
> - ¡Pinche compa, lo quiero un chingo! –dijo Rosendo. No es una frase muy brillante para un borracho. Pero se sorprenderían de la cantidad de veces que se dice un sábado. Tantas como el universo.
>
> - Yo también, compadre. Y he sido recabrón –dándole un trago a su botella, sacó la verdad– : ¡Me estoy cogiendo a su vieja!
>
> [...]
>
> - ¡'inche cabrón! –le gritaba Rosendo tratando de alcanzarlo. [...]. Rosendo estaba a punto de darle un golpe en la cara cuando oyó una explosión que iluminó la noche.
>
> Los dos compadres se quedaron admirados mirando el cielo: un enorme cigarro con brillantes luces como foquitos navideños tenía una gran columna de fuego y humo. Lo que más les impresionó era que esa madrezota iba cayendo directito a la camioneta.

---

[599]    *Ibidem*, p. 69.

[600]    *Ibidem*, p. 71.

[601]    *Ibidem*, p. 70.

- Yo también me ando tumbando a su vieja –le dijo Melesio a Rosendo. Trató de ser sincero antes de morir aplastados. Pero no fue así. Cayó a solo unos metros de ellos, en su vehículo.

El chivo que compraron quedó debajo de la camioneta, de la nave espacial y de un órgano de cactus que se cargó en su caída. Los dos hombres se levantaron a ver el desmadre. Solo hubo un comentario:

- ¡Qué par de viejas putas tenemos en casa, compadre! [Fin de la secuencia].[602]

En esta descripción del evento, los personajes caricaturescos, el tono burlesco y lo gracioso de los hechos evocados operan un desvío en relación con las imágenes habituales de un encuentro del tercer tipo. El estado de embelesamiento en el cual se hallan, en el cine de Hollywood, los personajes que se enfrentan a este tipo de experiencia (miradas extasiadas e iluminadas, música grandiosa...) aparece aquí más que matizado por una combinatoria de elementos (la canción, el chivo, la ebriedad, la lengua empleada, los tópicos machistas y los hechos evocados) que nos llevan en una dirección diametralmente opuesta. Una costura interna en el interior de la secuencia (entre las primeras frases y el fin de la secuencia) enfatiza la lógica privilegiada, aquella que observa el hecho insólito con ojos que no abandonan la inmediatez: al final se comprende mejor la frase "entre los dos suman nueve chamacos". Otra manera de hacer perceptible cómo la mirada desciende hacia lo cotidiano la encontramos cuando el narrador, a través de un apóstrofe, compara la frase banal de la ebriedad ("lo quiero un chingo") con el universo infinito del cual surgirán los extraterrestres. Al igual que en *De cómo el Roñas...*, el evento solo saca momentáneamente a los personajes de su cotidianeidad.

En el resto del cuento (entre las secuencias 2 a 10) son descritas las consecuencias de la llegada de los extraterrestres. Se producen hechos extraños, que los personajes no perciben. Los mecanismos del humor se apoyan en el desfase entre el saber del lector y el de los personajes anclados en su universo cotidiano. Por ejemplo, cuando el joven médico (Santiago) come tortillas, las encuentra particularmente sabrosas e interroga a la mujer que las hizo: "Están a toda madre, ¿qué les puso ahora? – Na'más aquí el comal. Fíjese que pongo la mano y no quema. [...] – Pinches japoneses, ya no saben ni qué inventar. Se echó dos quesadillas más"[603]. El mismo Santiago, cuando recibe en su consultorio a un niño con los

---

602  *Ibidem*, p. 68–70.
603  *Ibidem*, p. 73.

ojos verdes fosforescentes, se dice que nunca vio un caso semejante y que seguramente estaba borracho el día en que se evocó ese tema en alguna clase en la facultad de medicina. Casos semejantes, más desopilantes unos que otros, desfilan en las páginas siguientes hasta el epílogo de la historia (la secuencia once).

Tras la aparente ligereza del relato se esconde una crítica social de talla. La somera descripción del pueblo de Ros. Huelitlán dice mucho al respecto: "Roshuelitlán no es muy grande. Tiene un palacio municipal madreado por el último temblor, una iglesia, la tienda de raya de Don Julián y siete perros callejeros"[604]. En pocas líneas se evocan el abandono de los pueblos apartados y emblemas de sumisión de las clases campesinas, en particular esa pervivencia de la era porfirista que es la tienda de raya. Su mención, en un relato cuyos elementos que reenvían a la cultura de masas lo sitúan al final del siglo XX, subraya la permanencia de las estructuras de sometimiento: ¿acaso pasó la Revolución mexicana por Ros. Huelitlán y por otros pueblos del espacio referencial de Oaxaca? El sitio del pueblo imaginado por el autor no es anonido, puesto que el estado de Oaxaca es uno de los que cuentan con la población campesina más miserable del México y de los que más producen migrantes… que serán recibidos como *aliens* más allá del Río Grande.

De hecho, no sorprende que los personajes que encarnan figuras notorias de poder o que saben manejar ciertos códigos (el médico, el alcalde Don Sebas, los federales) se vean totalmente ridiculizados con un humor incisivo. El pueblo (Melesio, Rosendo y una miríada de personajes), por sus impropiedades de lenguaje ("Nosoitros no hemos icho nada") y otros detalles, no es otro que el México indio.

El texto expone los abusos cometidos contra el pueblo. Además de la tienda de raya, el analfabetismo y sobre todo el acoso que sufren por parte de la policía federal. En efecto, la noticia de la llegada de extranjeros llega a sus oídos y realizan inmediatamente (y fácilmente) el nexo con traficantes de drogas. Acusan a los campesinos de complicidad con los narcos, lo que reenvía a la realidad de la amalgama narcos/campesinos, al origen de masacres. Este trasfondo pierde gravedad gracias a la temática y a la forma paródica. Por ejemplo, el encuentro entre la policía federal y los extraterrestres reproduce una escena de interrogatorio con métodos de tortura conocidos:

---

[604] *Ibidem*, p. 68.

> El teniente Vaca terminó de vaciarle el tehuacán al chaparro verde. Lo tenía amarrado con alambre de púas. El pobre lo miró con sus grandes ojos negros. Se parecía mucho a Bambi cuando le matan a su mamá.
>
> - ¡Chale, teniente, con el tehuacanazo como que hacen burbujitas! ¡Ni aguantan nada! –le dijo el Caco. El teniente de puro coraje lo golpeó de nuevo en el hígado. No lo tenía ahí, pero eran años de usar esa técnica como para cambiarla nada más porque no eran humanos.[605]

A través de un efecto especular con la realidad, la parodia logra denunciar las exacciones cometidas por la policía. El carácter inofensivo de los extraterrestres entra en colisión con toda la potencia de los federales. El texto se mofa de la estupidez extrema de estos y de su complicidad con los narcos: "A mi me huele que son rusos que quieren el mercado gringo…¡Se la van a pelar! ¡Nosotros ya nos arreglamos primero"[606].

Después de una serie de peripecias, los federales se disponen a ejecutar a Rosendo en su granja, donde se encuentran también Santiago y Don Sebas. Una escena digna de un cómic cierra el relato antes del epílogo:

> Nadie vio venir el rayote.
>
> Fue como un cohetón de feria. Santiago y don Sebas se tiraron al piso ante el fogonazo. Cuando Santiago alzó la vista solo quedaban las botas de los judiciales, humeantes. Rosendo se había meado en los pantalones. Miraba a su esposa, que seguía apuntándoles con una pistolita como de juguete con colores extraños. Santiago pensó que sería muy puta, pero que aún quería a su marido.[607]

La pistolita como un *gadget* que funciona como marcador genérico, y su efecto, subrayado hiperbólicamente ("rayote", "cohetón de feria", fogonazo"), imitan el universo de los dibujos animados. Y, una vez más, el hecho insólito no impide que la percepción del personaje no se aleje de sus vivencias inmediatas, como lo muestra el fin de la cita.

El epílogo consiste en una escena festiva. El gobernador y su escolta son invitados para celebrar el feliz desenlace del evento. Saborean una suculenta parrillada. Sin sorpresa leemos: "El gobernador estaba chupando el huesito de una costilla de extraño color verde", mientras que Don Sebas toca en su bolsillo un cheque "[d]izque para arreglar las

---

[605]   *Ibidem*, p. 76.

[606]   *Ibidem*.

[607]   *Ibidem*, p. 77.

cuarteaduras del palacio municipal"[608]. El curso de los eventos continúa, cada quien sacando provecho como puede de la situación.

Los dos cuentos que versan sobre la temática extraterrestre se aplican en dislocar la noción de testimonio como base de la investigación en ufología. Los personajes nunca tuvieron conciencia de haber sido testigos de lo insólito (el Roñas y su madre) o si la tuvieron (como los personajes campesinos de Haghenbeck), al fin y al cabo esto no tiene mayor incidencia en su manera de aprehender el mundo. El soporte de sus testimonios en negativo son ficciones que hacen de su ignorancia el motor de la diégesis. Si sus palabras no versan sobre una realidad prodigiosa y seductora (la vida extraterrestre), ya que esta última implica una revolución sobre la visión de nuestro sitio en el universo, es quizá porque este asunto no es tan esencial. De repente, la mecánica puesta en marcha por los dos textos los aleja de la ciencia ficción, sin embargo haciéndolos permanecer en su territorio. Lo que podría ser percibido como un fallo o carencia ciencia-ficcional resulta ser un verdadero cuestionamiento político. En el momento actual en que sumas colosales se dedican a la conquista espacial, en el que los ojos de las superpotencias se clavan una vez más en el espacio sideral, estos textos nos dicen que, teniendo en cuenta lo que sucede aquí abajo y la necesidad de conservar el único planeta conocido apto para abrigar la vida (nuestras vidas) y el horizonte temporal para realizar este hipotético descubrimiento, estos sueños resultan escandalosos ya que están desprovistos de sentido, incluso a largo plazo.

La crítica política revestida de parodia no es el único elemento que bloquea la mecánica ciencia-ficcional clásica en estos dos cuentos. En efecto, otra cosa se insinúa en la interrelación entre las circunstancias y los personajes y sugiere que estos últimos están, de cierta manera, protegidos de las circunstancias. Darko Suvin utilizó este criterio para distinguir la ciencia ficción de otros géneros no miméticos. Para ello, empleó dos términos: la ética y la metafísica, el primero no como sinónimo del concepto de moral, el segundo alejado de su sentido filosófico en tanto que búsqueda de las causas primeras. En efecto, Suvin utiliza el término "ética" refiriéndose a la teoría o doctrina que tiene por objeto determinar los fines de la existencia humana o las condiciones de una vida feliz. Y por "metafísica" Suvin se refiere a lo que no pertenece al mundo físico. La aplicación de estos dos términos, según la óptica de Suvin, realiza el

---

[608] *Ibidem*, p. 78.

trazado de ciertos territorios genéricos. Así, los géneros no miméticos (no realistas) son metafísicos ya que describen mundos empíricamente otros con relación a nuestro mundo físico y "las circunstancias [la ética] no son neutras con respecto al héroe"[609]. Por ejemplo, en el cuento de hadas o en lo fantástico, "la ética corresponde a las fuerzas físicas"[610]. En estos dos casos, las leyes físicas se hallan en relación directa con el devenir del personaje, favorable o desfavorablemente. Puesto que "el universo representado niega la autonomía del mundo físico, estas leyes son más bien *metafísicas*"[611]. Por el contrario, el mundo de una obra de ciencia ficción no está *a priori* orientado hacia los protagonistas, ni positiva ni negativamente; nada en su contrato de verosimilitud o en sus leyes físicas deja augurar su éxito o su fracaso. Según Suvin, "la ciencia ficción es el único género no mimético que no es metafísico"[612].

Los dos cuentos que versan sobre la temática extraterrestre toman prestada la ética del cuento de hadas. La forma paródica determina la incidencia forzosamente positiva de las leyes físicas sobre el devenir de los personajes; determina, por tanto, la dimensión metafísica de los dos relatos. Su carácter no mimético reside únicamente en la irrupción, en un mundo físico banal, del *alien*, irrupción que se apoya sin embargo en un discurso científico cuyo fundamento se sitúa en el campo de las probabilidades. Se trata de dos ficciones no miméticas *a minima* y cuyo carácter metafísico se funda en una modalidad (la parodia) que busca cuestionar el recurso a una temática propia del género (la vida extraterrestre) por parte de un centro hegemónico, la cultura anglosajona. De esta manera, los dos cuentos, a partir de este elemento *a minima* y *constitutivo*, se sitúan en (o incluso crean) otro territorio ciencia-ficcional. En la perspectiva de Suvin, las ficciones miméticas que entrelazan "las leyes morales con las leyes físicas (como en el modelo del *happy end* hollywoodiense […] caen en el sentimentalismo y, concretamente, en la subliteratura"[613]. Una ciencia ficción, en tanto que ficción no mimética, que realizaría el mismo tipo de entrecruzamiento, que la haría metafísica, perdería su dimensión de ciencia ficción "valiosa". Caería también en la categoría de la "subliteratura" o "paraliteratura", cosa que Suvin reprocha, como lo

---

[609]   Darko Suvin, *op. cit.*, p. 18.
[610]   *Ibidem*, p. 19.
[611]   *Ibidem*, p. 26.
[612]   *Ibidem*, p. 19.
[613]   *Ibidem*, p. 25.

hemos visto en la primera parte de este trabajo, a buena parte de las producciones literarias ciencia-ficcionales. Para nosotros, se trata más bien de textos capaces de desarrollar sabores otros, al igual que las tortillas alienígenas del cuento de Haghenbeck.

Sin embargo, la asimilación de lo paraliterario a lo popular plantea un problema, teniendo en cuenta las diversas connotaciones de este último término. Según Alain-Michel Boyer, lo popular puede cubrir varias acepciones. ¿Se trata de creaciones que emanan del pueblo y expresan sus valores? ¿O se trata más bien de aquellas producidas para el pueblo por escritores que no pertenecen a él? Los cuentos que acabamos de abordar se sitúan en frecuencias entre estas dos posibilidades. Expresan los valores del pueblo y son producidos por escritores que todo deja pensar que no pertenecen al pueblo, si consideramos que en el contexto mexicano esta noción está estrechamente relacionada con el analfabetismo y con una desconexión general del saber académico. Al tratarse de una literatura a la que le cuesta encontrar sus redes de difusión, la noción de "la mayoría" debe ser forzosamente matizada. El problema de fondo radica en lo que entendemos por "pueblo", la evolución del término y su relación con la creación literaria. En el contexto romántico, estos asuntos remitían a la literatura oral. La expresión "literatura popular", subraya Boyer, era a menudo del ámbito de "mitologías casi mesiánicas": aquellas que exaltan un pueblo naturalmente creador, portador de una palabra original"[614]. Esta acepción permanece presente en los casos que nos ocupan. Los cuentos de Chavarría y Haghenbeck recurren a la voz del pueblo y corresponden al corpus catalogado por Chimal como la "nopal fiction". Según esta óptica, se encuentran atrapados en la trampa identitaria. Hay que tener en mente que un cuento como "El que llegó hasta el metro Pino Suárez", de César Rojas, pone realmente en funcionamiento una voz popular y portadora de una palabra original. Lo que aparece como criterio eliminatorio para algunos (como Chimal) es una especia de autocomplacencia, a través del humor, por parte de una cultura del ingenio del mexicano ladino. En efecto, en estos textos, saber y sabiduría son sinónimos de sentido del ingenio o de la desenvoltura, pero sobre todo de la supervivencia. Estos textos logran mostrar el lado torcido de las sociedades descritas, haciendo del estereotipo un elemento portador de sentido. Por un lado, la presencia de ese México profundo busca

---

[614]   Alain-Michel Boyer, *op. cit.*, p. 12.

colocar su cultura frente al gigante del norte. La autoirrisión de la que son capaces (y la mirada cruda y finalmente sin ninguna complacencia que ello implica) se halla diametralmente en oposición a la de la cultura anglosajona, con la excepción de un Tim Burton y su *Mars Attacks!* (que dicho sea de paso no fue bien recibida en los Estados Unidos) o con la de la reciente serie *Don't look up*. Por otro lado, estos textos otorgan a la imagen estereotipada la capacidad de *decir de otra manera*, es decir de liberarse de las delimitaciones que la colocaron en esa categoría. En efecto, y volviendo sobre las palabras de Angenot citadas en la primera parte de este estudio, estos textos revelan la capacidad de todos aquellos textos que se encuentran fuera de los territorios de la literatura para decir la repetición y el estereotipo al mismo tiempo que el movimiento, y de esta manera mostrar el surgimiento de lógicas y sabores *otros*.

# Tiempos alternativos y ucronías: reescribir la literatura, reescribir México

*And yet, and yet*…Negar la sucesión temporal, negar el yo, negar el universo astronómico, son desesperaciones aparentes y consuelos secretos.[615]

Cuando nuestro mundo es a tal punto insatisfactorio y decadente, o cuando el futuro se anuncia sombrío y caótico, el consuelo puede hallarse en considerar la existencia de otros mundos. Ya no se trataría de salvar un mundo muerto o de sobrevivir en él, ni siquiera de concebir una vida extraterrestre, sino de inventar otro mundo. Anders se refería a una "libertad acósmica"[616], la de un hombre sin mundo, de escogerlo y construirlo. Evadirse de su tiempo creando otros es una fuerte expresión de esa libertad acósmica: emanciparse de lo que es el marco de nuestra existencia. Viajes en el tiempo, universos paralelos, líneas temporales múltiples, esas son temáticas habituales de la ciencia ficción clásica, en las que se cruzan distopía, ucronía y utopía y cuya base la constituyen las paradojas temporales.

Se distinguen habitualmente dos tipos de paradojas temporales. Primero, la "paradoja del abuelo": "Por sus actos, el viajero puede suprimir la causa de un acontecimiento futuro o llegar a crear él mismo las causas del acontecimiento"[617]. Esta apelación proviene de la novela de René Barjavel, *El viajero imprudente* (1943), en el que el personaje mata a su ancestro: por consiguiente, o no existe, o no ha matado a su ancestro… Luego tenemos la paradoja del "circuito cerrado", al que algunos llaman "paradoja del escritor"[618]. Interviene cuando el mismo escritor es el germen de la situación paradójica, como en el primer *opus* de la serie de películas *Terminator*, de James Cameron. Los universos paralelos aparecen como la solución más lógica a las situaciones paradójicas. La noción de multiverso, un espacio que comprende un número infinito de universos, proviene de la teoría de Hugh Everett[619]. Andréi Sájarov imaginó en 1967

---


[615]    Jorge Luis Borges, "Nueva refutación del tiempo", en *Otras inquisiciones*, Buenos Aires, Emecé, 1960, p. 235–257, p. 256.

[616]    Christophe David, *op. cit.*, p. 180.

[617]    Eric B. Henriet, *op. cit.*, p. 175.

[618]    *Ibidem*, p. 177.

[619]    *Ibidem*, p. 183.

un universo "espejo" o "negativo" del nuestro, compuesto de antimateria, teoría que alimentó considerablemente a la ciencia ficción.

Los relatos que se construyen sobre paradojas temporales pueden tener una dimensión lúdica, en la que el humorismo y la parodia tienen frecuentemente un papel relevante. Puede tratarse de visiones más sombrías, que rayan en la distopía, o de la exploración de temporalidades ideales y utópicas. Reescribir la historia, como es el caso de las ucronías, puede conllevar una dimensión utópica. Todas esas modalidades han sido explotadas por la ciencia ficción mexicana y encontramos numerosos ejemplos de ellas en las antologías objeto de nuestro estudio.

Con **"El viajero"**, **José Luis Zárate** recibe el premio Puebla en 1987 y luego el premio Kalpa en su primera edición, en 1992. Está recogido en numerosas antologías, entre las cuales está *Los viajeros*[620]. En este cuento, un hombre inventa una máquina de viajar en el tiempo. Se desplaza al futuro para encontrarse consigo y tener informaciones sobre el progreso de su invención. Se da cuenta de que ha sido asesinado. Es un vecino, aterrorizado por su presencia, el que le revela su muerte y le menciona el nombre de un detective que, en aquel entonces, se presentó para llevar la investigación. El inventor/viajero se desplaza unos meses antes de su asesinato para encontrar al detective, que resulta ser el narrador. Es él quien relata la historia, revelando poco a poco lo que descubre sobre las implicaciones de los desplazamientos temporales del inventor (que incluyen modificaciones de su propia vida). En el desenlace, sin demasiadas sorpresas, excepto para la víctima, el asesino es el narrador. Zárate construye su relato poniendo en escena la "paradoja del escritor" o del "circuito cerrado", aunque por momentos la frontera con la "paradoja del abuelo" no es nada clara. El autor probablemente tenía en mente la película de Robert Zemeckis, *Regreso al futuro* (1985), cuyo personaje creador de la máquina ("Doc") se encuentra, con los ojos desorbitados, perplejo ante la lógica inextricable de las paradojas temporales, como puede estarlo el lector del cuento.

---

[620] José Luis Zárate, "El viajero", en Bernardo Fernández, (ed.). *Los viajeros. 25 años de la ciencia ficción mexicana*, México, Ediciones SM, 2010, ("Gran angular", 48M), p. 51–64.

**Antonio Malpica** reúne paradoja temporal y temática posapocalíptica en "**Un juguete para Justine**"[621], breve relato enigmático que escribe específicamente para la antología *Los viajeros*. El mundo ha sido devastado. Un abuelo y su nieta, Justine, al igual que los miles de sobrevivientes, llevan una vida aburrida en un medio artificial. La muchacha languidece y desea acabar con su vida. El abuelo posee una máquina de viajar en el tiempo que le ha permitido hacerle regalos a Justine, para que su vida resulte menos aburrida. Como el *setter* que el abuelo encontró en el Dublín del siglo XIX y que le regaló cuando era niña. La muchacha, mientras prepara su suicidio con la ayuda del abuelo, desea que el perro vuelva a estar con ella en sus últimos instantes. El abuelo se traslada siete años antes, cuando Justine tenía once años, para recuperarlo. Es el momento en que se le ocurre otra idea de regalo para evitar que su nieta se dirija hacia ese estado de melancolía que, para ella, solo desemboca en la muerte. Decide satisfacer el deseo de Justine, ayudarla a morir, pero, justo al día siguiente, planea buscar otro regalo en el tiempo y dárselo cuando todavía era niña: un niño pequeño. Justine podrá hacer con él lo que le plazca…El vicio será el motor para desear la vida.

En "**Futura Nereida**" (*Los viajeros* 2010), **Gabriela Damián Miravete** construye una utopía amorosa basada en el viaje temporal que permiten la lectura y la escritura. Un narrador se dirige a Nerissa, una chica de gran erudición ya que "lee hasta la caja de cereal"[622], dice de ella otro personaje en medio de una fiesta mundana cuyo ambiente solo acrecienta el deseo de la muchacha de refugiarse en los libros. De la fiesta se retira con un libro que le han prestado. La lectura de uno de los cuentos del volumen, titulado "Umbrario", y su personaje, La Nereida, la sumirán en el deseo imperioso de indagar sobre su autor. Nerissa descubre la existencia de Pascal Marsias, escritor casi desconocido del siglo XIX que dejó unos *Cantos para futura Nereida* y que desapareció misteriosamente. Como Pigmalión, el desaparecido escritor se forja una mujer ideal a través de la escritura. Nerissa termina encontrando el enigmático volumen de "ficción especulativa en verso"[623] en el fondo de una antigua librería. Los

---

[621] Antonio Malpica, "Un juguete para Justine", en Bernardo Fernández, (ed.). *Los viajeros: 25 años de ciencia ficción mexicana*, México, Ediciones SM, 2010, ("Gran angular", 48M), p. 80–84, p. 80–84.

[622] Damián Miravete, Gabriela, "Futura Nereida", en Bernardo Fernández, (ed.). *Los viajeros: 25 años de ciencia ficción mexicana*, México, Ediciones SM, 2010, ("Gran angular", 48M), p. 205–215, p. 206.

[623] *Ibidem*, p. 211.

versos se le antojan a Nerissa como instrucciones codificadas para poder crear un umbral entre temporalidades o, como lo afirma el yo poético, para encontrar la "trama invisible" que los pueda unir. Para que surja el umbral, es necesario realizar una acción o serie de acciones que recuerdan la teoría de los pases en "La trama celeste" de Adolfo Bioy Casares. Y en el caso de Nerissa tal acción será sencillamente la escritura, una que la defina como ser imaginativo y creador: "Escribo estas líneas para que las palabras y mi cuerpo conformen la máquina precisa…"[624]. Y la escritura-conjuro logra el prodigio de convertirse ella misma en máquina del tiempo. El narrador, que desde el inicio se dirige al personaje femenino, resulta ser el escritor de otro tiempo, que escribe su cuento para la futura Nereida; las dos escrituras paralelas crean el umbral en el que ambos logran encontrarse.

La noción de multiverso (o universo "espejo" o "en negativo") es otra vertiente de la temática de los tiempos alternativos. No se trata de desplazarse en el tiempo, sino de cuestionar nuestra concepción del universo y, por consiguiente, de nuestra temporalidad: cuando el fin del mundo consiste en el fin de la idea de nuestro mundo. No es aquel que imaginábamos y este descubrimiento lleva a contradecir la percepción que tenemos de él. Se trata de una temática poco abordada por la ciencia ficción mexicana[625]. En el cuento **"El duelo"**[626], de **Rodolfo Jiménez Morales**, un descubrimiento científico, el del "universo fantasma", cuestiona nuestra concepción del universo. El texto pone en escena una sociedad presa de

---

[624] *Ibidem*, p. 214.

[625] Hay en la literatura mexicana un antecedente de la temática de la posibilidad de existencia de los multiversos. Se trata de "La fundación de Roma" (1969) de Salvador Elizondo, un texto, curiosamente, ausente de las antologías de ciencia ficción mexicana que conocemos. A la manera de Borges, el punto de partida del texto es una especulación científica desprovista de anécdota propiamente dicha. Se habla del descubrimiento, por un científico, de la posibilidad de existencia de otro universo: el universo faustiano. La particularidad de ese universo es que en él, el tiempo hace marcha atrás. El relato consiste en una enumeración de ejemplos (comparaciones) que permitirían concebir el funcionamiento de ese universo faustiano. La especulación científica conlleva una especulación filosófica muy poética. Salvador Elizondo, "La fundación de Roma", en *El retrato de Zoe y otras mentiras*, 1. Ed., México, D.F., Vuelta, 1992, p. 72–75, p. 72–75.

[626] Su primera versión, se supone, nació en 2004 en el marco del taller de escritura de Alberto Chimal. Se publicó después, en su versión final, en la primera colección de relatos del autor, *Todo esto sucede bajo el agua*, por el que obtuvo el premio Julio Torri en 2007, y luego en la antología *Los viajeros*.

la confusión creada por el descubrimiento que nuestro universo y nosotros mismos no somos sino los residuos o las escorias de un universo que desapareció después de una explosión. El narrador trata de explicar esta nueva concepción de la existencia humana, estableciendo una analogía con la teoría del gato de Schrödinger. Ese metauniverso sería un enorme gato muerto en el momento del Big Bang y a la vez otro que sobrevivió: "Nosotros somos el gato muerto"[627]. Un descubrimiento que hace tambalearse el sentido de la vida y produce nuevas formas de pequeñas guerras intestinas y existenciales entre las gentes, entre las cuales el duelo que el personaje narrador debe librar, al final del relato, con uno de sus rivales en la concepción de la existencia; un duelo que también es el de la aceptación de esa nueva condición humana: la de no ser nada[628].

Esto ejemplos muestran, por una parte, que la temática del viaje en el tiempo y las de los multiversos pueden darse en múltiples registros. Por otra parte, en cuanto a las paradojas temporales, estos textos muestran lo difícil que es llevar a cabo ese ejercicio y hacer que la anécdota sea legible; el lector se pierde fácilmente, incluso en el caso de un texto breve como el de Malpica. Cuando el ejercicio se realiza con maestría, anécdota y juegos intelectuales se funden en un solo guiño y, paradójicamente, pueden revelar sentidos muy profundos.

## Alberto Chimal, "El viajero del tiempo" (*Las Historias*, 2012)[629]

Alberto Chimal es uno de esos escritores pioneros en la experimentación de prácticas literarias a través de las nuevas tecnologías. El concepto de literatura electrónica o digital (también llamada ciberliteratura) delimita un territorio muy concreto de prácticas de creación literaria. Para Eduardo Ledesma, no se trata de la digitalización de textos inicialmente escritos en papel; ni de textos de ciencia ficción que tienen como marco

---

[627] Rodolfo Jiménez Morales, "El duelo", en Bernardo Fernández, (ed.). *Los viajeros: 25 años de ciencia ficción mexicana*, México, Ediciones SM, 2010, ("Gran angular", 48M), p. 196.

[628] La serie norteamericana *The Leftovers* (2014–2017) trata admirablemente esta temática y muestra hasta qué punto une frontera difusa entre los géneros (una ciencia ficción apenas sugerida) puede resultar muy sugestiva.

[629] Alberto Chimal, "El Viajero del Tiempo (minificciones)", *Las Historias*, 2012.

el mundo de las nuevas tecnologías[630]. Son producciones creadas a partir de los medios que proporciona la informática y concebidas para ser leídas y/o vistas en los soportes creados por esa misma tecnología informática. Para Ledesma, su dimensión va más allá de lo escrito, para abarcar lo visual, lo sonoro, lo cinético y lo participativo[631].

En los últimos años, *Twitter* ha llegado a ser el soporte digital de una nueva forma literaria que algunos llaman "tuiteratura"[632]. En 2010, Alberto Chimal escribe a partir de esa red social una serie de microrrelatos a los que titula *83 novelas*[633]. Con *El Viajero del Tiempo*[634], repitió la experiencia, poniendo en escena un personaje emblemático de la ciencia ficción: el Viajero del Tiempo. Para Chimal, el personaje de la novela de H. G. Wells, *La máquina del tiempo*, que desaparece al final de esta, vuelve, en estas minúsculas aventuras, a través del tiempo y del espacio[635]. Siendo la novela de Wells un punto de partida y los microrrelatos de Chimal derivaciones de aquel, existe, para usar la terminología de Genette, una relación de hipertextualidad entre los dos. Según Genette, este tipo de derivación tiene que ver o con la transformación o con la imitación. Si la transformación es un procedimiento de transposición bastante sencillo, la imitación resulta más compleja:

> [...] exige la constitución previa de un modelo de competencia genérica (llamémoslo épico)[636] sacado de esa *performance* singular que es la *Odisea* (y

---


[630]   Eduardo Ledesma, "Ciencia-Ficción digital iberoamericana (mutantes, ciborgs y entes virtuales): la red y la literatura electrónica del siglo XXI", *Revista Iberoamericana*, vol. 83 / 259, septiembre de 2017, p. 305–326, p. 306.

[631]   *Ibidem.*

[632]   El origen del término está en el libro *Twitterature: The World's Greatest Books in Twenty Tweets or Less*, de Alexandre Aciman y Emmett Rensin, publicado en 2009. Se trataba de parodias de textos famosos, en forma de *tweets*, para que nadie se vea obligado a leerlos, lo que de hecho afirmaba la frivolidad de Internet y el carácter obtuso de sus usuarios.

[633]   Chimal, Alberto, "83 Novelas", [En línea : https://www.lashistorias.com.mx/index.php/archivo/83-novelas/]. Consultado el 19 de agosto de 2022.

[634]   Estos microrrelatos han sido publicados en papel en la colección *Hormiga iracunda* de las Ediciones Posdata. Chimal propone una selección de los mismos en su sitio personal *Las Historias*.

[635]   Alberto Chimal, *op. cit.*, S/P.

[636]   Genette basa su reflexión en el *Ulises* de Joyce.

eventualmente de algunas otras), y capaz de engendrar un número indefinido de *performances* miméticas.[637]

Lo que Chimal "imita" del hipotexto (la novela de Wells) es el hecho insólito en el que estriba la anécdota: desplazarse en el tiempo. De esta manera, imita un "modelo de competencia genérica" (aquí la ciencia ficción) y más precisamente una temática del género, vuelta clásica gracias a la publicación de ese mismo hipotexto. Estos microrrelatos se construyen como *performances* miméticas engendradas por un núcleo ciencia-ficcional; su soporte (el *tweet*) viene a reforzar su potencialidad de producción infinita. Este soporte sugiere otra relación mimética, o incluso metonímica, es decir la que existe entre las máquinas que están en su origen. Volveremos a este juego de continuidad de las máquinas. Por ahora, observemos que la continuidad es un fundamento de la literariedad de estos microtextos. Genette (valiéndose de Riffaterre) avanza que la transtextualidad es un aspecto de la textualidad o de la literariedad, como lo son sus diferentes componentes (hipertextualidad, intertextualidad...)[638], cuyas fronteras no son impermeables: "sus relaciones son, al contrario, numerosas, y frecuentemente decisivas"[639]. *El viajero del tiempo* de Chimal logra condensar en un espacio reducido estas relaciones de continuidad y, de esta manera, cuestionar los fundamentos de su propia literariedad.

El medio (*Twitter*), por su configuración y sus limitaciones en cuanto al largo de los textos producidos, tiene una incidencia sobre los hipertextos: son minúsculos, del punto de vista sintagmático, en comparación con el hipotexto del que se derivan. Las relaciones de tamaño y de inclusión creadas por la adaptación de la novela de Wells son paradójicas. Efectivamente, en el conjunto de relaciones que mantienen los hipertextos, no solo con el hipotexto de Wells, sino también con intertextos más o menos explícitos, estos hipertextos (lo pequeño) acaban incluyendo el hipotexto (lo grande) y, por lo mismo, alcanzan el architexto. Sin olvidar el papel de activador genérico de los paratextos, en particular las palabras de Chimal sobre la concepción de sus microrrelatos, cuando los califica de "secuelas" de la novela canónica de Wells.

---

[637] Gérard Genette, *Palimpsestes: la littérature au second degré*, París, Éd. du Seuil, 1992, ("Collection Points Essais", 257), p. 14–15.

[638] *Ibidem*, p. 18.

[639] *Ibidem*, p. 16.

Las relaciones de intertextualidad más evidentes implican la obra de Jorge Luis Borges. Chimal lo reivindica como el autor que tuvo un papel relevante en su vocación de escritor[640]. También señala lo que le deben los escritores de ciencia ficción más importantes, aunque el nombre del argentino pocas veces se mencione a propósito de esta[641]. La presencia de Borges en estos microrrelatos va más allá de los intertextos más o menos fáciles de identificar. Ya hemos abordado la importancia de dos maneras de incorporar la figura y la obra de Borges en la ciencia ficción hispanoamericana: la intertextualidad y la metatextualidad. Alberto Chimal, autor de una serie de artículos en los que no solo rinde tributo a Borges sino también problematiza la relación de su obra con la ciencia ficción, concilia en sus microrrelatos estos dos procedimientos, a los que se añade la hipertextualidad en relación con la novela de Wells. Este último autor también es motivo de reflexión para Borges, una reflexión recogida por Chimal en los artículos mencionados. El resultado es un juego transtextual que acaba incluyendo el architexto "ciencia ficción". Un megaprograma a partir de lo microscópico, cuyo soporte es la máquina de mil derivaciones creada por las redes sociales. Como para causar vértigo (trans)textual, al que se añade otro vértigo, el que provoca la temática de estos microrrelatos, que juegan con las paradojas temporales.

Las referencias borgesianas son, por una parte, ensayos como "La flor de Coleridge", "El primer Wells" y "Nueva Refutación del tiempo". Por otra parte, al declinar el motivo del doble (como resultado de las paradojas temporales), Chimal establece una relación con toda la obra de Borges, puesto que las figuras de Caín y Abel, como se sabe, aparecen bajo diversos avatares en la obra del argentino. Pero, en estos juegos con un personaje clásico de la ciencia ficción, el doble es el resultado de juegos de ingenio de cariz paradójico. De esta manera, y volviendo a los mecanismos de la hipertextualidad establecidos por Genette, se trata no solo de imitación sino también de una transposición no simple, sino, más bien, vuelta compleja. Una vez más, el soporte aparece como portador de sentido: estos microrrelatos son, usando términos de Genette, como "rapsodias invertidas" destinadas (en nuestro caso) a un público amplio y que, "al lado del tema serio propuesto [...] introducen sutilmente otros, de índole cómica"[642]. Estas pequeñas viñetas de las aventuras del viajero del

---

[640]   Alberto Chimal, "Una presencia de Borges", *Las Historias*, 2012, S/P.

[641]   Alberto Chimal, *op. cit.*, p. 77.

[642]   Gérard Genette, *op. cit.*, p. 24–25.

tiempo son otras tantas exploraciones tonales del tema principal (serio, solemne) que se transforma en pequeñas cantinelas lúdicas.

Como dijimos, el soporte inicial de estas microficciones (*Twitter*) incita a reflexionar sobre su relación con la "máquina" emblemática de Wells. Gérard Klein señala que esta ilustra "la evolución dialéctica de la ciencia ficción"[643]. En efecto, no le debe casi nada a la ciencia y su mecanismo apenas aparece en la novela de Wells, excepto la especulación en su origen: considerar el tiempo como una dimensión y, por consiguiente, como un eje de desplazamiento. Son las consecuencias de esta especulación las que se van a desplegar en el seno del género, desde el encuentro consigo mismo (el doble) hasta la creación de tramas temporales paralelas o la alteración del curso de la historia. Se trata de una "jungla conceptual que cuestiona y enriquece probablemente la filosofía de la causalidad"[644]. A través de estos microrrelatos, Chimal explora las posibles consecuencias de esta especulación, barriendo, por pequeños toques, un amplio conjunto (una base de datos ciencia-ficcional pero no solo eso) cuya base conceptual (la causalidad) ha sido un lugar de encuentro de disciplinas (la filosofía, la física, las matemáticas…) y el lugar privilegiado de la evolución del género. Al escoger la forma hiperbreve y un soporte *a priori* efímero y cuya capacidad para decir lo literario puede dejar dubitativo (dado el tipo de material que circula en él), su proyecto aparece como un reto.

Si la máquina de Wells es menos un objeto tecnológico concreto que un pretexto para especulaciones científicas ¿qué diremos de esas nuevas tecnologías que instauran otras maneras de hacer literatura y de difundirla? Chimal es un precursor del fenómeno de la "tuiteratura", una práctica que podemos considerar como una nueva acepción de lo paraliterario: se pasa de la literatura de masas a la de los *mass media*. Esta continuidad en cuanto al público concernido lleva a preguntarse acerca del estatuto literario del hipotexto al origen del proyecto: la novela de Wells. Ahí es donde la figura de autoridad de Borges cobra toda su importancia.

En "El primer Wells", ensayo de Borges comentado por Chimal en un artículo[645], el escritor argentino explica lo que diferencia a Wells de Julio Verne. Para él, se trata de "nombres incompatibles". Se refiere, como lo

---

[643] Gérard Klein, *op. cit.*, S/P.

[644] *Ibidem.*

[645] Alberto Chimal, *op. cit.*

indica el título, a sus primeros textos (*La máquina del tiempo*, *La isla del doctor Moreau*, *Los primeros hombres en la luna…*), antes de que se resigne a ser un "especulador sociológico"[646]. Bien vemos que en esta formulación Borges habla de manera peyorativa de una modalidad de la ciencia ficción. Arduo sería establecer la frontera entre la "especulación sociológica" y otros términos empleados por el argentino de forma elogiosa para enunciar una programática ambiciosa, como veremos. Notemos que la oposición Verne/Wells le sirve para delinear los contornos de una ciencia ficción "válida" (en términos de Suvin), aquella de la que Wells sería una especie de paradigma, y otra cercana a lo paraliterario: Verne "escribe para adolescentes; Wells, para todas las edades del hombre […]. Las ficciones de Verne trafican en cosas probables […]; las de Wells en meras posibilidades […] cuando no en cosas imposibles […]"[647]. Pero eso no basta para explicar la superioridad de Wells:

> […] la precelencía [*sic*]de las primeras novelas de Wells […] se deben a una razón más profunda. No solo es ingenioso lo que refieren; es también simbólico de procesos que de algún modo son inherentes a todos los destinos humanos. […] La obra que perdura es siempre capaz de una infinita y plástica ambigüedad; es todo para todos, como el Apóstol; es un espejo que declara los rasgos del lector y es también un mapa del mundo.[648]

Son estas líneas las que han llamado la atención de Chimal en el artículo antes mencionado; en ellas, Borges enuncia, con solemnidad, lo que Chimal considera una programática de la ciencia ficción (ingenio, simbolismo, destino humano, lector, mapa del mundo), aunque sin mencionarlo explícitamente. Instaura una especie de *ciencia ficción in absentia* que Chimal pondrá en obra en su cuento "Se ha perdido una niña", del que encontramos una imagen condensada en las palabras de Borges cuando evoca el desenlace de la novela de Wells:

> Más increíble que una flor celestial o que la flor de un sueño es la flor futura, la contradictoria flor cuyos átomos ahora ocupan otros lugares y no se combinaron aún[649].

---

[646]   Jorge Luis Borges, "El primer Wells", en *Otras inquisiciones*, Buenos Aires, Emecé, 1960, p. 125–128, p. 125.

[647]   *Ibidem*, p. 125–126.

[648]   *Ibidem*, p. 126–127.

[649]   Jorge Luis Borges, "La flor de Coleridge", en *Otras inquisiciones*, Buenos Aires, Emecé, 1960, p. 19–23, p. 21.

Ciencia y paradoja temporal encuentran una paráfrasis poética bajo la pluma de Borges. Esta formulación podría ser un microrrelato publicado en *Twitter*. La sinergia entre las dos máquinas, aquella (ciencia-) ficcional de Wells, la otra, *Twitter*, real (técnica) pero creadora de ficciones, hace que en *El viajero del tiempo* lo textual y lo extratextual se amalgamen. Esta sinergia viene a establecer esta nueva forma de lo paraliterario como una forma de lo literario. Y la especulación, a la base de la máquina de Wells, se ve desplazada, en el caso de los microrrelatos de Chimal. A la inversa de la máquina de Wells, cabría preguntarse si, con *Twitter*, el objeto tecnológico subsume el hecho literario bajo su médium. En Wells, la máquina es punto de arranque de una especulación; la nueva máquina tecnológica, en su uso frecuente, es el lugar de otro tipo de especulación, el del bulo, de los *Troll Farms*, de la información parcial y de la simplificación, de la posverdad. Pero la literatura puede darle otra dimensión, gracias a su capacidad polifónica. Y sobre todo es el texto, definido por Milagros Ezquerro como "todo aquello relacionado con la práctica significante cuyo material es la lengua[650] y que, por extrapolación al mundo físico, funciona como un "sistema complejo, abierto y autoorganizador"[651] que termina incluyendo el médium tecnológico. Ese desvío afortunado es lo que Chimal promueve. En efecto, son los mismos usuarios de las redes sociales los que se hacen con el término "tuiteratura" y lo usan para referirse a un fenómeno más amplio y más complejo que el simple reciclaje paródico de textos que permanecían sin leer: "[…] lo utilizan para referirse […] a toda escritura con aspiraciones o efectos artísticos que se realice y se difunda –de modo totalmente independiente de la letra impresa– en esa red social"[652]. No se trata de un género literario sino de un "momento o etapa del desarrollo temprano de la escritura digital, en el que las nuevas tecnologías disponibles permiten justamente una explosión de nuevas formas de escritura[653]. La escritura digital implica que la escritura y la lectura se vuelvan bienes comunes; se vuelvan abiertas y públicas, todo lo contrario de "los procesos solitarios que la imprenta ha fomentado por siglos"[654]. Potencializan

---

[650]   Milagros Ezquerro, *op. cit.*, S/P.

[651]   *Ibidem.*

[652]   Alberto Chimal, "De tuiteratura", [En línea: http://www.lashistorias.com.mx/index.php/archivo/de-tuiteratura/]. Consultado el 13 de abril 2020, S/P.

[653]   *Ibidem.*

[654]   *Ibidem.*

la interacción instantánea, la mutación de los géneros preexistentes, la aparición de nuevas prácticas, la erosión de los conceptos de texto definitivo y de permanencia, todo ello muy borgesiano…. Tienen ese mismo potencial para decir lo literario que algunos especialistas (Angenot por ejemplo) han visto en las paraliteraturas. Alain-Michel Boyer, al trazar la historia de estas, se pregunta si su obsolescencia es un rasgo importante de su trayectoria. Así, a propósito de las literaturas de venta ambulante, afirma: "La mayoría de los ejemplares ha desaparecido. En un universo de la escasez, de la civilización preindustrial, esos objetos efímeros son una prefiguración de la obsolescencia que caracteriza las paraliteraturas modernas"[655]. En el caso de la ciencia ficción mexicana, la publicación en *fanzines* o sitios web que han desaparecido es la marca de esta obsolescencia. Sin embargo, esta pregunta no tiene respuesta tajante en lo que toca a las redes sociales y la "tuiteratura". Es cierto que la posibilidad de desaparición de ese corpus (de esos corpúsculos) en el ciberespacio va en este sentido, pero al mismo tiempo los discursos sobre estas mismas redes sociales indican la posible perennidad de cuanto se coloca, de una u otra manera, en estos soportes.

Por la participación de los usuarios/lectores, la "tuiteratura" cobra una dimensión interactiva que solo una lectura *in situ* y en el momento de los primeros *posts* puede revelar. En nuestro caso, hemos extraído algunos de esos microrrelatos de su soporte (el blog del autor) para analizar sus mecanismos en tanto que objetos literarios fijos. Ello no impide que se encuentren en ellos rastros de la pertenencia genérica y del cuestionamiento de la noción de texto definitivo, favorecido por este tipo de nueva práctica literaria.

Detengámonos en algunos de estos corpúsculos, poco importa que sean efímeros o eternos…

> El Viajero del Tiempo extiende la mano y atrapa la primera gota de la lluvia. Todas las demás impiden que el mundo se entere de la hazaña.

Al entablar un diálogo entre lo científico, lo míticorreligioso y lo artístico, este microrrelato revela los mecanismos de la piedra de toque explicados al principio de este trabajo. Remite a los tiempos de los principios de la vida en la Tierra, de un punto de vista geológico; un momento marcado por la aparición del agua a partir de las primeras lluvias debidas

---

[655]	Alain-Michel Boyer, *op. cit.*, p. 31.

a la condensación de los gases en la atmósfera. Pero esta posible lectura solo cobra todo su sentido si se tiene en cuenta el potencial transtextual del conjunto de los microrrelatos, y muy particularmente de la hipertextualidad como proyecto de escritura del autor. En efecto, Chimal afirma que su punto de partida fue imaginar las aventuras del personaje de Wells después del desenlace de la novela. Pero este personaje, antes de volver a su tiempo con algunas flores como testimonio de su incursión en el futuro, avanza muy lejos en él, hasta el final de los tiempos. Este capítulo de la novela de Wells ("La última visión") describe el crepúsculo del planeta debido a la extinción del sol; "fui presa de un horror de esas grandes tinieblas"[656], dice sentir el Viajero del Tiempo al observar la "abominable desolación que cubría el mundo"[657]. Ser testigo de un mundo sin el humano que lo concibe es una visión abrumadora, sobre todo por encontrarse al final de la cadena, donde ya no queda nada vivo. Remontarse al origen de esta cadena solo puede ser una manera de colmar, mal que bien, este vacío abrumador: es tener frente a sí un gran camino que, a pesar de ser finito, deja esperar algo, la posibilidad de crear algo. Y en eso consiste la primera aventura que Chimal ofrece al Viajero del Tiempo.

Aquí interviene la dimensión etnorreligiosa del microrrelato, pues la visión del Viajero del Tiempo está marcada por el panteísmo: el mundo (el planeta) aparece como un organismo vivo. Su personificación abre la vía al lenguaje mítico. En este relato primigenio, la creación y el diluvio están reunidos en un solo instante. La visión cándida (poética, mística) del instante de pureza inicial (la comunión del hombre con el mundo y una naturaleza proveedora) es inmediatamente cuestionada, hasta desvirtuada, por la intención revelada *a posteriori* (heroísmo, ínfulas) de la misma naturaleza. La personificación de esta sirve para mostrar metafóricamente la esencia malsana de las relaciones humanas, entre el individuo y el colectivo. Por otra parte, el acto único descrito por este microrrelato podría ser percibido como una metáfora del arte, que plantea una serie de preguntas. En efecto, ¿quién es el sujeto de la proeza, la primera gota como *ab initio* absoluto de la vida o el Viajero del Tiempo que la atrapa? El gesto de atrapar ¿es la proeza? El chaparrón (gotas) viene a subrayar que la fuerza de la creación (el arte) está en la propuesta poética en sí, en

---

[656] Herbert George Wells, *La machine à explorer le temps*, vol. 50, trad. Henry D. Davray, La Bibliothèque électronique du Québec, 1972, ("Classiques du XXe siècle", 1.01), p. 190.

[657] *Ibidem*, p. 187.

su globalidad (aquí la creación de la vida en la Tierra), no en la visibilidad de la acción puntual. Lo individual solo tiene sentido en su relación con lo colectivo. Todas las gotas de agua se parecen, como la gran Repetición que caracteriza la literatura y el arte. La gota de agua aparece como un espejo de este microrrelato, como obra de arte singular y como reflejo de la obra de arte en general. Y la sombra de Borges sigue y sigue presente… En su ensayo "La flor de Coleridge", Borges desarrolla a propósito de tres autores (entre los cuales Wells) la teoría de "la unidad profunda del Verbo"[658]: todos los autores no son sino uno solo. Esta es la propuesta/cuestionamiento que Borges retoma del poema *Kubla Khan* de Coleridge, del que establece el paralelismo con el epílogo de la novela de Wells:

> Si un hombre atravesara el Paraíso en un sueño, y le dieran una flor como prueba de que había estado allí, y si al despertar encontrara esa flor en su mano…¿entonces, qué?
>
> No sé qué opinará mi lector de esa imaginación; yo la juzgo perfecta. Usarla como base de otras invenciones felices, parece previamente imposible; tiene la integridad y la unidad de un *terminus ad quem*, de una meta. Claro está que lo es; en el orden de la literatura, como en los otros, no hay acto que no sea coronación de una infinita serie de causas y manantial de una infinita serie de efectos. Detrás de la invención de Coleridge está la general y antigua invención de las generaciones de amantes que pidieron como prenda una flor.[659]

A partir del primer microrrelato se inicia un tejido complejo que, al fin y al cabo, integra la ciencia ficción en este río de causas y efectos interdependientes que es la literatura.

Otros microrrelatos abordan procedimientos y mecanismos que tienen que ver con la especulación sobre el tiempo y sus dimensiones. Por ejemplo:

> El Viajero del Tiempo soñaba un «flashforward»: en él se despertaba, viajaba hacia atrás en el tiempo, se dormía y soñaba un «flashforward».

Varios procedimientos coexisten en estas líneas: la *mise en abyme* (el sueño en el sueño), la prolepsis y la analepsis, los dos últimos en su uso en el lenguaje cinematográfico. La paradoja temporal, aquí, consiste en avanzar sin avanzar, lo que produce un círculo temporal, un eterno

---

[658]    Jorge Luis Borges, *op. cit.*, p. 22.

[659]    *Ibidem*, p. 20.

retorno o la anulación del tiempo. También se produce la anulación de la dicotomía sueño/vigilia, lo cual una vez más nos envía al universo borgesiano y más particularmente al ejemplo del sueño de Chuang Tzu contado en "Nueva Refutación del tiempo". Sueña que es una mariposa, al despertar ya no sabe si era una mariposa o una mariposa que soñaba con ser un hombre:

> En la China ese sueño es proverbial; imaginemos que de sus casi infinitos lectores, uno sueña que es una mariposa y luego que es Chuang Tzu. Imaginemos que, por un azar no imposible, este sueño repite puntualmente el que soñó el maestro. Postulada esa igualdad, cabe preguntar: Esos instantes que coinciden ¿son el mismo? ¿No basta *un solo término repetido* para desbaratar y confundir la historia del mundo, para denunciar que no hay tal historia?[660]

Tras la dimensión prosaica del microrrelato, subrayada por la presencia de una terminología de la modernidad, por el uso del inglés como marca de esta y por la evocación de las máquinas que se ponen en marcha nada más apretando una tecla, se esconden postulados arduos, sobre el principio de causalidad también expresados por Borges, de manera más poética, es cierto, pero que requieren el mismo ejercicio mental.

Pero no nos agotemos en este primer paso. Otro microrrelato:

> Un pasaporte del Viajero del Tiempo lo acredita como oriundo de un país que todavía no existe y nadie, nadie recordará cuando desaparezca.

Se trata aquí de una fusión vertiginosa de los tiempos. La imagen del pasaporte como garantía de una identidad presente en un marco normativo se ve reforzada por el verbo "acredita" en presente. Pero la existencia del país del que se trata se encuentra en el futuro respecto al presente de la enunciación, un futuro que sin embargo ya pertenece al pasado, en un futuro todavía más lejano. La existencia de un país, de un mundo, aparece como un centelleo durante algunos segundos, el tiempo de leer este microrrelato. Tiempo demultiplicado quizás para entenderlo, y la relaciones entre magnitudes encuentra un paralelo en el acto hermenéutico. El tiempo es relativo al igual que nuestra presencia en esta dimensión, una presencia que es garante de la existencia de este mundo, subrayada por la duplicación del pronombre "nadie": sin la percepción humana, sin su memoria, no hay realidad concreta. Ese país fuera del tiempo nos hace pensar en Uqbar, el país inexistente del cuento de Borges que tanto

---

[660]  Jorge Luis Borges, *op. cit.*, p. 253.

marcó a Chimal (y al que volveremos al final de este trabajo). En fin, la hipótesis del fin de un mundo es imposible de comprobar, excepto gracias a la literatura (de ciencia ficción). Hay que creer en ella, darle crédito, y para ello está el pasaporte del Viajero del Tiempo. Este último detalle hace que la dimensión metafísica de estas líneas sea atenuada a través de un guiño a la literatura de espías, que se puede relacionar con la literatura popular, y con Borges.

Si, en la novela de Wells, la mecánica de la máquina no es muy explícita, Chimal ofrece algunas pistas:

> El Viajero del Tiempo usa una máquina propulsada por horas perdidas, ignoradas, malgastadas. Se alegra: tendrá energía para siempre.

Se da una descripción del funcionamiento de la máquina, pero no estriba en elementos propiamente técnicos, ni tampoco aporta explicaciones científicas sobre el aspecto dimensional del tiempo. Pero la descripción de su funcionamiento contiene una metáfora existencial, moralizante y productivista. La máquina parece sacar su energía de la desidia del ser humano, de su falta de juicio y de su incapacidad para organizarse. Una manera jocosa de criticar la futilidad de las actividades humanas, que hace pensar en los humoristas más o menos moralistas del siglo XIX, como Alphonse Allais y su retruécano: "Hablamos de matar el tiempo, como si, ¡ay!, no fuera él el que nos mata". Un segundo nivel de lectura atañe al discurso ciencia-ficcional en relación con la problemática de la escasez de recursos, el reciclaje, etc. Aquí, el tiempo "perdido" aparece como combustible, lo que nos lleva a un tercer nivel de lectura, metatextual este. Así, la máquina de explorar el tiempo se autoalimenta para avanzar, lo cual se podría equiparar al género ciencia ficción y la cultura común compartida por sus autores y/o la dimensión autotélica de esta denominación, ya señalada en la primera parte de este trabajo.

En lo que se refiere al enfoque moralista y productivista, se podría objetar al Viajero del Tiempo que también lo malgasta cuando se desplaza y lo modifica. Una implicación del lector que se concretiza en la presencia explícita de un narratario:

> El Viajero del Tiempo te saluda, se va 10 años, decide verte otra vez, regresa segundos antes de la primera. Déjà vu, pensarás. O piensas.

Al lector se le convida a un juego de lógica basado en paradojas temporales. Un juego que parece bastante sencillo pero vuelto complejo *in extremis* por la última frase, "O piensas". Dos lecturas posibles: o bien en el tiempo de la enunciación, el tiempo ya ha pasado y el *déjà vu* se ha producido; o bien el narratario (el lector) es, también, viajero del tiempo.

El Viajero del Tiempo, quien puede pasarse un año entero en un solo segundo, tiene el secreto para no envejecer.

No, no lo dice.

Ni lo vende.

Este microrrelato realiza una amalgama de lo prosaico y de lo metafísico (sentido de la vida). Hay una ventaja vanidosa en no envejecer, pero metafísicamente no envejecer significa no cambiar, lo cual equivale a no vivir, en el sentido de adquirir experiencia. En otros términos, vivir como un fantasma o un ser pasivo y observador. Lo que pasa en el mundo y alrededor de él no puede afectarle, su invulnerabilidad lo sitúa fuera del mundo y fuera de la humanidad. Se trata de un tópico explotado por la literatura fantástica (vampiros, Fausto, Dorian Gray…) y desarrollado científicamente por la ciencia ficción con la criogenización y otras maneras de detener los efectos del tiempo sobre el ser humano.

El Viajero del Tiempo fue a 1888 y vio la cara de Jack el Destripador. Gritó: era la de todos a la vez, como dicen que era el rostro de Adán.

Se mezclan referencias históricas, literarias y cinematográficas. Por una parte, la figura histórica de Jack el Destripador, *serial killer* vuelto figura cultural. Lo encontramos bajo diversos avatares, por ejemplo, en la pluma de Conan Doyle. Una película que trata de la figura histórica del famoso criminal ha realizado la fusión entre la novela de Wells y la de Conan Doyle: *Time after time* (1979) de Nicholas Meyer, con Malcom McDowell. En esta película para el gran público, el protagonista persigue a Jack el Destripador en el futuro, después de que este le toma "prestada" su máquina para una pequeña escapada en el siglo XX. En el microrrelato de Chimal, la referencia popular dialoga con otras, más eruditas, antropológicas, filosóficas, literarias. En efecto, Jack el Destripador es una efigie del mal, el avatar de las pulsiones maléficas en todos los hombres, como un nuevo Caín. Se trata de una imagen algo tópica: la cara del mal (de Satanás) siempre es la misma, de la misma manera que la naturaleza humana es intrínsecamente diabólica. Pero es la figura de Adán la que es invocada en este microrrelato para encarnar el mal inherente al ser humano. La dualidad – la ambigüedad – bien/mal encarnada por el par Caín/Abel es otra referencia borgesiana. Al lado de estas referencias antropológicas, filosóficas, literarias, la ciencia no deja de tener cabida. En efecto, la visión del rostro de Jack el Destripador es como un holograma: un fragmento de una imagen holográfica siempre contiene la totalidad de la imagen.

> El Viajero del Tiempo ha visto varias películas (de eras diversas) que tratan de tu vida. Y ahora ansía conocerte para saber toda la verdad.

Aquí se ponen en evidencia la implicación y la interpelación del lector/narratario, llamando a su vanidad y a su pudor. Está confrontado a su incapacidad para actuar sobre su historia: el sujeto no tiene ningún control sobre quién cuenta su historia y cómo. También podemos percibir la idea del retorno al referente de la ficción, de la confusión entre la obra y su referente, o sea contra el formalismo y el arte por el arte. El viajero es un *voyeur*, hasta el punto que podemos percibir la idea de una "pipolización" de la cultura, la búsqueda de un *"inside scoop"* que nada tiene que ver con la obra. Se trata de esa dimensión de las redes sociales que la "tuiteratura" parece haber desactivado. Este microrrelato muestra de manera paradójica le reverso de la máquina.

Otro ejemplo:

> Fastidiado luego de seis horas de ruido en el cuarto contiguo, el Viajero del Tiempo retrocedió seis horas, pasó al otro cuarto, lo halló vacío y entendió.

Aquí, la paradoja temporal estriba en que el viajero es causa de su inquietud o, más bien, la causa de ella es su percepción. Se trata de la premisa del idealismo de Berkeley, su *esse est percipi*. En "Nueva refutación del tiempo", Borges retoma las ideas del idealismo de Berkeley o Hume pero las refuta, porque ambos consideran el tiempo como, o bien "sucesión de ideas que fluye uniformemente y de la que todos los seres participan", o bien "una sucesión de momentos indivisibles"[661]. Y la refutación de Borges:

> Sin embargo, negadas la materia y el espíritu, que son continuidades, negado también el espacio, no sé con qué derecho retendremos esa continuidad que es el tiempo. Fuera de cada percepción (actual o conjetural) no existe la materia; fuera de cada estado mental no existe el espíritu; tampoco el tiempo existirá fuera de cada instante presente.[662]

---

[661]   *Ibidem*, p. 251–252.

[662]   *Ibidem*, p. 252.

Una vez más, el microrrelato de Chimal aparece como una reescritura lúdica de las ideas de Borges. De la misma manera que la escritura de Chimal también ocupa esa doble frecuencia que Alan Pauls, por ejemplo, ha atribuido a la escritura de Borges: ensayo y ficción se fusionan.

> —¿Cuál es el sentido si no se matan? —dijo el gladiador al Viajero del Tiempo mientras veían el partido de futbol.

En este microrrelato, del anacronismo surge el humorismo paródico. Aquí, es el otro el que parece viajar, no el Viajero del Tiempo, o no solo él. Es una versión temporal del encuentro de mundos totalmente extraños uno al otro, a la manera de *Little big man*, de Arthur Penn, o de *Two Rode together*, de John Ford. En su relato "El cautivo", Borges también trata de la ruptura espacio-temporal puesta en evidencia por el encuentro del "salvaje" y del "civilizado": hay otras maneras de viajar en el tiempo. La cultura aparece como un indicador o un hito temporal, o un signo no de la relatividad del tiempo sino de lo que se llama "civilización". También se puede percibir una alusión a los juegos de pelota prehispánicos, al final de los cuales, en efecto, los perdedores eran sacrificados a los dioses. El hecho de que sea un gladiador romano el que exprese el sinsentido de la derivación moderna de este deporte añade humorismo, amén de que, en México, esta clave de lectura histórica ha sido durante mucho tiempo aplicada al pasado prehispánico.

> El Viajero del Tiempo se queda muy callado en la esquina más oscura del comedor de los Bioy. ¿Sacará su cámara? Hoy come en casa Borges.

Lo prosaico se despliega en un conjunto de referencias. Primero está la relación intertextual con *Borges*; el diario de Adolfo Bioy Casares da cuenta de los años de amistad y de complicidad intelectual entre los dos hombres. Muchas entradas del diario empiezan por la fórmula "Hoy come en casa Borges". Esta sola mención abre la vía a toda la programática borgesiana: rescritura, escritura en colaboración, disputa intelectual, vida hecha de abstracciones y de lecturas, vida hecha de gestos anodinos…Y para fijar este momento (único y múltiple como las gotas de agua al inicio de los tiempos), una máquina de lo más común, una cámara fotográfica. Una máquina para fijar el tiempo en el interior de un microrrelato que pone en escena, por omisión, una máquina prodigiosa que permite desplazarse en él y que lo hace movedizo; y todo ello tiene como soporte una enorme máquina tecnológica que es tiempo en movimiento. Con esta *mise en abyme* de una pequeña máquina (la cámara fotográfica), este microrrelato recuerda la evolución a lo largo del tiempo del impacto de las tecnologías sobre la literatura: la fotografía (como también la imagen cinética) ha tenido una función importante en la escritura de escritores latinoamericanos. Por supuesto, cabe pensar en *La invención de Morel*, de Bioy Casares…

Estas pocas líneas remiten pues a un texto de más de mil páginas (el diario de Bioy) y a la historia de dos vidas literarias. Un juego de escalas que pone en evidencia la permeabilidad/potencialidad del discurso literario.

El Viajero del Tiempo escribe este texto para que lo lean en el siglo 490156673/498+, en el que cada una de sus palabras significa otra cosa.

La idea subyacente en este microrrelato es que el humano no da constancia de la historia para que el futuro se acuerde de lo que ha escrito: lo hace para que el futuro vea lo que, en el pasado, tenía sentido. Pero, sobre todo, nos dice que el texto es tributario del contexto, como bien lo ha demostrado Borges a través de Pierre Ménard y su Quijote.

Borges concluye su ensayo "La flor de Coleridge" con una alusión a los primeros textos de Wells, que ya hemos mencionados, entre los cuales el que aquí nos interesa:

Pienso que habrán de incorporarse, como la fórmula de Teseo o la de Ahasverus, a la memoria general de la especie y que se multiplicarán en su ámbito, más allá de la muerte del idioma en que fueron escritos.[663]

Se hace mención, tanto en estas líneas como en el microrrelato de Chimal, de una lengua futura en la que cuánto se habrá dicho tendrá otro significado. No estamos lejos de *OuLipo* y de la creación aleatoria de textos y de sentidos (como lo hace el personaje de Yoni Rei), lo cual aparece claramente en el médium de estos microrrelatos. Al leer a Chimal, "este texto" parece ser el mismo texto el que dice que con otro código, el texto (el sentido) sería diferente. De hecho, poco importa. Basta con crear un esquema, una secuencia, cuyo sentido dependerá del código empleado para leerlo/a o descifrarlo/a.

También se puede pensar en *Voyager* y la enciclopedia de la humanidad errante en el espacio sideral. Las dimensiones (entre las cuales está el tiempo) están subordinadas a nuestras percepciones y lo mismo pasa

---

[663]   Jorge Luis Borges, *op. cit.*, p. 128.

con nuestras producciones culturales: este gran Texto, ¿es legible fuera de nuestra conciencia? ¿O solo tendrá sentido (sentidos) en un instante X en medio de la eternidad, al ser percibido por alguien o algo? Un momento altamente hipotético en el que nosotros (nuestras creaciones) seremos como *hrönir* de Borges, cuerpos extraños varados en una conciencia otra.

Y, para terminar, el último de la serie:

El Viajero del Tiempo sirve el café, retrocede a toda velocidad y pone la taza a tiempo para recibir el líquido.

—¡Ocioso! —lo regaña su mamá.

Estallan lo prosaico y lo irónico. "Ocioso" puede ser traducido (descifrado) como "Tienes tiempo para perder". Una madre que no entiende de ninguna manera la utilidad de todos estos malabarismos temporales nos hace pensar en la anécdota referida por Bioy en su diario: la madre de Borges, perpleja ante las pesadillas contadas por su hijo, le aconseja sin más que vaya a consultar a un psiquiatra.

Los desplazamientos y las acciones del Viajero del Tiempo son *performances*, arte inmediato y en movimiento, al igual que su significante. Por otra parte, este microrrelato terminal, cuyo personaje se dispone a recibir el café en su taza, remite al primero, al punto de arranque de las aventuras de este: la *performance* de atrapar la primera gota de lluvia. La combinación dichosa de lo poético, incluso de lo místico, con lo pueril (y la fusión entre ciencia y ficción, entre técnica y arte) es un bello programa de creación.

## Ucronías y pensamiento contrafactual

La base epistemológica de la ciencia ficción en general es de tipo contrafactual y declina las posibilidades de la proposición condicional "si X entonces Y" en función del factor tiempo. La ciencia ficción opera por "predicción y retrodicción"[664] y según la dinámica adoptada el relato tomará la forma de una utopía, de una distopía o de una ucronía. La pregunta que se hace (¿qué habría pasado si...?) implica un ejercicio de retrospección que explica que el pensamiento contrafactual, en esta vertiente ucrónica, haya encontrado campos de aplicación interdisciplinares.

---

[664]  Pablo Capanna, *op. cit.*, p. 245.

Esta interdisciplinaridad puede resultar fructífera para el análisis textual, pero también crea un territorio movedizo que puede socavar su rigor.

Disciplinas diversas recurren al enfoque contrafactual. Es el objeto privilegiado de la psicología social y de las ciencias cognitivas, con, en los años 80, trabajos importantes sobre las "simulaciones heurísticas". Estas "permitirían explicar el origen de los sentimientos de arrepentimiento, de injusticia, de insatisfacción o también de culpa provocados por las simulaciones cognitivas"[665]. En los años 90, los investigadores han definido varios tipos de pensamiento contrafactual, mediante encuestas y numerosos *tests*. Existen, según estos estudios, dos maneras de producir lo contrafactual: quitando (*substractive counterfactual*) o añadiendo un elemento (*additive counterfactual*). La sustracción, al recalcar las relaciones de causa, potencia las capacidades analíticas, mientras que la adición, al ensanchar lo posible, favorecería la creatividad, la imaginación[666]. En los campos de aplicación que nos interesan, estos dos enfoques implican la ruptura entre dos tipos de relatos ucrónicos, uno más orientado hacia la historia, el otro hacia la ficción. Sin embargo, la frontera entre estos dos enfoques nos parece poco impermeable. Veamos ejemplos sacados de la conquista de México. Si se ejerce una sustracción, es decir, si se postula "si X no se hubiera producido, entonces Y", los campos de los posibles de Y siguen en correlación con todo aquello que rodeó a X. Por ejemplo, "Si Cortés no hubiera embarcado hacia las costas de Yucatán en febrero de 1519…entonces otro conquistador lo hubiera hecho", o, más probable, " el mismo Cortés lo hubiera hecho más tarde"…Nada apasionante, pues, excepto para el historiador que trate de mostrar cómo los pequeños acontecimientos están relacionados unos con otros; el desenlace final, la caída del imperio azteca (Y), no sería muy diferente de los acontecimientos que se han producido, tal como lo relata la historia oficial. Sin embargo, ejerciendo una adición, tendríamos un postulado de tipo "si X hubiera ocurrido entonces Y" y los campos de los posibles de Y ya no serían meros detalles. Si a Cortés lo hubieran matado en la *Noche Triste*, entonces quizás la nación azteca hubiera tenido el tiempo necesario para corregir su estrategia, apropiarse las técnicas del enemigo…Bien se ve que algo no funciona. Es cierto que se añade un elemento (la muerte de Cortés), pero ello implica una sustracción (su desaparición como

---

[665] Quentin Deluermoz y Pierre Singaravélou, *Pour une histoire des possibles*, París, Éditions du Seuil, 2016, p. 78.

[666] *Ibidem*, p. 77.

figura clave de la victoria española). De la misma manera, si suponemos que, en lugar de *La Malinche*, se hubiera entregado a los españoles otra esclava mucho menos perspicaz que esta, añadimos un hecho a la vez que suprimimos uno. Más allá de la ambigüedad entre sustracción y adición, lo problemático es lo arbitrario de la elección de X, para aplicárs10 es lo problemático es lo arbitrario de la elección de X, para aplicárs0. Estas consideraciones nos ayudan a comprender mejor las reticencias que puede despertar la aplicación del pensamiento contrafactual, sobre todo en historia. Si para Éric Henriet "el enfoque ucrónico, incluso si se limita a un experimento del pensamiento, es pues una de las únicas maneras de llevar a cabo una experiencia contradictoria en historia"[667], otros señalan la reticencia de los historiadores (sobre todo franceses) frente a este procedimiento experimental.

El razonamiento contrafactual sobrepasa el marco de las ciencias sociales. A pesar de los escollos ya mencionados, nos interesa en tanto que razonamiento híbrido que plantea de otra manera la relación entre texto(s) y contexto(s). La ucronía es un ejercicio de imaginación, sea puramente histórica (sin anécdota) o no. La distinción entre lo que pertenece a la historia (la "ucronía pura" o "ucronía histórica"[668]) y otra ucronía relacionada con la ficción lleva a la confusión y, sobre todo, a un desprestigio de la segunda categoría. Para observar este deslizamiento, observemos la definición usual del término "ucronía". Se trata de un neologismo creado en el siglo XIX por el filósofo Charles Renouvier. Para forjarlo, se inspiró en la palabra "utopía" de Tomás Moro, reuniendo el prefijo privativo ("u") y el término que significa el tiempo (*cronos*), en substitución del que significa el lugar (*tópos*). Según Henriet, una ucronía consiste en "imaginar, de manera coherente, otra trama histórica derivada de la de nuestra historia, a partir de un acontecimiento que, en la realidad, no se ha producido"[669]. En esta definición, aparentemente sencilla y más bien compartida por otros especialistas, dos elementos remiten a los problemas ya mencionados: el hecho de que el punto de partida sea un acontecimiento que no se ha producido (una sustracción), por una parte, y por otra esa necesaria coherencia. Estos dos elementos, juntos, tienen por efecto restringir el campo de aplicación de la ucronía a la disciplina histórica. Deslindan una "ucronía pura", aquella que se limita a la historia.

---

[667] Eric B. Henriet, *op. cit.*, p. 54.

[668] Eric B. Henriet, *L'histoire revisitée: panorama de l'uchronie sous toutes ses formes*, Amiens : París, Encrage ; Belles lettres, 1999, ("Interface", 3), p. 30.

[669] *Ibidem*, p. 17.

El otro tipo sería afín a la ficción, cuando no a la ciencia ficción, si la alteración de la historia se debe a razones científicas y/o tecnológicas, las más veces un viaje en el tiempo. La existencia de un territorio compartido por la ucronía entre historia y ficción lleva a algunos autores, como Henriet, a postular una superioridad epistemológica de la primera:

> [...] estamos de acuerdo para decir que hay que conservar un alejamiento razonable entre divergencia histórica y el tiempo del relato, so pena, por efecto de la ley del caos o del batir de ala de la mariposa, de perder toda coherencia histórica y, *in fine*, de describir un planeta tan alejado de nuestra Tierra, o tan absurdo en su construcción, que se le podría llamar de otra manera, y esto, es ciencia ficción clásica o *fantasy*, pero ya no ucronía.[670]

Para otros, como Bernard Campeis y Karine Gobled, con los que concordamos, es la dimensión transterritorial de la ucronía la que revela toda su potencialidad para decir lo imaginario:

> En literatura, las novelas ucrónicas pertenecerán las más veces a la ciencia ficción o a la novela histórica. Otros géneros también pueden albergar historias alternativas. Nada impide construir un thriller lleno de suspense a partir de un hecho histórico modificado (*Fatherland*, de Robert Harris) o brindar una obra de introspección para rescribir la vida propia en función de decisiones diferentes (*Groundhog Day*, de Harold Ramis). Las ucronías, por lo tanto, suelen ser adscritas a un género más amplio y, a veces, se pierden en el conjunto.[671]

Es cierto que los campos de aplicación múltiples del pensamiento contrafactual (el conjunto) dificultan la operatividad de algunos postulados, como hemos visto. Sin embargo, el ejercicio de imaginación y de cognición particularmente apegado al contexto histórico hace que la ucronía ciencia-ficcional sea particularmente rica para revelar los mecanismos de ese sistema complejo que es el texto. La ucronía permite concebir otra visión de la historia: lo que no ha pasado (sea por adición o sustracción) sirve para comprender mejor los mecanismos de lo que ha pasado. El relato ucrónico propone una imagen en negativo que obliga a adoptar otra mirada sobre los hechos tales como los cuenta la historiografía. Y, en lo que nos interesa, ello incita a reflexionar sobre la manera en que Occidente escribió esta historia, esta "manera muy europea de remontar

---

[670]  *Ibidem*, p. 43.

[671]  Campeis, Bernard y Gobled, Karine, *Le guide de l'uchronie*, Chambéry, ActuSF, 2015, p. 14.

el tiempo y de construir el pasado"[672], cuyos mecanismos explora Serge Gruzinski en su obra reciente, *La máquina del tiempo*, título que, incluso siendo metafórico (o porque lo es), parece reconciliar historia y (ciencia) ficción. Porque, al fin y al cabo, la historia no es más que una gran fabulación.

A partir del momento en que intentamos aplicar nociones teóricas relativas a la ucronía al caso mexicano, se ponen de manifiesto dificultades inherentes a su pasado colonial y a sus remanencias persistentes.

Cuando Henriet afirma que "cuanto más antigua es la divergencia, menos el autor corre peligro de crear una situación polémica y conflictual con sus lectores"[673], se nota que no conoce México, o que se sitúa en una esfera eurocentrista. Cuando José Clemente Orozco, en *Autobiografía*, señala el hecho de que en México se habla de la conquista como si acabara de producirse[674], cuando en Internet se pueden encontrar páginas del tipo "Poder azteca"[675], cuando se ve en los telediarios que el 12 de octubre hay manifestaciones de protesta delante de la estatua de Cristóbal Colón en el puerto de Barcelona, cuando la muerte de un negro en Estados Unidos, bajo la rodilla de un policía blanco, ocasiona debates sobre la manera de enseñar la historia de la esclavitud y del colonialismo, está muy claro que la escala temporal de lo innominable es muy subjetiva.

La revista *Letras Libres*, dirigida por el historiador Enrique Krauze, dedicó un número especial a la ucronía histórica en México[676]. En él participaron escritores (Hugo Hiriart o José Emilio Pacheco) e historiadores (Federico Navarrete, David A. Brading, John H. Coatsworth, Friedrich Katz), lo cual, a la vez que delimita sus campos, revela una desjerarquización feliz entre disciplinas. Los títulos de estas ucronías son bastante explícitos en cuanto al acontecimiento fundador y/o el punto de divergencia.[677]. Los episodios históricos sometidos al ejercicio ucrónico son,

---

[672]   Serge Gruzinski, *La machine à remonter le temps*, París, Fayard, 2017, p. 14.

[673]   Eric B. Henriet, *op. cit.*, p. 49.

[674]   "La conquista de México por Hernando Cortés y sus huestes parece que fue ayer. […] No parece que hayan sido a principios del siglo XVI, el asalto al gran Teocalli y la Noche Triste y la destrucción de Tenochtitlán, sino el año pasado, ayer mismo". José Clemente Orozco, *Autobiografía*, México D.F., Era, 1970, p. 68.

[675]   Hemos visto esta página hace algunos años; contenía declaraciones hispanófobas muy virulentas. En la actualidad, no hemos encontrado rastro de ella.

[676]   *Letras Libres*, ed. Enrique Krauze, 2008, ("Pasados Imaginarios", 118).

[677]   Henriet llama "acontecimiento fundador" aquel que no se ha producido en la realidad y a partir del cual se produce otra trama histórica; la fecha que le corresponde

sin sorpresa, momentos clave que han implicado una ruptura en la trayectoria del país. Por ejemplo, el historiador Federico Navarrete propone un texto titulado "La conquista fracasa. Costa Indómita, 1519–1847"[678] y José Emilio Pacheco otro titulado "El caudillo no es asesinado. El Obregonato, 1928–1968"[679]. Aunque estos textos propongan temporalidades otras, siguen siendo ejercicios de especulación histórica, que no introducen ninguna anécdota ficcional. En el texto de Pacheco, la no supresión de Álvaro Obregón no desemboca en un México particularmente diferente. Solo cambian algunos pequeños detalles y 1968 seguirá marcado por una gran masacre. En el de Navarrete, el fracaso de la expedición de Hernán Cortés se traduce por un mapa del mundo totalmente diferente. El primer ejemplo pone en evidencia que el México posrevolucionario no sería sino un tablero de ajedrez con piezas intercambiables, pero con reglas inmutables. El segundo pone de realce el carácter determinante de la conquista de México: es el escenario en el que se va a jugar el devenir del mundo moderno. Los dos momentos históricos tratados en estos textos son el objeto de las ucronías ciencia-ficcionales de nuestro corpus. Estas echan sobre los acontecimientos históricos evocados una mirada semejante a la de los textos de Navarrete y de Pacheco. Las anécdotas ficcionales sugerirán el carácter circunstancial del México posrevolucionario y el carácter estructural de la conquista.

Sin sorpresa, la conquista es el acontecimiento que ha dado lugar al mayor número de relatos ucrónicos. Henriet dibuja un panorama de este tipo de relatos y menciona ucronías en las que Cortés es vencido. Se trata de un cuento de Sébastien Clarac cuyo título es "Teolt", publicado en *Notes de merveilles* (n°11, mayo 2007) y de una novela de Christopher Evans, *Aztec Century* (1993)[680]. Luego, para completar su inventario, escribe: "No hay gran cosa en México, excepto un cuento ucrónico de Chavarría y el de Schaffler González en el que Cristóbal Colón, en un cuarto viaje, desembarca en México"[681]. Precisamente, se trata del cuento

---

sería el "punto de divergencia". Eric B. Henriet, *op. cit.*, p. 38. Utilizaremos indistintamente uno u otro término.

[678] Federico Navarrete, "La conquista fracasa. Costa Indómita, 1519–1847", *Letras Libres*, octubre 2008, ("Pasados imaginarios"), p. 16–19, p. 16–19.

[679] José Emilio Pacheco, "El caudillo no es asesinado. El Obregonato, 1928–1968", *Letras Libres*, octubre 2008, ("Pasados imaginarios"), p. 38–40, p. 38–40.

[680] Eric B. Henriet, *op. cit.*, p. 129.

[681] *Ibidem*, p. 165.

de Héctor Chavarría "Crónica del Gran Reformador", que forma parte de nuestro corpus y que estudiaremos a continuación, y de la colección de cuentos *Sin permiso de Colón. Fantasías mexicanas del quinto centenario* (1994), de Federico Schaffler. Entre estas ucronías en torno a la conquista también está un cuento de Schaffler, "Crónicas del Quincunce"[682].

## Héctor Chavarría "Crónica del Gran Reformador" (*Auroras y Horizontes*, 2012)

Con este cuento, Héctor Chavarría (autor de "De cómo el Roñas...") obtuvo el Premio Puebla en 1985. En este cuento, cuatro personajes, a través de su intervención en el pasado, van a modificar toda la historia de México (y del mundo). En efecto, se ven lanzados del siglo XX al siglo XVI, en el momento de la Conquista. La originalidad del texto, más allá del ejercicio ucrónico en sí, estriba en su ordenación y en la dimensión metatextual que se desprende de él.

La narración se organiza según tres estratos temporales cuya imbricación produce un juego especular al final del cual la historia oficial y sus consecuencias (la historia de México y nuestra línea temporal) se vuelven, en el universo ficcional, una obra de ciencia ficción; y el relato de la ucronía propiamente dicha (la historia alternativa propuesta) se afirma como historia oficial[683]. Por lo tanto, tenemos, en primer lugar, una línea del no tiempo (la de la ucronía), luego una línea que corresponde a un tiempo "real" (mímesis del nuestro), a las que hay que añadir el momento bisagra entre las dos, el punto de divergencia o acontecimiento fundador.

El relato se abre sobre un texto (que llamaremos T1) que se presenta como una nota a la primera edición completa de una obra cuyo autor es llamado Ehécatl (dios azteca del viento) y cuyo título es *Lo que no fue*. Si la nota especifica que se trata de una edición completa, es porque incluye un epílogo, un texto apócrifo que ha permanecido en la clandestinidad y que, por lo tanto, es sacado a la luz por la edición de la que habla esta nota. Puesto que el largo de T1 no es excesivo y que contiene elementos esenciales, lo citamos *in extenso*:

---

[682]   Federico Schaffler, "Crónicas del Quincunce", *Axxón*, 2004, ("Sección Uficción").

[683]   La novela ucrónica de Philip K. Dick, *El hombre del castillo* (1962) realiza este tipo de juego especular.

Nota a la primera edición completa: la circulación clandestina del epílogo de la obra de Ehécatl, Lo que no fue, publicada bajo el título Lo que sí fue, dio lugar –en el pasado– a polémicas amargas. Sea o no verdad lo que en ella se dice, importa poco en la actualidad; nuestra identidad de raza está muy por encima de sucesos tan antiguos como los que se relatan, por lo que no existe razón para clandestinidad alguna. Esta publicación se hace directamente de los originales del autor contenidos en la Biblioteca Nacional del Gran Teocalli y se complementa con un fragmento de la conferencia dictada por Ahui Xocoyotzin, máximo catedrático de historia y leyenda de la Universidad de Anáhuac, 500 años atrás, titulada Vida y Obra del Gran Reformador.

El Editor[684]

Luego, sin ningún subtítulo, empieza un segundo relato (que llamaremos T2), asumido por un narrador impersonal que cuenta la historia de esos cuatro hombres que, lanzados al pasado, van a modificar la historia. La única marca textual para diferenciar estos dos relatos es la firma "El Editor" que cierra el primero. Esta ruptura tipográfica establece un vínculo implícito entre T1 y T2, lo cual sugiere que este es el texto apócrifo del que habla aquel. A la primera lectura del cuento, este vínculo no aparece de manera evidente.

Finalmente, el tercer texto (T3) se presenta como el fragmento de una conferencia de un profesor, cuyo título, "Vida y obra del Gran Reformador", crea un paralelo con el título del texto que contiene el conjunto (T0). El primer texto (T1) lo menciona explícitamente y ello parece confirmar la identidad de T2.

Los dos títulos alternativos de la obra de Ehécatl aluden al de Renouvier, padre del concepto de ucronía: "Ucronía (la utopía en la Historia), bosquejo histórico apócrifo del desarrollo de la civilización europea tal como no ha sido, tal como hubiera podido ser"[685]. Este juego de palabras ha sido fuente de inspiración para los "ucronistas", como lo muestra su reutilización, simplificada, en el título de una compilación de textos ucrónicos editada por Martin Greenberg, *The way it wasn't*, de 1996.

---

[684]  Héctor Chavarría, "Crónica del Gran Reformador", en José Luis Zárate Herrera, (ed.). *Auroras y horizontes: antología de cuentos ganadores Premio Nacional de Cuento Fantástico y de Ciencia Ficción, 1984–2012*, Puebla, Consejo Estatal para la Cultura y las Artes de Puebla : Benemérita Universidad Autónoma de Puebla; El Colegio de Puebla : Universidad Iberoamericana, Puebla, 2013, p. 21–33, p. 21.

[685]  Eric B. Henriet, *op. cit.*, p. 18.

Pero en el contexto mexicano, este tipo de retruécano evoca enseguida el *cantinfleo*. Cuando algo choca con nuestra lógica y se presenta bajo el aspecto de lo incomprensible, surge de inmediato el reflejo de la risa; una risa presente en la diégesis, de manera implícita o explícita. El juego de contingencias que encierra la asociación de dos títulos alternativos de esta obra es la base hermenéutica del conjunto y su complejidad estriba menos en las propuestas en sí como en su inversión.

A pesar de lo indicios, solo al final de la lectura del cuento entendemos en qué consiste este epílogo cuya circulación clandestina deja comprender que su contenido era considerado peligroso en un pasado imposible de determinar.

T1 se sitúa en un presente cuyo único elemento que sirve, no para situarlo sino para caracterizarlo, es una posición de afirmación identitaria incontestable ("nuestra identidad de raza está muy por encima [...]"). Solo al llegar al final de este primer texto, a través de los topónimos y de su asociación incongruente con otros términos, el lector se da cuenta de que este presente no corresponde a un momento identificado en la historia. En efecto, algunos topónimos ("Gran Teocalli", "Anahuac") y nombre del Profesor ("Ahui Xocoyotzin") hacen referencia al pasado azteca, pero se siguen utilizando en nuestro presente, con algunos matices (es relativamente frecuente encontrar en México a personas con nombres nahuas, pero aquí se trata del nombre completo, apellido incluido). Son términos que se pueden asociar tanto al pasado como al presente… de nuestra línea temporal. Pero a partir del momento en que son asociados a términos como "biblioteca nacional", "universidad", "catedrático", se instala lo insólito, porque, sencillamente, la realidad así descrita contradice la situación de las poblaciones autóctonas, ayer y hoy. De estas primeras asociaciones dispares surge el *novum*: otro tiempo, en el que el expolio y la marginación no existen, en que la lectura del mundo obedece a un patrón diferente de aquel impuesto por la occidentalización. Además, se alude al área de especialidad del profesor ("historia y leyenda"): unas áreas percibidas como opuestas, por pertenecer a sistemas de pensamiento opuestos, por un lado, la historia (rigor científico) y por otro la leyenda, la imaginación; el pensamiento premoderno y moderno pueden reunirse. Pasado y presente se desmoronan, a pesar (o sobre todo por causa) de la mención de estos 500 años que separan este presente de la conferencia de la que se trata. En efecto, si el tiempo presente desde el cual esta nota está escrita corresponde *grosso modo* a nuestra época, esto significaría que la conferencia tuvo lugar en tiempos de la conquista. Pero, cuando se lee el texto de la conferencia (T3), aparece que este acontecimiento abortó miles de años antes de esta. Nuestras coordenadas temporales se deshacen. La mención de este lapso temporal (los 500 años) no es más que una escoria de nuestra temporalidad dislocada. El título del cuento anuncia, de alguna manera, esta desconstrucción temporal: una crónica reformada. Solo queda por saber cómo pudo producirse.

El segundo texto (T2), el más largo, contiene los gérmenes de esta historia contrafactual y obedece a una estructura narrativa más convencional: presentación de los personajes, fenómeno que produce el salto al pasado, constatación del fenómeno por los personajes y debates en cuanto a la conducta que hay que adoptar frente a este y, finalmente, la acción emprendida por los personajes. Esta última etapa constituye la verdadera bisagra de la ucronía o punto de divergencia, es decir la acción concreta que va a interferir con la historia oficial y producir la ucronía en sí. La heterogeneidad entre T1 y T2 (carácter alambicado del primero, carácter más legible del segundo) crea un efecto de espejo con dos maneras de pensar y de concebir el tiempo. La circularidad, incluso el caos, del primero y la ordenación cronológica del segundo son un paralelismo del carácter hermético habitualmente atribuido al pensamiento prehispánico, por una parte, y, por otra, del marco de pensamiento occidental y su manera rectilínea de concebir la historia.

El segundo relato (T2) empieza por la frase "Eran cuatro", que permitirá al lector, a la hora del desenlace, de establecer el vínculo entre los estratos temporales. La frase se despliega luego, especificando el papel de los cuatro personajes: un médico, un escritor, un ingeniero y un socorrista. El punto que tienen en común: la frustración y el fracaso en sus respectivas áreas. Este punto de partida evoca ciertos chistes que ponen escena una serie de personajes asociados a un rasgo distintivo (aquí, es su oficio, pero en general se trata de la nacionalidad) y cuyo giro final es una especie de triunfo del que será más astuto (el que tendrá el único paracaídas, que le salvará la vida, por ejemplo). En el caso que nos ocupa, todos van a cambiar el curso de la historia, pero dos de ellos tendrán un papel importante y solo uno será el responsable ficcional del texto entre nuestras manos: el médico, que resultará ser Ehécatl. Y el texto se cierra sobre este personaje que ríe solo de un chiste cuyo secreto es el único en conocer.

En cuanto al fenómeno insólito, corresponde a la temática del viaje en el tiempo. Sin embargo, no se hace hincapié en las modalidades tecnológicas que han permitido semejante viaje. Por el recurso a la focalización interna, el fenómeno es descrito de manera somera y, sobre todo, dudosa:

> Estaban en el Popocatépetl, atados a la misma cuerda y en la ruta central. Descendían cuando los golpeó el rayo. Quizá no fue un rayo, pero los derribó hacia la negrura después del blanco deslumbrante. Sin aviso previo, sin advertencia de tormenta eléctrica. Un rayo seco. Pero…¿fue un rayo?[686]

Nunca se conocerá la naturaleza de este relámpago. Se trata probablemente, por un efecto de metonimia, de una alusión al título del relato de Ray Bradbury, *El ruido de un trueno* (*A sound of thunder*, 1952), origen de la noción "efecto mariposa". Las únicas referencias a la época de donde proceden los cuatro hombres también son incompletas. En efecto, se habla en algún momento de una "pequeña cápsula del siglo XX junto a sus tiendas isotérmicas"[687]. El *novum*, el viaje temporal, es sugerido por la mención de un vehículo y de una época. La necesidad de especificar qué época hace pensar que los personajes la han dejado. Las tiendas isotérmicas, que podían ser un *novum* en el momento de la publicación, forman parte hoy día de un equipo habitual. El hecho de depurar el texto de *gadgets* tecnológicos permite evitar su obsolescencia, dejándole al verdadero *novum* su carácter insólito. En este caso, el *novum* no consiste en alteridades léxicas en sí, sino más bien discursivas, cuyo carácter extraño, precisamente, aparece a medida que se desvela el paisaje. En efecto, estas alteridades discursivas están relacionadas con la descripción del marco espacial, las laderas del Popocatépetl:

> La montaña, por alguna razón, se veía sutilmente diferente: más llena de nieve, más luminosa…; las piedras de Nexpayantla, extrañas. […] Todos miraron hacia abajo y guardaron silencio. No había instalaciones alpinas; en vez del albergue, casetas y estacionamiento, solo se veían pinos y una leve neblina.
>
> - Siempre ocurren cosas raras cuando cuatro se amarran a una sola cuerda – comentó el ingeniero mientras se ajustaba la mochila.[688]

El momento de revelación del fenómeno reproduce tópicos en torno a la pureza del aire en esta región. Una imagen paradisíaca, sin rastro

---

[686]   Héctor Chavarría, *op. cit.*, p. 22.
[687]   *Ibidem*, p. 23.
[688]   *Ibidem*, p. 22.

de intervención de la mano del hombre: en esto consiste el *novum*. La frase algo enigmática del ingeniero, con el uso del adverbio "siempre" y la sugerencia de la existencia de situaciones semejantes, que incluyen cuatro hombres y una cuerda, es una manera de movilizar las referencias del lector. Y estas referencias pueden ser tan dispares como la teoría de las cuerdas de John Ellis, que trata de la relatividad de la dimensión espacio-temporal, o el relato cosmogónico del *Popol Vuh* con su concepción cuadripartita del mundo y la presencia de una cuerda con la que los dioses van a tomar medidas para construirlo[689]. Es de notar que estas dos referencias, por sí solas, realizan la reunión de dos formas de pensamiento que se insinúa desde el principio del texto. La revelación, la imagen paradisíaca, se sigue desplegando:

> La montaña estaba limpia salvo el persistente olor a azufre; por ninguna parte se veían señales de contaminación. El ingeniero no había dejado de hablar acerca de la pureza del aire, la ausencia de polución y expresiones similares. Solía ponerse así cuando estaba nervioso. Instintivamente los cuatro miraban hacia el noroeste, donde grandes cúmulos ocultaban el Valle de México. [...]. Pero entonces las nubes se apartaron un poco y limpiaron el cielo sobre el valle. Los cuatro se quedaron helados confirmando algo que ya sospechaban pero que ninguno deseaba aceptar. Alguien gimió y hubo maldiciones masculladas más que expresiones de asombro. Limpia, esplendorosa en medio del gran lago, brillaba al sol Tenochtitlan.[690]

La célebre frase de Alexander Von Humboldt, ("Viajero: has llegado a la región más transparente del aire"), retomada por Alfonso Reyes como epígrafe de su *Visión de Anáhuac* y por Carlos Fuentes como título de su famosa novela, se encuentra aquí con otro guion, el que permitirá imaginar otro destino, no solo para la ciudad de México, sino para el mundo entero. La visión idílica, convertida en un tópico de la nostalgia de un paraíso perdido debido a la modernización y a la industrialización, contiene toda la contradicción de un imaginario que exalta estas a la

---

[689]  Bien es cierto que el relato de Chavarría hace referencia al mundo azteca, pero se considera establecido que la cultura maya se expandió en toda Mesoamérica (Paz presenta la analogía con Grecia antigua, siendo Roma el imperio azteca) y los puntos de convergencia entre las dos cosmogonías son numerosos (algunos dioses mayas tienen sus equivalentes aztecas, como Gucumatz y Queztalcoatl o Tohil y Tezcatlipoca). La dualidad está presente en las dos culturas: los dioses creadores mayas son Gucumatz y Tepeu, Quetzalcoalt tiene su doble negro en Tezcatlipoca y este es cuatripartito (los cuatro Tezcatlipocas).

[690]  Héctor Chavarría, *op. cit.*, p. 23.

vez que las considera responsables de la pérdida de este paraíso. En el texto de Chavarría, esta imagen nostálgica por antonomasia se vuelve el presente de los personajes. Cuando el pasado se vuelve presente y el sujeto dispone de las informaciones que permiten colmar los segmentos entre los dos (el conocimiento histórico), ello obliga a ir más allá del estado contemplativo de un Humboldt, o por lo menos a pensar en la posibilidad de hacerlo. Se abre pues para los personajes el momento del dilema: intervenir o no en el curso de la historia. Para ello, recurren precisamente a sus conocimientos de historia. En efecto, tienen que saber en qué momento preciso de la historia de la Conquista se encuentran porque, si la derrota ya se ha producido, el curso de la historia no será tan fácil de modificar. Los personajes empiezan por lo tanto a realizar una reflexión contrafactual con el fin de determinar un punto de divergencia y, sobre todo, si será eficaz para invertir el curso de la historia. No será la única manera en que el texto pondrá la ucronía *en abyme*. En un diálogo, los personajes afirman que han podido observar de lejos una columna de conquistadores en busca de azufre para fabricar pólvora. Recuerdan que algunas crónicas relatan este episodio como acaecido después del sitio de Tenochtitlan. Pero este detalle crucial no es el único objeto del debate:

> - La historia —argumentó el socorrista— dice que lo hicieron, pero fue después de la caída de Tenochtitlan. Subieron dos capitanes o soldados de Cortés. Diego de Ordaz y Montaño.
>
> - La historia es muy vaga al respecto —dijo el escritor— quizá los españoles no quisieron admitir que necesitaron pólvora antes. En todo caso no podemos bajar a preguntarles.
>
> - Pero, tarde o temprano —dijo el socorrista—, tendremos que bajar; no podemos quedarnos aquí para siempre. Si vamos a hablar con alguien será mejor con los españoles. Por lo menos ellos podrán entendernos.
>
> - Sí —gruñó el escritor—. También pueden invitarnos a ser parte de una hoguera, no olvides cómo pensaban. Prefiero a los tenochcas.
>
> - Lo que ocurre es que tú estás enamorado de las causas perdidas —intervino el ingeniero—. Los aztecas perdieron y su mundo se derrumbó. Lo sabemos todos.
>
> - ¡Eso importa poco hoy! —gritó el escritor—. ¡Soy mexicano y si tuviera que pelear lo haría de parte de mis antepasados y no de unos invasores!
>
> - Recuerda que los españoles también son nuestros antepasados…[691]

---

[691] *Ibidem*, p. 24.

Las primeras réplicas de este diálogo dibujan la manera en que el fenómeno insólito modifica la posición del sujeto respecto a la historia. Saliendo de una posición pasiva, aceptando las lagunas de la historiografía, el sujeto tiene la posibilidad de volverse activo, incluso actor. Por supuesto, no podemos interrogar a los testigos de la historia, pero nos podemos interrogar sobre la fiabilidad de sus relatos y sobre la manera en que estos relatos se han transformado en historia oficial. La inmersión insólita en el pasado es el símbolo de una hermenéutica histórica que instala al sujeto presente como actor de la historia pasada. O sea, símbolo da una lectura activa de la historia.

En este diálogo, la parcialidad del relato oficial aparece implícitamente con la mención del principal mecanismo de homogeneización cultural establecido por la conquista: la imposición de la lengua española. El proyecto de occidentalización, como apisonadora, se traduce por la presencia de la lengua española como único medio de comunicación para los personajes. Elementos aislados de este diálogo (sacados del contexto de enunciación) reproducen cierta estereotipia de los debates en torno a la Conquista y la derrota de las civilizaciones prehispánicas. Las preguntas formuladas (qué bando escoger, ignorar que los conquistadores también son ancestros, posiciones indigenistas…) se pueden oír hoy en día, y siempre provocan sonrisas, incluso desprecio hacia aquellos que hablan con vehemencia de hechos que ocurrieron hace más de cinco siglos. Para mucha gente, las reivindicaciones de los pueblos autóctonos están desconectadas de la realidad; traducen mentalidades obtusas y reacias al progreso. Sin embargo, el relato ucrónico, al crear el contexto de una elección (el "hoy" mencionado por el médico), muestra en filigrana la pertinencia de este debate: una derrota pasada pero cuyos herederos son considerados como ciudadanos de segunda categoría, humillados y despreciados. Así es como el personaje del escritor enuncia interrogaciones definitivas, en el corazón del punto de divergencia; interrogaciones que son una especie de dínamo que va a desencadenar la historia alternativa:

El escritor miró a sus compañeros uno por uno, fijamente; también sus ojos tenían un brillo especial. Cuando habló lo hizo con voz profunda, serio, sin atisbos de la burla tan habitual en él.

- Ustedes, ¿no han soñado alguna vez ser dioses? ¿No se les ha ocurrido que los pueblos de América merecían mejor suerte?[692]

---

[692] *Ibidem*, p. 25.

La última interrogación concentra el efecto de la transposición de un tópico en una temporalidad alternativa. De hecho, esta pregunta, en el marco de una discusión cualquiera, puede parecer ociosa. Sin embargo, resituar tópicos en un no tiempo revela, de manera paradójica, cómo lo ahistórico cuestiona lo histórico, cuando no la historicidad, lo cual sería un objetivo mayor de la ucronía, como subrayan Campeis y Gobled:

> Este juego, este ejercicio intelectual a veces difícil de controlar permite reflexionar, por una parta sobre la historia en sí y los caminos que pudo transitar, pero también sobre la manera en que está transcrita y transmitida. En este sentido, refleja la evolución del pensamiento histórico.[693]

Como resultado de su desplazamiento, el tópico provoca la reflexión/cuestionamiento sobre el devenir histórico, y también la puesta en forma de la extrañeza global. Su calidad de tópico se vuelve inestable. Si la pregunta hecha por el personaje se formulara en el presente, la respuesta implicaría un proyecto político de verdadera justicia social hacia estos pueblos. La simple modificación de un tiempo gramatical pone de relieve el carácter relativo de nuestra relación al tiempo histórico. Cuando el presidente Andrés Manuel López Obrador hizo una declaración exigiendo del rey de España que se disculpara ante los indios mexicanos por las atrocidades cometidas durante la conquista, ello provocó reacciones diversas, que iban desde la perplejidad hasta la burla. Lo que llevaba a risa no era LO QUE pedía (la reina de Inglaterra se disculpó oficialmente ante los indios norteamericanos y los aborígenes australianos) sino QUIÉN lo pedía: el jefe de un Estado responsable de mantener a los indios en la miseria y que debería hacerse, en presente, la pregunta formulada por el personaje.

Para volver al punto de divergencia, habitualmente, "puede ser explícito o implícito [...] Está frecuentemente relacionado con acontecimientos, notables o emblemáticos, con el peso y la importancia suficientes para hacer descarrilar la historia oficial"[694]. En nuestro caso, este punto de divergencia (el momento en que los conquistadores suben por las laderas del volcán en búsqueda del azufre) no queda muy claro en la historia oficial, como recalcan los personajes. En la historia de la conquista de México, hay muchos puntos borrosos, debido a las versiones divergentes en las crónicas de los diferentes conquistadores y en las versiones

---

[693] Campeis, Bernard y Gobled, Karine, *op. cit.*, p. 13.
[694] *Ibidem*, p. 10.

indígenas (por ejemplo, el momento de la discusión entre Cortés y Moctezuma en la que la Malinche traduce y/o convence al Tlatoani que se deje encarcelar en su propio palacio). Por otra parte, el momento histórico escogido no es tan emblemático o decisivo como otros, por ejemplo, el desembarco de Cortés en Veracruz o el hundimiento de sus barcos (evento considerado por William Prescott como uno de los más notables del recorrido del conquistador). Una ucronía creada a partir de la conquista de México conlleva retos condicionados por una historiografía particularmente polifónica.

Antes de interesarnos por el resultado del punto de divergencia, veamos más detalles de este: la intervención de los cuatro personajes. Montan una emboscada para los soldados españoles cuando suben hacia la cumbre del volcán. El escritor lanza un pitido. Él y el cuarto personaje (el socorrista) se ponen los esquíes y se precipitan sobre ellos. La escena es descrita según los dos puntos de vista, el de los conquistadores y el de los indios. Una doble perspectiva teje el conjunto del relato mediante la focalización.

Entre los conquistadores, el mero hecho de hallarse en semejante lugar provoca un miedo originado en sus creencias: "Tenían miedo pues las montañas eran sitios donde moraba el maligno y aquella, con su persistente olor a azufre, parecía ser una de sus predilectas"[695]. La escena es descrita como una guerra psicológica inversa de la que se produjo en los primeros momentos de la conquista de México. En efecto, su visión de los dos hombres que se deslizan por la ladera a toda velocidad se puede comparar con la de los indios observando por primera vez un hombre con armadura montado en un caballo:

> Con aterrada fascinación miraron aquello que no correspondía a sus marcos de conocimiento. Otra [figura humana] similar apareció tras la primera [la del escritor, el primero en lanzarse en la pendiente]. Ambas bajaban a velocidades imposibles para ser personas. En vez de piel tenían unas envolturas brillantes y holgadas; sus ojos eran enormes y oscuros, y la parte superior de sus cabezas era de color brillante y sin pelo. Tenían grandes pies que les permitían resbalar sobre la nieve y sus brazos estaban terminados en puntas metálicas. El primero emitía silbidos terribles. ¡Eran demonios de las nieves, siervos de Satán![696]

---

[695]   Héctor Chavarría, *op. cit.*, p. 26.
[696]   *Ibidem*, p. 27.

A pesar de que la focalización escogida recalca la debilidad de los conquistadores, debida a su sistema de creencias (lo que la historiografía suele achacar a los indios), aparece inmediatamente el rasgo que, según Tzvetan Todorov por ejemplo, será la clave del triunfo de los españoles: su capacidad de improvisación[697]. Pero aquí, será ineficaz, pues la relación de fuerzas ha sido trastornada:

> Pero, demonios o no, los españoles prepararon sus armas. Un arcabuz fue disparado, pero la mano que lo sostenía no estaba firme. Tras los europeos se incorporaron, inadvertidas, otras dos figuras igualmente extrañas. Empuñaban armas de fuego y sus manos sí estaban firmes.[698]

Los españoles serán masacrados a tiros y con los bastones de esquí por los personajes. Solo el ingeniero no participa en la matanza ("El ingeniero miró la carnicería e hizo un esfuerzo por no vomitar, pero fracasó"[699]); el médico incluso remata uno de los sobrevivientes y lanza un grito de victoria: "¡Viva Anáhuac!"[700].

Después de esta escena, el mismo evento es descrito esta vez según el punto de vista de los indios:

> Los macehuales que permanecían abajo vieron huir al resto de los españoles ante las brillantes figuras que descendían. Uno que no fue muy rápido cayó fulminado por el trueno que surgió de la mano de uno de aquellos dioses de la montaña.
>
> Los nativos examinaron a quienes bajaban con una mezcla de temor y reverencia. Vestían con colores más brillantes que las pinturas sacerdotales y refulgían al Sol como encarnaciones de dioses poderosos ¿serían verdaderos? [...]. Una cosa era clara: aunque un tanto similares a los teules no estaban con ellos: los mataban. [...] El más alto, el que vestía enteramente de azul, [las descripciones precedentes permiten comprender que se trata del médico] color del sacrificio, se adelantó y, abarcando con un ademán a los demás y a él mismo, pronunció una sola palabra, fuerte, como una promesa de resurgimiento:
>
> -¡Quetzalcóatl![701]

---

697   Tzvetan Todorov, *La conquête de l'Amérique: la question de l'autre*, París, Ed. du Seuil, 2011, p. 113.

698   Héctor Chavarría, *op. cit.*, p. 27.

699   *Ibidem.*

700   *Ibidem*, p. 28.

701   *Ibidem.*

Esta polifonía en torno a un mismo acontecimiento recuerda la que existe entre una *Visión de los vencidos* de León Portilla y los relatos de los propios conquistadores. La exclamación/invocación con la que termina esta cita recuerda también otro hecho histórico, cuya veracidad ha sido objeto de numerosas interrogaciones y que, sin embargo, ha sido utilizado frecuentemente para recalcar la pasividad y la derrota azteca: la asimilación de Cortés a Quetzalcóatl. Si bien está comúnmente aceptado que Cortés participó a la elaboración del mito del regreso de Quetzalcóatl, otros estudios históricos emiten la hipótesis de que, para los indios, tomar a los españoles por dioses (*teules*) formaba parte de un ritual preliminar al sacrificio en el que se les quitaba la vida[702]. Los indios no fueron, por lo tanto, tan cándidos como los pintan los cronistas españoles. La historia de la conquista de México se presta particularmente a los juegos de puntos de vista divergentes. En cualquier caso, en este no tiempo, el México moderno, representado por los cuatro personajes, se sume en sus antiguas creencias indígenas. Se funde con este pasado, pues los cuatro personajes se volverán dioses. El género fantástico ha realizado montajes temporales semejantes. Con Elena Garro, en "La culpa es de los tlaxcaltecas"[703], esta fusión se hace de manera armoniosa, lo cual sugiere una reconciliación con este pasado. Con Carlos Fuentes ("Chac Mool"[704]) o con José Emilio Pacheco ("La fiesta brava"[705]), el pasado prehispánico vuelve, como un elemento reprimido, para vengarse del México moderno. La fusión propuesta por la ucronía es menos una reconciliación que una revancha. La cuestión es saber si el texto logra plantear esta revancha con un verdadero reconocimiento del México indígena.

Al reescribir la historia, la ucronía borra todas las posibles versiones de un hecho (o de hechos históricos) para proponer otra nueva. Esta nueva versión, la encontramos en la tercera parte del texto: el fragmento de la conferencia "Vida y obra del Gran Reformador", por el que se entiende que el escritor se volverá Ehécatl, el autor de la obra mencionada en la

---

[702]    Rodrigo Martínez Baracs y Guilhem Olivier, "Un diálogo sobre la conquista de México", [En línea : http://www.letraslibres.com/espana-mexico/revista/un-dial ogo-sobre-la-conquista-mexico]. Consultado el 17 de junio 2020.

[703]    Elena Garro, "La culpa es de los tlaxcaltecas", en *La semana de colores: cuentos*, Xalapa, Universidad veracruzana, 1964, p. 9–33.

[704]    Carlos Fuentes, "Chac Mool", en *Chac Mool y otros cuentos*, Salvat, 1973, ("Biblioteca general Salvat"), p. 17–27.

[705]    José Emilio Pacheco, "La fiesta brava", en *El principio del placer*, México, Ediciones Era, 1997, ("Biblioteca Era"), p. 65–98.

primera parte del texto: "Lo que no fue". También se entiende que el médico se volverá la figura enigmática de este Gran Reformador, cuya obra sobrepasa el campo de lo escrito. Así pues, este fragmento de la conferencia contiene lo esencial de la historia contrafactual, cuyo cerebro es el Gran Reformador, y Ehécatl el relator de los hechos. En él, el punto de divergencia aparece claramente identificable:

> [...] nuestros ejércitos habían llegado al límite de su Resistencia y solo la carencia de pólvora hizo retroceder a nuestros enemigos. Ese detalle crucial fue obra de ellos, del Gran Reformador y los suyos. Sorprendente, porque cuatro hombres mucho lograron por sí solos. Y eran hombres, no dioses. [...] Ninguno llegó con los invasores, simplemente llegaron de la nada. Bajaron de la montaña sagrada como dioses de otro mundo [...] Poseían vastos conocimientos y los aplicaron en nuestro favor. Tenían el don de adivinar el futuro, o por lo menos se les atribuye, y un indiscutible genio militar, técnico y de improvisación. [....]. Supieron ganarse la confianza de nuestra gente y preparar buenos asistentes y guerreros osados casi hasta la locura. Esos guerreros, empuñando armas diseñadas por los cuatro misteriosos, pusieron de rodillas a ejércitos muy superiores en número. La conquista de los reinos bárbaros de Europa es el ejemplo más claro: solo diez años para vencer...No cabe duda que inventaron armas terribles: cohetes, psicología, virus.[706]

La idea según la cual la derrota histórica se debió únicamente a circunstancias materiales es bastante común. Se encuentra, por ejemplo, en los murales de Siqueiros, de los tres muralistas el más influenciado por el movimiento futurista. En *Cuauhtémoc Redivivo*, mural pintado en el Palacio de Bellas Artes de la ciudad de México, se ve al último emperador azteca propulsado hacia adelante, como si, precisamente, surgiera de ninguna parte, cubierto por una armadura del siglo XVI y, a la vez, haciendo gala de los atributos que lo sitúan sin ambigüedad en su identidad de emperador azteca. El mensaje de este mural, su invitación a los pueblos sojuzgados a apropiarse de la modernidad y la técnica, encuentra su equivalente textual en el relato de Chavarría. El punto de divergencia escogido no es, finalmente un episodio secundario de la Conquista, pues el armamento y la capacidad de crearlo constituyen el centro de esta.

La historia alternativa propuesta por T3 elude la dificultad de producir un relato coherente desde un punto de vista histórico, y no solo por su dimensión ciencia-ficcional. En efecto, consiste en un resumen

---

[706]  Héctor Chavarría, *op. cit.*, p. 30.

diegético de una nueva versión de la historia de México y del mundo, lo cual, evidentemente, está relacionado con la forma breve. La misma idea trasladada a la escala de una novela conllevaría un número infinito de parámetros que habría que tomar en cuenta para garantizar la verosimilitud de la historia contrafactual. Suponiendo que la intención del autor fuera producir una historia contrafactual verosímil. Más importante que esta dimensión nos parece ser la orientación metatextual del cuento y el juego de inversiones sobre el cual se apoya:

> De los dos fue Ehécatl el que pareció dominado, en los últimos años de su vida, por el afán de aclarar el origen de los cuatro. ¡Cómo escribió ese hombre! [...] Escribió una novela con la que creó un género al que llamó ciencia ficción –el significado de esto aún arranca gemidos a los lingüistas–, a la que tituló Lo que no fue.
>
> Con su peculiar estilo chispeante e irreverente, Ehécatl creó la historia caótica de un mundo imposible, una visión demencial con una lógica interna característica desde entonces del género. La acción se desarrolla en parte del actual territorio de Anáhuac, en un país que a ratos se antoja un paraíso y en otros un infierno. Un sitio progresista y atrasado a la vez, contradictorio; lleno de riquezas mal aprovechadas y de personas creativas, ambiciosas, torpes, ingeniosas y soeces. Un país de cuento de horror, o de hadas, lleno de peligros y emociones, frustraciones y placeres. Un sitio llamado México.
>
> Obra enorme y compleja; Lo que no fue tiene una estructura clara, como desarrollo de una extrapolación monumental, pero está incompleta pues la acción, poco antes de lo que debió ser el desenlace, termina súbitamente en un renglón único que reza: Eran cuatro. [707]

Nuestra línea temporal –y por lo tanto la historia oficial– se vuelve obra de ficción e incluso de ciencia ficción, una etiqueta por la que se anula el tiempo de la lectura, nuestro presente. Por una *mise en abyme*, nuestra línea temporal se vuelve T-1. El resumen diegético de "Lo que no fue" es un retrato o biografía novelada de un país, México. Más allá de los comentarios jocosos del autor sobre los debates entre universitarios y especialistas para definir el género al que se supone que debe pertenecer esta biografía novelada, esta pone en evidencia el carácter suprarreal del país. La realidad extraliteraria está puesta *en abyme*, reviste los rasgos ora de la utopía, ora de la distopía. Lo hemos visto a lo largo de este estudio, realismo y ciencia ficción pueden entremezclarse, produciendo un efecto

---

[707]   *Ibidem*, p. 31–32.

de presente dilatado que roza el futuro. Es a este tipo de ciencia ficción que se parece "Lo que no fue", o sea a nuestro mundo.

En la historia contrafactual imaginada por Chavarría aparece la necesidad de renovación y de relectura, no solo del género ciencia-ficcional sino también de la historia. En efecto, esta civilización originada por el punto de divergencia es capaz de reconsiderar el pasado y la historiografía. No hay que olvidar que en el primer texto (la nota del editor) se dice que el epílogo de la obra de Ehécatl había sido condenado a la clandestinidad durante siglos y que estas páginas estaban perdidas. El Profesor avanza la hipótesis de que Ehécatl acabó esta novela y que estas pocas páginas se habían guardado en secreto en la biblioteca del Gran Teocali. Este epílogo, considerado como un texto mítico, es nuestro T2, que sería el testimonio que el personaje del escritor dejó para restablecer la verdad sobre hechos históricos del relato contrafactual. Su presencia después de la nota del editor sugiere que efectivamente salió de la clandestinidad y que ahora figura como parte cabal de la obra. El desastre temido con ocasión de la divulgación de este texto no tuvo lugar; la civilización contrafactual ha sobrepasado el estadio mítico y ha sido capaz de rectificar o completar un trozo de su historia. A la inversa, la historia de las civilizaciones prehispánicas (de nuestro T-1) contiene muchos puntos oscuros y muchos silencios. Para sus descendientes, el trabajo de recuperación de esta memoria histórica es arduo, porque tienen como primera preocupación sobrevivir y preservar su ecosistema.

El profesor afirma en su conferencia que este texto (el epílogo, T2) está puesto en relación con las últimas palabras de Ehécatl:

> Las palabras son conocidas hasta por los niños de pre-calpulli: ¿Ustedes, no han soñado alguna vez ser dioses? ¿No se les ha ocurrido que los pueblos de América merecían mejor suerte?
>
> La historia consigna que Ehécatl, antes de morir, lanzó una carcajada...[708]

Así termina el cuento, como si finalmente la broma que pone en escena personajes con diferentes profesiones se hubiera desplegado de manera exponencial, erigiéndose en otra versión de nuestro mundo. Y los que quedan mejor parados son los perdedores de la historia oficial. En la fecha de publicación del cuento (1986), la manera de enfocar la conmemoración del descubrimiento de América despertó el interés de

---

[708]    *Ibidem*, p. 32–33.

numerosos escritores, que emprendieron ejercicios de reescritura de esta historia. Se les presenta frecuentemente bajo la apelación *nueva novela histórica latinoamericana*, según Seymour Menton y Fernando Aínsa. El cuento de Chavarría se inscribe en esta trayectoria. Su dimensión metatextual también lo aproxima a la metaficción historiográfica de Linda Hutcheon. La ucronía como subgénero, género adosado a otros, sería un producto híbrido cuyo alcance epistemológico merece más atención.

Alberto Chimal señala la importancia del texto de Chavarría:

En 1985, "Crónica del Gran Reformador" de Héctor Chavarría daba una vuelta subversiva al imaginario popular mexicano al figurarse una ucronía, una historia alterna, en la que los aztecas no eran conquistados por los españoles sino al revés: sin tono paródico ni autodenigratorio, invitaba a imaginar una historia nacional que no comenzara, como la de los libros escolares, con una derrota.[709]

El comentario de Chimal pone de relieve toda la ambivalencia que el pasado colonial puede crear en los sujetos/ciudadanos descendientes de este pasado. Guillermo Bonfil Batalla se refiere a una "alquimia mental"[710] que ha operado en el imaginario mexicano a lo largo de los siglos. Implicaría una capacidad de disociación entre el indio del pasado (enaltecido) y el del presente (despreciado), cuyo parangón ha sido la pintura del siglo XIX que representaba escenas de la conquista. También se encuentra esta "alquimia mental" cincelada en la piedra. En el pedestal del monumento a Cuauhtémoc, de Miguel Noreña, en el paseo de la Reforma, se puede leer: "A la memoria de Quauhtémoc y de los guerreros que combatieron heroicamente en defensa de su patria", frase en la que el posesivo se refiere a una patria india pretérita. La revancha instaurada por el cuento de Chavarría, al transformar a los aztecas en conquistadores del mundo, se podría ver como una variación de esta "alquimia mental". Pero también podría constituir una señal para tratar de superarla.

---

[709]	Alberto Chimal, *op. cit.*, p. 44.

[710]	Guillermo Bonfil Batalla, *México profundo: una civilización negada*, México, D.F., Random House Mondadori, 2005, ("Debolsillo"), p. 147.

## Rodolfo Jiménez Morales, "Presente imperfecto" (*Auroras y Horizontes*, 2012)

En este cuento (premio Puebla 2011), el viaje en el tiempo y sus consecuencias (paradojas temporales, multiversos) están al servicio de la denuncia del saqueo de las riquezas de los países emergentes por las grandes potencias y las compañías transnacionales. Escenifica la planificación de la explotación, desde el futuro, de los recursos petroleros de México y del Oriente Próximo. El relato se proyecta en un futuro en el que el agotamiento de los recursos en hidrocarburos ya se ha producido. Para remediarlo, los científicos han creado un portal temporal que permite hacer una incursión en el pasado, sin modificarlo, y transportar los hidrocarburos no solo en un tiempo futuro sino también a lugares precisos: Estados Unidos y otras potencias. El momento escogido para la incursión temporal es 1920, el principio del México posrevolucionario.

En el cuento, se despliegan dos líneas temporales explícitas. La del pasado alterado (el relato contrafactual) que se vuelve el presente imperfecto de los personajes. Por otra parte, está la temporalidad "real" (que corresponde a nuestra línea temporal), a la que se llama en el texto "Mundo Real", el nuestro, cuyo pasado permanece inalterado, a pesar de la intromisión a través del portal. Se trata menos de paradojas temporales que de tramas temporales paralelas.

En el interior de una macrohistoria (la de México) se inserta una microhistoria que, a primera vista, le da más ligereza a la anécdota. El personaje principal, Bruce, es la bisagra entre los dos. Es responsable de la buena ejecución de las operaciones en este pasado modificado e interviene en la vida de dos muchachas que no son ni más ni menos que Frida Kahlo y Dolores del Río (Lola en el cuento). Bruce hace de ellas sus musas y se esmera en su papel de Pigmalión. Su incursión en su pasado interviene en un momento tal que ello suprime la presencia de los hombres que serán determinantes en sus vidas, Diego Rivera y Jaime Martínez del Río. Las relaciones de Bruce con Lola son carnales: hace de ella su amante; Lola lo mata por envenenamiento al final del relato. Con Frida, es un amor platónico, sobre el que pesa la figura de la "verdadera" Frida Kahlo, la de "Mundo Real".

En la interconexión de los dos destinos modificados, uno colectivo (el de México) y el otro privado (el de dos muchachas), la microhistoria se amplifica y se vuelve el lugar de una reflexión sobre el arte y su recepción, sobre todo en lo que se refiere a la reelaboración que el cuento realiza de la figura y la obra de Frida Kahlo. Esta dimensión metatextual es sugerida ya en el título, pero solo se puede percibir si se detecta la referencia intertextual contenida en el mismo título. Al denotar un tiempo verbal inexistente en nuestro sistema gramatical, el título del cuento abre paso a otra sintaxis, a otro sistema de signos que corresponde a la realidad producida por la incursión en el pasado. También sirve para caracterizar nuestro presente como un tiempo atiborrado de signos no congruentes, un presente imperfecto. Pero este título también puede remitir al del cuento de Salvador Elizondo "Futuro imperfecto" (publicado en *El grafógrafo* en 1970), en el que la escritura y la lectura como actos son interrogados en su relación con los tiempos presente, pasado y futuro. Elizondo hace del arco hermenéutico una máquina del tiempo y, de manera lúdica, hace preguntas sobre la contingencia de la obra de arte, la identidad textual, el original y la copia. Temáticas que también se encuentran en el texto de Jiménez Morales, a través del personaje de Frida Kahlo.

En cuanto al *novum*, la verdadera peculiaridad de esta ucronía es que el o los puntos de divergencia (de las historias privadas y de la historia nacional) no producen una alteración de la historia, sino la existencia de mundos o universos paralelos (o multiversos). Ya en el *íncipit*, los indicadores genéricos lanzan el ejercicio de conformación de la extrañeza global. Un diálogo ciencia-ficcional tipo, aquí entre Bruce y la joven Frida, es el primer resorte didáctico:

> - Cuéntame más sobre el futuro –pidió Frida, sin despegar la vista de la enciclopedia que le mostraba Bruce–. No puedo creer que seré famosa.
>
> - Ya te he dicho que no se trata del futuro, al menos no del tuyo –contestó Bruce. […] la Frida de Mundo Real, la que es famosa, murió hace siglos y era casi una paralítica, además estuvo casada con ese hombre tan feo, Diego Rivera –respondió Bruce con una mueca.[711]

La mención de estos siglos que separan la muerte de la "verdadera" Frida Kahlo del presente de la diégesis sitúa esta en un porvenir lejano de nuestra línea temporal. El texto también evoca la vanidad y el

---

[711]   Rodolfo Jiménez Morales, "Presente imperfecto", en José Luis Zárate Herrera, (ed.). *Auroras y horizontes: antología de cuentos ganadores Premio Nacional de Cuento Fantástico y de Ciencia Ficción, 1984–2012*, Consejo Estatal para la Cultura y las Artes de Puebla : El Colegio de Puebla : Universidad Iberoamericana, Puebla, 2013, p. 303–312, p. 303.

egocentrismo como motor del artista, como en el cuento de Elizondo, que retoma la figura de Enoch Soames, personaje del inglés Max Beerbohm que, ávido de saber si será considerado un gran poeta, pacta con el diablo, el cual le envía cien años más tarde a una sala de lectura del *British Museum* para que pueda comprobarlo. En paralelo a la temática de la creación artística, el *novum* sigue tomando forma:

> - El lugar de donde vengo no es tu futuro –dijo Bruce–. Ni siquiera estoy seguro de que el Portal sea una máquina del tiempo. Es…como visitar otro mundo. […]
>
> Mundo Real. Era un tema del que Bruce prefería hablar lo menos posible. Suponiendo que pudiese explicar que viajar en el tiempo es imposible porque el tiempo no es lineal ni plano, y que abrir una brecha en él es en realidad viajar de un universo a otro, y que tal vez no se trataba de otro universo, sino de otra realidad o de otra cosa más compleja aún. Cómo explicar que los científicos de Mundo Real, es decir su propio universo, de donde venía, hallaron la manera de hacerlo como quien abre una puerta y del otro lado encuentra justo el lugar a donde se quiere ir, en la época que se quiera, siempre y cuando ya haya pasado.[712]

La hipótesis científica sobre el tiempo como cuarta dimensión se encuentra, aquí, corta de palabras. Ni "máquina" ni "desplazamiento", la invención acaba anulando hasta la noción de tiempo. Los resortes didácticos alcanzan su límite, es un no saber lo que se instala. La voz de un narrador impersonal se confunde con la de este personaje que logra expresar lo insólito a la vez que afirma la imposibilidad de hacerlo. El discurso indirecto con el gerundio ("suponiendo que"), el adverbio interrogativo ("cómo explicar"), que sugiere un discurso indirecto libre, desdibujan la frontera de los puntos de vista y crean un vacío léxico para caracterizar el fenómeno: un viaje que no lo es. La voz narradora tiene que descartar finalmente las nociones científicas para valerse de una imagen que tiene que ver más con lo fantástico y la magia: la puerta se abre hacia otros mundos. Podemos detectar un instante de giro en el cual la voz narradora abandona un terreno dado, el de una *hard science-fiction*, y prefiere otro, en el que el *novum* se desplegará sin abarrotar la diégesis con explicaciones científicas: la micro y la macrohistoria cobran la forma de una metáfora de nuestro mundo, y la fusión de los dos realiza el paso de la extrapolación a la analogía, como veremos.

---

[712] *Ibidem*, p. 304.

En lo que se refiere a la macrohistoria, se cuenta cómo el portal ya mencionado se abrió sobre el año 1912. Un alud de científicos, políticos, hombres de negocios e incluso turistas invadió el pasado y lo transformó en función de las necesidades del futuro. Entre estas incursiones y transformaciones del pasado se encuentra el impedimento del asesinato de Venustiano Carranza. En este México paralelo, permanece en el poder en 1920, en lugar de Obregón. Persona manipulable, favorece la extracción del petróleo mexicano hacia el futuro (y hacia los Estados Unidos). Pancho Villa también se menciona, como aquel que acabará con el alzamiento de Zapata en el sur del país, gracias a la ayuda de los visitantes del futuro, que habían decidido la eliminación de este. Sin embargo, en "Mundo Real", unos activistas tratan de cerrar el portal y de poner fin a la expoliación de los recursos petroleros del pasado. Van a encontrar ayuda en la persona del propio Villa, el cual cambia de bando en beneficio de su país y vuela el oleoducto transdimensional. En esta historia paralela, las piezas del juego político, (los principales representantes de las facciones de la revolución mexicana) han sido desplazadas y solo un elemento permanece constante: la supresión de Emiliano Zapata. Sea cual sea el proyecto y/o la temporalidad del saqueo, su figura es un estorbo.

En lo que se refiere a la microhistoria, los puntos de divergencia de los destinos privados de Frida Kahlo y Dolores del Río refuerzan la dimensión anecdótica del relato. En el caso de Dolores del Río, se puede entrever una crítica del *star system* mundial, que confina a los actores mexicanos a papeles preestablecidos y limita su carrera internacional:

> Haberse ganado el favor de la familia de Lola también demostraba la capacidad de Bruce: les prometió Hollywood, fama, dinero, una oportunidad para trasladarse a Mundo Real, donde los automóviles, las computadoras y los aviones y, sobre todo el cine, la pantalla grande…Les prometió una educación para la niña en las mejores escuelas de arte dramático de Mundo Real, castings con los directores más importantes. Todo lo que desean escuchar unos padres que sueñan con la estrella que su hija puede llegar a ser.[713]

Se podría decir que Dolores del Río, la "verdadera", gozará de todo eso, aunque haya que matizar bastante esto. No tendrá la estatura de una Ava Gardner, de una Lauren Bacall o de una Marlene Dietrich. Aunque codiciada por Hollywood, hoy día el cine norteamericano la recuerda en papeles predeterminados en relación con su nacionalidad. Su verdadera

---

[713]   *Ibidem*, p. 310.

fama es mexicana y vinculada a la edad de oro del cine mexicano. El papel de Lola en esta ficción es sobre todo importante para el personaje principal, Bruce, porque lo llevará a la perdición. La presencia de Frida Kahlo es mucho más compleja:

> Frida lo fascinaba y atemorizaba al mismo tiempo, no se atrevía a tocarla. Con Lola era distinto, Lola era la concupiscencia y la pasión, el desdén, la debilidad más poderosa, era esa parte suya que había despertado luego de dormir cuarenta y ocho años. Y no pensaba renunciar a ninguna de ellas.[714]

La figura de Frida Kahlo contribuye a crear el marco de la diégesis y en ella se apoya el alcance político del relato. Una primera descripción de este presente imperfecto anuncia el paso de la extrapolación a la analogía:

> Cuando no estaba Bruce con ella, Frida tomaba un par de cápsulas de MDMA [una droga], su walkman y sus anteojos negros, y salía de paseo. Le gustaba el contraste: la tosca humildad de guaraches, sombreros y rebozos, mezclados con las coloridas camisetas y los blue jeans importados desde Mundo Real [...].[715]

En este fragmento, la mención del *walkman* permite percibir la función del *novum* o de la alteridad léxica como hito temporal que se inserta en una poética de las fechas. En el universo de la diégesis, se trata de una innovación tecnológica. Pero en el momento de la escritura (o por lo menos el año de obtención del premio, es decir 2011), ya era una antigualla. Puesto que el *novum* o disparador de extrañeza está vinculado a la recepción de la obra (el *novum* es tal para nosotros, lectores), en este texto, este *novum* desestabiliza la mecánica ciencia-ficcional. La información ausente (una fecha de escritura que fuese muy anterior a la fecha de publicación) volvería a poner la mecánica en los rieles. En cuanto al espacio descrito, este mundo de contrastes entre modernidad y arcaísmo (o simplemente lo popular) ya existe en el presente (de escritura) y también hoy en día. Nuestro presente imperfecto es aquel en que el contraste es muy vistoso; el contraste de los países llamados emergentes en los que una calle es Ginebra y la siguiente Haití (así se describe la ciudad de Panamá en un periódico francés); o aquella "Aldea Global, donde el paisaje cambia como si respondiera al *zapping* de la televisión, el *duty free* que trafica con realidades y deseos"[716] de la cual habla Juan

---

[714] *Ibidem.*

[715] *Ibidem*, p. 306.

[716] Juan Villoro, "Nada que declarar. Welcome to Tijuana",

Villoro refiriéndose a Tijuana. Algunos incluso usan el término "surrealista" para calificar este desfase. En "Presente imperfecto", la frontera y el paso entre temporalidades es la metáfora de estos *zappings* múltiples producidos por el (dis)funcionamiento de un macrosistema. La noción de frontera resulta portadora de sentido en la construcción del personaje de Frida Kahlo. De hecho, la nueva versión de Frida Kahlo no es tan diferente de la de "Mundo Real", cuyas obras pictóricas mostraban los roces entre la modernidad y la tradición. Así, la sombra de la obra de Frida Kahlo teje la diégesis, como, por ejemplo, cuando se describe el sistema de extracción del petróleo desde el futuro:

> Richard Williams era el director del *Project World Expedition*. A él se debía el complejo entramado de tuberías y plantas refinadoras encargadas de llevar el petróleo desde el Golfo de México y Medio Oriente hasta Suiza primero, y después, cruzando la eternidad misma a través del Portal, hasta las ciudades norteamericanas de Mundo Real.[717]

Esta descripción hace pensar en el famoso lienzo de Frida Kahlo *Autorretrato en la frontera entre México y Estados Unidos*. Este autorretrato de Frida, como muchos de sus cuadros, tiene el formato de un *ex voto* y contiene elementos surrealistas. En él, se la ve en un pedestal, como suspendida entre dos mundos: un México ancestral, rico de historia y de recursos naturales, y los Estados Unidos industrializados, un mundo en el que el hombre es sustituido por la máquina. Este lienzo muestra un juego de contradicciones y de paralelismos entre dos realidades geográficas y dos tiempos: el pasado y el presente. Pero este puede tener apariencias de futuro. A la utopía mexicana anclada en el pasado se opone el presente imperfecto que puede volverse futuro distópico. Efectivamente, en la parte inferior del lienzo, en un espacio que reproduce aquel en que los oferentes de *ex votos* contaban su historia, se puede observar un mundo subterráneo. Las raíces de las plantas del lado mexicano están conectadas con los cables de los artefactos productores de energía del lado estadounidense. Y la figura de Frida es la frontera, el umbral —o el portal— entre los dos. La interrelación texto-imagen, presente en este fragmento, llama a una sinergia de los términos. La tríada utopía/distopía/ucronía se encuentra con el doblete surrealismo/ciencia ficción, lo

---

[En línea : http://www.letraslibres.com/mexico/nada-que-declarar-welcome-to-tijuana]. Consultado el 15 de julio 2019, S/P.

[717]	Rodolfo Jiménez Morales, *op. cit.*, p. 307.

cual produce un haz de imágenes convergentes que se mueven en este territorio inestable que es la ciencia ficción mexicana.

Si esta referencia a la obra de Frida Kahlo era implícita, hay otra, explícita: el origen de la vocación de la Frida Kahlo de este presente imperfecto es una autoinspiración. Mirando el cuadro *Las dos Fridas*, que Bruce le ha enseñado reproducida en una enciclopedia de "Mundo Real", ella se lanza a reinterpretarlo. La reelaboración de una obra de arte se vuelve obra de arte contrafactual o cuadro ucrónico. O, como en Elizondo, el futuro imperfecto implica el carácter siempre perfectible de la obra, y de ahí la necesidad de recrearla.

El cuadro original es objeto de una *écfrasis* al principio del relato. Puesto que es muy conocido, no la vamos a citar, pero el cuadro vuelve a aparecer al final del relato, revisitado por la joven Frida:

> [...] un retrato de dos Fridas sentadas frente a frente sobre sillas de madera, una de ellas era una mujer adulta con las piernas cubiertas por una manta, la otra era una adolescente en jeans; cada una sostenía un globo terráqueo sobre su regazo, un globo cuyos ríos salían directamente de las venas de los brazos de ambas mujeres, y esas venas que primero se transformaban en ríos, súbitamente se volvían grises tuberías interconectadas, de manera que los mundos, las mujeres, los ríos de sangre y de petróleo, confluían hasta volverse un mismo sistema.[718]

En esta *écfrasis*, podemos ver, además de la reelaboración de *Las dos Fridas*, reminiscencias de *Autorretrato en la frontera en México y Estados Unidos*. Diego Rivera ha desaparecido como elemento significante en el original de *Las dos Fridas*. El dolor de la ruptura amorosa, trasfondo personal del original, es sustituido por otro, en cuyo origen está Bruce, como vínculo entre las dos tramas temporales. Todos los símbolos de la relación conflictiva del original son sustituidos por otros que hablan de otro conflicto: el vestido de *tehuana* y el vestido europeo como signos de su relación de dependencia frente a la mirada de Rivera ya no están. La imagen de Rivera niño en el medallón de una de las Fridas (la que está vestida de *tehuana*) y las tijeras que simbolizan la necesidad vital de ruptura, así como los corazones rotos y ensangrentados, son sustituidos por globos terráqueos y caños que parecen oleoductos. Esta obra de arte contrafactual recuerda la idea bergsoniana de la relación del arte con el tiempo, idea que será, precisamente, el punto de arranque de la reflexión

---

[718] *Ibidem*, p. 312.

de Jean-Pierre Dupuy para elaborar su teoría sobre el catastrofismo ilustrado. Para definir el tiempo de las catástrofes, establece un paralelo con un escrito de Bergson:

> Si surge un hombre de talento o un genio y crea una obra: ella es real y por lo tanto se vuelve retrospectivamente o retroactivamente posible. No lo sería, no lo hubiera sido, si este hombre no hubiera surgido. Por eso les digo que habrá sido posible hoy, pero todavía no lo es [...].[719]

La vivencia del artista determina la obra de arte, pero su idea la precedió, la obra siempre ha sido posible, al igual que la catástrofe; para prevenirla, "hace falta creer en su posibilidad *antes* de que se produzca"[720]. El cuento de Jiménez Morales, a través del diálogo que instaura con el arte pictórico en general y el de Frida Kahlo en particular, vincula la posibilidad retroactiva de *ser* de la obra de arte (afirmando a la vez sus existencias plurales determinadas por la contingencia del destino de su creador) con un devenir del mundo. Devenir también marcado por la contingencia de una catástrofe que hay que imaginar (y por lo tanto hacer existir como posible) para poder evitarla. ¿Cuál es pues la naturaleza de la catástrofe en este cuento? Está representada en la nueva versión de *Las dos Fridas*; la catástrofe personal de la versión de "Mundo Real" (el cuadro original) es sustituida por la catástrofe global de este mismo mundo real extraliterario, el nuestro. Las dos Fridas del México paralelo son una especie de ser híbrido que, como el personaje de Yoni Rei, es la metáfora de un presente muy imperfecto en el que el sujeto pierde su unidad y en el seno del cual el mundo obedece a la lógica (o antilógica) de la "structution", el neologismo de Jean-Luc Nancy para designar, recordemos, un "amontonamiento desprovisto de ensamblaje"[721]. Estos cuerpos que entremezclan lo orgánico (cuerpos y naturaleza) y lo inorgánico (cañerías...) son como esas "arborescencias autogeneradas y autocomplicadas –o autoenmarañadas–, y auto-oscurecidas"[722] en el seno de las cuales se instala la equivalencia de las catástrofes. De la misma manera, podemos ver ahí una imagen de la "contraproductividad" tal como Dupuy entiende esta noción. En efecto, para el filósofo, lo que ha caracterizado el sistema

---

[719]   Jean-Pierre Dupuy, *Pour un catastrophisme éclairé*, París, Editions du Seuil, 2004, p. 134.

[720]   *Ibidem*, p. 11.

[721]   Jean-Luc Nancy, *op. cit.*, p. 61.

[722]   *Ibidem*, p. 45.

capitalista y el modo de producción industrial es una "lógica del retroceso", que "tiene sus raíces en lo religioso"[723]: el mal se encuentra en el interior del bien, para alcanzar el bien, hay que resignarse a aceptar el mal. Trasladado al modo de producción capitalista, esto significa que para generar riqueza hay que aceptar una parte de sacrificio, un costo. Dicho de otra manera, hay que retroceder para avanzar mejor. Pero este retroceso, que en un principio es un medio, puede transformarse en fin: "tomando [la] regresión por un progreso"[724] se vuelve contraproducente. La regresión temporal puesta en escena por el cuento de Jiménez Morales, cuyo objetivo es una "maximización *global*"[725] de los recursos, obedece a esta lógica del retroceso desviado de su objetivo. Esta se encuentra *en abyme* a través de la *écfrasis* de una obra de arte que muestra lo deforme de un sistema disfrazado de progreso. Y es significativo que el objeto/fin de esta maximización, que se extiende por los espacios (México, Oriente Medio, países desarrollados) y los tiempos sea las energías fósiles, aquellas cuya explotación está en el centro del reto por el porvenir del planeta. En este sentido, el desenlace de la macrohistoria revisitada (la de este México paralelo) cobra toda su importancia. Los activistas han logrado que se cierre el portal interdimensiones:

> [...] el Ejército de la División del Norte, comandado por Francisco Villa, había hecho volar el oleoducto más importante de Tamaulipas y declarado una revolución. [...] ese había sido tan solo el primero de una serie de levantamientos armados en todo el mundo, desde Veracruz hasta Abu Dhabi.[726]

Y así es como Pancho Villa salva al mundo...Quizás, en este México paralelo, avatares del *Roñas* y de su madre le hayan echado una mano. En cualquier caso, este estado de revolución mundial sobre la que se cierra el texto anuncia el posible derribo de la contraproductividad generada por la lógica del retroceso. La expansión de la insurrección contra un sistema deforme hace eco a la manera en que, hoy en día, a través de las redes sociales, una causa se vuelve común o movimientos de masas cruzan las fronteras de forma vertiginosa.

---

[723]   Jean-Pierre Dupuy, *op. cit.*, p. 32.

[724]   *Ibidem*, p. 35.

[725]   *Ibidem*, p. 32.

[726]   Rodolfo Jiménez Morales, *op. cit.*, p. 312.

Lo cual permite despertar esperanzas en cuanto al uso de los medios surgidos de este sistema deforme Quizás los nuevos movimientos de masa que nacen de las redes sean (o serán) el verdadero portal entre mundos desiguales e injustos, lo que permitirá, quizá, salir del callejón sin salida de nuestra propia civilización.

# Alberto Chimal, "Se ha perdido una niña" (*Siete,* 2012) o hacia una ciencia ficción *in absentia*

[…] la mezcla o el desprecio de los géneros es un género entre otros.[727]

Con este relato, publicado inicialmente en 1999 en la revista *Asimov Ciencia Ficción*, Alberto Chimal obtuvo el premio Kalpa ese mismo año. Desde entonces ha sido publicado en numerosas antologías de ciencia ficción y constituye la contribución de Chimal a *Los viajeros* (cuyo epílogo también escribe) y abre su volumen de relatos *Siete.* Se trata de la historia de una joven que, el día que cumple trece años, recibe un libro como regalo de su tío (el narrador). El libro tiene la apariencia de un cuento de hadas y fue publicado en la Unión Soviética en 1982. Ilse, la chica, está tan encantada con su lectura que decide escribir una carta a la editorial, a pesar de las explicaciones de los adultos sobre la desaparición de la Unión Soviética. Y a pesar también de la evidencia de que tal carta no llegaría a ninguna parte. Sin embargo, lo hace y la respuesta llega, lo que desencadena la inquietud de su madre. Al no existir más la Unión Soviética, algo extraño se introduce en la realidad empírica de los personajes. Los eventos tienen lugar como si esa entidad política todavía existiera y la madre y el tío se van sumergiendo en la perplejidad y la incomprensión. La única que encuentra normal la situación es Ilse. Y es ella también la única en haber leído el libro y la única que tomará el avión para dirigirse a algún sitio del pasado o a un no lugar.

Los primeros indicadores genéricos son la obtención del premio Kalpa y el hecho de que figure en antologías de la ciencia ficción. Este doble architexto instaura un pacto de lectura que, sin embargo, se ve alterado por un texto que lo desafía. Uno de los elementos que cuestionan el uso de la etiqueta "ciencia ficción" es la ausencia, en la totalidad del texto, de cualquier tipo de mención a algún dato científico (o en apariencia científico) para explicar la extrañeza: Ilse toma el avión y llega a la Unión Soviética en 1998, unos sellos en su pasaporte lo confirman; volverá allí otras veces y terminará por hacer su vida en el país de los soviets. Incluso en textos como "Crónica del Gran Reformador", en el cual la presencia de la ciencia es borrosa, existe un elemento de la diégesis (en ese caso,

---

[727] Gérard Genette, *op. cit.*, p. 158.

el rayo que produce el viaje en el tiempo) que deja entrever que *algo* ha producido el fenómeno. En "Se ha perdido una niña", la clave de ese *algo* parece insinuarse en el libro que le ha sido regalado y solo su lectura parece tener el poder de aclarar la extrañeza, lo cual hace que la etiqueta "ciencia ficción" se desintegre a lo largo de la lectura:

> Cuando la hija de mi hermana cumplió trece años, en 1998, yo olvidé comprarle un regalo. Peor aún, me acordé de la fiesta una hora después de que empezara. No tuve más remedio que ir a mi librero: como hice un semestre de letras, mucha gente cree que me gusta leer y me regala libros, que luego yo regalo.[728]

La entrada en materia propuesta por el íncipit hace surgir una realidad algo banal: un cumpleaños olvidado, un tío poco atento, tacaño y cuyo horizonte cultural parece, además, bastante limitado. Los libros no forman parte de su universo. Los adjetivos posesivos y numerales ("mi librero" / "un semestre de letras") sugieren el carácter contingente de la presencia de esos libros que caben todos en una sola estantería; la extrapolación fácil que realiza su entorno ("la gente cree") hace que los libros y la lectura aparezcan como objetos de decoración y la lectura como una acción improbable. Pero esta banalidad es el telón de fondo sobre el cual el libro y la lectura se destacan en negativo. El íncipit, junto al architexto y al título del relato, constituyen los términos que establecen el pacto de lectura. Pero la conjunción de estos tres términos no crea un terreno firme. En efecto, la asociación del par libro/lectura, como actividad anodina y poco valorada (íncipit), con el género ciencia ficción (architexto) y con la desaparición de una niña (título) tiene por efecto que los dos últimos elementos creen la expectativa de la configuración de una extrañeza global (una niña desaparecerá a causa de un *novum* que aparecerá ulteriormente en la lectura) y que el primer elemento (libro/lectura) se anuncie como un detalle que se disipará en cuanto el lector se halle bien adentrado en el texto. Sin embargo, lo que se produce es lo contrario. La presencia en negativo del libro y la lectura se verá invertida y se convertirá en la trama epistemológica del conjunto. Y el género ciencia-ficcional se verá relegado a una presencia en negativo. El tiempo gramatical empleado en el título (el pretérito perfecto compuesto) implica la continuación de

---

[728] Alberto Chimal, "Se ha perdido una niña", en Antonio Jiménez Morato, (ed.). *Siete: los mejores relatos de Alberto Chimal*, Madrid, Salto de Página, 2012, p. 29–45, p. 29.

la acción en el presente, o la presencia de sus efectos. Si tomamos el título de forma aislada, este traduce toda la gravedad vinculada a una desaparición (como con la formulación equivalente "se busca"), lo cual tiene un eco aterrorizante en la realidad extraliteraria mexicana. El lector podría tener tendencia a evacuar de antemano esa gravedad puesto que el architexto ha cumplido su misión de indicador genérico, aunque este permanezca borroso.

La trama epistemológica subyacente a través del libro y la lectura cobra densidad rápidamente a partir del momento en que el narrador da a conocer los detalles de su búsqueda de un libro para obsequiar a su sobrina. En efecto, describe la manera en que rebusca en su biblioteca, entre una serie de posibilidades cada una menos adecuada que la otra, hasta el descubrimiento del objeto desencadenante de extrañeza. La relación de homonimia entre el libro obsequiado y el cuento no deja lugar a duda en cuanto a la importancia del objeto en el desarrollo de la diégesis. La primera descripción del libro concierne su localización y su paratexto:

> Entonces, en el estante más bajo del librero, detrás de los dos tomos que me quedaban del *Diccionario Enciclopédico Espasa*, encontré otro libro, de color rosa mexicano, con una flor y una niña con alas en la portada. Así fue como Ilse (la hija de mi hermana) recibió un ejemplar nuevecito, o casi, de *Se ha perdido una niña*, escrito por una tal Galina Demikina y publicado en español, en 1982, por la Editorial Progreso de la URSS.[729]

Los adverbios ("entonces", "detrás") alargan la escena que culmina con el verbo "encontrar", haciendo énfasis de esta manera en la dimensión oculta o escondida del objeto. La descripción propiamente dicha se inicia con el efecto visual, y más precisamente cromático. Este "color rosa mexicano" se considera como un color tradicional, cercano al fucsia o al magenta. El uso del gentilicio no podría revestir importancia particular si no fuera porque su mención casi en el inicio del relato y la alusión a la tradición mexicana no son habituales en el universo ficcional de Alberto Chimal. Ya sea por la onomástica o la toponimia, las ficciones de Chimal podrían transcurrir en cualquier sitio del planeta, incluso en otros planetas. Con relación a los cuentos de Chimal reunidos en *Siete*, Antonio Jiménez Morato subraya la ausencia de mirada folklorista o localista: "no

---

[729]  *Ibidem.*

hay nada que los distinga como mexicanos, eso está claro"[730]. Y, sin embargo, "Se ha perdido una niña" no solo desmiente esta afirmación, sino que también hace de México (de una idea o de un sueño de México) una idea central del texto. En efecto, la mención anodina del color de la tapa del libro traducirá la expresión estereotipada de un México "color de rosa": un México utópico. Pero, en esta etapa de la lectura, los otros datos proporcionados por el paratexto del libro regalado nos sitúan en un tiempo y un lugar precisos: la Unión Soviética, o la ex Unión Soviética en el tiempo de la diégesis. El conjunto de estos datos anodinos constituye el punto de partida de un proceso de dislocación de la percepción de la realidad física y temporal de los personajes y del lector.

La historia narrada gira alrededor de un libro. Si bien algunos elementos dibujan los contornos de un objeto particular (su localización disimulada o escondida en la biblioteca, la duda del narrador en cuanto a su origen: "[…] no pude recordar cómo había llegado aquello a mi librero, pero me alegré de no haberlo leído."[731]), lo que señala definitivamente este carácter particular (mágico, extraño, extraordinario…) es su relación de homonimia con el texto de Chimal. Tras la descripción del paratexto, el narrador refiere su contenido. Una serie de marcas textuales indican que se trata de un discurso indirecto y que el resumen proviene de la hermana (la madre de Ilse). Quien dice relato inserto dice relación especular entre los dos relatos (el contenedor y el contenido), puesto que la relación de homonimia hace evidente la presencia de un juego de *mise en abyme*:

> Resultó que no era de la vida real en la URSS: era un cuento, de esos impresos con letra grande, y se trataba de una niña que visitaba un mundo fantástico. Solo ella podía hacer el viaje y los demás no entendían nada.
>
> - Ah –dije–, y mi hermana se dio cuenta que no me interesaban los detalles, así que me dio más: la niña se perdía en ese mundo, en el que se había metido a través de un cuadro y en el que vivía gente muy amistosa o duendes o algo parecido. Había una rosa que tenía que cuidar, como en la *La Bella y la Bestia*. Al final aparecía el tío de la niña, que era pintor pero también una especie de mago (él había hecho el cuadro, pues), y el final era feliz. El mensaje del libro era como una "reflexión" sobre la familia, pero también sobre el mundo verdadero, y sobre el arte y los artistas…

---

[730]   Antonio Jiménez Morato, "Tusitala", en *Prólogo a Siete. Los mejores relatos de Alberto Chimal*, Madrid, 2012, p. 8.

[731]   Alberto Chimal, *op. cit.*, p. 30.

> \- Ah –repetí [...].[732]

Los elementos presentes en este relato inserto, añadidos a las informaciones paratextuales, cubren el conjunto del arco hermenéutico, desde la producción hasta la recepción. Y en todo ello encontramos una serie de indicadores genéricos. En efecto, al libro regalado se le asigna un género literario, el cuento (en este caso se entiende cuento tradicional). Esta asignación se completa (o se matiza) con el término "fantástico", con la presencia de personajes que desempeñan la función de actantes (mago, duende) y con sus relaciones intertextuales, expresadas explícitamente, con la tradición del cuento de hadas. Estas relaciones intertextuales aparecen también implícitamente a través de la referencia a cuentos más modernos, *Alicia en el país de las maravillas* de Lewis Carroll o *La historia sin fin* de Michael Ende.

El carácter aproximativo de ciertos giros ("o duendes o algo parecido", "una especie de mago", "como una reflexión") y la frase explicativa entre paréntesis son marcas textuales de la reconstitución de la lectura del cuento, lectura que finalmente no proviene de la madre sino de la misma niña. En efecto, líneas más adelante disponemos de indicios que sugieren que es poco probable que la madre haya leído el cuento: "El único libro que he comprado es uno de cómo criar a los hijos, para ella, pero tampoco le gusta leer"[733], sin olvidar que el narrador, además de no haberlo leído, no tiene deseos de hacerlo.

Además, disponemos de un resumen diegético y de una interpretación. Así, por un lado, el cuento transmite su mensaje a través de una analogía con la realidad ("familia", "mundo verdadero"). Por otro lado, permite reflexionar sobre el arte, lo que añade una dimensión metatextual. Es de notar la polisemia del término "reflexión": la acción y efecto de reflejar algo y la facultad de pensar. El uso de las comillas no solo sugiere el carácter aproximativo de la reconstitución de esa diégesis por la madre sino también el carácter especular con relación al relato marco. A esto hay que añadir el poder de reflexión en tanto facultad de pensamiento que vuelve sobre sí mismo, que vuelve sobre un objeto con el fin de examinarlo o más bien de reexaminarlo. En efecto, "Se ha perdido una niña", por el juego especular que instala, llama a ser releído. Como lo afirma Dällenbach a propósito de esta especificidad del relato especular,

---

[732] *Ibidem.*
[733] *Ibidem*, p. 34.

para realizar la doble lectura "basta con captar una señal de advertencia" que puede ser "la homonimia del relato marco y del relato inserto" o "la repetición de un decorado revelador o de una constelación de personajes"[734]. El lector dispone de todas esas señales de advertencia, la doble lectura se impone y, de esta manera, el lector ideal se aleja del pésimo lector que es el narrador del texto que está leyendo. La lectura/no lectura viene a romper el juego de espejos y la balanza se inclina hacia el lado de la recepción.

La incitación a la doble lectura se ve reforzada por la localización de este relato inserto en la cadena narrativa, es decir casi al inicio del texto. Según Dällenbach, se trataría de una *mise en abyme* prospectiva: "Pre-colocada en la apertura del relato, la *mise en abyme* prospectiva rebasa y duplica a la ficción con el fin de adelantársele y solo dejarle como futuro su pasado"[735]. En efecto, en el relato marco todo sucederá como en el relato inserto: Ilse se irá a un lugar fantástico ("padrísimo" según sus términos), los otros personajes nunca comprenderán nada y el final será feliz. Ese final feliz, en el relato inserto, será objeto de una elipsis que se verá compensada por el relato marco. La trama del relato marco consiste en contar de qué manera el futuro de la heroína se encuentra en el pasado, en la utopía socialista. La diégesis nos propone una especie de dialéctica que vuelve sobre sus pasos: el materialismo histórico, el camino que avanza hacia la dictadura del proletariado se halla invertido. Por otro lado, debido al sitio liminar del relato inserto, y el hecho de que el futuro de la ficción se encuentre en el pasado, la estructura del relato marco duplica el trayecto de la heroína. Pero esto permanece tributario del acto de lectura:

> [...] un enunciado reflexivo solo llega a ser tal a través de la relación de desdoblamiento que reconoce tener con algún aspecto del relato – lo que concretamente quiere decir que el surgimiento de esa relación depende, por un lado, de la apropiación progresiva de la totalidad de relato y, por otro lado, de la capacidad del descodificador para realizar las substituciones necesarias que permiten pasar de un registro al otro.[736]

---

[734]   Lucien Dällenbach, *Le récit spéculaire: essai sur la mise en abyme*, París, Seuil, 1977, ("Collection Poétique"), p. 65.

[735]   *Ibidem*, p. 83.

[736]   *Ibidem*, p. 63.

El acto de lectura es, por consiguiente, lo que permite que el enunciado reflexivo muestre su reflexividad. Para percibir ese juego de espejos, es necesario leer "Se ha perdido una niña" con sus dos dimensiones, la del relato marco y la del relato inserto. Ahora bien, dos personajes ni siquiera leen el relato inserto, de allí su exclusión de un mecanismo que no llegan a comprender.

Para Dällenbach, "[…] *la mise en abyme* liminar priva a la ficción de todo interés anecdótico –a menos que, por el contrario, la cargue de tensión y exacerbe, gradualmente, la expectativa del lector"[737]. En el caso de "Se ha perdido una niña", la tensión reside en la capacidad del lector para descodificar el relato inserto con el fin de encontrar las correspondencias con el relato marco y, al fin de cuentas, lograr, él, comprender, a diferencia de los dos personajes no lectores. ¿Acaso el lector es llamado a realizar un trayecto semejante al de Ilse?

Nos parece evidente que en el caso de "Se ha perdido una niña" el relato inserto no se limita a imitar al relato marco como enunciado. Si se trata de un "enunciado sinecdótico", como es el caso de toda *mise en abyme*, determinar si la reflexión que realiza "reenvía al enunciado, a la enunciación o al código del relato"[738], según la catalogación de Dällenbach, no es tarea fácil. En el cuento de Chimal, el acto de recepción (la lectura) reviste una importancia particular, al igual (aunque de manera más implícita) que el de producción. Identificar los mecanismos de una *mise en abyme* de la enunciación resulta pertinente. Este tipo de *mise en abyme* pone en escena "al agente y el proceso mismo de esta producción"[739] según tres modalidades, la primera vendría siendo la "escenificación diegética del productor o del receptor del relato"[740]. El cuento inserto pone en escena a una niña que accede a un mundo fantástico a través de una pintura. La niña desempeña el papel del receptor a través de un medio otro que la lectura; se aparenta al personaje lector (Ilse) y al lector implícito. Sin embargo, esta "escenificación diegética" no se limita al receptor. En efecto, el productor se halla presente ya que disponemos de información en los paratextos del cuento a través de la voz del narrador. Se trata de una escritora rusa que, además, según las afirmaciones de

---

[737]   *Ibidem*, p. 83.
[738]   *Ibidem*, p. 62.
[739]   *Ibidem*, p. 100.
[740]   *Ibidem*.

Chimal, existe en la realidad extraliteraria. Esta información se encuentra tanto en el *blog* del autor como en diversos párrafos de información que él ha añadido a las publicaciones de su texto. El productor explícito (el autor) participa en la recepción de su texto. Y siguiendo con la producción, no hay que olvidar el papel que desempeña el narrador. Y esto a pesar de su naturaleza de lector incompetente ya que es su voz narrativa la que nos da acceso a la historia. Una serie de marcas textuales (las informaciones entre paréntesis, que pretenden aclarar la lectura, por ejemplo, cuando nos dice su nombre) ponen en evidencia que toma en consideración la presencia de un receptor. Todas estas declinaciones del receptor y del productor hacen que su "escenificación diegética" adquiera la forma de una red de avatares que funcionan sinérgicamente.

Una segunda modalidad de la *mise en abyme* de la enunciación consiste en "la puesta en evidencia de la producción o de la recepción como tales"[741]. Es cierto que no disponemos de ninguna descripción del acto de escritura como tal, ni del acto de pintar. En lo que atañe la recepción, el texto no describe a Ilse leyendo. Todo lo que sabemos sobre su lectura del cuento es que lo encuentra "padrísimo" y, sobre todo, que su lectura ha despertado en ella un deseo, yendo contra toda lógica, de entrar en contacto con el productor (la autora rusa) y su contexto (verdaderamente ilógico, la Unión Soviética). El texto se limita a insinuar una relación de causalidad entre la lectura y los hechos referidos, relación aún más insinuada en el caso de una no lectura. De manera que, en la relación causa-efecto, el guion entre los dos términos es un hilo invisible, un nexo vacío que el lector debe completar. Para nuestro narrador no lector, es el efecto (o los efectos) lo que justifica su relato. Puesto que su marco epistemológico le veda el acceso a otros parámetros (la no lectura le impide el acceso a la causa), los efectos le resultan un conjunto desprovisto de lógica. Lo insólito, desde el punto de vista del narrador, puede revelar un sentido después del trabajo de interpretación que incumbe al lector (el receptor). Alberto Chimal parece haber construido a su personaje no lector como una contraimagen de sí mismo y el personaje de Ilse como su doble, capaz de acceder a otro marco de pensamiento, el de la imaginación. En "Una presencia de Borges", texto leído por Alberto Chimal en la ocasión de la presentación de la nueva edición de las obras completas del autor argentino en el Palacio de Bellas Artes en la Ciudad de México

---

[741] *Ibidem.*

y reproducido en su página *web*, cuenta su descubrimiento del universo borgesiano. Tenía doce o trece años y solía leer la revista *Ciencia y Desarrollo*:

> No es que me interesara tanto la ciencia, sino que en ella [la revista], ocultos entre notas sobre experimentos y avances de la física o la astronomía, se publicaban cuentos de ciencia ficción [...]. Y entonces, en uno de los números de la revista, hallé "Tlön, Uqbar, Orbis Tertius", por Jorge Luis Borges.[742]

Imposible no percibir el paralelismo con la manera en que el narrador describe su movimiento hacia el descubrimiento en su biblioteca de *Se ha perdido una niña*. Sin embargo, lo que es una heurística o una puesta en contacto abortada para el narrador, encuentra su doble exitoso en el "fuera del texto", en la experiencia del autor:

> Pensándolo bien, ese cuento disolvente y subversivo no tenía nada que hacer en la revista *Ciencia y Desarrollo*, y ahora creo que su ubicación debe haber sido obra de un terrorista, de un daimon o de un nahual, para sembrar sus ideas infecciosas en las mentes impresionables de adolescentes como el que era yo. O tal vez solo en mi propia mente: tal vez era un regalo, o una maldición, explícita, instranferible, porque no he sabido de ningún caso similar.[743]

Una lectura en particular puede ser determinante para el destino de alguien. Lo que aparece en *abyme* a través de este encadenamiento de actos de recepción es el aprendizaje o, más bien, el momento clave que desencadena el deseo de iniciarlo. El papel mayor que desempeñó la obra de Borges en general en el *devenir* de escritor de Alberto Chimal ya ha sido subrayado. Su concretización a través de un texto en particular, "Tlön, Uqbar, Orbis Tertius" y la relación establecida con "Se ha perdido una niña" (ya sea el texto contenedor o el contenido) plantea el problema de la definición genérica de este último, puesto que el texto de Borges es uno de los más comentados en el marco de los debates sobre la redefinición de una parte de su obra como ciencia ficción. La lectura de "Tlön, Uqbar, Orbis Tertius" habría sido determinante para Chimal en su *devenir de escritor de…*Los puntos suspensivos deben ponerse en paralelo con el devenir de Ilse en algún sitio. Volveremos sobre ello.

---

[742]  Alberto Chimal, *op. cit.*, p. S/P.
[743]  *Ibidem.*

Existe una tercera modalidad de *mise en abyme* de la enunciación: "la manifestación del contexto que condiciona (que ha condicionado) esta producción-recepción"[744]. Si la producción-recepción consiste en una red de figuras especulares, lo mismo sucede con esta "manifestación" del contexto. La rosa que la niña del cuento inserto debe proteger y el color rosa mexicano de la tapa de este son una manifestación del contexto, o más bien de los contextos. Para aprehender todo el alcance de estas manifestaciones del contexto, es necesario recapitular ciertos elementos.

Si recapitulamos los elementos del relato inserto, algunas correspondencias con el relato marco son identificables fácilmente, como ya lo hemos notado. Quedan dos elementos cuya relación de analogía con el relato marco es más compleja: la misión de la niña del cuento inserto (cuidar una rosa) y el médium de su viaje (un cuadro). La rosa es un elemento ausente del relato marco de forma explícita. Sin embargo, su presencia implícita la hallamos cuando el narrador describe la tapa del libro de color "rosa mexicano". Ya lo sugerimos, la rosa podría ser, por deslizamiento (alegórico), el símbolo de la esperanza en un mundo mejor, un México mejor, utópico, que se parece a una Unión Soviética fantasmeada por el narrador como mundo "amable". Ilse sería por consiguiente la garante de la creencia en esta esperanza.

El narrador no ha leído el libro. La actividad lectora, ya lo sabemos, no forma parte de su vida, ni de la de la madre. Su discurso sobre ese libro no leído, pronunciado o potencial, hace énfasis en la descripción de un mundo perdido y de una época pasada de los cuales el libro es el testigo:

> - ¿Lo leíste siquiera? [le pregunta su hermana]
>
> - Bueno…, no, pero esos libros siempre eran muy buenos. Había muchísimos cuando existía la URSS, ¿te acuerdas? Los vendían en todas partes…
>
> Pensaba improvisarle algo sobre que el libro le iba a servir a Ilse, para que conociera cómo se vivía en la URSS en aquellos tiempos o algo así, cuando ella, es decir Ilse, llegó, abrió el libro, se puso a hojearlo y casi de inmediato me dijo:
>
> - Está padrísimo.[745]

---

[744]   Lucien Dällenbach, *op. cit.*, p. 100.

[745]   Alberto Chimal, *op. cit.*, p. 30.

La evocación de una Unión Soviética como entidad política se desdobla a través de otra evocación: la de un tiempo en que ciertos países latinoamericanos, entre ellos México, se abrieron al bloque del este. En efecto, encontrar libros soviéticos traducidos al español no era corriente, salvo en Cuba, obviamente. De hecho, esos libros llegaban vía Cuba a algunos países latinoamericanos, aquellos que mantenían (o que volvían a hacerlo tras años de interrupción) relaciones diplomáticas con ese país. Las palabras del narrador ("existían muchísimos" / "los vendían por todas partes") evidencian la excepción mexicana con relación a buena parte de los países latinoamericanos, sometidos a los Estados Unidos. Y esas palabras también evocan otro tiempo, el de un narrador que leía.

Pero el libro hallado no contiene lo que el narrador esperaba. No se trata del retrato de un país y de una época considerados por la izquierda como una utopía. Para el narrador, la Unión Soviética encarna un pasado, una utopía de un mundo organizado, igualitario y previsor. En suma, una contraimagen de México. Y este aparece aparentado con la Rusia del presente de la diégesis, arruinada y presa de la corrupción y del crimen organizado. Esta comparación aparece dos veces en el texto, una primera vez cuando el narrador busca explicaciones racionales a lo que sucede (punto al que volveremos) y otra vez en el desenlace, en el momento de la aceptación resignada de lo inexplicable. Ilse se instala a vivir en la Unión Soviética y permanece en contacto con su madre y su tío: "Siempre es incómodo cuando le platicamos cómo nos va a nosotros…Pero ella nos consoló, como siempre: en realidad el socialismo tampoco es una utopía, nos dijo, ni mucho menos"[746]. He aquí el término "utopía" relegado al final de la diégesis y para significar su imposible realización, su imposible realidad, su realidad como posibilidad de ficción. La realidad, en cuanto a ella, reside en la relación en espejo entre Rusia y México:

> Y yo veo que mi hermana está muy orgullosa. No puede decirle a nadie dónde está su hija, y todo el mundo se extraña cuando les cuenta que vive en Rusia (que está arruinada, llena de narcos y políticos corruptos, y no se parece nada o casi nada a la antigua URSS), pero a ella no le importa.[747]

Esta relación especular encuentra, a su vez, un eco en la realidad extratextual. En efecto, el año 2000 y el nuevo milenio significaron para México la instauración de un nuevo paradigma político, el del fin del

---

[746] *Ibidem*, p. 44.
[747] *Ibidem*, p. 45.

sistema priísta y la llegada de la alternancia política. Lo que se inició bajo buenos augurios se transformó sin embargo en pesadilla, con la recrudescencia del crimen organizado y el sentimiento que, más que nunca, la corrupción permanecía impune. Una situación que puede alimentar cierta nostalgia del pasado…cierta idea del pasado como utopía. Como lo señaló el periodista Paulo Paranaguà:

> Los mexicanos no comparan esta transición democrática [la alternancia que comenzó en el 2000 con la derrota del PRI] con el fin de las dictaduras militares de América del sur, sino con la implosión de la Unión Soviética, con el derrumbe del partido único y el surgimiento de las mafias.[748]

Chimal escribió su cuento apenas dos años antes de ese cambio de paradigma en México, como si se tratara de una alegoría predictiva a corto plazo. Ese México color de rosa (y mexicano) y la rosa protegida por la niña del cuento inserto, ¿quieren acaso significar el sistema mexicano del socialismo mixto que el PRI, heredero de la revolución mexicana, estaba supuesto a concretizar? ¿Un ideal traicionado y que solamente las nuevas generaciones pueden tratar de preservar? Al escribir este texto, Chimal se proyectaba en algo que se preparaba desde décadas.

Otros elementos susceptibles de ser percibidos como una manifestación del contexto que condiciona la producción-recepción no se encuentran explícitamente en el relato inserto, sino en el relato marco. Se trata de alusiones genéricas a la cultura de masas del mundo anglosajón y más concretamente a la ciencia ficción. Cuando la madre de Ilse pretende llevar una investigación para intentar comprender quién respondió a la carta de su hija, y desde dónde, el narrador exclama: "[…] No es como en la tele, como en los Expedientes X. Estamos en México. ¿Quieres salir en un programa de lo insólito, de los de OVNIS? Aquí la gente no se pone a investigar como en…¡Aquí las cosas no se saben, pues!"[749]. La exclamación del narrador sitúa a México entre surrealismo y realidad sórdida. O las dos cosas, puesto que la etiqueta "México, país surrealista" parte del malentendido según el cual todo lo que obstaculice o contradiga la modernidad (y la democracia) es percibido como "surrealista", desde los altares a la Santa Muerte hasta los cuerpos desmembrados por los narcos, pasando por la evasión espectacular del Chapo Guzmán. O, como lo dice el propio Chimal, a propósito de los estereotipos sobre la realidad

---

[748]   Paulo Paranaguà, "Les démons du Mexique", *Le Monde*, 4 mai 2012, p. S/P.
[749]   Alberto Chimal, *op. cit.*, p. 36.

que supera a la ficción en América latina, se trata de "[u]n entorno en el que apenas nos queda la posibilidad del pasmo y la aceptación de las cosas como son"[750]. Esta frase hace pensar en los dos personajes adultos del cuento. La ciencia ficción aparece en negativo, el mundo ficcional del cuento parece no poder acogerla. No puede ser su lugar, lo que crea el paralelismo con los problemas de la recepción del género en México. De manera que esta alusión sale del marco de la ficción para alcanzar al "fuera del texto", es decir una dimensión más amplia de la recepción. Existe cierta manera de leer a México, aquella que acepta de mejor gana otros géneros, como lo maravilloso (del cual el relato inserto es la señal) y lo fantástico, del cual las dudas de los dos personajes no lectores son las portavoces.

Ilse accede a un mundo prohibido para los dos adultos no lectores. El movimiento que va desde su incomprensión hasta su aceptación resignada de lo inexplicable teje el conjunto de la diégesis. Este segmento del relato marco se ensancha a tal punto que constituye buena parte de la diégesis y corresponde al modo de funcionamiento del relato fantástico. En efecto, se trata de dos personajes que se enfrentan a un fenómeno que cobra amplitud y que tratan de explicar de forma racional. La duda en los personajes es omnipresente ya que el fenómeno se puede explicar de diversas maneras, pero nunca por la ciencia o la técnica.

El fenómeno se introduce en la realidad empírica de los personajes de manera insidiosa. En un primer momento, la reacción infantil de Isle proporciona una primera explicación. Quiere escribir a la editorial a pesar de las advertencias de su madre: su carta no llegará a ningún lugar. El entusiasmo de la niña se imputa a su inmadurez; todo lo que sucede permanece inofensivo: "Lo único malo de todo el asunto, me dijo, era que Ilse, de tan entusiasmada, estaba escribiendo una carta a la editorial. - ¿A dónde?"[751], pregunta el narrador. La respuesta a esta pregunta abre la puerta al fenómeno. Los personajes pueden leer la dirección al final del libro: "Editorial Progreso. Zúbovski bulvar, 17. Moscú, URSS"[752]. Lo que sigue es uno de los diálogos entre el narrador y su hermana que, lejos de la función de resorte didáctico del diálogo ciencia-ficcional tipo, hace

---

[750] Alberto Chimal, *op. cit.*, p. 38.
[751] Alberto Chimal, *op. cit.*, p. 31.
[752] *Ibidem.*

énfasis en un insólito de carácter no natural que sería más del ámbito de lo extraño:

> - Ah –dije una vez más.
> - Quiere mandarles una carta –dijo mi hermana
> - Ya entendí ¿Qué tiene?
> - La URSS ya no existe, Roberto.
> (Me llamo Roberto.)
> - ¿Y? –dije–. ¿Qué más da? No creo que sea mucho gasto un sobre…
> - Pero es que yo ya le dije que la carta no va a llegar a ningún lado, ya le expliqué todo eso, lo de la URSS, y no me hace caso.
> Admito que no entendí.
> - Es una niña, Sara –mi hermana se llama Sara. [753]

Cada personaje percibe la actitud de Ilse de forma diferente. Para la madre, Ilse se comporta de manera extraña ya que parece no comprender las explicaciones históricas y políticas sobre el devenir de la antigua Unión Soviética. Para su tío, todo esto es normal, solo se trata de una niña para la que todas esas cosas no tienen importancia. En realidad, su edad se menciona reiteradamente, al igual que expresiones de tipo "es/ no es una niña", que reenvía al título de los dos relatos (marco e inserto). Todo esto deja suponer una interpretación estereotipada del conjunto de los dos relatos, que vendrían siendo una especie de alegoría del paso a la vida adulta. Lo que se pierde (o se ha perdido), por relación de sinécdoque, no es una niña sino la infancia. La obstinación de Ilse podría verse como su negación de abandonar ese mundo, al igual que la incapacidad de los dos adultos para comprender (con la frase "no entiendo" y otras declinaciones que se hacen anafóricas) sería la marca de la imposibilidad de volver atrás.

El problema es que Ilse recibe una primera respuesta a su carta y con ello el fenómeno gana aún más terreno:

> Y resultó que Ilse realmente no veía ningún impedimento para que su carta llegara a los editores de *Se ha perdido una niña* y, tal vez, hasta a la misma Galina Demikina.
> - El libro está padrísimo –dijo, y agregó algo como que su carta no podía no llegar. […]

---

[753] *Ibidem.*

Y el problema, desde luego, fue que su carta sí llegó.

O que alguien se tomó la molestia de responder, desde Moscú o desde algún otro sitio, con una carta en un sobre con la dirección de Editorial Progreso, Zúbovski bulvar y todo lo demás, y estampillas que decían CCCP.[754]

Cuando el narrador refiere las palabras de Ilse hallamos las mismas marcas de aproximación ("algo como que") presentes cuando su hermana resume el contenido del cuento inserto. Los dos adultos, no solamente no leen, tampoco escuchan a Ilse. Segmentos de las palabras pronunciadas por la niña no llegan al lector, como si la clave del enigma pudiera encontrase en ese discurso invisible. Pero, por el lado de la madre, esa clave puede encontrarse en un terreno sumamente concreto. En efecto, otra explicación racional reside en la posibilidad de que detrás de la respuesta a la carta de Ilse se esconda un perverso. Además, a medida que el fenómeno toma amplitud, la madre se sumerge en un estado depresivo que no solo se puede achacar a su incomprensión ante el fenómeno sino también a la pérdida de su juventud debida a la maternidad:

> [...] había quedado embarazada a los diecinueve. Que le había costado mucho trabajo dejar la universidad, casarse, criar una hija sola porque el otro, así dijo, la había dejado como con seis meses de embarazo [...]. – No he madurado, Roberto. Le puse Ilse a Ilse por..., por la de las Flans [...].[755]

Unas líneas antes, el narrador trataba de tranquilizarla diciéndole que Ilse era "una muchacha muy inteligente, muy madura"[756]. El fenómeno lleva a los personajes a reconsiderar a Ilse y, en lo que concierne a la madre, a volver sobre su propio pasado, a arrepentirse por cosas nunca realizadas. He aquí otra utopía posible: recuperar su pasado y su juventud, reescribir su vida. La lectura y la creación lo permiten de cierta manera. Se trata de una dimensión de la recepción a la cual los dos personajes no tienen acceso.

El avance del fenómeno se acelera cuando Ilse encarga un segundo libro, lo cual agrava el estado mental de su madre que se presenta en varias oficinas de correo y cuenta su experiencia a su hermano: "nadie había podido explicarle nada"[757]. Luego se dirige a la embajada rusa: "- Según

---

[754]	*Ibidem*, p. 32.

[755]	*Ibidem*, p. 37.

[756]	*Ibidem*, p. 36.

[757]	*Ibidem*, p. 35.

                                                                      

ellos <u>nadie</u> sabe…, <u>nadie</u> me supo decir <u>cómo</u> llegaron <u>esas</u>…<u>cosas</u> con dirección de la URSS. <u>Ni cómo</u> pudieron llegar las cartas de Ilse…" [subrayado nuestro][758]. El uso de pronombres indefinidos, de adverbios de interrogación, la manera de designar los libros, los puntos suspensivos, todo un conjunto de marcas textuales que muestran claramente la ruptura del marco de pensamiento del personaje. El sentido de su mundo empírico se hace añicos y ella también, de tal manera que la construcción de este personaje corresponde bastante bien con cierto molde del personaje fantástico. Contrariamente a su hermana, el narrador se aferra a ese mundo empírico. Cuando reciben el catálogo de las novedades de la editorial para el año 1998, piensa haber encontrado su explicación racional. Se trataría, ni más ni menos, que de la capacidad proverbial de anticipación de los soviéticos que, en 1982, ya habían previsto el catálogo del decenio siguiente:

> - ¿No te acuerdas? Nos lo enseñaron en la secundaria: los planes quinquenales. Todo lo hacen con quince años de adelanto…, o cinco…
>
> - ¿Y también hacen los catálogos de las editoriales? —me preguntó mi hermana—. Además, eso de los planes era de los socialistas.
>
> - ¿No tendrán eso todavía en Rusia?
>
> - Pero le hubieran puesto…, no sé, algo, una etiqueta para tapar el "URSS" y poner "Rusia".
>
> - No sé, no han de tener dinero para eso…En serio, Sara: si lo hicieron por adelantado…Ahorita Rusia está arruinada, es como aquí, todo está lleno de narcos, de políticos corruptos…[759]

Es aquí, en este contexto de tentativa de hallar una explicación racional, cuando se da la primera comparación entre México y la Rusia de la diégesis cuyo alcance ideológico ya señalamos.

En ese momento ("[…] le dije que qué más podía pasar"[760]) una inflexión importante se produce en el texto, ya que la verdadera extrañeza se instala. Ilse recibe una invitación para participar en un concurso cuyo premio es un viaje de tres meses para dos personas a la URSS. Como es previsible, gana el concurso, lo que para el narrador implica la resolución del enigma. En efecto, él y la hermana deben ir a la embajada

---


[758] *Ibidem*, p. 36.

[759] *Ibidem*, p. 34.

[760] *Ibidem*, p. 36.

para realizar unos trámites y, sobre todo, uno de los dos acompañará a Ilse en su viaje. Sin embargo, cuando llegan a la embajada, a la madre le niegan la entrada (debido a sus numerosas visitas previas) y, mientras que el narrador intenta dialogar con los guardas, Ilse termina entrando sola. Esta vez se quedan físicamente afuera de lo que sucede. Ilse sale de la embajada con cheques de viajero y dos boletos de avión de Aeroflot para Moscú. La interrogan, pero no logran saber qué sucedió dentro de la embajada. La mención del nombre de la compañía aérea le proporciona al narrador otra explicación racional. Se trata de algo que señala la continuidad entre el pasado y el presente; ciertas denominaciones como "Rusia" o "CCCP" son solo eso, etiquetas; algunas permanecen físicamente ya que sería muy complicado (u oneroso) cambiarlas.

A la salida de la embajada, y ante el interrogatorio infructuoso de los adultos, Ilse afirma: "ya no soy una niña"[761], lo que marca un giro en el narrador. Por una vez, trata de dialogar con su sobrina y hacerle comprender el mundo de los adultos:

> - Ilse…Ilse, ¿te acuerdas de lo que te comentábamos alguna vez, hace como un año, sobre que la URSS ya no existe?
>
> - ¿Cómo?
>
> -Sí, que la URSS no existe. Se disolvió hace ocho años.
>
> - ¿Cómo? —volvió a decir.
>
> - Sí, que ahora es Rusia y…
>
> - ¿Cómo?
>
> Aquí, por primera vez me asusté.
>
> Le expliqué, paso a paso, lo que había sucedido con la URSS (Gorbachov, Yeltsin, todo), y no me entendió.
>
> No me entendía. Después de un rato me di cuenta de que siempre ponía la misma cara: entreabría la boca, ladeaba la cabeza, dejaba caer un poco, casi nada, los párpados. Y decía:
>
> - ¿Cómo?[762]

Más que cualquier otro diálogo, este es verdaderamente el antidiálogo ciencia-ficcional entre el personaje que sabe (y que explica el porqué de la extrañeza) y otro que no sabe. Lo que aquí se explica es la realidad, una realidad que funciona como una interferencia en el sistema de

---

[761] *Ibidem*, p. 39.
[762] *Ibidem*, p. 41.

pensamiento de Ilse. Todos esos "cómo" que Ilse pronuncia son efectos de refracción con relación a lo real, al igual que todos los "cómo" de la madre o los "ah" del narrador al inicio de la diégesis (cuando la hermana le cuenta la intención de Ilse de escribir a la editorial) son refracciones con relación a un fenómeno que termina imponiéndose. A causa de una serie de peripecias, ninguno de los dos adultos logra subir al avión con Ilse. Se va sola a la URSS y se queda allá por tres meses. Regresa sana y salva, como si nada. Las fotos que trae testimonian que estuvo en algún sitio entre la URSS del pasado y la Rusia del presente. En efecto, los elementos fotografiados son supervivencias de la URSS, al igual que Aeroflot, lo que refuerza la duda fantástica en los personajes:

> [...] estaban las fotos: Ilse sonreía por igual en la Plaza Roja, ante la tumba de Lenin, junto al monumento a Marx y Engels, en Leningrado (no entendió cuando le dijimos que aquello era San Petersburgo), en la casa en la que se había quedado. Y ante el edificio de la Editorial Progreso. Y junto a una prensa. Y con una mujer de cabello blanco y lentes redondos, que era Galina Demikina.[763]

El último elemento de la lista es el nombre de la escritora rusa. La explicación racional pareciera imponerse fácilmente: no es porque una entidad política cambie de nombre o que un sistema económico deje lugar a otro, que la realidad empírica se disuelva también y, con ella, las personas que vivieron en ese período. Sencillamente existen sitios de memoria que atestiguan del pasado y que ponen en evidencia la superposición de dos mundos, al igual que la copresencia de dos topónimos para un mismo sitio. Además, todos esos elementos recuerdan que antes de la URSS hubo otra cosa: la Rusia imperial de la cual el topónimo San Petersburgo y la imagen (ausente pero sugerida) de la Catedral San Basilio en la Plaza Roja son los testigos. Sin embargo, es en este momento cuando el narrador percibe que algo fisura su marco de pensamiento:

> Y mientras nos contaba cuán linda era, qué amable se había portado, qué autógrafo tan hermoso le había escrito en su ejemplar de *Se ha perdido una niña*, yo pensé en los sellos de su pasaporte, todos llenos de hoces, martillos y las letras CCCP. Y se me ocurrió llamar, ahora sí, a la CIA. No lo hice porque a) detesto a los gringos, b) no tengo ni idea de cómo llamar a la CIA y c) de todos modos hubiera sido ridículo.[764]

---

[763] *Ibidem*, p. 43.
[764] *Ibidem*.

La mención de esos sellos sugiere la imagen de un gesto, el de estamparlos, y el efecto acústico contundente que resulta de ello: un golpe asestado a la realidad que recuerda al narrador la fuerza y la evidencia de la intromisión de lo insólito en esta. Sin embargo, el efecto determinante que esta visión hubiera debido tener permanece sin consecuencia ya que, al fin de cuentas, lo que gana al narrador, de manera humorística, es la resignación y la inercia. Su último argumento para no reaccionar evidencia la duda: hacer notar la situación sería ridículo, extravagante o extraño, al igual que la evidencia de esos sellos sobre el pasaporte. Entre dos situaciones ridículas, la duda se inmiscuye y el narrador termina aceptando la primera situación, aquella que se encuentra ante sus ojos: el símbolo de la URSS y sus siglas en ruso. Y, sobre todo, el narrador confiesa lo que realmente le atormenta. Al igual que para la hermana, lo que le sucede a Ilse lo reenvía a la insignificancia de su vida, al mundo limitado al cual ha tenido acceso:

> Pero también porque, tengo que admitirlo, de pronto sentí una envidia enorme. De Ilse. Es la verdad.
>
> Quiero decir, a pesar de todo, a pesar de las circunstancias del viaje, a pesar de que seguíamos sin entender a *dónde* había ido, ella estaba feliz. [...]. Había visto nuevos horizontes. Había ido mucho más lejos que cualquiera en la familia [...]. ¡Lo más lejos que había llegado mi hermana era el Zipolite, y yo ni eso![765]

Algunos dirán que tener el Zipolite (una playa en la costa de Oaxaca) como límite del mundo conocido es ya extraordinario puesto que no hay nada más subjetivo que la idea de lo exótico. Pero más allá de este detalle, lo que el discurso del narrador pone de relieve es la creencia en un Estado utópico, un Estado físico y político que se encuentra en un más allá fuera de su comprensión (subrayado por el adverbio de interrogación en cursiva) y de sus aspiraciones (la felicidad).

A partir del momento en que el fenómeno es aceptado con resignación, el tiempo de la diégesis se acelera. La extrañeza se integra a la realidad de manera totalmente natural. Ilse se instala a vivir en un lugar llamado URSS que es un no lugar:

> [...] los hermosos viajes subsecuentes, las nuevas fotos, el cada vez mejor ruso [...]. O su beca para la preparatoria. O su beca para la universidad. O

---

[765] *Ibidem.*

su novio, Piotr Nikolaievich Ternovsky, de Leningrado (no San Peterburgo), que conoció en 2004. O su último viaje, en 2007, y su vuelta a México que se retrasaba, y se retrasaba…O su llamada, una noche, para anunciarnos que estaba muy enamorada y que se iban a casar.[766]

La explicación por la ciencia, ya lo notamos, no se sugiere en momento alguno. Sin embargo, cerca del desenlace, una serie de elementos nos recuerdan que, antes de iniciar la lectura, el architexto había creado una expectativa particular. En efecto, en el transcurso de los años siguientes, el narrador y su hermana mantienen el contacto con Ilse: "(Ilse llama, o por lo menos escribe, cada tres meses, más o menos. Tenemos su teléfono, por supuesto, pero cuando llamamos nunca está o las líneas se cruzan y la llamada acaba quién sabe dónde.)"[767]. La manera en que el narrador se refiere a esas llamadas telefónicas que no llegan a ninguna parte traduce la colisión entre sentido literal y figurado: Ilse vive en un mundo paralelo que aparece de forma natural en el texto. Por añadidura, la profesión de Ilse y de su marido no es anodina:

> [...] acababan de aceptarlos en la Academia de la Ciencia de la URSS. Nunca nos han dicho exactamente para qué, pero hemos llegado a la conclusión de que tiene que ver con el programa espacial: van a estar, según nos dijo, en el cosmódromo de Baikonur, con algunos de los cosmonautas que serán llevados, muy pronto, a la nueva estación espacial, la Mir 4.[768]

La estación espacial Mir, puesta en órbita en 1986, fue destruida en 2001. Tras la caída de la URSS, el proyecto Mir 2 fue abandonado. El texto nos sitúa entonces en otra línea temporal en la cual la URSS siguió su curso. Ilse menciona al presidente del partido, un tal "Gerasimov", considerado como el nuevo "Nikita Jruschov". Chimal juega con la dimensión fluctuante de los patronímicos rusos en las lenguas que utilizan el alfabeto latino. Gerasimov puede reenviar tanto al tenista Egor Gerásimov como a Valeri Guerásimov, jefe de Estado Mayor del ejército, nombrado por Vladimir Putin en 2012. Pero en ambos casos, ese Gerasimov lleva otra vida en el mundo de Isle, o en su línea temporal. La ciencia ficción termina apareciendo en filigrana en la posible existencia de otra línea temporal en la cual el devenir de la URSS fue otro y, por consiguiente, el de ciertas personas (un tenista o un oficial de

---

[766]   *Ibidem.*

[767]   *Ibidem*, p. 44.

[768]   *Ibidem.*

alto mando en nuestra línea temporal). Ilse podría hallarse en el centro de experimentos científicos y la clave de todo se encontraba, quizá, en el libro regalado por su tío años antes. El narrador no lo sabrá nunca y el lector tampoco, ya que depende del narrador/lector incompetente y agente pasivo del conjunto:

> Por mi parte, solo puedo pensar que Ilse es una mujer muy afortunada. Y me consuela, a fin de cuentas, el hecho de que ella me recuerda, siempre que puede, cuánto tengo que ver con su felicidad.
>
> - Tú eres el tío del libro –me dice. Se refiere al de *Se ha perdido una niña*, que ella tiene en la URSS y por lo tanto sigo sin leer.[769]

Las últimas líneas recuerdan el carácter especular del relato. Otro tipo de *mise en abyme* resulta portador de sentido. Se trata de la *mise en abyme* del código: "haciendo inteligible el *modo de funcionamiento* del relato, la reflexión textual es siempre también *mise en abyme* del código, mientras que ésta última tiene por característica el revelar este tipo de funcionamiento –sin por ello imitar el texto concernido"[770]. Ya lo vimos, la lógica de las acciones parece ser la misma en ambos relatos (el marco y el inserto): una niña encuentra un objeto, accede a otro nivel de realidad, los adultos no comprenden nada, uno de ellos desempeña el papel de ayudante y todo termina finalmente bien. Esta forma de recordar, al final del relato, su carácter especular corresponde a lo que Dällenbach llama una "coda". Una *mise en abyme*, debido a ese lugar terminal en la cadena narrativa, "ya no tiene nada que decir salvo la repetición de lo que ya es sabido" y busca por consiguiente a "universalizar el sentido del relato"[771].

Se trata de un funcionamiento de lectura en circuito cerrado y, al mismo tiempo, en circuito abierto. Existe un código que rige el conjunto y revela algo universal. Para este tipo de *mise en abyme*, Dällenbach ensancha aún más su tipología y se refiere a una *mise en abyme* trascendental. El texto tendría un sentido universal revelado por el código común a ambos relatos. Pero el relato inserto, aquel que señala el carácter especular de los dos relatos, no es más que una ficción, una metáfora de ese sentido universal. Se trata de una "ficción substitutiva [que] es la causa y, a la vez, el efecto de la escritura que ella pone en juego o que la pone en

---

[769] *Ibidem*, p. 45.
[770] Lucien Dällenbach, *op. cit.*, p. 127.
[771] *Ibidem*, p. 87.

juego"[772]. "Se ha perdido una niña", el relato inserto, es sin duda la causa y el efecto del relato del narrador, relato que es simultáneamente escritura a través del autor, Alberto Chimal. Escritura y metáfora de origen, nos dice Dällenbach, "mantienen una relación de conveniencia, ya que ésta aparece como el doble sublimado de aquélla"[773]. El acto de escritura y la creación son sublimados por el relato inserto. El código trascendental de "Se ha perdido una niña" no sería otra cosa que el poder de evasión que otorga la escritura (y toda creación artística, es por ello que en el relato inserto se trata de una pintura y no de un libro) y la lectura (o cualquier otra manera de acoger la obra de arte). Código simplista quizá, infantil, dirán algunos. Sin embargo, es imposible afirmar que la infancia y sus placeres sean algo superficial; a sus juegos y amigos imaginarios pueden suceder la monotonía de una vida cuadriculada y relaciones humanas insatisfactorias. Y quizá de esto también quería hablar Alberto Chimal al crear esta historia. Por otro lado, y para contrabalancear esta dimensión superficial, por si esto fuera necesario, el carácter especular de "Se ha perdido una niña" plantea el problema de cómo leer, donde sea que nos hallemos, y en México en particular. Esto nos reenvía a la definición de Alberto Chimal de la "literatura de imaginación", mencionada en la primera parte de este trabajo. La manera en que se construye "Se ha perdido una niña" hace de este cuento un objeto híbrido o un ejercicio de escritura que busca demostrar la posibilidad de combinatoria de la "imaginación fantástica", al jugar con las etiquetas genéricas. Es por ello que, en "Se ha perdido una niña", los indicadores genéricos toman direcciones múltiples desde el inicio de la diégesis y no dejan de bifurcar a lo largo de esta: navegamos entre cuento de hadas, fantástico, insólito, extraño, utopía y hasta ucronía. La ciencia ficción encuentra difícilmente su lugar en esta constelación. El único elemento que podría permitir colocar el texto bajo esta etiqueta sería la referencia a ciertos temas típicos del género, como el viaje en el tiempo o los mundos paralelos o multiversos a los cuales el personaje de Ilse tendrá acceso. "Se ha perdido una niña" ha sido leída de esta manera algunas veces[774]; la única que funciona

---

[772]  *Ibidem*, p. 132.

[773]  *Ibidem*.

[774]  Es el caso, por ejemplo, de Esther de Orduña Fernández en su ponencia "Los universos paralelos de Alberto Chimal", presentada en el Coloquio internacional Ficción y Ciencia en el mundo hispánico celebrado en la Universidad de Lausana (UNIL) en noviembre 2019.

en sinergia con el architexto. Su pertenencia a la ciencia ficción se funda en la omisión, en el texto, de lo que la une al architexto. Se trata de un lazo invisible, en manos del lector que tendría por ello la opción de leer el texto como le parezca. Todo lo contrario de la cuadrícula prescriptiva que Chimal deplora y que evoca con humor a propósito de una anécdota sobre su profesora de literatura en la secundaria, que interpretaba "El guardagujas" de Juan José Arreola como una crítica del mal estado de las vías férreas en México[775]. "Se ha perdido una niña" permite lecturas múltiples que van desde la mirada crítica hacia el México de inicios del milenio hasta la exploración de universos paralelos. Y esto va a la par con el proyecto de escritura del autor.

"Se ha perdido una niña", por su sitio liminar en el volumen de relatos *Siete*, propone una clave de lectura múltiple para el resto de los cuentos presentes en él. Propone una programática para la lectura de la obra de Chimal, tal y como lo es "Tlön, Uqbar, Orbis Tertius" para *Ficciones*. Esta clave de lectura múltiple permite acceder a un territorio libre de la literatura de "imaginación fantástica", aquella que se emancipa del canon de la academia, en México y en otros lares.

---

[775]    Alberto Chimal, *op. cit.*, p. 42.

# Conclusión: una literatura menor para un proyecto mayor

El contexto de la realización de este trabajo, la crisis sanitaria que vivimos desde marzo del 2020, ha arrojado una luz particular sobre nuestra reflexión. Hubo momentos en que el efecto especular entre el tema de este estudio con lo que sucedió (y sigue sucediendo) nos hizo pensar que, quizá, el título más apropiado tendría que incluir no el término "insólito" sino más bien alguna formulación de tipo "nuevas formas del relato realista". De hecho, esta formulación atraviesa implícitamente todas estas páginas y se halla condensada en la de "insólito político". Con esta última denominación no pretendemos revolucionar la teoría sobre la ciencia ficción ni añadir un concepto más a la jungla teórica. Solo hemos intentado señalar lo que nos parece ser la particularidad de los textos estudiados y que la etiqueta "ciencia ficción" no logra reflejar a cabalidad. La reflexión de Ezequiel de Rosso nos ha permitido pasar revista a las dificultades de aplicación del architexto "ciencia ficción" a los textos elegidos para nuestro análisis, mostrando no solo los juegos de tensiones sino también la capacidad de los textos para reinventar un architexto. Todo lo anterior no significa una claudicación de nuestra parte ante un concepto escurridizo, engorroso o imperfecto sino más bien la voluntad de demostrar la mecánica portadora de sentido inherente a la conjunción textos/architexto. La particularidad de este "insólito político", que por convención llamamos ciencia ficción, es la de instaurar ese "nosotros" del cual hablamos desde las primeras páginas de este trabajo. Un "nosotros" cuyo principio mismo de instauración estriba en el hecho de que, en el seno de la ecuación distanciación/conocimiento de Darko Suvin, este último término debe ser comprendido como "implicación". O más bien el verbo "concernir" en un uso incorrecto pero cada vez más corriente y que, bajo la influencia del inglés, puede significar tanto "implicación" como "preocupación". En el género fantástico, esta implicación permanece centrada, aunque no sistemáticamente, en el "yo" y, sobre todo, es del ámbito de lo metafórico o simbólico. En la ciencia ficción (no desprovista de símbolo o metáfora, obviamente), la implicación pertenece al ámbito de lo literal (y no de una lectura literal como la planteó Todorov para lo fantástico) ya que, no lo dudemos, entidades entre lo humano y la máquina pueden realmente existir; la aniquilación de nuestra especie puede ocurrir (y según algunos ocurrirá). A partir del momento en que el prodigio o lo insólito (el *novum*) tiene una potencialidad de hacerse real (y no se basa en leyes anticognitivas como en lo fantástico, como lo señala Roger Bozetto), nos encontramos en el ámbito de la ciencia ficción. En esta última prima el método, la predicción y la coherencia, como afirma Pablo Capanna. Los textos en los que se hace perceptible el movimiento de integración del prodigio a la realidad son emblemáticos de una literatura en movimiento, como *La invención de Morel* de Adolfo Bioy Casares, para la cual Borges utilizó el término "obra de imaginación razonada"; no lejos de la definición de la ciencia ficción de Judith Merrill ya mencionada: "la literatura de la imaginación disciplinada". Razón y disciplina, se trata de la misma vía para permanecer anclados en lo real. Sin embargo, esta categorización entre los dos géneros que acabamos de plantear es inestable, como lo sugerimos al referirnos a una literatura en movimiento. El objeto híbrido se niega a ser clasificado. Lo que une a estas formas en movimiento, cuyos mecanismos escriturales y poética abierta hemos intentado esclarecer, es la manera en que hacen emerger el "nosotros" a través de la conjunción de términos derivados del acrónimo CF que mencionamos en la primera parte de este trabajo a partir de, otra vez, Judith Merril: ciencia, conjetura, ficción, fantasía y factual. Estas formas en movimiento nos hablan de un destino común que se confunde con el presente dilatado que buscan dibujar. Es esto lo que las hace reconocibles e identificables en relación con otras. Y ya hemos señalado la pertinencia de trabajar sobre la forma breve (el cuento y el microrrelato) a partir de antologías, como manera más eficaz de proporcionar un retrato fehaciente de este fenómeno literario en México durante las décadas del cambio del milenio. Solo añadimos aquí palabras de Michel Lafon, ferviente defensor de la forma breve y de las literaturas de lo insólito, en el sentido que les da Alberto Chimal: "las antologías son una manera insospechada de reconfigurar las literaturas, en todo caso de reordenar los valores literarios"[776].

Alberto Chimal inicia su epílogo a la antología *Los viajeros* formulando una serie de preguntas habituales sobre el porvenir de la ciencia ficción: "A mí la pregunta que me hacen con cierta frecuencia es: '¿Todavía

---

[776]     Michel Lafon, "L'invention d'Adolfo Bioy Casares", en *Romans*, París, R. Laffont, 2001, ("Bouquins"), p. VII–LI, p. XXIII.

tiene sentido la ciencia ficción? ¿Todavía puede decir algo, ahora que ya llegamos al siglo XXI?'"[777]. Son preguntas retóricas cuya respuesta afirmativa se ve confirmada por la riqueza de ese corpus en continua expansión. Escritores como Chimal, ante las dudas que pesan sobre la existencia de una ciencia ficción mexicana, han tenido que librar batallas para conquistar visibilidad y reconocimiento. Aunque a veces opten por otras etiquetas ("ficción especulativa", "literatura de imaginación fantástica"), en general se reúnen bajo la de "ciencia ficción", architexto a veces engorroso, a veces cimiento, pero al fin de cuentas con un rico potencial para convertirse en proyecto literario y político. Architexto y textos se han encontrado en un territorio común en el seno del cual una hibridación fecunda sigue engendrando, a pesar de los obstáculos, nuevas formas.

Alberto Chimal percibe la capacidad de continuación del género en México bajo el signo de la paradoja. Como buena parte de los intelectuales mexicanos, y en la estela de la reflexión de Octavio Paz, señala que el carácter intrínseco del mexicano consiste en un "inmovilismo del pensamiento"[778] heredado de la historia: pasado prehispánico, época colonial, sistema hegemónico del PRI...[779]. Para Chimal, este estado de cosas solo puede conllevar un resultado sobre el porvenir de la ciencia ficción en México: la necesidad de seguir avanzando. Y esto porque, por definición, la ciencia ficción habla del cambio[780]. Dado su marco epistemológico, su manera de cuestionar el presente, de proyectarse en el futuro, la literatura de ciencia ficción producida en México en esta década del siglo XXI se inscribiría en un movimiento a contracorriente. Lo que frenaría su avance, según la óptica de Chimal, sería un anclaje en el pasado, en lo arcaico, un gusto por el formalismo, el tradicionalismo...Sin embargo, la ciencia ficción mexicana recupera ese pesado legado y lo integra en su movimiento. Lo arcaico se halla dinamizado para revelar nuevas significaciones, el espacio (la ciudad de México) se desagrega para mejor esperar, quizá, una refundación, la profusión de las metamorfosis dicen la inestabilidad del mundo y el carácter movedizo del género cienciaficcional. Este se reinventa por el juego y la risa, se convierte en invitación al viaje a otras formas culturales, literarias o no, populares o no...

---

[777]    Alberto Chimal, *op. cit.*, p. 233.

[778]    Alberto Chimal, *op. cit.*, p. 38.

[779]    *Ibidem*, p. 38–39.

[780]    Alberto Chimal, *op. cit.*, p. 236.

Desde su posición periférica, la ciencia ficción mexicana logra lanzar una mirada lúcida sobre nuestro mundo y sobre México; ella es menos catastrofista que clarividente. Una clarividencia aun así humilde: formula preguntas, llama a la responsabilidad del lector para proponer respuestas y, de esta manera, lo integra en su proyecto político.

Sin embargo, avanzar a contracorriente implica el riesgo de no alcanzar la orilla o, más bien, ese centro de reconocimiento donde se encuentra la literatura canonizada. En el prólogo de la nueva edición de la obra *Ciencia Ficción. Utopía y mercado* (2006), Pablo Capanna afirma a propósito de la ciencia ficción latinoamericana en general:

> Crecida en un terreno inculto, donde asomaban los retoños de la utopía y los raigones del mito, la ciencia ficción había nacido como una maleza para acabar sus días en las cocinas de comidas rápidas. Pero por momentos, extrañas y bellas flores habían brotado en medio de su follaje. Hoy su ciclo parecería haberse cumplido, aunque todavía nadie pueda sentirse con derecho a enterrarla [...] ni siquiera con el discurso relativista posmoderno dejaron de descalificarlos [ a los géneros populares, entre ellos la ciencia ficción] como "subliteratura". [...] No llegó a incorporarse al canon, aunque llenó las bases de datos y se encerró en un *ghetto* bien cercado, con el consentimiento tácito de sus moradores.[781]

Esta visión pesimista se puede matizar por la importancia, a lo largo de los años posteriores a la afirmación de Capanna, de la producción ciencia-ficcional del subcontinente, acompañada por un interés creciente de la crítica. Otras antologías han visto el día, como la de Federico Shaffler, *Teknochtitlán*[782], en la cual tenemos nuevamente el placer de leer textos de Pepe Rojo, Ignacio Padilla, Héctor Chavarría y muchos otros. "Veinte de robots" fue la contribución de Alberto Chimal a esa antología. Se publicó recientemente, en 2018, una antología en línea de la ciencia ficción latinoamericana con el título *Espejo humeante*[783]: nueve relatos cortos de los cuales cinco son de autores mexicanos. Cierto, cabe constatar que se trata del mismo fenómeno de autopublicación y de autopromoción de estos escritores; la circulación de sus obras sigue funcionando en circuito cerrado. Sin embargo, desde nuestro punto de vista, se trata menos de un "consentimiento tácito" por parte de estos escritores

---

[781]   Pablo Capanna, *op. cit.*, p. 10.

[782]   *Teknochtitlán: 30 visiones de la ciencia ficción mexicana, op. cit.*

[783]   Colectivo, *Espejo humeante. Revista Latinoamericana de Ciencia Ficción.*, ed. Rafael Tiburcio García, Editorial Solaris, 2018, ("Ucronías", Año 1. Número 1).

de permanecer en una posición periférica que de una situación padecida de la cual luchan por librarse. El poeta David Huerta se refiere a una "generación del sacrificio", a la que pertenece Alberto Chimal:

> Una generación que, en esa pelea constante, ha distraído atención y energías que podría haber dedicado simplemente a escribir, porque ha tenido que abrir brecha: despejarse su propio camino al margen de rutas ya conocidas y aprobadas, permanecer en él y llamar la atención sobre él, para que otros más afortunados pudieran llegar luego y recorrerlo.[784]

El sacrificio de esta generación es aquel propio de los precursores de cualquier movimiento; precursores de una ciencia ficción por venir cuyas obras llegarán a ser quizá la tradición futura. Si creemos en las predicciones de Trujillo Muñoz, el futuro de la ciencia ficción en México podría encontrarse en la novela:

> [...] en los próximos años la novela tomará un lugar preponderante en este género literario y que definirá –más que el cuento y el relato corto– los cambios y las metamorfosis de una narrativa que requiere de visiones más amplias para obtener un público lector fiel y permanente.[785]

Los territorios de la novela de ciencia ficción en el siglo XXI serán quizás aquellos que conocerán la integración en el canon de las letras en México. Cabe señalar que el fruto de la labor de esta "generación del sacrificio" es perceptible hoy día con el auge del género ciencia-ficcional a partir de la segunda mitad de la década de los 2010. Prueba de ello es el importante recuento de la producción ciencia-ficcional en México, en el periodo 2000–2020, que realiza Ana Ximena Jiménez Nava[786]. Nuestro corpus permanece, como ya lo dijimos, en permanente expansión, lo cual nos incita a pensar en otro volumen para dedicarles el análisis pormenorizado que se merece. Sin embargo, volviendo a la afirmación de Trujillo Muñoz, no pensamos que esa lucha por el reconocimiento esté condicionada exclusivamente por la práctica de un género en detrimento de otro (la novela o el cuento). Por otro lado, esas novelas constituyen no solamente un corpus por venir sino también un corpus ya existente. Carlos

---

[784]    Alberto Chimal, *op. cit.*, p. 47.

[785]    Gabriel Trujillo Muñoz, *op. cit.*, p. 226.

[786]    Ver: Ana Ximena Jiménez Nava, "Diversidad en las fronteras: la ciencia ficción mexicana (2000–2020)" en *Historia de la ciencia ficción latinoamericana. II, Desde la modernidad hasta la posmodernidad*, Teresa López-Pellisa y Silvia G. Kurlat Ares (edts.), Madrid: Iberoamericana; Frankfurt: Vervuert, pp. 347- 394, 2021.

Fuentes, Carmen Boullosa, Hugo Hiriart, Homero Aridjis, y tantos más, ya las han escrito. No se trata de grandes cuerpos celestes alrededor de los cuales gravitan satélites a veces invisibles: es un sistema significante cuyas fuerzas de gravitación determinan un movimiento común. Los territorios de la novela de ciencia ficción en México merecerían ser (re) explorados teniendo en cuenta esas fuerzas de gravitación. Los satélites de ese gran sistema, por su posición tan deplorada fuera de la literatura, son parte íntegra de este.

El gran desafío de este sistema significante será el estar a la altura de los acontecimientos. "Equivalencia de catástrofes", revolución poshumana y otras variantes de la megamáquina tendrán que recurrir a un imaginario capaz de seguir la cadencia y de señalar los sentidos o los sinsentidos a los cuales tendremos que enfrentarnos. En medio de una realidad cada vez más caótica, marcada por crisis planetarias, desigualdades que se acentúan y violencias inauditas, para ganar territorios de reconocimiento, el gran desafío de la ciencia ficción mexicana será hacer de la especulación, más que un medio de evasión o de diversión, una herramienta para pensar el presente. O bien conciliar estas dos dimensiones. Es lo que ha logrado hacer hasta el presente puesto que sus precursores han trazado el camino. Es cierto que, ante las derivas de nuestro presente y el carácter evidentemente inviable de nuestros modos de vida, especular, imaginar, jugar, como lo hace la ciencia ficción, pueden parecer posturas irrisorias. El realismo social en México, en pluma de Juan Villoro, Antonio Ortuño, Luis Felipe Lomelí, por mencionar unos cuantos nombres, afirma de manera contundente toda la gravedad de nuestro momento presente. Sin embargo, una vez más, ninguna modalidad es superior a otra. Contrariamente a lo que parece ser la posición de Jean Clet-Martin:

> ¿Por qué no reconocer que la ciencia ficción ejerce sobre nosotros una atracción inevitable, que se nutre de metafísica y de teología experimental? Renunciar a la atracción especulativa ante el auge monstruosamente aburrido de las llamadas ciencias humanas, pretendiendo reemplazar tanto la teología como la metafísica, ¿es acaso una operación realmente satisfactoria?[787]

Según esta visión, una literatura de lo real estudiada bajo la óptica de las ciencias sociales no revelaría el potencial del hecho literario como

---

[787]　Jean Clet-Martin, *op. cit.*, p. 29.

camino heurístico. Se trataría de un mero reflejo de nuestro mundo caótico, sin invitar a buscar sentidos escondidos en pliegues y recovecos. A nuestro parecer, son dos maneras distintas de decir el caos que nos rodea. Las literaturas miméticas, leídas a la luz de las ciencias sociales, proceden a una *imitación* territorializada de lo real que solo puede ser complementaria de la desterritorialización que llevan a cabo las literaturas de lo insólito. Coincidimos con Alberto Chimal cuando concluye su artículo "La imaginación en México" subrayando que, a fin de cuentas, todas estas cuestiones son estéticas. Estas querellas de intelectuales y estas luchas por una visibilidad literaria solo conciernen un puñado de personas (cientos o miles). En comparación, hay miles de millones de vidas afectadas por problemas infinitamente más importantes. Sin embargo, concluye así:

> Algo sabemos, sin duda, acerca del sentimiento de no contar. De ver únicamente la espalda de las autoridades y los encumbrados. De saber que estamos en el lado equivocado de una línea divisoria. Y algo podemos decir sobre tenacidad y resistencia. Algo podemos decir desde las facultades de la invención que, tal vez, sí son nuestro único destino fatal. Creo que muchos de nosotros, a nuestras propias maneras, lo estamos haciendo. La imaginación fantástica es el otro reflejo del presente. El reflejo insumiso.[788]

La imaginación fantástica o la ciencia ficción, en sus maneras de plantarse ante el presente como resistencia, son solo formas de lo insólito político. Y, de hecho, poco importan las etiquetas, se trata de formas creativas que buscan posicionarse en un territorio al mismo tiempo que reivindican su derecho a modificarlo, incluso a abandonarlo. Georges Didi-Huberman toma el concepto de literatura menor de Gilles Deleuze y Félix Guattari estableciendo un paralelo con sus "imágenes-luciérnagas":

> [...] existiría una luz menor que posee las mismas características filosóficas [que la literatura menor]: "un fuerte coeficiente de desterritorialización"; "en ella todo es político"; "todo adquiere un valor colectivo", de manera que todo habla del pueblo y de las "condiciones revolucionarias" inmanentes a su propia marginalización.[789]

A partir de la reflexión de Deleuze y Guattari, Didi-Huberman otorga al "pueblo-luciérnaga", aquel que lucha por sobrevivir en un mundo

---

[788]　Alberto Chimal, *op. cit.*, p. 49.

[789]　Georges Didi-Huberman, *op. cit.*, p. 29–33. Didi-Huberman cita a Deleuze y Guattari, *Kafka. Pour une littérature mineure*, París, Minuit, 1975, pp. 29–33.

despiadado, el aura de una luz menor. En esta cita hace referencia concretamente a las fotos y cintas de Laura Waddington, que muestran migrantes que huyen en el momento del cierre del campo de Sangatte: figuras fugaces y fluorescentes en medio de la noche[790]. Es necesario tener en mente que las características que Deleuze y Guattari señalan como las de una literatura menor tienen por referente el caso de los judíos germanohablantes en Praga. Realizar una extrapolación con respecto a la ciencia ficción mexicana podría ser una impostura, ya que obviamente los dos casos no se pueden poner en el mismo nivel. Experimentamos la misma molestia que Alberto Chimal y, al mismo tiempo, la necesidad de afirmar el lugar de esta literatura en medio de problemas sociales de talla y, al fin de cuentas, en el seno de la historia. La ciencia ficción mexicana es, como todas las literaturas menores, una literatura "que una minoría produce en una lengua mayor"[791]; posee, por la hibridez de su discurso, su dimensión intrínsecamente transtextual y su manera de amalgamar lo real y lo insólito, un fuerte coeficiente de desterritorialización; finalmente, el proyecto del cual es portadora es profundamente político. Su calidad de literatura menor, guardando las salvedades que esta apelación requiere, hace que nos obligue a mantener los pies sobre la tierra, al mismo tiempo que a elevar la mirada hacia el infinito.

El ejercicio de distanciación y de (re)conocimiento (y de implicación) que las literaturas de lo insólito político nos incitan a realizar, encuentra, sin cesar, ecos en nuestra actualidad. Todos los días, pequeños y grandes eventos nos invitan a ponerlo en práctica. El 31 de mayo del 2020, la nave *SpaceX*, primer vuelo espacial habitado realizado por la NASA desde 2011, despegó de Cabo Cañaveral. Mientras se declaraba oficialmente que los objetivos de la expedición eran ser una primera etapa para establecer una civilización en Marte y hacer de la humanidad una especie multiplanetaria, aquí abajo el número de víctimas de covid-19 subía vertiginosamente, revueltas en contra del racismo estallaban en distintos puntos, mujeres vestidas a la manera de los personajes de la serie distópica *The Handmaid's tale* manifestaban para salvaguardar los logros de la lucha por los derechos de la mujer y, en algún sitio de Florida, la televisión mostró la imagen fugaz de un hombre mirando el despegue de la nave con un pequeño letrero en el que se alcanzaba a leer algo como

---

[790]  *Ibidem*, p. 234–235.

[791]  Gilles, Deleuze, Félix, Guattari. *Kafka: pour une littérature mineure*, París, Les éditions de Minuit, 1984, 159 p., p. 29.

"más vale dejar este planeta". Un año antes, el presidente de la República francesa, Emmanuel Macron, tras el aumento del precio del carburante al origen del movimiento de los "chalecos amarillos", declaró: "Yo les hablo del fin del mundo y ellos del fin del mes". Estos ejemplos muestran que la ciencia ficción está entre nosotros, en predicciones desoladoras o en consuelos por la risa, ya sea bajo la forma de frases políticas (o politiqueras) o en la manera en que el "pueblo-luciérnaga" se reapropia ese imaginario: vivimos tiempos insólitos y solamente nuestra capacidad para habitarlos infundiéndoles política podrá modificar la carrera hacia nuestra propia aniquilación.

La literatura, el arte y toda forma de creación tienen el poder de asir la realidad, apropiársela y transmutarla con el fin de revelar lo que tiene de insensato o sensato. Nos proporciona los medios para no perder de vista las luciérnagas:

> Las luciérnagas, de nosotros depende no verlas desaparecer. Ahora bien, para ello debemos asumir nosotros mismos la libertad de movimiento, la retirada que no es repliegue, la fuerza diagonal, la facultad de hacer aparecer parcelas de humanidad, el deseo indestructible. Debemos entonces nosotros mismos —apartados del reino y de la gloria, en la brecha abierta entre el pasado y el futuro— convertirnos en luciérnagas y reformar de esta manera una comunidad de deseo, una comunidad de destellos emitidos, de bailes a pesar de todo, de pensamientos para ser transmitidos. Decir *sí* en medio de la noche atravesada de destellos, y no satisfacerse con describir el *no* de la luz que nos ciega.[792]

La literatura nos proporciona el prisma para percibir esos pequeños destellos de esperanza al mismo tiempo que nos coloca ante la evidencia que queda un trecho largo por recorrer y que serán necesarios esfuerzos y reflexión para lograrlo. Y esto, las literaturas de lo insólito político lo afirman desde su extrema contemporaneidad. Ellas se integran en modo menor, con sus armonías asonantes, en una gran sinfonía en modo mayor en la cual cada quien toca su pequeña parte.

Finalmente, el signo matemático más indicado para caracterizar estas literaturas de lo insólito político quizás no sea ni el guion de la sustracción, ni el signo de adición, ni el de la multiplicación (factorial) que mencionamos en la primera parte de este trabajo. Podría más bien asemejarse al de operaciones matemáticas que impliquen el signo del infinito o de

---

[792]    Georges Didi-Huberman, *op. cit.*, p. 133.

la indeterminación. Se aproximaría más a los *hrönir* de Tlön pero invertidos: nosotros y nuestros reflejos (nuestras creaciones) somos *hrönir*, objetos extraños arrojados en algún sitio del universo, oscilantes siempre entre estupefacción y lasitud ante nuestra propia extrañeza.

# BIBLIOGRAFÍA

## Corpus de estudio


CHAVARRÍA, Héctor, "Crónica del Gran Reformador", en José Luis Zárate Herrera, (ed.). *Auroras y horizontes: antología de cuentos ganadores Premio Nacional de Cuento Fantástico y de Ciencia Ficción, 1984–2012*, Consejo Estatal para la Cultura y las Artes de Puebla, Benemérita Universidad Autónoma de Puebla, Universidad Iberoamericana, Puebla, 2013, p. 21–33.

CHAVARRÍA, Héctor, "De cómo el Roñas y su mamá salvaron al mundo", en Miguel Ángel Fernández Delgado, (ed.), *Visiones periféricas: antología de la ciencia ficción mexicana*, Buenos Aires, Lumen, 2001, p. 120–122.

CHIMAL, Alberto, "El Viajero del Tiempo (minificciones)", *Las Historias*, 2012, [En línea: http://www.lashistorias.com.mx/index.php/textos/el-viaj ero-del-tiempo/].

CHIMAL, Alberto, "Se ha perdido una niña", en Antonio Jiménez Morato, (ed.), *Siete: los mejores relatos de Alberto Chimal*, Madrid, Salto de Página, 2012, p. 29–45.

CHIMAL, Alberto, "Veinte de robots", en Antonio Jiménez Morato, (ed.). *Siete: los mejores relatos de Alberto Chimal*, Madrid, Salto de Página, 2012, p. 205–216.

DAMIÁN MIRAVETE, GABRIELA, "Futura Nereida", en Bernardo Fernández, (ed.), *Los viajeros: 25 años de ciencia ficción mexicana*, México, Ediciones SM, 2010, ("Gran angular", 48M), p. 205–215.

EUDAVE, Cecilia, "El ascenso", en Bernardo Fernández, (ed.), *Los viajeros: 25 años de ciencia ficción mexicana*, México, Ediciones SM, 2010, ("Gran angular", 48M), p. 129–141.

FERNÁNDEZ, BERNARDO (BEF), "Las últimas horas de los últimos días", en Bernardo Fernández, (ed.), *Los viajeros: 25 años de ciencia ficción mexicana*, México, Ediciones SM, 2010, ("Gran angular", 48M), p. 167–178.

HAGHENBECK, F. G., "…Y el ovni cayó o El evento Ros. Huelitlán", en Bernardo (BEF) Fernández, (ed.), *Los viajeros: 25 años de ciencia ficción mexicana*, México, Ediciones SM, 2010, ("Gran angular", 48M), p. 67–78.

JIMÉNEZ MORALES, Rodolfo, "Presente imperfecto", en José Luis Zárate Herrera, (ed.), *Auroras y horizontes: antología de cuentos ganadores Premio Nacional de Cuento Fantástico y de Ciencia Ficción, 1984–2012*, Consejo Estatal para la Cultura y las Artes de Puebla, Benemérita Universidad Autónoma de Puebla, Universidad Iberoamericana, Puebla, 2013, p. 303–312.

JIMÉNEZ MORALES, Rodolfo, "El duelo", en Bernardo Fernández, (ed.), *Los viajeros: 25 años de ciencia ficción mexicana*, México, Ediciones SM, 2010, ("Gran angular", 48M).

MAINOU, Ricardo García, "Comin' o' Age", en José Luis Zárate Herrera, (ed.), *Auroras y horizontes: antología de cuentos ganadores Premio Nacional de Cuento Fantástico y de Ciencia Ficción, 1984–2012*, Consejo Estatal para la Cultura y las Artes de Puebla: Benemérita Universidad Autónoma de Puebla: Universidad Iberoamericana, Puebla, 2013, p. 213–218.

MALPICA, Antonio, "Un juguete para Justine", en Bernardo Fernández, (ed.), *Los viajeros: 25 años de ciencia ficción mexicana*, México, Ediciones SM, 2010, ("Gran angular", 48M), p. 80–84.

MARTRÉ, Gonzalo, "Los antiguos mexicanos a través de sus ruinas y vestigios", en Miguel Ángel Fernández Delgado, (ed.). *Visiones periféricas: antología de la ciencia ficción mexicana*, Buenos Aires, Lumen, 2001, p. 130–137.

MUÑOZ, Gabriel Trujillo, "Un hombre es un hombre", en Bernardo Fernández, (ed.), *Los viajeros: 25 años de ciencia ficción mexicana*, México, Ediciones SM, 2010, ("Gran angular", 48M), p. 25–31.

PACHECO, José Emilio, "La catástrofe", en Gabriel Trujillo Muñoz, (ed.). *El futuro en llamas: cuentos clásicos de la ciencia ficción mexicana*, México, Grupo Editorial Vid, 1997, p. 189–197.

PADILLA, Ignacio, "El año de los gatos amurallados", en Bernardo Fernández, (ed.), *Los viajeros: 25 años de ciencia ficción mexicana*, México, Ediciones SM, 2010, ("Gran angular", 48M), p. 85–96.

PORCAYO, Gerardo Horacio, "El caos ambiguo del lugar", en Miguel Ángel Fernández Delgado, (ed.), *Visiones periféricas: antología de la ciencia ficción mexicana*, Buenos Aires, Lumen, 2001, p. 164–170.

PORCAYO, Gerardo Horacio, "Los motivos de Medusa", en Bernardo Fernández, (ed.), *Los viajeros: 25 años de ciencia ficción mexicana*, México, Ediciones SM, 2010, ("Gran angular", 48M), p. 32–50.

RÁBAGO PALAFOX, Gabriela, "Pandemia", en José Luis Zárate Herrera, (ed.), *Auroras y horizontes: antología de cuentos ganadores Premio Nacional de Cuento Fantástico y de Ciencia Ficción, 1984–2012*, Consejo Estatal para la Cultura y las Artes de Puebla, Benemérita Universidad Autónoma de Puebla, Universidad Iberoamericana, Puebla, 2013, p. 59–69.

ROJAS, ARTURO CÉSAR, "El que llegó al metro Pino Suárez", en Gabriel Trujillo Muñoz, (ed.), *El futuro en llamas: cuentos clásicos de la ciencia ficción mexicana*, México, Grupo Editorial Vid, 1997, p. 213–226.

ROJO, Pepe, "Conversaciones con Yoni Rei", en Miguel Ángel Fernández Delgado, (ed.), *Visiones periféricas: antología de la ciencia ficción mexicana*, Buenos Aires, Lumen, 2001, p. 188–199.

ROJO, Pepe, "Ruido gris", en Bernardo Fernández, (ed.), *Los viajeros: 25 años de ciencia ficción mexicana*, México, D.F., Ediciones SM, 2010, ("Gran angular", 48M), p. 97–128.

SCHWARZ, Mauricio-José, "La pequeña guerra", en Gabriel Trujillo Muñoz, (ed.), *El futuro en llamas: cuentos clásicos de la ciencia ficción mexicana*, México, Grupo Editorial Vid, 1997, p. 199–211.

ZÁRATE, José Luis, "El viajero", en Bernardo Fernández, (ed.), *Los viajeros. 25 años de la ciencia ficción mexicana*, México, Ediciones SM, 2010, ("Gran angular", 48M).

## Antologías de la ciencia ficción mexicana

CUBRÍA, Jorge (ed.), *Ginecoides (Las hembras de los androides). Cuentos de ciencia ficción y fantasía por mujeres mexicanas*, Buenos Aires, Lumen, 2003.

FERNÁNDEZ, Bernardo (ed.), *Los viajeros. 25 años de la ciencia ficción mexicana*, México, Ediciones SM, 2010, ("Gran angular", 48M).

FERNÁNDEZ DELGADO, Miguel Ángel (ed.), *Visiones periféricas: antología de la ciencia ficción mexicana*, Buenos Aires, Lumen, 2001.

GARCÍA, Rafael Tiburcio (ed.), *Espejo humeante. Revista Latinoamericana de Ciencia Ficción*, Editorial Solaris, 2018, ("Ucronías", Año 1. Número 1).

MARTRÉ, Gonzalo, *La ciencia ficción en México: hasta el año 2002*, 1ra. ed., México, Instituto Politécnico Nacional, 2004.

SCHAFFLER GONZÁLEZ, Federico (ed.), *Más allá de lo imaginado: antología de ciencia ficción mexicana*, Volumen 1, San Ángel, México D.F., Consejo Nacional para la Cultura y las Artes, 1991.

SCHAFFLER GONZÁLEZ, Federico (ed.), *Más allá de lo imaginado: antología de ciencia ficción mexicana*, Volumen 2, San Ángel, México D. F., Consejo Nacional para la Cultura y las Artes, 1991.

SCHAFFLER GONZÁLEZ, Federico (ed.), *Más allá de lo imaginado: antología de ciencia ficción mexicana*, Volumen 3, México D.F, Fondo editorial Tierra Adentro, 1994.

SCHAFFLER GONZÁLEZ Federico (ed.), *Teknochtitlán: 30 visiones de la ciencia ficción mexicana*, Primera edición, Ciudad Victoria, Tamaulipas, Gobierno del Estado de Tamaulipas, 2015, ("Colección Agua firme").

TRUJILLO MUÑOZ, Gabriel (ed.), *El futuro en llamas: cuentos clásicos de la ciencia ficción mexicana*, México, Grupo Editorial Vid, 1997.

ZÁRATE HERRERA, José Luis (ed.), *Auroras y horizontes: antología de cuentos ganadores Premio Nacional de Cuento Fantástico y de Ciencia Ficción, 1984–2012*, Puebla, Consejo Estatal para la Cultura y las Artes de Puebla, Universidad Iberoamericana, Puebla, 2013.


## Otros textos de ficción


ARIDJIS, Homero, *El último Adán: seguido de Noche de independencia y Playa nudista*, México, Joaquín Mortiz, 1986.

ARIDJIS, Homero, *Gran teatro del fin del mundo*, México, Fondo de Cultura Económica, 1994.

ARREOLA, Juan José, "Baby H. P.", en Gabriel Trujillo Muñoz, (ed.), *El futuro en llamas: cuentos clásicos de la ciencia ficción mexicana*, México, Grupo Editorial Vid, 1997, p. 109–111.

ARREOLA, Juan José, *Confabulario personal*, Barcelona, Editorial Bruguera, 1980.

BIOY CASARES, Adolfo, *La invención de Morel*, Alianza, Madrid, 1999 (1ra ed.: 1940)

BORGES, Jorge Luis, *Ficciones*, Madrid; Buenos Aires, Alianza; Emecé, 1972, ("El Libro de Bolsillo").

BOULLOSA, Carmen, *Cielos de la Tierra*, México, Alfaguara, 1997.

BRADBURY, Ray, *Chroniques martiennes*, trad. Jacques Chambon y Henri Robillot, París, Folio SF, 1950, "ebook".

BRADBURY, Ray, *Crónicas marcianas*, trad. Francisco Abelenda, Barcelona, Minotauro, 2017

BRADING, David A., "Una independencia pacífica. Rapsodia del imperio", *Letras Libres*, octubre 2008, ("Pasados imaginarios"), p. 24–26.

CHIMAL, Alberto, *Grey*, México, Ediciones Era: CONACULTA, 2006.

CHIMAL, Alberto, *La torre y el jardín*, México, Océano, 2012.

CHIMAL, ALBERTO, "Las Historias – Textos, opiniones, descubrimientos. Bitácora y sitio personal de Alberto Chimal, escritor",

[En línea: http://www.lashistorias.com.mx/]. Consultado el 30 de septiembre 2017.

CHIMAL, Alberto, *Siete: los mejores relatos de Alberto Chimal*, ed. Antonio Jiménez Morato, Madrid, Salto de Página, 2012.

COATSWORTH, John H. y KATZ, Friedrich, "Prescindir de la revolución. ¿Tenía futuro el maderismo?", *Letras Libres*, octubre 2008, ("Pasados imaginarios"), p. 34–37.

DICK, Philip Kindred, *Le maître du Haut Château*, trad. Jacques Parsons, París, J'ai lu, 1970.

ELIZONDO, Salvador, *La luz que regresa: antología 1985*, México, Fondo de Cultura Económica, 1985.

ELIZONDO, Salvador, *El retrato de Zoe y otras mentiras*, México, Vuelta, 1992, ("Obras de Salvador Elizondo", Salvador Elizondo; 4).

ELIZONDO, Salvador, "La fundación de Roma", en *El retrato de Zoe y otras mentiras*, México, D.F., Vuelta, 1992, p. 72–75.

FUENTES, Carlos, *Cristóbal Nonato*, México, Fondo de Cultura Económica, 1987.

FUENTES, Carlos, *Los días enmascarados*, México, Ed. Era, 1982.

HERNÁNDEZ, Carlos Magaña, "Edén subvertido", en José Luis Zárate Herrera, (ed.). *Auroras y horizontes: antología de cuentos ganadores Premio Nacional de Cuento Fantástico y de Ciencia Ficción, 1984–2012*, Consejo Estatal para la Cultura y las Artes de Puebla, Benemérita Universidad Autónoma de Puebla, Universidad Iberoamericana, Puebla, 2013, p. 219–227.

HIRIART, Hugo, "La guerrilla del 47. El águila y el escarabajo", *Letras Libres*, octubre 2008, ("Pasados imaginarios"), p. 28.

NAVARRETE, Federico, "La conquista fracasa. Costa Indómita, 1519–1847", *Letras Libres*, octubre 2008, ("Pasados imaginarios"), p. 16–19.

PACHECO, José Emilio, "El caudillo no es asesinado. El Obregonato, 1928–1968", *Letras Libres*, octubre 2008, ("Pasados imaginarios"), p. 38–40.

PACHECO, José Emilio, *El viento distante*, México, D.F., Ediciones Era, 2000, 133 p., ("Biblioteca Era").

PACHECO, José Emilio, "Jericó", en *El viento distante*, México, D.F., Ediciones Era, 2000, ("Biblioteca Era"), p. 129–132.

PACHECO, José Emilio, *La sangre de Medusa, y otros cuentos marginales*, México, D.F., Ediciones Era, 1990, ("Biblioteca Era").

PACHECO, José Emilio, "Shelter", en *La sangre de Medusa, y otros cuentos marginales*, México, D.F., Ediciones Era, 1990, ("Biblioteca Era"), p. 90–92.

PADILLA, Ignacio, *El androide y las quimeras*, Madrid, Páginas de Espuma, 2008.

PADILLA, Ignacio, "El largo sueño de las cifras", en Federico Schaffler González, (ed.), *Teknochtitlán: 30 visiones de la ciencia ficción mexicana*, Ciudad Victoria, Tamaulipas, Gobierno del Estado de Tamaulipas, 2015, ("Colección Agua firme"), p. 15–23.

PADILLA, Ignacio, *Si volviesen sus majestades*, México, Nueva imagen: Ed. Patria, 1996, 161 p.

PASO, Fernando del, *Palinuro de México*, Madrid, Fondo de Cultura Económica, 2013.

PASO, Fernando del, "Réplica. Contra la historia virtual", *Letras Libres*, octubre 2008, ("Pasados imaginarios"), p. 42–44.

PRIETO, Guillermo, "¡Vaya unas personas obsequiosas!!", en *Cinco cuentistas mexicanos del siglo XIX*, Offset, México, 1983, p. 61–73.

QUEIROZ, Eça de, "La catástrofe", [En línea: https://es.scribd.com/document/295342706/La-cata-strofe-por-Eca-de-Queiroz-traducido-por-Jaime-Axel-Ruiz-Baudrihaye-con-introduccion-y-notas]. Consultado el 25 de abril 2020.

ROJO, Pepe, "Dos años", en Federico Schaffler González, (ed.), *Teknochtitlán: 30 visiones de la ciencia ficción mexicana*, Ciudad Victoria, Tamaulipas,

Gobierno del Estado de Tamaulipas, 2015, ("Colección Agua firme"), p. 207–216.

RUBIAL, Guillermo Marquet, "Rumbos perdidos", en José Luis Zárate Herrera, (ed.), *Auroras y horizontes: antología de cuentos ganadores Premio Nacional de Cuento Fantástico y de Ciencia Ficción, 1984–2012*, Consejo Estatal para la Cultura y las Artes de Puebla, Benemérita Universidad Autónoma de Puebla, Universidad Iberoamericana, Puebla, 2013, p. 313–318.

SAMPEIRO, Guillermo, "La melancolía de Libor Krasny", en Federico Schaffler González, (ed.), *Teknochtitlán: 30 visiones de la ciencia ficción mexicana*, Ciudad Victoria, Tamaulipas, Gobierno del Estado de Tamaulipas, 2015, ("Colección Agua firme"), p. 139–142.

SCHAFFLER, Federico, "Crónicas del Quincunce", *Axxón*, 2004, ("Sección Uficción"), [En línea: http://axxon.com.ar/rev/137/c-137Uficcion1.htm].

SCHAFFLER GONZÁLEZ, Federico, *Sin permiso de Colón: fantasías mexicanas del quinto centenario*, Guadalajara, Jalisco, Universidad de Guadalajara, Dirección de Publicaciones, 1993.

SCHWARZ, Mauricio José y WEBB, Don, *Frontera de Espejos Rotos*, México D.F., Editorial Roca, 1994, [En línea: http://cfm.mx/?cve=611:38].

SERNA, Enrique, "La reforma frustrada. La dictadura macabea", *Letras Libres*, octubre 2008, ("Pasados imaginarios"), p. 30–33.

SIFUENTES Gerardo y FERNÁNDEZ Bernardo, "(E)", en Miguel Angel Fernández Delgado, (ed.), *Visiones periféricas: antología de la ciencia ficción mexicana*, Buenos Aires, Lumen, 2001, p. 173–186.

SILVERBERG, Robert, BRUNNER, John y YARBRO, Chelsea Quinn, *La porte des mondes: l'intégrale*, trad. Annie Saumont, Hélène Collon y Laura Dupra, Saint-Laurent d'Oingt, France, Éditions Mnémos, 2015.

SOLER FROST, Pablo, "Los jesuitas no son expulsados. La república del espíritu", *Letras Libres*, octubre 2008, ("Pasados imaginarios"), p. 20–22.

WELLS, Herbert George, *La machine à explorer le temps*, vol. 50, trad. Henry D. Davray, La Bibliothèque électronique du Québec, 1972, ("Classiques du XXe siècle", 1.01).

## Teoría sobre la ciencia ficción

ABRAHAM, Carlos, "Las literaturas de lo insólito. Una tipología", *Revista Iberoamericana*, vol. 83 / 259, septiembre 2017, p. 283–304.

ACQUIER, Marie-Laure y COMOY FUSARO, Edwige, "18 | 2010 Littérature et sciences", [En línea: http://journals.openedition.org/narratolo gie/5960]. Consultado el 10 de noviembre 2019.

ÁLVAREZ MÉNDEZ, Natalia, ABELLO VERANO, Ana y FERNÁNDEZ MARTÍNEZ, Sergio (coords.), *Territorios de la imaginación: poéticas ficcionales de lo insólito en España y México*, Universidad de León, León, 2016.

ANGENOT, Marc, *Les dehors de la littérature: du roman populaire à la science-fiction*, París, Honoré Champion, 2013.

ARES, Silvia G. Kurlat (ed.), *La ciencia-ficción en América Latina: entre la mitología experimental y lo que vendrá*, LXXVIII, Pittsburgh, University of Pittsburgh : Instituto internacional de literatura iberoamericana, 2012.

ARES, Silvia G. Kurlat, "Entre utopía y distopía: política e ideología en el discurso crítico de la ciencia ficción", *Revista Iberoamericana*, vol. 83 / 259, septiembre 2017, p. 410–418.

ARES, Silvia G. Kurlat, "La ciencia ficción en América Latina. Aproximaciones teóricas al imaginario de la experimentación cultural", *Revista Iberoamericana*, vol. 83 / 259, 2017, p. 255–262.

BAUDOU, Jacques, *La science-fiction*, París, P.U.F, 2010.

BERTHELOT, Francis, *La métamorphose généralisée*, París, Nathan, 1993.

BOZZETTO, Roger, "Écrits sur la Science-Fiction", [En línea: https://www.quarante-deux.org/archives/bozzetto/ecrits/definition/territoires.html]. Consultado el 4 de marzo 2020.

BOZZETTO, Roger, "Écrits sur la Science-Fiction. Notes pour un bilan portant sur la Science-Fiction et sa critique", [En línea: https://www.quarante-deux.org/archives/bozzetto/ecrits/bilan/ballard.html]. Consultado el 4 de marzo 2020.

BOZZETTO, Roger, *Fantastique et mythologies modernes*, Aix-en-Provence, Publications de l'Université de Provence, 2007, ("Collection Regards sur le fantastique").

BOZZETTO, Roger, "Fictions anticipatrices à visée politique", [En línea: https://www.quarante-deux.org/archives/bozzetto/Fictions_anticipatrices_a_visee_politique/]. Consultado el 4 de marzo 2020.

BOZZETTO, Roger, *La science-fiction*, París, Armand Colin, 2007.

BOZZETTO, Roger, *L'obscur objet d'un savoir: fantastique et science-fiction: deux littératures de l'imaginaire*, Aix-en-Provence, Université de Provence, 1992.

BOZZETTO, Roger y MENEGALDO Gilles (eds.), CERISY-LA-SALLE, Centre Culturel International de, *Les nouvelles formes de la science-fiction*, París, Bragelonne, 2006.

BRESCIA, PABLO, "La era de los tecnobebés: Juan José Arreola y el modelo crítico de la ciencia-ficción", *Revista Iberoamericana. La ciencia-ficción en América Latina: entre la mitología experimental y lo que vendrá*, LXXVIII, ed. Ares, Silvia Kurlat, junio 2012, p. 91–107.

CAMPEIS, BERNARD y GOBLED, KARINE, *Le guide de l'uchronie*, Chambéry, ActuSF, 2015.

CANO, Luis C., "Apoteosis de la influencia, o de cómo los senderos de la ciencia ficción hispanoamericana conducen a Borges", *Revista Iberoamericana*, vol. 83 / 259, septiembre 2017, p. 383–400.

CANO, Luis C., *Intermitente recurrencia. La ciencia ficción y el canon literario hispanoamericano*, Buenos Aires, Edición Corregidor, 2006.

CAPANNA, Pablo, *Ciencia ficción: utopía y mercado*, Buenos Aires, Cántaro, 2007.

CARPENTER, Victoria y KURLAT ARES, Silvia, "Realidades en lucha abierta: El conflicto entre la realidad objetiva y el descubrimiento científico en la ciencia-ficción mexicana", *Revista Iberoamericana. La ciencia-ficción en América Latina: entre mitología experimental y lo que vendrá*, LXXVIII, junio 2012, p. 163–178.

CHIMAL, Alberto, "Borges y la Ciencia Ficción", *Primeras noticias. Revista de literatura*, 2002, p. 77–81.

CHIMAL, Alberto, "El amanecer del hombre", *CIENCIA ergo-sum*, vol. 6 / 2, 1999, p. 217–220.

CHIMAL, Alberto, "Epílogo", en Bernardo (BEF) Fernández, (ed.), *Los viajeros: 25 años de ciencia ficción mexicana*, México, Ediciones SM, 2010, ("Gran angular", 48M), p. 233–237.

CHIMAL, Alberto, "La imaginación en México", *Territorios de la imaginación: poéticas ficcionales de lo insólito en España y México*, 2016, p. 35–49.

CHIMAL, Alberto, "¿Quién vigila a los vigilantes?", *CIENCIA ergo-sum*, vol. 6 / 1, 1999, p. 99–102.

CHIMAL, Alberto, "Una presencia de Borges", *Las Historias*, 2012, [En línea: http://www.lashistorias.com.mx/index.php/archivo/una-presencia-de-borges/].

CLET-MARTIN, Jean, *Logique de la science-fiction: de Hegel à Philip K. Dick*, Bruselas, Les Impressions nouvelles, 2017.

COLSON, Raphaël y RUAUD, André-François, *Science-fiction, une littérature du réel*, París, Klincksieck, 2006.

CORDESSE, Gérard, *La nouvelle science-fiction américaine*, París, Aubier, 1984.

DELUERMOZ, Quentin y SINGARAVÉLOU, Pierre, *Pour une histoire des possibles*, París, Editions du Seuil, 2016.

FERNÁNDEZ, Bernardo (BEF), "La cofradía de fantasmas", en *Los viajeros: 25 años de ciencia ficción mexicana*, México, Ediciones SM, 2010, ("Gran angular", 48M), p. 7–12.

GARCÍA, Hernán Manuel, "Tecnociencia y cibercultura en México: Hackers en el cuento Cyberpunk mexicano", *Revista Iberoamericana*, vol. 78 / 238–239, junio 2012, p. 329–348.

GATTÉGNO, Jean, *La Science-fiction*, París, Presses Universitaires de France, 1983.

GAUTERO, Jean-Luc, "Le hasard dans la science-fiction", *Cahiers de Narratologie. Analyse et théorie narratives*, REVEL, julio 2010, [En línea: http://journals.openedition.org/narratologie/6037].

GONZÁLEZ, Nelson Darío, "El neuropunk y la ciencia ficción hispanoamericana", *Revista Iberoamericana*, vol. 83 / 259, septiembre 2017, p. 345–364.

GUNN James Edwin, BARR Marleen S. y CANDELARIA Matthew (eds.), *Speculations on speculation: theories of science fiction*, Maryland, The Scarecrow press, 2005.

GUNN James Edwin, BARR Marleen S. y CANDELARIA Matthew (eds.), *Reading science fiction*, Basingstoke (GB); New York: Palgrave Macmillan, 2009.

HARAWAY, Donna, *Manifeste cyborg et autres essais*, París, Exils éditeurs, 2007.

HENRIET, Eric B., *L'histoire revisitée: panorama de l'uchronie sous toutes ses formes*, Amiens: París, Encrage ; Belles lettres, 1999, ("Interface", 3).

HENRIET, Eric B., *L'uchronie*, París, Klincksieck, 2009.

JIMÉNEZ NAVA, Ana María, "Diversidad en las fronteras: la ciencia ficción en México (2000–2020)" en López-Pellisa, Teresa y Kurlat Ares, Silvia G. (eds.), *Historia de la ciencia ficción latinoamericana. II, Desde la modernidad hasta la posmodernidad*, Madrid: Iberoamericana; Frankfurt: Vervuert, (Colección Nexos y Diferencias. Estudios de la Cultura de América Latina), 2021, pp. 347–394.

KLEIN, Gérard, "La Science-Fiction est-elle une subculture?", [En línea: https://www.quarante-deux.org/archives/klein/divers/subculture.html]. Consultado el 4 de marzo 2020.

KLEIN, Gérard, "Nous ne sommes pas seuls dans l'univers", [En línea: https://www.quarante-deux.org/archives/klein/divers/seuls_2.html]. Consultado el 4 de marzo 2020.

KLEIN, Gérard, "Science-Fiction et théologie", [En línea: https://www.quarante-deux.org/archives/klein/divers/theologie.html]. Consultado el 4 de marzo 2020.

KLEIN, Gérard, "Sommes-nous seuls dans l'univers?", [En línea: https://www.quarante-deux.org/archives/klein/divers/seuls_1.html]. Consultado el 4 de marzo 2020.

KNICKERBOCKER, Dale, "Laberinto (As Time Goes By), de Gabriel Trujillo Muñoz: Novela de la hibridez", *Revista Iberoamericana*, vol. 78 / 238–239, junio 2012, p. 193–208.

LANGLET, Irène, *La science-fiction: lecture et poétique d'un genre littéraire*, París, Armand Colin, 2006.

LEDESMA, Eduardo, "Ciencia-Ficción digital iberoamericana (mutantes, ciborgs y entes virtuales): la red y la literatura electrónica del siglo XXI", *Revista Iberoamericana*, vol. 83 / 259, septiembre 2017, p. 305–326.

L'HOESTE, Héctor Fernández, "Ciencia-ficción y configuración identitaria en *Gel Azul*: en torno a una mexicanidad futura", *Revista Iberoamericana*, vol. 78 / 238, 2012, p. 179–192.

L'HOESTE, Héctor Fernández, "El futuro en cuentos: de ovnis e implantes oculares en la ciencia ficción mexicana", *Revista Iberoamericana*, vol. 83 / 259, septiembre 2017, p. 483–500.

LÓPEZ-PELLISA, Teresa y KURLAT ARES, Silvia G. (eds.), *Historia de la ciencia ficción latinoamericana. I, Desde los orígenes hasta la modernidad*, Madrid: Iberoamericana; Frankfurt: Vervuert, (Colección Nexos y Diferencias. Estudios de la Cultura de América Latina), 2020.

LÓPEZ-PELLISA, Teresa y KURLAT ARES, Silvia G. (eds.), *Historia de la ciencia ficción latinoamericana. II, Desde la modernidad hasta la posmodernidad*, Madrid: Iberoamericana; Frankfurt: Vervuert, (Colección Nexos y Diferencias. Estudios de la Cultura de América Latina), 2021.

MANICKAM, Samuel, "La ciencia ficción mexicana (1960–2000)" en López-Pellisa, Teresa y Kurlat Ares, Silvia G. (eds.), *Historia de la ciencia ficción latinoamericana. II, Desde la modernidad hasta la posmodernidad*, Madrid: Iberoamericana; Frankfurt: Vervuert, (Colección Nexos y Diferencias. Estudios de la Cultura de América Latina), 2021, pp. 311–346.

MARTRÉ, Gonzalo, *La ciencia ficción en México: hasta el año 2002*, México, Instituto Politécnico Nacional, 2004.

MILLER, Sylvie (ed.), *Dimension latino: anthologie de SF latino-américaine*, Encino (California), Black coat press, 2007.

ORDIZ, Javier, "Pesadillas del futuro. Distopías urbanas en la narrativa mexicana contemporánea", *Bulletin of Spanish Studies*, vol. 91 / 7, 2014, p. 1043–1057.

RIVERO, Giovanna, "Señales que precederán al fin del mundo de Yuri Herrera: una propuesta para un novum ontológico latinoamericano", *Revista Iberoamericana*, vol. 83 / 259, ed. Kurlat Ares, Silvia (coord.), septiembre 2017, p. 501–516.

ROSSO, Ezequiel de, "La línea de sombra…", *La ciencia-ficción en América Latina: entre la mitología experimental y lo que vendrá*, LXXVIII, ed. coordinado por Kurlat Ares, Silvia, junio 2012, p. 311–328.

ROSSO, Ezequiel de, "Una compulsiva fidelidad: sobre tres historias nacionales de la ciencia ficción", *Revista Iberoamericana*, vol. 83 / 259, septiembre 2017, p. 265–282.

RYAN, Marie-Laure, *Possible worlds, artificial intelligence, and narrative theory*, Bloomington (Ind.) ; Indianapolis (Ind.), Indiana University Press, 1991.

SCHMELZ, Itala, "El DF en tono apocalíptico. La literatura mexicana de ciencia ficción y la Ciudad de México", en "Dossier thématique: Mexique: espace urbain et résistances artistiques et littéraires face à la "ville générique".", *(c) Artelogie*, enero 2012, [En línea: http://cral.in2p3.fr/artelo gie/spip.php?article89].

SUVIN, Darko, *Pour une poétique de la science-fiction*, Montréal, Presses universitaires du Québec, 1977.

TRUJILLO MUÑOZ, Gabriel, "Ciencia y ciencia ficción decimonónicas", *La Palabra y el Hombre: Revista de la Universidad Veracruzana*, vol. 62, junio 1987, p. 51–59.

TRUJILLO MUÑOZ, Gabriel, *Los confines: crónica de la ciencia ficción mexicana*, México, D.F., Grupo Editorial Vid, 1999, ("Colección Mecyf", 3).

VÁZQUEZ, Cristian, "Ciencia ficción, o cómo el mundo podría ser otro y seguir siendo nuestra casa", [En línea: http://www.letraslibres.com/mex ico/literatura/ciencia-ficcion-o-como-el-mundo-podria-ser-otro-y-seguir-siendo-nuestra-casa]. Consultado el 8 de marzo 2020.

## Teoría literaria (otros)

AUGÉ, Marc, *Non-lieux: introduction à une littérature de la surmodernité*, París, Éd. du Seuil, 1992.

BATAILLE, Georges, *La littérature et le mal*, París, Gallimard, 1990.

BATY-DELALANDE, Hélène, LOISELEUR-FOGLIA, Aurélie y ZIMMERMANN, Laurent, *Recours à l'imagination*, Armand Colin, 2018.

BOYER, Alain-Michel, *Les paralittératures*, París, Armand Colin, 2008, ("Collection 128 Série lettres").

BORGES, Jorge Luis, "El primer Wells", en *Otras inquisiciones*, Buenos Aires, Emecé, 1960, p. 125–128.

BORGES, Jorge Luis, *Introduction à la littérature nord-américaine*, trad. Luis Jimenez Olivier, L'Âge d'homme, Lausanne, 1973.

BORGES, Jorge Luis, "La flor de Coleridge", en *Otras inquisiciones*, Buenos Aires, Emecé, 1960, p. 19–23.

BORGES, Jorge Luis, "Nueva refutación del tiempo", en *Otras inquisiciones*, Buenos Aires, Emecé, 1960, p. 235–257.

BORGES, Jorge Luis, *Otras inquisiciones*, Buenos Aires, Emecé, 1960.

BORGES, Jorge Luis, *Prólogos con un prólogo de prólogos*, Madrid, Alianza editorial, 1998.

BROWN, J. Andrew (dir.), *Tecnoescritura*, Pittsburgh, University of Pittsburgh: Instituto internacional de literatura iberoamericana, 2007.

BROWN, J. Andrew, "Tecnoescritura: literatura y tecnología en América Latina", *Revista Iberoamericana*, vol. 73 / 221, diciembre 2007, p. 735–741.

CHIMAL, Alberto, "De tuiteratura",

[En línea: http://www.lashistorias.com.mx/index.php/archivo/de-tuiteratura/]. Consultado el 13 de abril 2020.

COQUIO Catherine, ENGÉLIBERT, Jean-Paul y GUIDÉE Raphaëlle (eds.), *L'apocalypse, une imagination politique, XIXe-XXIe siècles*, Rennes, Presses universitaires de Rennes, 2018.

DÄLLENBACH, Lucien, *Le récit spéculaire: essai sur la mise en abyme*, París, Seuil, 1977, ("Collection Poétique").

DELEUZE, Gilles, Guattari, Félix, *Kafka: pour une littérature mineure*, París, Les éditions de Minuit, 1984.

ENGÉLIBERT, Jean-Paul y GUIDÉE Raphaëlle (eds.), *Utopie et catastrophe*, Rennes, Presses universitaires de Rennes, 2015.

EZQUERRO, Milagros, "De l'hybridation féconde", *Cahiers de Narratologie. Analyse et théorie narratives*, REVEL, julio 2010, [En línea: http://journals.openedition.org/narratologie/6005].

GENETTE, Gérard, "Introduction à l'architexte", en Gérard Genette, (ed.), *Théorie des genres*, París, Éd. du Seuil, 1986, ("Collection Points Littérature", 181), p. 89–159.

GENETTE, Gérard (ed.), *Théorie des genres*, París, Éditions du Seuil, 1986, ("Collection Points Littérature", 181).

GENETTE, Gérard, *Palimpsestes: la littérature au second degré*, París, Éditions du Seuil, 1992, ("Collection Points Essais", 257).

LAFON, Michel, "Pour une poétique de la préface. Autour de *La invención de Morel*", *Tigre (Hors série), Le Livre et l'Édition dans le monde hispanique, XVIe – XXe siècles. Pratiques et discours paratextuels*, Lafon, Michel y Moner Michel (eds.),1992, p. 303–310.

LÉVY-LEBLOND, Jean-Marc, *La pierre de touche: la science à l'épreuve...*, París, Gallimard, 1996.

MONDRAGÓN, Cristina, *Ficciones apocalípticas en la narrativa contemporánea mexicana*, Lausana, Sociedad Suiza de Estudios Hispánicos, 2020, 382 p., ("Hispánica helvética", 32).

MONDRAGÓN, Cristina, "La Ciudad de México como nueva Babilonia en *Los perros del fin del mundo* y *La leyenda de los soles* de Homero Aridjis", *PhiN-Beiheft*, vol. 17, 2019, p. 62–71.

MONDRAGÓN, Cristina, "Voces del Fin del mundo: los narradores en "Memoria de los días" de Pedro Ángel Palou", vol. 25, diciembre 2017.

MONNEYRON, Frédéric y THOMAS, Joël, *Mythes et littérature*, París, PUF Éditions, 2012.

## Filosofía

AGAMBEN, Giorgio, *Qu'est-ce que le contemporain ?*, trad. Maxime Rovere, Rivages, París, Payot & Rivages, 2008.

ANDERS, Günther, *L'obsolescence de l'homme: sur l'âme à l'époque de la deuxième révolution industrielle (1956)*, trad. Christophe David, París, Éd. de l'Encyclopédie des nuisances, 2002.

ANDERS, Günther y GREFFRATH, Mathias, *Et si je suis désespéré, que voulez-vous que j'y fasse?: entretien avec Mathias Greffrath*, trad. Christophe David, París, Allia, 2014.

AUGÉ, Marc, *Où est passé l'avenir*, París, Panamá, 2008, 190 p., ("Cyclo").

BAUDRILLARD, Jean, *Pourquoi tout n'a-t-il pas déjà disparu?*, París, L'Herne, 2007, ("Carnets de l'Herne").

DAVID, Christophe, "Günther Anders et la question de l'autonomie de la technique", *Ecologie & politique*, 2006, p. 179–196.

DIDI-HUBERMAN, Georges, *Survivance des lucioles*, París, Les éditions de Minuit, 2009.

DUPUY, Jean-Pierre, *Pour un catastrophisme éclairé*, París, Editions du Seuil, 2004.

FOESSEL, Michaël, *Après la fin du monde: critique de la raison apocalyptique*, París, Éditions du Seuil, 2012.

JEAN, Grégori, "Faut-il penser le monde sous le prisme du catastrophisme ?", [En línea : http://univ-cotedazur.fr/contenus-riches/actualites/fr/faut-il-penser-le-monde-de-demain-sous-le-prisme-du-catastrophisme]. Consultado el 9 de abril 2020.

JONAS, Hans, *Le principe responsabilité : une éthique pour la civilisation technologique*, trad. Jean Greisch, París, Flammarion, 2008, ("Champs: 784").

JONAS, Hans, *Pour une éthique du futur*, trad. Sabine Cornille y Philippe Ivernel, París, Rivages, 1997, ("Rivages poche: 235").

NANCY, Jean-Luc, *L'équivalence des catastrophes (Après Fukushima)*, París, Éditions Galilée, 2012, ("La philosophie en effet").

PASOLINI, Pier Paolo, "L'article des Lucioles", en *Écrits corsaires*, París, Flammarion, 2009.

## Diversos

AGUYADO, Sergio (ed.), *La transición en México: una historia documental 1910–2010*, México, D.F., Fondo de Cultura Económica: Colegio de México, 2010.

ALLILAIRE, Jean-François, "Médecine et transhumanisme", *Passages*, Quels transhumanismes?, Troisième trimestre 2016, p. 15–21.

BECK, Humberto, "Presentación: Sobre la historia contrafactual", *Letras Libres*, octubre 2008, p. 14–15.

BARTRA, Roger, *La jaula de la melancolía: identidad y metamorfosis del mexicano*, México, Grijalbo, 2007.

BENSEFA-COLAS, L. y RANCHOUX-LAMODIÈRE, A., "Intolérance environnementale idiopathique attribuée aux champs électromagnétiques", *INRS. Références en santé au travail*, septiembre 2013, p. 27–37.

BIOY CASARES, Adolfo, *Borges*, Edición de Daniel Martino, Buenos Aires, Ed. Destino, 2006.

BONFIL BATALLA, Guillermo, *México profundo: una civilización negada*, México, D.F., Random House Mondadori, 2005, ("Debolsillo").

Hypersensibilité magnétique, problème de reconnaisance, [En línea: https://topolitique.ch/2016/06/06/hypersensibilite-magnetique-probleme-de-reconnaissance/]. Consultado el 19 de agosto de 2022.

DALÍ, Salvador y ABADIE, Daniel, *Salvador Dalí: rétrospective 1920–1980, 18 décembre 1979–21 avril 1980, Centre Georges Pompidou, Musée national d'art moderne*, París, Centre Georges Pompidou, 1980.

DAVID, Marielle, "Du transhumanisme à l'au-delà du Père: Un+Un=Un", *Passages*, Quels transhumanismes?, Troisième trimestre 2016, p. 47–53.

"Diccionario de variantes del español - Inicio" [En línea: http://xn--diccion ariovariantesespaol-4rc.org/]. Consultado el 1 de mayo 2020.

DURAND, Gilbert, *Les structures anthropologiques de l'imaginaire*, París, Dunod, 1992.

DURAND, Gilbert, *Mythe, thèmes et variations*, París, Desclée de Brouwer, 2000.

ECO, Umberto, *Apocalípticos e integrados*, Penguin Random House Grupo Editorial España, 2011.

ELIADE, Mircea, *Aspects du mythe*, París, Gallimard, 1988.

FAUCHEUX, Michel, *La tentation de Faust ou la science dévoyée*, L'Archipel, 2012,

[En línea: http://unr-ra.scholarvox.com.sid2nomade-2.grenet.fr/book/ 88806331].

FERNÁNDEZ, Adela, *Dioses prehispánicos de México: mitos y deidades del panteón nahuatl*, México, Panorama Editorial, 1983.

FERNÁNDEZ PONCELA, Anna, "La cultura popular: los refranes hoy", [En línea: http://www.cervantesvirtual.com/]. Consultado el 15 de abril 2020.

FERRANDI, Raymonde, "Homme augmenté...ou diminué", *Passages*, "Quels transhumanismes?", Troisième trimestre 2016, p. 23–27.

FLORESCANO, Enrique (ed.), *Mitos mexicanos*, Madrid, Taurus, 2001.

GÓMEZ DE SILVA, Guido, "Diccionario breve de mexicanismos", [En línea: https://tajit.org/resources/Documents/diccionario%20breve%20 de%20mexicanismos%20segun%20guido%20gomez%20de%20silva. pdf. Consultado el 1 de mayo 2020.

GONZÁLEZ RODRÍGUEZ, Sergio, *El hombre sin cabeza*, Barcelona, Anagrama, 2009.

GRAULICH, Michel, *Le sacrifice humain chez les Aztèques*, París, Flammarion, 2005.

GRUZINSKI, Serge, *La machine à remonter le temps*, París, Fayard, 2017.

HOTTOIS, Gilbert, "Le transhumanisme entre humanisme et posthumanisme", *Foi & vie. Revue de culture protestante*, ed. Frédéric Rognon, 2014, ("Transhumanisme: l'homme augmenté ou bafoué?"), p. 27–45.

HUERTA, David, *La violencia en México*, Madrid, La Huerta Grande, 2015, ("Ensayo").

JIMÉNEZ MORATO, Antonio, "Tusitala", en *Prólogo a Siete. Los mejores relatos de Alberto Chimal*, Madrid, 2012.

"La capsule de SpaceX avec ses deux astronautes à bord s'est amarrée à l'ISS" [En línea: https://www.20minutes.fr/sciences/2789855-20200531-capsule-spacex-deux-astronautes-bord-amarree-iss]. Consultado el 28 de junio 2020.

"L'armée française en appelle à la science-fiction pour anticiper les menaces du futur", *Le Monde.fr*, 2019, [En línea : https://www.lemonde.fr/big-browser/article/2019/07/18/l-armee-francaise-en-appelle-a-la-science-fiction-pour-anticiper-les-menaces-du-futur_5490856_4832693.html]. Consultado el 28 de junio 2020.

MARTÍNEZ BARACS, Rodrigo y OLIVIER, Guilhem, "Un diálogo sobre la conquista de México", [En línea : http://www.letraslibres.com/espana-mexico/revista/un-dialogo-sobre-la-conquista-mexico]. Consultado el 17 de junio 2020.

RIZZANTE Massimo y OLLÉ-LAPRUNE Philippe, *Le miracle mexicain*, París, Éditions Pierre Guillaume De Roux, 2018.

MONSIVÁIS, Carlos, *Apocalipstick*, México, Debate, 2009.

MUSSET, Alain y LEHOUCQ, Roland, *Le syndrome de Babylone : géofictions de l'Apocalypse*, París, Armand Colin, 2012.

OROZCO, José Clemente, *Autobiografía*, México D.F., Era, 1970.

PÁRAMO, Arturo, "Sismo 85: definen cifra de muertes", [En línea: https://www.excelsior.com.mx/comunidad/2015/09/17/1046211]. Consultado el 3 de mayo 2020.

PARANAGUÀ, Paulo, "Les démons du Mexique", *Le Monde*, 4 mai 2012, [En línea: https://www.lemonde.fr/ameriques/article/2012/05/04/les-demons-du-mexique_1695312_3222.html]. Consultado el 3 de mayo 2020.

PASO, Fernando del, "Réplica. Contra la historia virtual", *Letras Libres*, ed. Enrique Krauze, 2008, p. 42–44.

PAZ, Octavio, *El laberinto de la soledad*, ed. Enrico Mario Santí, Madrid, Cátedra, 1993, ("Letras hispánicas").

PETITIER, Paule y WAHNICH, Sophie, "Avant-propos", *La fin de l'histoire*, octubre 2015, p. 11–17.

PETITIER, Paule y WAHNICH, Sophie, *La fin de l'histoire: dossier*, París, CNRS ed., 2015.

REY, Olivier, *Leurre et malheur du transhumanisme*, París ; Perpignan, Desclée de Brouwer, 2018.

SIBONY, Daniel, *Les Sens du rire et de l'humour*, Odile Jacob, París, 2010.

SOUSTELLE, Jacques, *L'Univers des Aztèques*, París, Hermann, 1979, 169 p., ("Collection Savoir").

TODOROV, Tzvetan, *La conquête de l'Amérique: la question de l'autre*, París, Éditions du Seuil, 2011.

VANDEUREN, Mikhaël y VANDEUREN, Jean-Pierre, *Théorie générale sur le rire et l'humour*, Tongrinne, Casual Intellectual Edition, 2016.

VILLORO, Juan, *El vértigo horizontal*, Anagrama, 2019.

VILLORO, Juan, "El vulcanizador", en Enrique Florescano, (ed.). *Mitos mexicanos*, Madrid, Taurus, 2001, p. 401–407.

VILLORO, Juan, "Nada que declarar. Welcome to Tijuana", [En línea : http://www.letraslibres.com/mexico/nada-que-declarar-welcome-to-tijuana]. Consultado el 15 de julio 2019.

# Ilustraciones

VISIONES PERIFÉRICAS
Antología de la ciencia ficción mexicana
Miguel Ángel Fernández Delgado (compilador)
LUMEN

LOS VIAJEROS
25 años de ciencia ficción mexicana
Ga
Bernardo Fernández, *Bef* (antologador)

# *Hybris:* Literatura y Cultura Latinoamericanas

Desde la Antigua Grecia y la época clásica, filósofos, artistas y críticos han profundizado en las relaciones entre la literatura y otras artes. Primero fue la pintura y artes plásticas –*ut pictura poesis*, de Simónides de Ceos y Horacio–, más adelante la música, la arquitectura, la representación teatral, la escultura y ya, en la época moderna y contemporánea, la fotografía, el cine, la televisión, los *mass media*. En la actualidad este vasto y estimulante campo de hibridaciones culturales y artísticas se ha completado con las nuevas tecnologías y todas las "narrativas transmedia", generando conceptos y actuaciones transversales anejas a la creación digital y a las nuevas realidades comunicativas: *touch-media*, *cross-media*, intermedialidad, transmedialidad, hipertextualidad, multimodalidad, etc.

Esta colección, *Hybris: Literatura y Cultura Latinoamericanas*, pretende, por un lado, indagar en el sentido diacrónico que estas relaciones han ido perfilando en el campo literario y cultural entendidos como parámetros estéticos, prácticos, de nivelación y préstamos técnicos entre artes y, por otro, reflexionar desde una perspectiva filosófica, social, cultural y teórica sobre las posibilidades que ofrecen tales hibridaciones, siempre dentro de un contexto latinoamericano.

En la mitología clásica, *Hybris* era la diosa de la desmesura, la insolencia, la ausencia absoluta de moderación, y evocaba la necesidad de traspasar límites. Este nuevo concepto de *Hybris* pretende insistir en las marcas mitológicas de la transgresión, borrando fronteras entre las artes, sacudiendo la tendencia a la parcelación y a la contención y, a la vez, reclama también la identificación con el término latino *hybrida*, que alude a la mezcla de sangre. Hibridación y simbiosis entre artes serán, por tanto, los contornos y contextos en los que se imbricarán estos estudios.

### Directores de la colección:

Yannelys Aparicio (Universidad Internacional de La Rioja, España)
Ángel Esteban (Universidad de Granada, España)

**Títulos de la colección publicados**

Vol. 1 – Ángel Esteban (ed.), *Literatura Latinoamericano y otras artes en el siglo XXI*, 2020.

Vol. 2 – Yannelys Aparicio, *Cuba: memoria, nación e imagen. Siete acercamientos al séptimo arte desde la literatura*, 2021.

Vol. 3 – Lidia Morales Benito, *La Habana textual: 'Patafísica y OuLiPo en la obra de Guillermo Cabrera Infante*, 2022.

Vol. 4 – Yannelys Aparicio, Juana María González García, Mujer, *literatura y otras artes para el siglo XXI en el mundo hispánico*, 2022.

Vol. 5 – Margarita Remón Varela, *Territorios de la ciencia ficción mexicana (1984-2012), Por una poética y una política de lo insólito literario*, 2022.